mtb

Umwelthinweis:
Dieses Buch wurde auf chlor- und säurefreiem Papier gedruckt.

Liv Jansen

Zornröschen

Roman

mtb

MIRA® TASCHENBUCH
Band 25860
1. Auflage: September 2015

MIRA® TASCHENBÜCHER
erscheinen in der HarperCollins Germany GmbH,
Valentinskamp 24, 20354 Hamburg
Geschäftsführer: Thomas Beckmann

Originalausgabe

Konzeption/Reihengestaltung: fredebold&partner GmbH, Köln
Umschlaggestaltung: pecher und soiron, Köln
Redaktion: Stefanie Kruschandl
Titelabbildung: pecher und soiron, Köln
Satz: GGP Media GmbH, Pößneck
Druck und Bindearbeiten: CPI books GmbH, Leck – Germany
Printed in Germany
Dieses Buch wurde auf FSC®-zertifiziertem Papier gedruckt.
ISBN 978-3-95649-210-5

www.mira-taschenbuch.de

Werden Sie Fan von MIRA Taschenbuch auf Facebook!

Für Claudia

KAPITEL 1

Hamburg, Februar 2014
Anne

Das absolute Ende war nicht plötzlich, sondern wie ein heraufziehendes Unwetter langsam und schleichend gekommen. Erst wurden Telefon und Internet abgestellt, dann der Strom, schließlich kam die Kündigung der Wohnung, der Versicherungen und der Zeitschriften-Abos. Unzählige Schreiben von der Bank. Es ging um die Giro- und Sparkonten, und es ging um die Raten für die kleine Eigentumswohnung, die sie im neu erschlossenen Hafengebiet von Wilhelmsburg gekauft hatte. Auf Kredit natürlich. Sie hatte zweieinhalb Zimmer, und irgendwann wollte sie selbst einziehen. Mit ihrem Mann vielleicht, wenn sie mal einen haben sollte. Ihre letzte Beziehung hatte sie beendet, nachdem Matthias ihr gesagt hatte, dass er verheiratet sei. Und seine Frau hatte vom Verhältnis zu Anne erfahren. Matthias war schneller weg gewesen als der Schall, hatte aber die Nerven, ein paar Wochen später noch mal anzurufen und zu bitten, ihm seine Sachen zu schicken. Unter anderem zwei Kaschmirpullover, die sie zusammen gekauft hatten. Und noch ein sündhaft teures Aftershave aus einer Parfümerie in der Innenstadt, die die Düfte selbst herstellte, für die man ein Vermögen bezahlte.

Anne hatte ein schönes Päckchen gepackt und an Matthias' Frau adressiert. Die hatte dann die Pullover, die mit dem Aftershave getränkt waren, auspacken dürfen. Es waren noch andere Kleinigkeiten dabei gewesen. Dessous, die Matthias ihr gekauft und mit handgeschriebenen Kärtchen überreicht hatte. Vielleicht passten sie der Dame ja.

Matthias hatte daraufhin wütend angerufen und gefragt, ob sie seine Ehe zerstören wolle, und Anne hatte aufgelegt.

Anne ging langsam weiter. Sie musste aufpassen, dass sie nicht anfing zu schlurfen. Es hatte sie schon immer gestört, wenn Leute ihre Füße nicht richtig hoben. Nie hätte sie gedacht, dass sie selbst die Füße mal nicht mehr würde heben können. Sie war so müde. So lange hatte sie ihre blonden Locken nicht mehr gewaschen, so lange kein Peeling gemacht – wieso fiel ihr das jetzt gerade ein? –, und sie hatte das Gefühl, immer kleiner zu werden, was vielleicht daran lag, dass sie nicht mehr gerade ging. Bei einer Größe von etwas über eins sechzig war man ja sowieso kein Riese. Und dünn war sie geworden.

Irgendwann war alles weg gewesen. Sie hatte nichts mehr. Nur einen Koffer mit ein paar Klamotten, und der war ihr kurze Zeit später geklaut worden.

An dem Tag der Zwangsräumung, es war ein Mittwochmittag, hatte sie dann also unten auf der Straße gestanden und war so verwirrt gewesen, dass sie beinahe von einem Auto angefahren worden wäre. Nachbarn hatten schweigend aus dem Fenster geschaut, die Fenster wieder geschlossen und Anne weiter durch die Scheiben beobachtet. Nachbarn, mit denen sie früher oft gesprochen und gelacht und mal ein Glas Wein getrunken hatte. In Urlauben wurde die Post reingeholt, die Blumen hatte man gegenseitig gegossen und auf die Wohnungen aufgepasst. Aber dann war Anne „irgendwie komisch" geworden, ging gar nicht mehr zur Arbeit, hatte jeglichen Kontakt vermieden, und natürlich hatten die Nachbarn mitbekommen, was der Postbote so an Briefen und amtlichen Zustellungen brachte. Der tratschte nämlich auch ganz gern.

Anne hatte an diesem Tag alles wie durch Watte gesehen. Leute schauten sie an, sie wirkte wahrscheinlich fahrig, wie paralysiert und sehr verwirrt. Wie eine Irre, die unter Drogen stand und eigentlich in eine Zwangsjacke gehörte. Zufällig war sie an ihrem früheren Stammitaliener vorbeigekommen und automatisch stehen geblieben. Hochbetrieb. Mittagszeit. Gerade gingen vier Leute hinein, die Tür fiel langsam wieder ins Schloss, der Geruch von Hackfleisch und Knoblauch drang nach draußen. Hatte sie eigentlich Hunger gehabt, damals? Sie wusste es heute nicht mehr. Später hatte sie oft Hunger gehabt; damals, an diesem Tag im Oktober 2012, noch nicht. Dann hatte sie gesehen, dass die vier Leute im Restaurant ihre ehemaligen Kollegen aus der Werbeagentur waren. Anne war näher zur Scheibe gegangen. Die vier hatten an einem großen Tisch Platz genommen, und sofort brachte der flinke Kellner Weißbrot, Oliven und eine Schale mit hausgemachtem Dip. Anne hatte wie festgenagelt dagestanden und sich keinen Zentimeter bewegt. Nur eine Scheibe trennte ihr altes Leben von ihrem neuen.

Da hatte Berit, eine ihrer ehemaligen Kolleginnen, sie gesehen und durch die Scheibe auf sie gedeutet.

Erst hatten die anderen sie nicht erkannt, aber dann schon.

Und alle hatten begonnen zu kichern, dann steckten sie die Köpfe zusammen und redeten.

Anne hatte sich umgedreht, war die Straße entlanggegangen und hatte nicht mehr zurückgeschaut.

Ihr neues Leben hatte begonnen.

Hamburg, Februar 2014
Charlotte

Charlotte stand da und sah sich um. Sie kam sich vor wie in einem schlechten Film. Seit über zwölf Jahren war sie nicht mehr hier gewesen. Es hatte sich fast nichts verändert.

Vor ihr erstreckte sich das fünfzig Quadratmeter große Wohnzimmer mit dem Parkettboden, der so wunderschöne Intarsien hatte, dahinter die Terrasse, der etwas abschüssige Garten mit den Rosenbüschen, Hortensien und Klematis. Noch blühte nichts, aber das würde bald kommen. Sie trat näher an die riesige Panoramascheibe heran, um einen Moment lang den unverbaubaren Blick auf die Alster zu genießen, die träge vor sich hin floss. Auch das Sonnensegel, der Holztisch, die gemütlichen Stühle und die Liegen waren genau wie damals. Wie oft hatten sie und Alexander hier gelegen, mit einem Glas Caipirinha oder Gin Tonic in der Hand, während durch die Außenlautsprecher die Töne einer Café-del-Mar-CD klangen oder Alex von seinem neuen Bild erzählte, das er gerade in seinem Atelier im obersten Stockwerk malte. Charlotte hatte einen großen Raum extra für ihn umgestalten lassen. Das Licht war wichtig, und ein Architekt hatte Wochen herumgetüftelt, bis alles perfekt war. Alex war glücklich gewesen. Und wenn Alex glücklich war, war Charlotte das auch, selbst wenn ihm der große Durchbruch mit dem Bild nicht gelungen war. Mit den anderen, die davor und danach kamen, ebenfalls nicht.

Es musste ja auch nicht sein. Sie hatte genug Geld gehabt. Ihre Unternehmensberatung wuchs und wuchs, da konnte Charlotte sich nicht beklagen. Und auch in der Liebe schien sie den großen Glückstreffer gelandet zu haben.

Sie hatte Alex auf einer Vernissage eines Kunden kennengelernt. Er war angeschickert und, wie er selbst kokett sagte, eigentlich nichts, aber freischaffender Künstler. So ähnlich wie Jack Dawson in *Titanic*, hatte er erzählt. Der brauchte ja auch nur ein glückliches Händchen beim Pokern und frische Luft in seinen Lungen.

Der Abend hatte damit geendet, dass sie mit einer Flasche Champagner auf dem Klettergerüst eines Spielplatzes standen, sie vor ihm, mit ausgebreiteten Armen, er hielt sie von hinten umschlungen und rief: „Ich bin der König der Welt!“ In diesem Moment hatte Charlotte beschlossen, mit ihm gemeinsam auf dem Schiff zu bleiben. Sie war damals 36 gewesen. An ihrem 37. Geburtstag hatten sie und Alex geheiratet.

Ihre Freunde und auch ihr Anwalt hatten damals darauf gedrängt, dass sie einen Ehevertrag machte, aber sie hatte gelacht und Nein gesagt. Man heiratete doch aus Liebe. In dieser

Beziehung war sie absolut das Gegenteil einer Geschäftsfrau. Charlotte, die im Berufsleben kühl, hart und unnahbar war und privat recht lange brauchte, bis sie jemanden an sich heranließ, war von Alex' Lebensfreude und seiner Einstellung, einfach in den Tag hineinzuleben, wahnsinnig beeindruckt gewesen. Bei ihr war jede Minute von vorn bis hinten durchstrukturiert, Alex war so locker und fröhlich und schaute selten auf die Uhr. Einmal hatte er am Montagmorgen einfach ihren Wecker ausgestellt und gesagt: „Heute machen wir blau und fahren an die Nordsee."

„Das geht nicht, die Firma", hatte Charlotte gesagt.

„Du hast Angestellte", war Alex' Meinung gewesen, und damit hatte er ja völlig recht. Sie waren im Cabrio nach St. Peter-Ording gefahren und hatten sich einen wundervollen Tag gemacht, der Charlotte einen Sonnenbrand auf der Nase, einen Strohhut, Modeschmuck, ein Strandtuch, eine leckere Meeresfrüchtepfanne, Eis und eine Menge gute Laune eingebracht hatte. Sie hatten Luftmatratzen gekauft und ließen sich von den Wellen rauf- und runterschaukeln; es war einfach herrlich gewesen. Später hatten sie unglaubliche Lust auf eisgekühlten Weißwein bekommen und sich spontan in einem Hotel mit Meeresblick eingemietet, noch mal gut gegessen und noch mehr getrunken. Und dann hatten sie wahnsinnig guten Sex gehabt.

„Ich war noch nie so glücklich", hatte Charlotte danach geflüstert, und Alex hatte sein Glas gehoben und gesagt: „Dann mache ich ja alles richtig. Wie schön. Das, mein Schatz, hast du auch verdient."

Sie fühlte sich sicher und geborgen. Wie auf der *Titanic*, bevor der Eisberg kam und man merkte, dass das Schiff zu wenige Rettungsboote hatte. Und sie hatte bis zum Schluss nicht gemerkt, dass Alex irgendwie unecht war und dass er sich auf ihren Lorbeeren ausruhte und dabei viel zu viel trank. Er hatte sich an das bequeme Leben mit ihr und ihrem Geld einfach gewöhnt. Alex gehörte nicht zu den Männern, die unbedingt ein eigenes Einkommen haben mussten.

Es war so lange her. Über zwölf Jahre. Damals war sie 40, jetzt 52. Nach drei Jahren Ehe war das Aus gekommen, und sie hatte es erst zum Schluss gemerkt, als es zu spät war.

Charlotte ging zur Terrasse und öffnete die Tür. Die klemmte nach so langer Zeit immer noch, Vögel zwitscherten. Der Frühling schien fast da zu sein. Oder zwitscherten manche Vögel immer?

Langsam ging Charlotte raus und sah sich weiter um. Der Holzboden der Terrasse müsste mal wieder mit Teaköl behandelt werden. Aber vielleicht würden sie das nach dem Winter erledigen. Sie ging wieder ins Haus, an den beiden italienischen Sofas und dem Barockspiegel vorbei, und sah, dass hier immer noch ihre orientalischen Teppiche lagen. Sie hatte sie mit Alex gemeinsam auf einer Auktion ersteigert, ein Pärchen aus dem 19. Jahrhundert war das. Angeblich hatten sie mal im Schlafzimmer der Mätresse irgendeines Königs gelegen. Alex und sie hatten das wahnsinnig romantisch gefunden. In der offenen Küche die Pavoni-Espressomaschine, in der Schublade das silberne Christofle-Besteck im klassischen Augsburger Faden, das sie beim Stöbern in einem Münchner Antiquitätengeschäft gefunden hatte. Es hatte zufälligerweise ihre Initialen gehabt: CF. Charlotte Fürst. Sie hatte sich oft gefragt, wem das wohl mal gehört hatte. Da – das Porzellan von Meissen, die Elektrogeräte von Miele. All das hatte sie gekauft. Ihr hatte so viel an diesen Dingen gelegen. Sie verließ die beiden Räume und ging hinaus in den Flur, sah sich weiter um. Langsam, um bloß alles in sich aufzunehmen, ging sie über den Marmorboden im Eingangsbereich, hob den Kopf, um den uralten Kronleuchter aus Frankreich anzuschauen, den man mittels einer Seilwinde hoch- und runterlassen konnte. Alle paar Monate war ein dreiköpfiges Reinigungsteam gekommen und hatte Stunden damit zugebracht, die Prismen und Birnen zu reinigen oder auszuwechseln. Der Lüster hatte einen Durchmesser von fast zwei Metern. Charlotte hatte ihn von einem Kunden zum Dank geschenkt bekommen. Warum, wusste sie nicht mehr. Wahrscheinlich hatte sie seine Mitarbeiter so gedrillt, dass die Firma endlich wieder schwarze Zahlen schrieb. Oder er hatte mit ihrer Hilfe beziehungsweise der Mithilfe der Anwaltskanzlei, mit der Charlotte damals zusammenarbeitete, die Hälfte der Belegschaft entlassen können, ohne Abfindungen zahlen zu müssen. Einen Großteil dieses Geldes hatte dann Charlotte bekommen.

War das eigentlich alles richtig gewesen?

Da, das Bild von ... wie hieß der Künstler gleich? Wie hieß er nur? Chagall hieß er. Es war eines der weniger bekannten gewesen, deswegen hatte Charlotte es sich gerade so leisten können. Alex wollte es unbedingt haben, er als Künstler legte großen Wert auf so etwas. Dann hatte er also einen Chagall gehabt. Und noch so einiges mehr. Den 911er zum Beispiel oder den Jaguar. Sie selbst war oft Rad gefahren, auch um fit zu bleiben. Aber Alex liebte seinen kleinen Fuhrpark.

Auch in ihrem Arbeitszimmer war kaum etwas verändert worden. Der alte Mahagonischreibtisch mit der grünen Lederauflage, dem Tintenfass und Stifthalter. Der Ohrensessel. Die vielen Regale mit allem möglichen Krimskrams drin. Die maßgeschneiderten Rollos, die man so einstellen konnte, dass das Licht im Raum wie flüssiges Silber und verzaubert wirkte. Die kleine Anlage, aus der oft die klassische Musik klang, die Charlotte so mochte, wenn sie zu Hause arbeitete. So wie es aussah, saß jetzt wohl Vivian immer hier. Und – Charlotte ging näher zum Schreibtisch – ganz offenbar trank sie aus ihrer Tasse. Es war eine Keramiktasse aus dem Elsass, auf der Charlottes Name stand. Vivi und sie hatten ein Wochenende in Straßburg verbracht, Weinbergschnecken und Foie gras mit Zwiebelmarmelade gegessen und süffigen Wein getrunken. An einem Marktstand hatte Charlotte diese Tasse entdeckt, und Vivi war traurig gewesen, weil es keine Tasse gab, auf der Vivian stand, da der Name wohl zu selten war.

Vivian hatte bei allem, was war, also auch noch die Nerven, aus ihrer Tasse zu trinken. Das fand Charlotte mit am schlimmsten. War sie so wenig wert, war sie so in Vergessenheit geraten, dass man einfach so aus ihrer persönlichen Tasse trank, ohne ein schlechtes Gewissen zu haben, ohne an sie zu denken? Charlotte musste schlucken.

Vivian und Alex waren wohl in der Firma. Klar, es war ein normaler Mittwoch, kurz vor zehn Uhr morgens. Was Alex da genau machte (er hatte keinen Schulabschluss, logischerweise kein Studium und auch keine Ausbildung, nur die „des Lebens", wie er sagte, und von Unternehmensberatung verstand er so viel wie von höherer Mathematik), war Charlotte genauso wenig klar wie die Antwort auf die Frage, wie alles so aus dem Ruder hatte laufen können.

Sie ging zurück in die Küche, öffnete den Kühlschrank und aß, was sie finden konnte. Hinterher wusste sie noch nicht mal mehr, was es war. Dann ging sie in den Keller. Da stand all das, was in einem Keller eben so stand. Neben einem Fitnessraum auch ein Werkraum. Hier hatte Alex unter anderem Bilderrahmen aus Holz gefertigt und verschieden große Staffeleien gebaut. Wenigstens das konnte er. Und wenn Charlotte sich nicht irrte, lag hier auch ein sehr großer Vorschlaghammer, der noch vom Vorbesitzer stammte. Sie und Alex hatten oft überlegt, wozu der Vorbesitzer den brauchte. Vielleicht hatte er seine Frau damit erschlagen und irgendwo im Haus eingemauert. Eine gruselige Vorstellung, trotzdem hatten sie albern kichern müssen.

Da lag der Hammer. Charlotte hob ihn hoch und lachte nicht.

Mit dem schweren Teil in der Hand ging sie wieder nach oben.

Februar 2014
Anne

Die Daunenjacke war viel zu groß, doch das war Anne egal. Es war ihr immer noch peinlich, die abgelegten Kleider von anderen zu tragen, aber was sollte sie tun? In ein Geschäft gehen und klauen? Nein. Mittlerweile hatte sie den Dreh raus, diese Schiebeklappen von Altkleidercontainern so zu bedienen, dass sie mit einer langen Stange Dinge rausziehen konnte. Einmal hatte sie auch gewartet, bis die Männer kamen, die den Container leerten, und die beiden waren so freundlich gewesen und hatten ihr erlaubt, sich die Sachen zu nehmen, die sie brauchte. „Da hast du deinen eigenen Secondhandshop", hatte der eine Fahrer freundlich gesagt, und Anne hatte genickt, wobei sie sich zum hundertsten Mal fragte, wieso sie eigentlich immer und von jedem automatisch geduzt wurde. War man ein Kind, wenn man auf der Straße lebte? Oder dachten die Leute, alle Obdachlosen seien automatisch zu blöd, um zu wissen, dass man jemanden auch siezen konnte? Oder dachten sie, „so jemand" sei eh nichts wert? Anne machte sich oft über solche Fragen Gedanken. Sie hatte ja jetzt Zeit.

Es war kalt. Nachts Minusgrade. Schließlich nahm sie die Jacke und zwei große Herrenpullover. Dazu Stiefel, die ihr zu groß waren. Das war gut. Da konnte man mehrere Socken anziehen. Zu enge Schuhe waren das Schlimmste. Anne zog ihre Schuhe nachts natürlich nicht aus. Was, wenn man plötzlich aufstehen und wegrennen musste? Schon ein paarmal war es vorgekommen, dass irgendwelche Idioten auftauchten und sie vertrieben. Einem hatte sie mal „Hau ab, du Penner!" zugerufen und zu spät gemerkt, wie lächerlich dieser Ausruf doch gewesen war.

Anne nahm die Sachen und stopfte sie in den Einkaufswagen, den sie vom Edeka geklaut hatte. Der Edeka hier war einer der rar gewordenen Supermärkte, die noch kein Münzsystem für ihre Wagen hatten. Den alten Einkaufswagen hatten ihr besoffene Jugendliche am Samstag weggenommen und durch die Gegend gekickt. Danach hatten sie den Wagen in die Alster geschmissen.

Anne hatte versucht, nicht zu weinen, musste es dann aber doch tun. Sie war herumgelaufen und hatte ihre Sachen zusammengesucht, aber der Wagen war verloren, die Alster zu tief an dieser Stelle. Natürlich hätte sie jemanden fragen können, ob er ihr half, es liefen genügend Leute mit Hunden oder joggende Pärchen herum. Aber Anne hatte die Erfahrung gemacht, dass man sich das auch sparen konnte.

Sie war mal wieder hier, in Eppendorf. Alle paar Wochen kam sie her, in ihre „alte Ecke". Manchmal ging sie zur Agentur im Eppendorfer Weg und schaute nach oben. Auf dem Fensterbrett ihres einstigen Büros stand eine Sonnenblume in einem goldenen Übertopf.

In ihrer Wohnung im Abendrothsweg wohnte jetzt ein hippes Paar. Es war eine schöne Wohnung im ersten Stock mit drei Zimmern und zwei Balkonen. Dielenboden, weiß lackierte Schiebetüren mit Scheiben, in die Jugendstilornamente in Milchglas eingearbeitet waren. Eine schicke Einbauküche, ein grau-weiß gefliestes Bad. Ein rosarotes Leben.

Anne schaute hinauf. Da hingen ihre alten Balkonkästen aus Terrakotta, die sie mal aus Italien mitgebracht hatte, darin befanden sich Buchsbäumchen, von der neuen Bewohnerin der Wohnung sorgfältig in einen Kälteschutz gewickelt. Vielleicht würde sie im April oder Mai ein paar Primeln oder Narzissen in die Kästen tun und gemütlich mit ihrem Mann auf dem Balkon sitzen und die Nase in die ersten warmen Sonnenstrahlen halten. In den schönen Korbsesseln, die Anne wie alles zurückgelassen hatte. Zurücklassen hatte müssen.

Die letzten Monate damals, im Oktober 2012, waren entsetzlich gewesen. Wie sie aus dem Job gemobbt wurde, wie eiskalt ihr Chef sie rausgeschmissen hatte. Wie sie ihre Miete nicht mehr zahlen konnte, und ihre Freunde sich von ihr abgewandt hatten. Keiner war mehr da, niemand hatte Zeit. Manche hatten ihre Handynummer gewechselt. Dani, eine gute Bekannte, war sogar mal schnell auf die andere Straßenseite geflüchtet, als sie Anne sah.

Dann der Vermieter, der von seinem Vermieterpfandrecht Gebrauch machte („Tja, da kann man nichts machen, Frau Holzhäuser"), nachdem der Gerichtsvollzieher kam und ihr mitgeteilt hatte, dass ihr nichts mehr gehörte, und sie auf die Straße gesetzt hatte. Zwangsräumung. Anne hatte die Post zum Schluss nicht mehr geöffnet. Sie war zum Schluss auch nicht mehr rausgegangen. Sie hatte gar nichts mehr gemacht zum Schluss, zum Schluss, zum Schluss. Ganz am Anfang, vor dem Schluss, hatte sie noch Hoffnung gehabt. Arbeitsamt, Hartz IV, tausend Formulare, Vorstellungsgespräche, die nichts brachten außer Kopfschmerzen und Schwindel, weil ihr alles zu viel war, sie stand kurz vor dem Zusammenbruch, zitterte, übergab sich einfach so, konnte nicht schlafen, schwitzte, fror, hatte kein Zeitgefühl mehr, konnte sich plötzlich nicht mehr richtig artikulieren, alles Vorboten der schweren Depression, die dann auch zuverlässig an die Tür klopfte, um es sich in Anne gemütlich zu machen. Ihr Hausarzt hatte ihr damals noch eine Überweisung zu einer Psychotherapie ausgestellt, da konnte sie die Kassenbeiträge noch bezahlen. Sie hatte dann tatsächlich eine Therapie angefangen, aber war dann aus der Krankenkasse geflogen, und es dauerte der Therapeutin zu lange, bis Anne das mit der Arbeitsagentur wegen der Kostenübernahme geklärt hatte. Zugegebenermaßen war diese Klärung sehr langsam vor sich gegangen, weil Anne alles so mühevoll fand und vieles vergaß. Und dann beendete die Therapeutin die Zusammenarbeit von heute auf morgen, was Anne in ein tiefes Loch stürzen ließ. Sie hatte diese Hanna Winterstein sogar angebettelt und geweint, was sie würdelos fand, aber es ging nicht anders, sie konnte nichts dafür, sie hatte solche Angst, wieder allein dazustehen. Die Gespräche hatten sie ein Stück vorangebracht, doch es lag noch ein langer Weg vor ihr. Aber Frau Winterstein ging gar nicht mehr ans Telefon, Anne sprach gefühlte hundert Mal heulend auf den Anrufbeantworter, und nie erfolgte ein Rückruf; die Tür wurde auch nicht geöffnet. An der Sprechanlage wurde sie von Frau Winterstein angeschnauzt. Das sei ja schon Stalking. Daraufhin war Anne zu gar nichts mehr in der Lage und konnte sich überhaupt nicht mehr aufraffen. Einmal hatte sie Frau Winterstein noch gesehen, da war sie aber schnell vor ihr weggelaufen. Sie biss sich die Fingernägel blutig, was sie früher nie getan hatte. Der Verfall begann. Es war alles so scheißegal.

Es war noch recht früh am Tag, und Anne hatte Hunger. Sie hatte *immer* Hunger. 24 Stunden am Tag. Sie beschloss, in eines der ganz reichen Viertel zu gehen, da warfen die Leute manchmal richtig gute Sachen weg. Sie hatte einmal ein noch nicht angebissenes belegtes Brötchen aus einem Mülleimer gefischt und sogar zwei Mettwürste. Später würde sie sich irgendwo dort einen Schlafplatz suchen, sie könnte natürlich auch in eins der Wohnheime gehen, aber das vermied sie, wann immer es ging. Sie hatte noch ein klein wenig Selbstachtung, wollte sich nicht in eine Reihe stellen mit den verwahrlosten, gescheiterten Existenzen, die stanken und randalierten. Also versuchte Anne, auch bei Kälte draußen zu schlafen. Sie besaß zwei Isomatten, die hatte sie mal vor einem Sportstudio gefunden, das alte Sachen vor den Eingang gelegt hatten, damit die Sperrmüllmitarbeiter sie abholten. Außerdem hatte sie einen dicken Schlafsack und jetzt die Daunenjacke, es müsste also gehen. Heute würde sie in Pöseldorf bleiben und abends irgendwo an der Alster ihr Lager aufschlagen. Sie musste morgens nur früh genug fort sein. Am besten, bevor die ersten Jogger kamen. Wobei die ihr nichts taten – sie machten immer nur einen Bogen um sie. Als ob sie die Krätze hätte oder sonst was. Dabei hatte sie gar nichts. Im wahrsten Sinne des Wortes. Aber sie war immer froh, wenn eine Nacht rum war. Einmal hatte sie in irgendeinem Park verschlafen, zwei Schulkinder waren vorbeigekommen, stehen geblieben und hatten dann ihre Schulbrote aus den Rucksäcken gekramt und sie ihr in die Hand gedrückt. Auf dem einen war Leberwurst gewesen, auf dem anderen Salami und Käse. Einen Schokoriegel hatten sie ihr auch noch geschenkt. Anne war so überrascht gewesen, dass sie noch nicht mal „Danke“ hatte sagen können.

Am meisten Angst hatte sie vor der Angst. Wenn es dunkel wurde, kam die nämlich angeschlichen. Es war nicht so schlimm, wenn andere Obdachlose in der Nähe waren, wobei sie sich auch bei denen nicht wohl und sicher fühlte. Die meisten waren betrunken und bekamen sowieso nichts mehr mit, egal ob wach oder schlafend. Manchmal übernachtete Anne tatsächlich in einem Wohnheim, gerade im Winter. Aber dort war es furchtbar. So dämlich es klang – sie fühlte sich den anderen gegenüber auf eine arrogante Art überlegen, nach so vielen Monaten immer noch. Und sie hatte schreckliche Angst davor, dass sie so enden könnte wie diese Frau, die in ihrem Alter war und nur noch drei schwarze Zähne im Mund hatte. Anne legte Wert darauf, nicht obdachlos zu *wirken*. Es gelang ihr nicht immer. Manchmal hatte sie einfach keine Kraft mehr, für nichts. Sie mied sinnfreie Gespräche mit anderen, am liebsten war sie allein. Oft saß sie da und träumte vor sich hin. Von ihrer Wohnung bei Kerzenschein und im Herbstwind wehenden Vorhängen, von Abenden mit Freunden, viel Wein, Fondue und selbst gemachten Dips. Ihre Aiolisoße war der Hit, keine schmeckte besser. Ihre Freunde … weg waren sie. Alle. Waren es Freunde gewesen? Was war mit Elli, mit Stella, mit Dirk und Basti und den anderen aus der alten Clique? Sie hatten sich, nachdem Anne ihren Job verloren hatte, sowieso nicht mehr oft gemeldet, auch weil sie so komisch geworden war. Anne hatte Dirk und Elli damals gebeten, ihr Geld zu leihen, nur zur Überbrückung, aber ihre Freunde hatten behauptet, gerade nicht flüssig zu sein. Die Beiträge für die Lebensversicherungen und die monatliche Belastung für die Eigentumswohnungen waren ja auch höher geworden. Klar. Anne war irgendwann eingefallen, dass sie von Dirk sowieso noch Geld bekam. Sie hatte ihm in einer Notsituation mal 500 Euro geliehen. Als sie Dirk auf den Anrufbeantworter gesprochen hatte, rief er nicht zurück. Als sie vor seiner Wohnung auf ihn gewartet hatte, behauptete er, dass er ihr das Geld schon längst zurückgegeben hätte. Sie war zu diesem Zeitpunkt bereits so verwirrt, dass sie sogar in Betracht zog, es könnte stimmen. Also hatte sie die Sache dann auf sich beruhen lassen. Irgendwann nach ein paar Wochen, als sie nachts auf einer Bank lag und die Sterne beobachtete, fiel ihr ein, dass Dirk ihr das Geld nie zurückgegeben hatte. Es war ihr egal. Sie hatte dagelegen und weiter in den Himmel geschaut, während es später und später wurde. Einmal meinte sie, eine Sternschnuppe gesehen zu haben.

Aber sie hatte sich dann doch geirrt. Da war keine Sternschnuppe am Himmel. Anstatt sich etwas zu wünschen, hatte sie stattdessen auf Rascheln und andere Geräusche geachtet, und oft klopfte ihr Herz. Denn sobald es dunkel wurde, kam dieses Gefühl der Hilflosigkeit, die Furcht davor, dass jemand ihr etwas antun könnte. Anne fehlte die Sicherheit von Wänden und Türen, das, was früher selbstverständlich gewesen war, vermisste sie so sehr, dass es wehtat. Ihr schönes Bett mit der guten Matratze, die Möglichkeit, sich immer *einfach so* Kaffee zu machen oder Essen aus dem Kühlschrank zu nehmen.

Ihr fehlte das normale Leben. Gemeinsames Kochen, Lachen und ins Kino gehen, das Knarren des Dielenbodens an einer bestimmten Stelle, Baden in Lavendelschaum, die blonden Locken bei ihrem Stammfriseur um die Ecke in Form bringen lassen, Maniküre bei Frau Hollinger, die immer über ihren Hund redete, zweimal die Woche Sport. Alles weg. Wenn sie an all das dachte, schossen ihr die Tränen in die Augen. Nicht dran denken, nur nicht.

Ihr Magen knurrte. Es war Februar. Wie sollte das weitergehen? Sie rappelte sich auf und lief Richtung U-Bahn, fuhr in Richtung Pöseldorf, durchforstete die Mülleimer und schaute, ob sie was finden konnte. Ihre Ausbeute nach einer halben Stunde waren ein Schokoriegel, eine halbe Flasche Cola und ein Stück von einem Plunderteilchen mit Zuckerguss. Sie verschlang alles gierig, dann ging sie weiter, an ein paar schönen Häusern vorbei. Aus einem besonders hübschen Patrizierhaus drang ein ohrenbetäubender Lärm. So, als würde jemand das komplette Mobiliar zertrümmern. Aber vielleicht wurde auch nur renoviert. Was ging sie das an? Trotzdem blieb sie einen Moment stehen und lauschte.

Charlotte

In der Küche fing sie an. Vor dem ersten Schlag verspürte sie so was wie den Anflug eines schlechten Gewissens. Noch nie zuvor hatte sie mutwillig etwas kaputt gemacht. Aber als sie sah, wie die Scheiben der Oberschränke zersprangen und sie dann dieses wundervolle Geräusch hörte, als die mundgeblasenen Wassergläser zersplitterten, geriet sie in einen Rausch. Sie zertrümmerte alles, was sich zertrümmern ließ. Alles, was sie mal angeschafft und geliebt hatte.

Nachdem das Erdgeschoss geschafft war, ging sie die Treppen hoch, um oben weiterzumachen. Das schöne Bad im römischen Stil sah nach ihrem Einsatz nicht mehr wie ein Bad aus, dafür roch es nun überall nach Rosen, weil sie auch die Kristallflaschen mit den Badeölen zerstört hatte.

Als sie fertig mit allem war, packte sie den Chagall ein. Das Bild war nicht sehr groß und passte in eine Plastiktüte von Lidl, die sie dabeihatte. Die Tüte war zwar dreckig, weil Bier aus Pfandflaschen darin ausgelaufen war, aber das war egal. Dann fiel ihr ein, dass sie ihre High Heels früher so geliebt hatte. High Heels und Handtaschen. Alles würde sie nicht mitnehmen können, aber jede Wette, dass Vivi viele ihrer Sachen behalten hatte, jedenfalls die, die ihr halbwegs passten. Auch die Schuhe? Gut möglich. Immerhin hatten sie dieselbe Schuhgröße gehabt, und Vivi hatte sich oft Schuhe von ihr ausgeliehen. Charlotte hatte einen Schuhtick gehabt, damals in diesem anderen Leben. Damit war sie ja nicht alleine. Viele Frauen hatten einen. Aber nicht jede Frau mit Schuhtick kaufte sich vier Paar, weil sie gerade Lust dazu hatte. Nicht irgendwelche Schuhe, ihr kamen auch keine Louboutins ins Haus, nein, Charlotte ließ ihre Schuhe anfertigen, sogar die Sneakers, die sie zum Laufen anzog. In einem kleinen Geschäft in der Innenstadt, ganz versteckt in einer Seitenstraße, die vom Neuen Wall abging, werkelte Madame Manon, die es aus Paris hierher verschlagen hatte – der Liebe wegen – und die sich der hohen Kunst des Schuhemachens verschrieben hatte. Manon hatte einen derart guten Ruf, dass sogar Scheichs aus Dubai und angeblich auch Mitglieder der britischen und niederländischen Königsfamilie bei ihr Kunden waren. Ein Paar Schuhe von Manon kosteten ordentlich Geld, aber Charlotte hatte es sich leisten können. Was waren schon dreitausend Euro, wenn man im Jahr vier Millionen netto hatte?

Sie stellte die Tüten ab und lief schnell noch einmal die Treppe hinauf, ging in ihr ehemaliges Ankleidezimmer, in dem sie vorhin nicht gewesen war, und bekam einen Schreck, als sie sich selbst im einzig noch heilen Spiegel des Hauses sah. Die Haare wirr, grau und fettig, das Gesicht eingefallen und fahl, die Klamotten verdreckt und die Fingernägel abgebrochen. Und sie war so dünn.

Charlotte öffnete einen Schrank, nahm zwei Paar ihrer Schuhe heraus, die es tatsächlich noch gab, dann holte sie aus dem anderen Schrank eine große beige Schultertasche von Hermès. Als sie alles zusammenhatte, trat sie erneut vor den Spiegel. Und trat zu. Immer und immer wieder, so lange, bis er von der Mitte aus Risse bekam und schließlich in sich zusammenfiel. Es hörte sich an, als würden Diamanten auf den Boden rieseln. Apropos Diamanten. Wo war eigentlich ihr Schmuck? Sie durchsuchte das Zimmer, aber Vivi hatte wohl alles in den Tresor getan. An den Code konnte sie sich nicht mehr erinnern.

Charlotte beschloss, noch mehr Wertsachen mitzunehmen. So viel sie tragen konnte. Sie ging nach unten und wollte gerade eine Skulptur von Rodin in die Tüte stecken, als sie ein Geräusch hörte. Jemand schloss die Haustür auf. Schnell versteckte sie sich in der Garderobennische. Es war Frau Schmitz, die Putzfrau, die damals schon zu ihr gekommen war. Zweimal pro Woche, dienstags und freitags. Charlotte hielt die Luft an und wartete. Dann sah sie, wie Frau Schmitz entsetzt und mit der Hand vorm Mund loslief und dann einen Schrei ausstieß. „Oh, oh, oh, ich muss die Polizei anrufen", jammerte die ältere Frau und lief zum Telefon, dessen Ladestation sich im Wohnzimmer befand.

Diesen Moment nutzte Charlotte und verließ ihre ehemalige Patriziervilla in Pöseldorf. Den Schlüssel, den sie noch gehabt hatte – er war ins Innere einer Jacke gefallen, deren Tasche an der Innenseite gerissen war – hatte sie dummerweise im Haus liegen gelassen. Daher konnte sie leider nicht noch mal zurückkehren, wenn alles renoviert war, erneut zuschlagen und ihre Sachen da rausholen. Andererseits würden Alex und Vivi nun mit Sicherheit die Schlösser austauschen lassen. Also war es egal. Es würde bei diesem einen Mal bleiben.

Trotzdem fühlte Charlotte sich gut. Verdammt gut. Das Wüten in ihrem ehemaligen Haus hatte Endorphine in ihr freigesetzt. Das hatte sie lange nicht mehr verspürt.

Sollten sie sie doch verdächtigen. Im Haus waren mit Sicherheit sowieso noch Fingerabdrücke von ihr gewesen. Und überhaupt: Sie wussten doch gar nicht, wo sie war. Von den Nachbarn hatte sie wahrscheinlich auch niemand gesehen, sonst hätte man ja die Polizei geholt. Bestimmt hatte niemand sie erkannt. Von der ehemaligen Charlotte Fürst im Chanelkostüm war nicht mehr viel übrig. Und sie hatte Handschuhe angehabt.

Selbst wenn man sie verdächtigen, finden und verhaften würde. Na und? Im Gefängnis würde es wahrscheinlich sogar angenehmer sein als auf der Straße. Und eine Geldstrafe? Über die würde sie nur lachen. Wie hieß es doch: Einer nackten Frau kann man nicht in die Tasche greifen.

Geld hatte sie keins. Nur zwei Paar Schuhe und den Chagall. Und sie war für den Moment nicht hungrig. Charlotte würde darüber nachdenken.

Heute war ein guter Tag.

Dann bemerkte sie, dass sie etwas in der rechten Hand hielt. Ihre Namenstasse aus dem Elsass. Aus irgendeinem Grund musste sie die eben mitgenommen haben. Diese Tasse mit ihrem Namen darauf. Charlotte fing leise an zu weinen.

Anne

Sie sah die Frau rauskommen. Sie wirkte merkwürdig. Nicht wie eine Einbrecherin, eher wie die Hausbewohnerin, die ein paar Nächte durchgemacht hatte. Obwohl sie lumpige Klamotten trug, hatte sie etwas Edles an sich. Sie ging aufrecht und mit festen Schritten, hatte eine Plastiktüte in der Hand und in der anderen eine Tasse. Es war ein komisches Bild. Das große herrschaftliche Haus im Hintergrund, der Kiesweg, das schmiedeeiserne Tor. Anne ging rasch auf die andere Straßenseite und stand nun hinter einem Auto. Die Frau knallte die Pforte hinter sich zu und ging mit erhobenem Haupt die Straße entlang. Manchmal zuckten ihre Schultern. Sie schien zu weinen.

Sie tat Anne leid, aber was sollte sie tun? Sie musste sehen, dass sie den Tag irgendwie rumkriegte. Vielleicht war das die Putzfrau der reichen Hausbesitzer gewesen. Aber machte eine Putzfrau solchen Lärm?

„'Tschuldigung", sagte da eine Frau, und Anne ging einen Schritt zur Seite, um die alte Dame durchzulassen. Sie war klein, hutzelig, hatte graues kurzes Haar und schlurfte. Ihr leerer Blick verriet, dass sie keine Perspektive hatte, dafür umso mehr Korn trank, das roch Anne zehn Meter gegen den Wind. Eine wie sie. Oder auch nicht. Anne ging ihr nach, sie musste sowieso in die Richtung, weil sie im Mittelweg noch ein bisschen in den Papierkörben wühlen wollte.

Gerti

Ihren 73. Geburtstag hatte die grauhaarige, verhutzelte, schlurfende Gerti mit zwei Freunden gefeiert: Lumpi und der Hoffnungslosigkeit, ihrer allertreuesten Begleitung. Die Feier war nicht schlecht verlaufen. Durch Betteln und Einsammeln von Pfandflaschen war es ihnen gelungen, genug Kohle zusammenzubekommen, um bei Aldi ein paar Liter billigsten Korn und ein paar Gläser mit Fruchtkonfitüre kaufen zu können. Wenn man Korn und Zucker gleichzeitig zu sich nahm, kam man schneller dahin, wohin man wollte – in diese schöne Welt der Benebelung, die irgendwann weiterging und im Halbdelirium endete. Gerti aß gern Marmelade zum Alk, da hatte man wenigstens noch was im Magen. Und Konfitüre war am billigsten, weil sie den wenigsten Fruchtgehalt hatte und eben mehr Zucker. Solche Sachen hatte Gerti schnell gelernt. Lumpi war in Lurup, Gertis alter Heimat, unterwegs gewesen und hatte in einer Schrebergartenanlage ein Häuschen gefunden, das offenbar schon länger leer stand und sich ganz hervorragend für sie eignete. Nur aufs Feuermachen mussten sie verzichten. Das Gelände war um diese Zeit wie ausgestorben, erst später würden die ersten Gärtner kommen und nach den winterharten Pflanzen schauen und nach ihren Lauben. Klar, manchmal war jemand da, aber da musste man eben mal die Klappe halten. Klos gab es nicht, aber da konnte man sich behelfen, fast überall gab es Komposthaufen, die man wenden konnte. Da durfte man nicht zimperlich sein.

In den 18 Jahren auf Hamburgs Straßen hatte Gerti gelernt, wie man sich verhalten musste, um nicht aufzufallen.

Sie wusste, ob sich nähernde Schritte gefährlich oder harmlos waren, sie hörte am Klappern der Absätze, welche Art Schuhe es waren. Schuhe mochte sie. Hatte sie schon immer gemocht. Aber sie hatte nie mehr als zwei Paar besessen. Flache Schuhe, in denen man gut laufen konnte. Nie hohe. Oft saß sie vor einem edlen Supermarkt, bettelte und sah die schicken Frauen mit ihren teuren Schuhen rauskommen. Manchmal fragte sie sich, wie es wohl war, in solchen Schuhen zu laufen. Einige Absätze waren so hoch und dünn, dass es qualvoll aussah. Und es kam immer mal wieder vor, dass die Damen darin umknickten. Die Damen trugen auch teure Kleidung. Das sah man einfach.

Ganz am Anfang, also 1996, nachdem sie raus war aus dem Knast und feststellen musste, dass sie keine Perspektive hatte, war Gerti in Pöseldorf herumgestreunt, was sie auch heute noch hin und wieder tat. Dieser Hamburger Stadtteil wurde auch Schnöseldorf genannt, hier wohnten wie in Blankenese die superreichen Leute, aber sie waren eher neureich. Das alte Geld war in der Elbchaussee zu Hause, und zwar auf der Wasserseite, auch Butterseite genannt. Hatte man sein Haus auf der Landseite, war es die Margarinenseite. Aber egal ob gutes oder schlechtes Fett, reich waren sie alle.

Nicht dass die neureichen Pöseldorfer besonders freizügig waren, im Gegenteil. Aber die warfen wenigstens mehr weg. In den ärmeren, normaleren Stadtteilen klappte es dagegen mit dem Betteln besser. Da waren die Leute bodenständiger und ekelten sich nicht gleich. Hier in Pöseldorf wurde sie oft weggejagt, aber es gab einen Bäcker und einen Mitarbeiter in einem Supermarkt, die gaben ihr nach Geschäftsschluss immer mal was ab. Und manchmal ließ Johann vom Supermarkt abends eine der Mülltonnen offen, dann, wenn alle weg waren, konnten sich Gerti und die anderen was rausholen. Da waren ja manchmal Sachen dabei! Apfelsinen, Äpfel, Aufschnitt, ganze Brote! Abgelaufene Joghurts und Puddings, Kekse und alles mögliche andere Zeug! Leider sprach sich eine solche Freizügigkeit schnell herum, und man musste sich beeilen, um noch was abzukriegen.

Damals hatte Gerti also oft in Pöseldorf vor einem schicken Supermarkt gesessen und die reichen Leute beobachtet, denen es nichts ausmachte, hundert Euro und mehr für einen Einkauf auszugeben. Aus ihrer Hundeperspektive hatte sie einen guten Blick. Sie schloss von der Art der Kleidung auf ihre Trägerin. Es gab Frauen, die wollten um jeden Preis auffallen, und es gab welche, die waren eher nordisch nobel. Schlicht, aber teuer gekleidet. Gerti sah, ob die Fingernägel regelmäßig behandelt wurden, ob die Damen gerade beim Friseur gewesen waren. Das roch sie auch oft. Hatten sie die Haare färben lassen, war das ein unverwechselbarer Geruch in der Kombination mit Haarspray, das oft fruchtig duftete. Diesen Geruch kannte sie von früher, ach, es war so lange her. Und dann der Schmuck. So selbstverständlich trugen die Frauen dicke Ringe mit bunten Steinen, Armbänder, an denen glitzernde Anhänger baumelten, große goldene Uhren und Ketten. Auf den Handtaschen standen die Herstellernamen, und eine bestimmte Frau hatte es Gerti besonders angetan. Weil sie fast täglich hier einkaufte, viele Leute kannte und immer, wenn Gerti sie sah, eine andere Handtasche und immer andere Schuhe trug. Oft hatte die Frau einen etwas jüngeren Mann dabei, und die beiden lachten. Er war auch teuer angezogen, sah aber ein bisschen aus wie ein Luftikus. Manchmal klaute der junge Mann im Vorbeigehen an einem der Obststände, die vor dem Markt aufgebaut waren, eine Erdbeere oder ein paar Trauben aus einer Schale. Und niemand sagte was. Der eine Mitarbeiter, der draußen die Obstkörbe auffüllte, hatte sogar gelacht. Gerti hatte das dann auch mal probiert und war sofort angeschnauzt worden. Na ja, auch verständlich, sie kaufte hier ja nicht ein. Manchmal klaubte Gerti bunte Illustrierte aus dem Müll und las von Elizabeth II. und von Prinzessin Diana, die so tragisch ums Leben gekommen war, von der Königin Máxima aus Holland, die ein so schönes blaues Kleid bei der Krönung getragen hatte. Sie sah gern die Fotos der Königinnen und Könige an und las gern die Geschichten. Ach, die hatten es gut. Dauernd konnten sie Kronen tragen und schliefen in weichem Bettzeug. Und hatten lauter Leute, die sich um alles kümmerten. Ein wundervolles Leben. Dann musste sie an früher denken und was sie da alles erlebt hatte. Es waren schöne, schöne Zeiten gewesen, bevor sie … ach, nicht drüber nachdenken.

Die Frau aus dem Supermarkt hieß Charlotte, das bekam Gerti mit, weil diese Charlotte hier wirklich viele Leute kannte. Und sie trug die dicksten Ringe und Ketten und eine Armbanduhr, die ganz schön teuer aussah. Trotzdem wirkte sie nicht protzig.

Und sie knickte beim Gehen nie um. Gerti vermutete, dass sie schon ihr Leben lang auf hohen Schuhen ging, weshalb ihr das in Fleisch und Blut übergegangen war.

Sie war eine sympathische Frau. Groß, über eins siebzig, schlank, durchtrainiert, mit dunklen, glatten Haaren und einem Pony. Charlottes Haut war immer leicht gebräunt, und sie hatte ein liebes Lächeln, weiße Zähne und benutzte ein hübsches Lipgloss. Sie sah so aus, als ob sie keinen reichen Mann hatte, sondern selbst arbeiten würde. Ja, sie sah so aus, als ob sie zu schätzen wüsste, dass es ihr so gut ging. Hin und wieder legte sie Gerti eine Ein- oder Zweieuromünze in die alte Pappschachtel, manchmal auch einen Fünfeuroschein. Der Mann, der sie manchmal begleitete, gab nie was.

Die Knochen taten Gerti weh, und sie beschloss, in dieser Nacht woanders zu schlafen. Die Laube war sowieso schon eng genug, und dann noch mit den anderen. Lumpi war derzeit nicht gut drauf. Mal war er aggressiv, dann wieder verschlossen und sagte stundenlang keinen Ton. Nein, dachte Gerti. Heute würde sie in eines der Heime gehen. Sie war sehr müde und sehr schlapp. Auf dem Kiez war eins, das gab es schon lange. Sie mochte die Leiterin, Schwester Magdalena, eine Nonne, die sich den Armen verpflichtet hatte. Im Heim gab es wenigstens was Warmes zu essen, und die Heizung war an. Zur Not konnte Gerti auf dem Boden schlafen, das hatte sie schon vor Jahren gelernt. Ihre Knochen waren zwar alt und hatten viel mitgemacht, aber der Mensch gewöhnte sich ja an alles.

Sie drehte sich um. Hinter ihr lief die blonde Frau mit gesenktem Kopf in einem viel zu großen Parka. Auf der anderen Straßenseite ging eine große Frau, die zu weinen schien. Jedenfalls wischte sie sich dauernd im Gesicht herum.

Sie verbrachte den Tag mit Nichtstun. Als es dunkel wurde, fuhr sie schwarz mit der U-Bahn von der Hallerstraße bis St. Pauli. Hier waren keine Kontrolleure, und wenn doch, ließen sie sie fahren. Sie stieg aus und ging langsam Richtung Ausgang. Auf dem Weg zum Agathenhaus blieb sie an jeder Mülltonne stehen und beobachtete die Straße. Nach so vielen Jahren konnte sie immer noch kaum glauben, was die Leute alles wegschmissen. Halb aufgegessene Burger, Hotdogs, Sandwiches. Natürlich musste sie den Hunden zuvorkommen, die andere Obdachlose bei sich hatten. Die Hunde schienen zu wittern, wann jemand etwas fallen ließ, und sprangen blitzschnell nach vorn. Aber Gerti war trotz ihrer 73 Jahre flink. Und auch wenn es im Heim vielleicht Suppe gab, Hunger hatte sie immer. Ihr Rücken tat weh, das Rheuma machte ihr zu schaffen. Sie fühlte sich wie 90. Sie war zu schnell zu alt geworden, hatte einfach die Jahre übersprungen. Noch immer konnte sie sich genau an den Tag des Urteilsspruchs erinnern. Als sie zur Toilette gebracht wurde und sich dann wie in Trance die Hände wusch und in den Spiegel geschaut hatte. Sie war von einem Tag auf den anderen mindestens fünfzehn Jahre gealtert. Sie hatte es kaum fassen können.

Gerti bog in die nächste Straße ein und lief langsam auf das Heim zu. Davor standen zwei Frauen. Gerti blinzelte. Ihre Augen waren auch nicht mehr die besten. Vielleicht waren's Nutten. Vielleicht aber auch nicht.

KAPITEL 2

Hamburg, im Februar 2014
Vor dem Agathenhaus, abends

Gerti wollte gerade an den beiden Frauen vorbeigehen und hielt den Kopf gesenkt, um nicht in ein Gespräch verwickelt zu werden, da fiel ihr auf, dass sie die beiden heute schon gesehen hatte. In Pöseldorf. Sie hatte vorhin nicht richtig hingeschaut, jetzt dagegen sah sie, dass die zwei auch auf Platte sein könnten. So hatten die beiden in Pöseldorf nicht ausgesehen, oder sie hatte einfach nicht darauf geachtet.

Egal. Sie hatte keine, aber auch gar keine Lust, jetzt mit anderen Weibern über die Miesheit der Welt zu labern, ob sie die Damen schon mal getroffen hatte oder nicht. Die Frauen auf der Straße waren nämlich teilweise viel schlimmer als die Männer. Manchmal hatte Gerti das Gefühl, dass die Weiber froh waren, endlich mal die Fäkalausdrücke benutzen zu können, die sie schon immer hatten benutzen wollen. Jetzt, wo alles egal war, ging das endlich. Früher wäre es unanständig gewesen. Die Frauen wurden auch schneller aggressiv und keiften bei der kleinsten Kleinigkeit herum. Bei vielen herrschte ein unfassbarer Zickenkrieg. Dabei hatten einige früher einen guten Job gehabt, Gerti hatte mal eine Ärztin kennengelernt und eine Frau, die Flugzeuge geflogen war. Wie hieß der Beruf noch mal? Manchmal fielen ihr die einfachsten Wörter nicht ein. Manche verstand sie auch nicht. Sie war eine einfache Frau, immer schon gewesen. Und im Grunde brauchte sie auch keine fremden Wörter und anderes hochgestochenes Zeug. Vieles hatte sie auch im Lauf der Jahre einfach vergessen. Weil es unwichtig war.

Es war mit den Weibern auf der Straße so ähnlich wie im Frauenknast. Da hatte sie auch einiges erlebt, war gedemütigt worden ohne Ende. Als Gerti das wieder einfiel, stieg Wut in ihr hoch und Hass!

Die schlimmste der Justizvollzugsbeamtinnen war Gudrun Knapp gewesen. Eine verbitterte Frau Anfang vierzig, die zweimal von zwei Ehemännern wegen einer anderen verlassen worden war und glücklicherweise keine Kinder hatte, die vielleicht genauso geworden wären wie sie. So jedenfalls lautete die einhellige Meinung unter den Gefängnisinsassinnen. Gudrun Knapp war sehr groß, sehr dünn und sehr giftig gewesen. Sie war eine Sadistin und freute sich immer, wenn sie quälen konnte. Ein paar Tage Einzelzelle, kaltes Essen, Ausschluss vom Hofgang und so weiter. Und keine hatte sich getraut, aufzumucken. Klar hätten die Frauen sich beschweren können, und dann? Wem glaubte man wohl mehr, hm?

Gudrun Knapp hatte einen Damenbart gehabt und hätte gut in die Uniform eines Stasi-Offiziers gepasst. Blutige Folterverhöre im Mittelalter wären auch ihr Ding gewesen. Gerti hatte sie besonders auf dem Kieker gehabt, warum, wusste niemand. Vielleicht weil Gerti wie das beste Opfer wirkte. Klein, gebeugt, ängstlich. Und das nach so einer Gräueltat, für die sie nun einsaß.

Jedenfalls waren die fünf Jahre im Knast für Gerti die schlimmste Zeit ihres Lebens gewesen. Nachdem sie endlich wieder draußen war, war sie zu einer ehemaligen Mitinsassin gegangen, die vor ihr rausgekommen war. Doch schon nach fünf Minuten hatte sie es in deren Wohnung nicht mehr ausgehalten. Die Frau lag gemeinsam mit vier verdreckten Hunden auf einer zerschlissenen Decke, und neben ihr lagen unzählige Bier- und Schnapsflaschen. Gerti hatte damals noch gedacht: So will ich nicht enden. Ja, das war damals gewesen.

Und nun stand sie also hier vor dem Agathenhaus. Die beiden Frauen, die sie in Pöseldorf auf der Straße gesehen hatte, unterhielten sich leise, und irgendwas fiel Gerti auf. Ziemlich schnell kam sie darauf, was es war: Die beiden sprachen nicht laut und ungehobelt, sie wirkten nicht besoffen oder verkatert oder was auch immer. Nein, eher auf eine angenehme Art *normal*. Sie führten einfach ein Gespräch. Leise, im Gleichton. Und dann machte Gerti eine merkwürdige Entdeckung. Die Schuhe der einen, etwas älteren Frau, die hatte sie schon mal gesehen. Die waren einzigartig, so viel war klar. Denn Gerti hatte schon viele, viele Schuhe gesehen, seitdem sie auf der Straße war. Sie hatte auch teure Marken gesehen. Nicht dass sie die Marken kennen würde, aber oft hatte sie einen Schaufensterbummel gemacht, weil sie wissen wollte, welche Schuhe der Damen in Pöseldorf wie viel kosteten, und ziemlich oft war ihr dabei der Bissen im Hals stecken geblieben. Sprichwörtlich zumindest. In Wahrheit hatte sie ja gar nichts zu essen gehabt.

Diese Schuhe jedenfalls *kannte* sie. Die Frau besaß sie schon lange. Es waren welche mit recht hohem Absatz, rot und gold, Leder und Lack, fein gesteppt, oben geschnürt, vorne offen, sodass man den großen Zeh und den daneben sehen konnte. Der Absatz war aus glänzendem Metall und mit Nieten besetzt. Das war eine Einzelanfertigung und sah jetzt ziemlich komisch aus, weil die Frau dicke Socken trug und sich trotzdem in diese Schuhe reingequetscht hatte. Plötzlich fiel Gerti wieder dieses Gespräch ein, das sie damals mitgehört hatte. Die Schuhfrau war mit einer anderen Frau aus dem Supermarkt gekommen. Die andere hatte ihr auf die Füße geschaut und gesagt: „Du hast es wirklich mal wieder gemacht“, und die Schuhfrau hatte genickt, mit den Schultern gezuckt und lachend „Man lebt nur einmal“ erwidert.

„Wahnsinn“, hatte die andere gemeint. „Was hast du bezahlt?“

„Ich habe bei Manon gleich drei Paar bestellt, deswegen hat sie mir einen Nachlass gegeben. Also für die hier hab ich zwei acht bezahlt.“

„Wow. Naja, du hast es ja.“

„Ach, komm. Fang jetzt nicht an, neidisch zu werden.“

„Quatsch. Ich doch nicht.“

Sie waren damals an Gerti vorbeigegangen, und die Schuhfrau hatte ihr wie so oft zwei Euro in die Schale gelegt. Die Freundin, die wie der junge Mann nie etwas gab, lief ein Stück hinterher, und Gerti war aufgefallen, dass sie noch nie so viel Missgunst und Verbitterung in einem Gesicht gesehen hatte.

Nun, an diesem kalten Februarabend 2014, schaute sie in das Gesicht der Frau, dann an ihr herunter. Sie war es. Keine Frage. Sie war groß, ihr Haar mittlerweile strähnig und grau. Durch die Falten konnte man nur noch erahnen, dass sie mal sehr schön gewesen war, was Gerti ja wusste. Sie hatte sehr selbstsicher, aber dabei sympathisch gewirkt, obwohl sie nun auch noch etwas Edles an sich hatte.

Was machte sie hier? Und warum trug sie diese Schuhe zur Pennerkleidung? War das vielleicht eine Journalistin, die eine Reportage machte, und gleich kam noch ein Kamerateam und erzählte was vom Kältebus? Aber dann hörte Gerti die Frau sagen: „Und dann hab ich mit einem riesigen Hammer alles kaputt geschlagen."

Sie horchte auf. Das passte nun gar nicht zur Schuhfrau. Interessant.

„Meine Güte, dann war es das, was ich gehört habe!", sagte die andere Frau, die jüngere, eine blondlockige, zierliche kleine Puppe, der man, wenn man sie gewaschen hatte, ein rosa Kleidchen mit Rüschen anziehen könnte. Sie zog hörbar die Nase hoch. „Was, wenn die Polizei gekommen wäre?"

„Darüber hab ich in dem Moment nicht nachgedacht. Mir war es egal. Ich habe alles, wirklich alles kaputt gemacht."

„Alles, was dir mal gehört hat ..." Das Püppchen nickte wissend.

„Ja. Bis auf meine Tasse. Meine Namenstasse. Und ein Bild. Sonst alles. Und das war auch gut so."

„Das hätte ich mich nie getraut. Ich meine, einfach so in meine alte Wohnung zu gehen und Sachen kaputt zu machen. Nie."

„Du bist ja auch noch nicht so lange auf der Straße unterwegs“, sagte die mit den Schuhen. „Das kommt alles noch.“

„Manchmal würde ich gern zu meiner ehemaligen Arbeitsstelle gehen und alles umschmeißen“, gab die blonde Puppe zu. „Und Projekte, an denen sie gerade arbeiten, vernichten. Und ihre Festplatten zerstören. Richtig Schaden anrichten. Wegen denen bin ich nämlich hier gelandet.“

„Warum tust du es nicht?“

Die Blonde zuckte mit den Schultern. „Weil es verboten ist. Ich habe genug Ärger. Ich bin ... ach, ist doch egal.“

„Das ist es nicht“, regte die Schuhfrau sich auf und begann, leise auf die Blonde einzureden.

Gerti wusste nicht so recht, ob sie jetzt vorbeigehen oder stehen bleiben sollte. Einerseits war sie hungrig und müde, andererseits neugierig und einer Unterhaltung mit halbwegs normalen Frauen gegenüber nicht abgeneigt. Die Gespräche, die man hier sonst führte, waren eigentlich keine Gespräche, sondern eine Aneinanderreihung von wirren Sätzen.

„Warum bist du hier?“, fragte die Blonde nun.

„Und du?“, gab die Schuhfrau zurück, und an der Weise, wie sie ihr halblanges Haar in den Nacken warf, konnte Gerti nun deutlich die ehemals reiche Frau vor dem Delikatessengeschäft erkennen – oder vielleicht war sie das ja sogar noch. Aber Gerti glaubte es nicht. Dann würde sie anders aussehen. Ihr Luxusleben schien etwas länger her zu sein.

Die kleine Blonde wirkte dagegen irgendwie, als habe sie sich verkleidet. Die Haut war frisch und rosig, die ganze Person noch nicht so runtergekommen, sie bewegte sich noch einigermaßen agil, und die Falten im Gesicht hielten sich in Grenzen. Gerti vermutete, dass sie, wenn sie überhaupt auf der Straße war, noch nicht lang dort lebte. Die andere wahrscheinlich schon. Glaubte sie zumindest. Gesehen hatte sie die beiden bis auf vorhin noch nie. Vielleicht kamen die zwei aus einer anderen Stadt – oder waren normalerweise in anderen Stadtteilen daheim. Vielleicht in Pöseldorf, da war Gerti ja nur manchmal.

Sie beschloss, stehen zu bleiben, die Neugierde hatte gesiegt.

„Tach“, sagte sie, und die beiden schauten sie an. „Hallo“, antworteten die beiden gleichzeitig.

Gerti wusste nicht, was sie als Nächstes sagen sollte, und überlegte. Dann deutete sie auf die Schuhe. „Die sind handgenäht. Bei Manon in der Innenstadt. Du hast mal zwo acht dafür bezahlt. Ist aber schon ’ne Weile her.“

„Was?“, rief die Frau fassungslos und starrte auf ihre Schuhe.

Gerti nickte. „Ich kenn dich. Du hast früher in Schnöseldorf gewohnt oder bist da einkaufen gegangen. Stinkfeine Gegend. Und im Feinkostladen hast du manchmal bulgarischen Hafer gekauft.“

„Äh? Was?“, fragte Charlotte.

„Doch, hast du. Dann hast du zu dem Mann, der bei dir war, gesagt, ihr würdet den Hafer mit Toast essen. Und Zitrone.“ Gerti nickte wieder. An was man sich doch alles erinnerte, wenn man wollte!

Charlotte war fassungslos. Wer war diese Frau, die ganz offenbar so wie sie auch obdachlos war und dann auch noch wusste, wie teuer diese Schuhe vor weit über zwölf Jahren gewesen waren? Und was meinte sie mit bulgarischem Hafer?

„Ich glaube, ich weiß, was Sie meinen“, sagte Anne da. „Sie meinen Beluga-Kaviar.“

Gerti zuckte mit den Schultern. „Ob bulgarisch oder Beluga, das tut wohl nix zur Sache. Ich hab’s nicht so mit dem Wortkram. Man muss auch wohl nicht alles wissen.“ Dann wandte sie sich wieder an Charlotte. „Ich hab vor dem Laden gesessen, in dem du immer eingekauft hast. Im Sitzen sieht man Schuhe sehr gut. Deine sind mir aufgefallen, weil sie so ganz anders aussahen als andere. So einfach ist das. Wer seid ihr?“

Die zwei standen da und schauten sich an, sagten ihre Namen, und dann sagte Gerti ihren.

„Und was habt ihr heut noch vor?“, wollte sie dann wissen.

Anne schaute sie aus großen Augen an. „Wohl dasselbe wie Sie. Sagen Sie, kann es sein, dass ich Sie heute Vormittag in Pöseldorf gesehen habe?“

„Lass man das mit dem Siesagen“, sagte Gerti. „Ja, das war ich. Erst hast du da gestanden an einem Auto, dann bist du mir hinterhergelaufen. Lustig, was?“

Anne nickte. Sie hatte sich noch nicht an das Geduze gewöhnen können, würde aber versuchen, sich anzupassen.

„Ja, lustig. Und sie“, sie nickte zu Charlotte, „war da heute auch. Auf der anderen Seite von der Straße. Da sind wir wohl alle drei zur selben Zeit dieselbe Straße entlanggelaufen. Und nun sind wir alle drei hier. Was für ein Zufall! Das ist echt witzig! Oder einfach Schicksal. Das kann ja sein!“

„Ja, ich kann auch schon nicht mehr vor lauter Lachen. Mir tut alles weh“, sagte Charlotte humorlos. Annes euphorisches Getue ging ihr auf die Nerven.

„Ihr seid anders als die anderen“, stellte Gerti fest, während Charlotte darüber nachdachte, wie sie das wohl meinen könnte. Und sie wiederum fand, dass Gerti auch irgendwie anders war als die anderen. Sie hatte etwas Liebes an sich, auch wenn sie nach Alkohol roch. Anne ging es genauso. Am liebsten hätte sie sich in Gertis Arme geworfen. Gerti war bestimmt eine Frau, die unter anderen Umständen für ihre Enkelkinder Grießbrei kochen würde. Oder Schokoladenpudding mit Vanillesoße.

Charlotte gefiel ihr auch.

Gerti, Anne und Charlotte standen da, sahen sich an, und jede für sich hatte zum ersten Mal seit langer Zeit das Gefühl, dass es schön war, sich mit jemandem zu unterhalten, so unterschiedlich sie alle drei auch waren.

„Wolltet ihr ins Agathenhaus?“, fragte Gerti.

Anne nickte. „Ich wollte erst im Park schlafen, aber da war so ein schrecklicher Hund, und ich hatte Angst. Aber ich bin so müde, und dann dachte ich, dass ich ja heute mal herkommen kann. Meistens bin ich draußen."

„Ich habe heute Nachmittag die High Heels angezogen und bin einfach so rumgelaufen", sagte Charlotte. „Und dann haben mir die Füße wehgetan, weil ich diese Schuhe einfach nicht mehr gewohnt bin. Dann kam sie", sie nickte zu Anne, „und fragte, wo das Agathenhaus sei, und zufälligerweise stand ich direkt davor. Ich weiß nicht, wo ich schlafe. Ich weiß im Moment gar nichts." Sie umklammerte immer noch die Tasse.

„Ich habe dich gleich erkannt", sagte Anne.

„Jo. Dann wäre das ja geklärt. Ich glaube, wir gehen mal da vorn ins Jubi-Eck", sagte Gerti und machte eine Kopfbewegung in Richtung Straßenecke. „Den Wirt kenn ich. Der gibt uns einen aus." Mit diesen Worten ging sie einfach los, und die beiden anderen liefen ihr hinterher.

Im Jubi-Eck war es warm. Es gab eine alte Jukebox, es durfte geraucht werden, an den Fenstern hingen nikotingelbe Gardinen und hinter dem Tresen Autogrammkarten von Leuten, die hier mal gesoffen hatten. Freddy Quinn. Roberto Blanco. Die Wildecker Herzbuben. Vicky Leandros. Und ein Foto von Gitti & Erica, die damals das Heidi-Lied gesungen hatten. So lange gab es also diese Kneipe schon. Na ja, es gab ja viele alte Kneipen auf dem Kiez.

Hier gab es kalte Frikadellen mit Brot und Senf. Der Wirt hieß Hinnerk und brachte ungefragt drei Pils und drei Frikadellen, die alle drei auf der Stelle verschlangen.

Ein wankender Mann steckte Geld in die Jukebox, und Heintje fing an, seine Mutter singend darum zu bitten, nicht zu weinen. Gerti holte nun Tabak heraus und drehte sich eine Zigarette. Anne starrte fasziniert auf ihre gelben Fingerkuppen.

„So welche wie euch hab ich lang nicht geseh'n", sagte Gerti. „Also ich hab euch bis auf heute noch nie geseh'n."

„Ich bin oft in Eppendorf unterwegs", erklärte Anne und trank einen Schluck Bier, von dem sie sofort Sodbrennen bekam. Sie konnte Kohlensäure einfach nicht vertragen, aber in der Not fraß der Teufel ja bekanntlich Fliegen. Eigentlich trank Anne auch gar keinen Alkohol, aber das hatten wahrscheinlich schon viele gesagt, die auf der Straße gelandet waren, um sich dann irgendwann umzuentscheiden. Heintje sang: „Auch morgen wird die Sonne wieder scheinen, für dich und mich, genauso schön wie heut", und Anne hatte schon wieder einen Kloß im Hals.

„Na, Kleines." Gerti zündete die Zigarette an und legte eine abgearbeitete Hand auf Annes Arm. „Nu erzähl mal. Ich glaub, da muss was raus."

Und Anne schniefte und trank noch einen Schluck Bier.

„Es war am 2. Oktober 2012", fing sie an. „Ein Donnerstag. Ich weiß noch, dass ich auch am 3. Oktober arbeiten musste, obwohl das ja ein Feiertag ist, seitdem, seitdem … buhuhuhu …" Hinnerk kam ungefragt an und legte einen Packen Servietten auf den Tisch. Anne nahm eine und putzte sich die Nase. „In der Werbeagentur war so viel zu tun, wie immer. Und wir mussten das Wochenende durcharbeiten. Und ich … ich kam … ich kam ins Büro und dann … und dann …"

KAPITEL 3

2. Oktober 2012
Hamburg-Eppendorf, 9 Uhr 20

Anne stand in ihrem Büro und starrte auf den leer geräumten Schreibtisch. Da hatte vorgestern noch eine kleine Pflanze in einem Übertopf gestanden. Sie hatte sie heute gießen wollen. Die Schreibtischunterlage war auch weg. Anne kritzelte sie immer während des Telefonierens mit Blumen und Trollen voll, die debil grinsten. („Wir brauchen noch einen Claim für diesen neuen Brotaufstrich. *Butter war gestern*, wie dämlich ist das denn, *dick auftragen und trotzdem dünn bleiben*, nein, nein.") Die kitschige Tasse anlässlich der Hochzeit von Prinz William und Kate, in der normalerweise die Stifte standen, war genauso verschwunden wie ihr Rolodex mit den unzähligen vollgeschriebenen Adresskarten und eingeklebten Visitenkarten. (Jenny Broder von der Agentur Jankord & Schuster, pass auf, die klaut Ideen, Annik Baramentos, freie Grafikerin, die kannst du nehmen, aber versuch, sie im Tagessatz noch zu drücken.)

Wo waren denn ihre Sachen? Sie ging näher und sah, dass der Mülleimer, der neben dem Schreibtisch stand, voll war. Voll mit dem ganzen Kram vom Schreibtisch. Sie holte nach und nach all das raus, was sich im Laufe der Jahre in und auf diesem Schreibtisch angesammelt hatte. Ganz unten lag die zerbrochene Tasse. Von einer Scherbe lächelte Kate ihr zu. Man sah ihre weißen, makellosen Zähne. Daneben befanden sich in einem wilden Durcheinander Taschentuchpackungen, Tampons, Zahnseide, Kaugummi, eine Schachtel mit Zartbitter-Schokotrüffeln, die Anne immer dann aß, wenn sie einen kreativen Schub in ihrem Job als Texterin brauchte. Diese Schachtel hier war gestern noch zu gewesen, verpackt in Zellophan. Irgendjemand hatte sie geöffnet, ihre Trüffel gegessen und die Schachtel in den Müll geworfen.

Anne runzelte die Stirn und ging zum Fenster. Es war geschlossen. Sie schaute auf das Treiben unter ihr im Eppendorfer Weg. Menschen hasteten die Straße entlang. Blätter wehten auf den Wegen. Eine Mutter kämpfte mit einem Kinderwagen, der sich nicht auseinanderklappen lassen wollte, ihr Kind stand in roten Gummistiefeln neben ihr, und es sah so aus, als ob es heulen würde.

Bei ihrem Stammitaliener gegenüber würde es heute als Tagesgericht Pasta Mista und einen kleinen Salat geben. Für knapp sieben Euro. Das war ein gutes Preis-Leistungs-Verhältnis, fiel ihr gerade ein, warum auch immer. Unter ihr stellte eine Mitarbeiterin des kleinen Kaffeeladens die Waren nach draußen. Der Kaffeegeruch, den Anne so liebte, zog trotz geschlossenem Fenster in ihre Nase.

Ihr Herz klopfte so laut, dass ihr die Ohren dröhnten.

Alles lag irgendwie im Nebel. Was war hier los? Sie war unfähig, etwas zu tun, und musste dauernd nur an die vergangenen Monate denken. Daran, dass die neuen Kollegen gekommen waren, dass Gespräche aufgehört hatten, sobald sie den Raum betrat, dass plötzlich Unterlagen verschwanden, und zwar auf Nimmerwiedersehen, dass Kollegen behauptet hatten, sie hätte ihnen Informationen vorenthalten, dass …

Die Tür ging auf, und Anne drehte sich langsam um. Da standen Sylvie und Berit, ihre Kolleginnen. Erst seit ein paar Monaten waren sie da, jünger als sie, obwohl sie mit 30 ja nicht alt war. Fand sie zumindest.

Die beiden bemerkten sie nicht, das Fenster befand sich hinter der Tür, die sie nun völlig verdeckte. Unbefangen und laut lachend gingen Sylvie und Berit auf den Schreibtisch zu.

„Die kommt wohl nicht mehr her. Schade, dann hat der Berger sie doch angerufen. Ich hätte so gern ihr dummes Gesicht gesehen.“ Sylvie.

„Ist doch egal. Sei lieber froh. Dieses Miststück. Nichts war ihr gut genug, alles musste ich fünfzigmal neu machen. Der

Kunde, der Kunde. Ich kann's nicht mehr hören." Berit. Diese schrille Stimme hätte Anne unter Millionen wiedererkannt.

„Dieses Büro gehört jetzt *uns*", hörte sie Sylvie sagen. „Wo stellen wir den zweiten Schreibtisch hin? Hier?" Nun drehte sie sich um, sah Anne am Fenster – und wurde knallrot.

Anne schossen tausend Gedanken durch den Kopf. Sie stellte sich vor, wie sie das Fenster öffnen und Berit und Sylvie hinausstoßen würde. Natürlich müsste sie das so hinkriegen, dass sie mit dem Kopf zuerst aufschlugen. *Nur* ein Beinbruch wäre einfach undenkbar.

„Guten Morgen", hörte sie sich sagen, und Berit und Sylvie standen einfach nur da und sagten nichts.

In diesem Moment kam der Berger rein, und die beiden rannten aus Annes Büro.

Der Berger, Geschäftsführer der Hamburger Werbeagentur *Mohr & Collegen*, stand vor Anne. Wie immer im schwarzen Anzug, das fand er super, wie immer mit seidenem Einstecktuch, das fand er noch besser, wie immer hatte er viel zu viel Aftershave aufgetragen, das fand er total männlich, der Berger, auch wenn das Aftershave überhaupt nicht zu ihm passte – seine Haut war einfach nicht für edle Düfte gemacht, da konnte es so teuer sein, wie es wollte. Seine Haare waren gegelt, und er trug eine dieser typischen schwarzen Hornbrillen wie alle Kreativen, die eigentlich gar nicht so kreativ waren, und dann hatte er immer bunte Socken an, das war ja so irre witzig. Heute waren sie gelb. Damit wollte der Berger zum Ausdruck bringen, dass er nichts von Konventionen hielt und kein Spießer war – und er sah genau deswegen spießiger aus als eine Hausfrau mit Achselbehaarung und Kittelschürze.

„Hey, Anne", sagte der Berger, und Anne stellte verwundert fest, dass ihr sein Vorname nicht einfiel. Wahrscheinlich weil der Berger immer nur *der Berger* genannt wurde. Sie sagte nichts.

„Alles chico?", fragte der Berger und grinste so, dass jeder, wirklich jeder, das Bedürfnis verspüren würde, ihm so richtig aufs Maul zu hauen, auch wenn das eigentlich gar nicht ihre Art war. Anne sagte immer noch nichts. „Tja, Anne, wie du siehst, haben wir schon ein bisschen was vorbereitet.“ Er lachte dümmlich und zeigte seine etwas schiefen, nikotingelben Zähne. Der Berger hielt sich nicht an das Nichtrauchergesetz. Er rauchte überall und auch ungefragt. Wem das nicht passte, der konnte gehen, was schon passiert war, und nicht nur einmal. Pauline war die Letzte, die gekündigt hatte. Nicht nur wegen der Raucherei, sondern auch weil sie es nicht mehr ertragen konnte, dem Berger dauernd Nutten zu buchen. Davon hatte sie den Kollegen natürlich lang und breit erzählt. Der Berger stand auf einen bestimmten Typ Frau. Von allem ein bisschen zu viel: zu viel Make-up, zu rote Haare, zu viel künstliche Titten, zu lautes Lachen, zu lange Fingernägel, zu viele Strasssteinchen drauf und so weiter. „Gestern war es wieder echt knapp“, hatte Pauline vor einiger Zeit erzählt, als sie dem Berger in seinem Stammpuff eine Manuela gebucht hatte. Er war stundenlang fortgeblieben, und seine Frau hatte zig Mal angerufen und wissen wollen, was denn los sei, er wäre ja auch gar nicht auf dem Handy zu erreichen. Wie auch, das hatte er ja auf seinem Schreibtisch liegen gelassen, weil Barbara ihn gezwungen hatte, den Standortfinder zu aktivieren. Barbara, das reiche Töchterchen, war so eifersüchtig und liebte es, dem Berger zu zeigen, dass sie am längeren Hebel saß. Nur durch Barbaras Papa hatte der Berger einen Job. Und wenn er sie verärgerte, würde er sofort rausfliegen. Barbara war das genaue Gegenteil von Manuela, bei der alles ein bisschen viel war. Bei Barbara war alles zu wenig. Zumindest fand Anne das. Zu wenig Hintern, zu wenig Ausstrahlung, zu wenig Charakter, zu wenig Lebensfreude, zu wenig ein bisschen zu viel. Barbara ernährte sich überwiegend von Sellerie-Smoothies und stillem Wasser. Zucker, Salz und Fett hielt sie für Boten des Teufels.

„Es ist ja ziemlich viel passiert in letzter Zeit. Ich schlucke ja jede Menge, aber was zu viel ist, ist zu viel. Ich habe hier mal dokumentiert, was alles war, und hier … Moment, hier, da haben wir es ja, das ist deine fristlose Kündigung. Bei allem, was recht ist, aber Ideenklau, Weitergeben von Firmenwissen und Diebstahl von Firmeneigentum, Diskriminierung von ausländischen Mitarbeitern und so weiter und so fort …" Er zuckte mit den Schultern. „Ich habe die Anwälte gebeten, noch mal zu schauen, ob man da nicht noch was machen kann, aber, tja … Die sagen auch, alle drei, unabhängig voneinander, dass du für die Agentur nicht mehr tragbar bist. Und leider, Anne, mussten wir auch zeitnah den Verband der Kommunikationsagenturen verständigen – wir können es nicht verantworten, dass du in leitender Position oder überhaupt in einer Agentur beschäftigt wirst. So. Wie ich sehe, hast du deinen Mantel noch nicht ausgezogen, das ist gut. Bitte, hier geht es raus, Anne. Nimm deine Unterlagen. Den Müll entsorgen wir für dich. Da ist die Tür, Anne. Kannst du bitte etwas schneller gehen?"

Hamburg
Februar 2014, Jubi-Eck in der Nähe der Reeperbahn,
22 Uhr

Anne war nun fertig, saß still da und nippte an ihrem Glas.

Mittlerweile wurde in der Kneipe jedes Klischee bedient. Ein betrunkenes Pärchen, er sah aus wie ein Mafioso, sie wie eine gut situierte Frau, die es mal krachen lassen wollte, knutschte und tanzte dann wankend zu Hans Albers, dann zu James Lasts „Biscaya", obwohl man dazu eigentlich gar nicht besonders gut tanzen konnte. Aber ab einer gewissen Promillezahl konnte man ja alles machen und das auch gut finden. Eine andere Frau, die mit sechs dunkeläugigen Männern in Lederjacken an einem Tisch saß und eine Runde nach der anderen bestellte, winkte der tanzenden Frau zu. Sie passte hier ebenfalls nicht rein, offenbar gehörten die beiden Frauen zusammen. Die Frau am Tisch war auch betrunken und sagte ständig zu dem hässlichsten der Männer, dass er genauso toll aussehen würde wie Liam

Neeson in „Schindlers Liste“. Der kapierte das aber nicht, was daran lag, dass er gar nicht so aussah, sondern wie ein abgehalfterter Zuhälter, den die Frau sich schöngesoffen hatte.

Charlotte schlug mit der Hand auf den Tisch. „Arschlöcher“, sagte sie dann.

„Ui“, sagte Gerti. „Und du hast das echt nicht gemacht?“

Anne schüttelte den Kopf. „Nein. Ich habe nur meinen *Job* gemacht. Mehr nicht. Der Berger selbst ist der Mistkerl. Als Geschäftsführer hat er ziemlich viele Möglichkeiten. Und ich habe irgendwann mitbekommen, dass da ein paar krumme Dinger gelaufen sind, an den Inhabern vorbei. Er hat wohl Geld dafür gekriegt, dass ein Pitch eben nicht gewonnen wurde.“

„Ein Pitch?“ Gerti schaute sie fragend an.

„Das ist so eine Art Wettbewerb zwischen Agenturen“, erklärte Charlotte an Annes Stelle. „Also quasi geht es darum, einen Auftrag zu bekommen, und die beste Idee oder die günstigste oder beides bekommt dann den Zuschlag.“

„Was es alles gibt“, sagte Gerti ehrfürchtig und drehte sich die nächste Zigarette.

„So ging das ein paar Mal. Er hat auch Geld für Slogans und so bekommen, die wir getextet haben, obwohl sie dann plötzlich bei Konkurrenzagenturen aufgetaucht sind. Das hat der Berger sich gut bezahlen lassen. Ich hab auch einmal Unterlagen bei ihm gefunden, als ich rumgeschnüffelt habe.“

„Was ist Slogan?“, fragte Gerti.

„Ruhe jetzt“, sagte Charlotte. „Warum hast du nichts unternommen?“

„Ich wollte ja auch weiterkommen.“ Anne wurde rot. „Das war ein Fehler. Ich war zu karriereorientiert.“

„Was ist Slogan?“, fragte Gerti mit Nachdruck.

„Ein Claim, das sagten wir doch schon“, erwiderte Charlotte, und Gerti war einen Moment mit der Verarbeitung dieser für sie nicht nachvollziehbaren Antwort beschäftigt. „Erzähl weiter.“

„Der Berger war eben an der Macht. Und es gab natürlich auch Kollegen, die wollten ebenfalls Karriere machen und haben ihm die Füße geleckt. Ich wollte das, wie gesagt, auch, aber ich hab ihm eben nicht die Füße geleckt. Und ich glaube, ich war einfach zu blöd. Hätte ich wie die anderen gehandelt, die immer die Klappe gehalten haben, säße ich heute nicht hier. Aber einmal habe ich mit einer Kollegin darüber gesprochen, dass mein Slogan überall in Hamburg zu lesen war. Sie meinte noch, ich solle besser nichts sagen. Hab ich auch erst nicht. Dazu kam, dass ich eine der wenigen war, die nicht mit ihm ins Bett gegangen sind. Tja, der Berger wollte mich loswerden und hat die anderen karrieregeilen Kollegen gegen mich aufgehetzt. Die waren ja froh, dass sie mich mobben konnten. Ich bin echt keine strenge Vorgesetzte gewesen oder so, aber ich habe eben Wert auf Qualität gelegt. Aber ich glaube, ich war trotzdem immer fair. Intrigen liegen mir nicht. Es war ganz einfach: War ich endlich weg, kämen die zum Zug."

„Was war das denn für ein Slogan, um den es da ging?", fragte Charlotte neugierig.

„Es ging um die Obdachlosenhilfe, makaber, oder?", sagte Anne, und die beiden anderen grunzten erstaunt. „Es ging darum, dass jeder obdachlos werden kann und man auf Spenden angewiesen ist. Eine Kollegin hat mit einigen Obdachlosen gesprochen, und viele hatten wirklich tolle Berufe, bevor sie auf der Straße gelandet sind. Ich hab dann getextet. Da war zum Beispiel ein ehemaliger Zahnarzt, der hat wegen seiner Exfrau alles verloren. Er hat Panikattacken bekommen und war lange in einer Klinik, danach ist er obdachlos geworden. Ohne Perspektive."

„Kenn ich", sagte Charlotte. „Kann ich noch ein Bier haben?", rief sie in Hinnerks Richtung.

„Nee, jetzt is Schluss", rief er zurück. „Und wenn ich euch 'nen Deckel machen lasse, krieg ich mein Geld eh nie."

„Stell dich nicht so an, Hinnerk", sagte Gerti. „Wie lange kennen wir uns? Wie lange?"

„Lange. Und soll ich dir mal sagen, wie viel du auf deinem Deckel stehen hast? Das willst du gar nicht wissen."

„Dann kommt es jetzt darauf auch nicht an. Also, drei Bier, Hinnerk."

Hinnerk brummte irgendwas, schlurfte dann aber zur Zapfanlage.

„Wo war ich?", murmelte Anne. „Ach ja. Da war also unter anderem dieser Zahnarzt, den haben wir unter einer kleinen Brücke fotografiert. Man sieht also im Hintergrund die Brücke und seine ganzen Habseligkeiten in einem alten Einkaufswagen. Und darunter stand mein Text: ‚Ich war mal Zahnarzt. Heute brauch *ich* eine Brücke.' Das ‚ich' extra kursiv. Versteht ihr die Doppeldeutigkeit?"

„Klar", sagte Charlotte.

Gerti sagte erst nichts. Dann sagte sie: „Wegen der Brücke im Mund, die der Zahnarzt reinmacht?"

„Ja." Anne verdrehte die Augen.

„Ach so. Weil er jetzt auf Platte ist, geht das nicht mehr. Da kann man auch einen Friseur nehmen und dann da schreiben: Ich hab mal Haare geschnitten, jetzt hab ich 'ne Platte."

„Nicht schlecht", sagte Charlotte.

„Zu dieser Zeit wusste ich schon, dass meine Kollegin beim Berger über mich getratscht hatte. Und jetzt war ich richtig sauer und bin also zu ihm, weil das ja mein Text und auch meine Idee war", erzählte Anne weiter. „Er sagte, das solle ich erst mal beweisen. Es stellte sich raus, dass alle Dateien, die damit was zu tun hatten, auf meiner Festplatte gelöscht waren. Die netteren Kollegen haben sich nicht getraut zu sagen, dass das sehr wohl meine Idee war. Die waren eingeschüchtert. Die Kollegin, die damals mit den Obdachlosen gesprochen hatte, wusste auf einmal auch nichts mehr. Ich bin so gutgläubig gewesen und hab nicht nachgedacht, sonst hätte ich mir ja vielleicht mal Ausdrucke oder Sicherungskopien gemacht. Ein paar Sachen hatte ich sogar auf USB-Sticks, aber die waren natürlich auch verschwunden. Und so fing es dann an. Ich wurde fertiggemacht. Aber wie! Am meisten haben mich Sylvie und Berit gemobbt. Mir wurde immer mehr in die Schuhe geschoben. Plötzlich waren Ordner auf meinem PC, die kannte ich gar nicht. In diesen Ordnern waren Dokumente abgespeichert, die bewiesen, dass ich interne Dinge an Dritte weitergegeben hatte. Als ob ich so blöde gewesen wäre! Dann hieß es, ich wäre eine grausame Vorgesetzte ohne Führungsstil und so weiter. Dann beschwerte sich plötzlich ein türkischer Kollege, ich würde ihn schlecht behandeln und Ausländersau nennen. Andere haben das bestätigt. Solche Sachen. Ich hatte Magenschmerzen, konnte nicht mehr schlafen. Es war Psychoterror. Die haben das sehr geschickt gemacht. Es gab Tage, da waren sie so freundlich zu mir, dass ich dachte, ich habe eine Wahrnehmungsstörung und habe mich gefreut und dachte, alles ist wieder gut. Dann – am nächsten Tag, bumm! Fiese Sprüche, Anfeindungen. Berit sagte mal: ‚Komm, wir gehen Mittag essen.' Ich dachte: Vielleicht ist wieder alles gut, wenn wir uns mal aussprechen, und habe mich gefreut und meine Jacke genommen. Wir sind dann auch zusammen losgegangen, also Berit, Sylvie, ich und der türkische Kollege, aber im Restaurant war dann nur ein Tisch für drei reserviert. Und sonst war alles voll besetzt. Tja, haben sie gesagt, da musst du wohl alleine essen gehen. Ich bin dann wieder gegangen. Dann also hatte ich irgendwann die fristlose Kündigung, und mein Ruf in der Werbebranche war komplett am … am …"

„Am Arsch, sag es nur", erklärte Charlotte. „Wir müssen uns nicht über gewählte Ausdrucksweisen definieren. Ganz am Anfang, als ich auf Platte kam, hab ich mal zu einem, der nachts randaliert hat, gesagt, er soll nicht so in die Offensive gehen, da hat er gar nicht gewusst, was ich meine. Das musste ich auch erst mal lernen."

„Was ist Offensive? Was mit Politik?", fragte Gerti.

„Nein, das sagt man, wenn jemand …"

„In der Politik kommt man ja auch nicht mehr mit“, wurde sie von Gerti unterbrochen. „Da ist ja seit ein paar Jahren in dem Amerika ein Sklave Bürgermeister.“

Ein paar Leute drehten sich zu ihnen um.

„Nicht so laut bitte“, bat Charlotte leise. „Das ist rassistisch.“

„Was?“, rief Gerti.

„Das sagt man nicht. In den USA ist ein *Schwarzer Präsident*. Die Sklaverei wurde schon achtzehnhundertnochwas abgeschafft“, erklärte Charlotte.

„Und warum ist dann ein Sklave Bürgermeister?“, fragte Gerti in ihrer eigenen Logik, und Charlotte beschloss, dass es sinnlos war, mit ihr zu diskutieren.

„Kennt ihr ‚Roots‘?“, fragte Anne, die kurzfristig von ihrer Trauer abgelenkt war.

„Die Fernsehserie aus den Siebzigern mit Kunta Kinte, die in Afrika spielt? Der Sklave, der von seiner Familie getrennt wird? Klar.“ Charlotte nickte.

„Ich kenn nur ‚Lolek und Bolek‘“, sagte Gerti. „Das kam auch im Fernsehen. Das haben meine Jungs immer geschaut.“ Sie starrte in ihr leeres Glas. „Hinnerk!“

„Komm ja schon.“

„In ‚Roots‘ bekommt Kunta Kinte einen Fuß abgehackt, nachdem er fliehen wollte und geschnappt wurde“, sagte Anne bitter. „So habe ich mich nach der Kündigung auch gefühlt.“

„Aber du hast noch beide Füße“, stellte Gerti klar. „Und du kannst noch laufen. Ich fast nicht mehr. Du solltest laufen, solange du es noch kannst. Nich steh’n bleiben. Verstehste?“

Anne nickte. „Es ist nicht immer einfach zu laufen, wenn einem Steine in den Weg gelegt werden.“

„Wie?“ Gerti glotzte sie an.

„Das ist so ein Sprichwort“, sagte Anne.

„Ach so.“ Gerti sah so aus, als wüsste sie auch nicht, was ein Sprichwort ist. „Ich bin schon zu lang auf Platte. Irgendwann wirst du träge. Glaubt mir, ich hätt auch gern was Besseres als das hier. Einmal im Leben möcht ich in einem Liegestuhl liegen an einem Swimmingpool und von einem ein rosa Getränk mit einem Sonnenschirm gebracht bekommen. Einmal. Das hab ich mal im Fernsehen geseh'n."

Charlotte nickte. „Das glaub ich dir. Und rosa Getränke sind was Wunderbares."

„Ich hab noch nie allein in so 'nem Ding gebadet", erklärte Gerti traurig. „Das muss so schön sein. In den Filmen, die ich früher gesehen habe, hatten die alle so Getränke. Und bei Bambi."

„Bei Bambi hatten die doch keine Getränke", sagte Anne.

„Doch." Gerti war trotzig. „Jedenfalls hab ich noch nie in einem Pool gebadet."

„Aber es gibt doch Schwimmbäder", sagte Charlotte.

„Das weiß ich auch", fuhr Gerti sie an. „Ich meine aber einen Pool, der *nur mir* gehört. Wo sonst keiner reinpinkelt oder mir auf den Kopf springt."

Die drei schwiegen und schauten auf den Tisch.

„Wie ging es denn dann weiter?", wollte Charlotte dann von Anne wissen.

„Ich hab zwar noch beide Füße, aber trotzdem wurde mir der Boden darunter weggezogen", erklärte Anne theatralisch, und Charlotte nickte wieder und sagte wieder: „Kenn ich."

„Der Rest ist schnell erzählt." Anne berichtete alles, und zum ersten Mal, seitdem sie auf der Straße war, hörte ihr jemand wirklich zu. „Viel später erst ist mir klar geworden, dass der Berger die Kolleginnen beauftragt hatte, mich zu mobben", erzählte sie. „Ich nützte ihm nichts mehr, ich hab nicht mehr so funktioniert, wie er es wollte. Hätte er uns nicht im Hintergrund gehabt, nichts hätte wirklich gut geklappt. Ich hatte ja auch schon Konzepte erstellt, hatte neue Ideen für die Agentur, aber die hab ich natürlich dann nicht mehr gefunden. Und lustigerweise wurden die auch umgesetzt, das hab ich noch mitgekriegt. So ein Arschloch. Ich habe doch nur einen guten Job machen wollen und klar, auch Karriere. Und ja, ich wollte, dass er fliegt, aber ich hätte nie mit so unfairen Mitteln gekämpft. Ich hätte es offen gemacht, nicht hintenrum. Mit ihm vielleicht auch noch eine Lösung gesucht." Sie dachte kurz nach. „Naja. Der Berger steht unter der Fuchtel seiner Frau, Details werde ich euch ersparen, Einzelheiten, Gerti. Er stand wohl unter Druck. Ach, ihr hättet meine Wohnung sehen sollen", wechselte sie das Thema. „Meine Stuckdecken. So schön. Und ich hatte ganz flauschige Kuscheldecken, eine war sogar aus Kaschmir. Die habe ich mal bei eBay ersteigert."

„So eine hatte ich auch", sagte Charlotte. „Von Chanel. Die habe ich mir anfertigen lassen."

„Ich hatte so eine nicht", sagte Gerti. „Ich hatte eine vom Kik. Die hat aber immer gebitzelt."

„Sie war elektrisch aufgeladen." Charlotte hoffte, dass das Bier gleich kommen würde. Mit Gerti war es ganz schön kompliziert. Aber sie war lieb. Und diese Anne war ein netter Mensch. Charlotte stellte fest, dass sie sich zum ersten Mal seit Ewigkeiten halbwegs wohlfühlte. So viele Jahre hatte sie das nicht gehabt. Sie war beinahe heiter und darüber erschrocken, wie einfach es sein konnte, heiter zu sein. Früher, wenn sie sich ein teures Schmuckstück gekauft hatte oder ein Cabrio, hatte sie sich kurz gefreut, aber dann war es schon wieder uninteressant gewesen, und das Nächste stand an.

Auf einmal wurde Charlotte wütend. Wieso hatte sie sich damals wie ein Lamm auf die Schlachtbank führen und letztendlich fast töten lassen? Wie konnte es dazu kommen, dass sie noch nicht mal mehr ihren *Schmuck* hatte? Ja, diese Dinge wurden „einbehalten". Diese Scheißsteuerfahndung.

„Die haben mehr Macht als die Polizei", hatte irgendjemand gesagt, und das stimmte auch. Sie konnte denen natürlich keinen Vorwurf machen, die erledigten auch nur ihren Job. Und die Beweise hatten ja gegen sie gesprochen. Trotzdem.

Plötzlich wurde ihr Hals trocken und ihre Augen brannten. Sie dachte an Vivi und Alex. Sie dachte an diesen Tag, an dem sie mit Vivi verabredet war und dann …

„Charlotte?“, fragte Anne. „Ist alles in Ordnung?“

„Nein“, krächzte Charlotte. „Was sollte bitte in Ordnung sein. Kann ich einen Jubi haben?“

„Ich weiß nicht, ob es so was hier gibt“, sagte Anne.

„Wir sind doch im Jubi-Eck“, sagte Gerti kopfschüttelnd. „Hinnerk! Drei Jubi, aber schnell!“ Hinnerk war wütend, nickte aber. Wenn er das mit allen Gästen so macht, ist er bald pleite, dachte Anne.

„Ich hätte nie gedacht, dass ich mal so enden würde“, flüsterte Charlotte.

„Wie ist es denn dazu gekommen?“ Nun beugte sich Anne zu Charlotte, und auch Gerti kam näher.

Charlotte schloss kurz die Augen, dann fing sie an zu erzählen.

KAPITEL 4

15. November 2002
Hamburger Innenstadt, 11 Uhr 30

Charlotte liebte die Hamburger Innenstadt. Sie liebte den Jungfernstieg, das Alsterhaus, sie liebte Tiffany und Jil Sander, sie liebte Bulgari und Ladage & Oelke, sie liebte Prada, die Alsterarkaden, die kleinen Cafés am Wasser, sie liebte es, Champagner zu trinken und nicht darauf achten zu müssen, was er kostete. Wenn sie mit ihrer Freundin Vivi unterwegs war, konnte es schon mal vorkommen, dass sie an einem Nachmittag einen vierstelligen Betrag ausgab. Heute zum Beispiel war so ein Tag. Heute, am Freitag, hatte sie sich freigenommen und wollte mal wieder so richtig shoppen gehen. Seitdem sie mit Alex zusammen war, machte sie das hin und wieder. Er sagte immer, sie müsse auch mal leben. Nun saß sie da und wartete auf ihre Freundin und Mitarbeiterin Vivi, die nach dem Friseur mitkommen wollte. Charlotte würde sich heute endlich diesen Ring von Bulgari kaufen. Einen breiten Goldreif mit Turmalin und sechs kleinen baguetteförmigen Brillanten. Er kostete ein Vermögen, aber warum sollte sie sich den Ring nicht leisten, wenn sie sich ihn leisten konnte? Charlotte hatte sich ihre Firma für Unternehmensberatung selbst aufgebaut. Sie war jetzt vierzig, und ihr ging es gut. Ihr ging es sogar sehr gut. Charlotte war reich, und sie hatte sich alles selbst erarbeitet. Ihren Mann Alex hatte sie vor drei Jahren geheiratet, er versuchte immer noch, als Künstler den großen Durchbruch zu schaffen, und Charlotte ließ ihm den Spaß. Er malte abstrakte Ölbilder, sie finanzierte ihm Vernissagen, auf denen verkopfte Leute rumliefen und sich drei Stunden darüber unterhielten, was Alex mit diesem roten Punkt auf weißem Hintergrund der Menschheit sagen wollte. Charlotte liebte Alex, weil er so ganz anders war als sie. Sie selbst war beherrscht, kühl und elegant. Einen abgebrochenen Fingernagel würde man bei ihr genauso wenig finden wie eine Laufmasche oder eine Bluse, die nicht zu den handgenähten Schuhen und einer der unzähligen Handtaschen passte.

Bei Alex war es anders. Alex war einfach konfus, er lebte in den Tag rein, er rauchte, was Charlotte immer wieder zu ändern versuchte, er malte, dann malte er mal wieder nicht, dann fuhr er von Charlottes Geld nach Lissabon oder in die Serengeti, um Kreativität zu schöpfen, kam zurück und musste erst mal schlafen und so weiter und so fort.

Charlotte war für das normale Leben und das nötige Kleingeld zuständig, Alex für das Verrückte, das für ihn eigentlich „das einzige lebenswerte Leben“ war.

Aber er liebte auch die schnellen Autos und den Luxus, den Charlotte ihm gern finanzierte.

Charlotte ließ ihn. Es schadete ihr ja nicht. Freunde sagten zwar hin und wieder, dass Alex es doch langsam mal schaffen müsste, was auf die Beine zu stellen, aber Charlotte war das nicht so wichtig. Es war ihr egal, dass sie das Geld nach Hause brachte. Warum auch nicht? Alex war witzig, es machte Spaß, mit ihm zu lachen, zu kochen und sich seine Philosophien, die sich täglich ändern konnten, anzuhören. Charlotte konnte sich nicht vorstellen, dass jemand anderes außer Alex es fertigbringen konnte, fünf Stunden lang laut darüber nachzudenken, ob Quallen eine Seele haben, oder ob er selbst schon mal gelebt hatte, und zwar als Heinrich der Achte.

Charlotte schaute auf die Uhr. Gleich Viertel vor zwölf. Um halb hatte Vivi da sein wollen. Sie holte ihr Handy raus und wählte die Nummer ihrer Freundin, aber die Mailbox sprang an.

Ich warte noch eine Viertelstunde, dann gehe ich los, überlegte sie. Zuerst würde sie ein bisschen über die Mönckebergstraße bummeln und warten, bis Vivi sich meldete. Dann würden sie weitersehen. Und ganz zum Schluss Bulgari! Das war doch ein Plan für diesen Freitag!

Um 12 Uhr war Vivi immer noch nicht da. Wenn da bloß nichts passiert war. Charlotte versuchte es ununterbrochen auf dem Handy und dem Festnetz, aber ohne Erfolg.

Schließlich hatte sie keine Lust mehr zu warten und zog alleine los, direkt zu Bulgari. Der Ring kostete 6200 Euro. Sie ließ ihn gleich am Finger und betrachtete ihn stolz, während sie unter Ehrerbietungen aus dem Geschäft geleitet wurde. Sie bummelte weiter, kaufte sich noch Stiefel von Chanel, einen Mantel und ein paar Seidenblusen und ging dann langsam Richtung Parkhaus. Hoffentlich hatte Alex wie versprochen eingekauft. Er wollte kochen. Risotto mit Meeresfrüchten und viel Parmesan, das liebte Charlotte! Dazu einen guten eiskalten Muscadet. Und hinterher ein leckeres Dessert. Damit überraschte Alex sie immer. Sie wollte nie Dessert, weil sie stets auf ihre Figur achtete, aber sie aß es dann doch immer, weil es eine Sünde gewesen wäre, es stehen zu lassen.

Charlotte fuhr gut gelaunt raus aus der Innenstadt in Richtung Pöseldorf, hielt vor ihrer Hauseinfahrt und holte die Fernbedienung aus dem Seitenfach des Jaguars. Das zweiflügelige Tor ging langsam auf, und der breite Kiesweg lag vor ihr.

Charlotte parkte, stieg aus, nahm die Einkäufe von der Rückbank und lief zu ihrer Villa. Die kleinen Steinchen knirschten unter ihren Sohlen. Es war Viertel nach vier.

Um Viertel nach sechs saß sie in dem für sie zuständigen Polizeirevier in der Hamburger Sedanstraße und verstand nicht, was die Leute hier von ihr wollten. Sie begriff nur eins: Ihr altes Leben war vorbei.

Steuerhinterziehung. Anzeige. Vivi. Alex. Alles war durcheinander.

„Wo ist mein Mann denn, und wo ist meine Freundin? Ich kapiere das nicht." Sie holte ihr Handy raus, aber der Beamte nahm es ihr direkt aus der Hand.

„Das geht leider nicht."

Charlotte fühlte sich zerschlagen und war hilflos. „Ich möchte nach Hause."

„Ich fürchte", sagte der Beamte, „das wird nicht möglich sein. Ich halte es für das Beste, wenn Sie einen Anwalt kontaktieren. Und das möglichst schnell. Bevor alles noch viel schlimmer wird."

Februar 2014, Hamburg, Jubi-Eck, 23 Uhr 30

Anne starrte auf den Holztisch, auf dem schon viel Bier verschüttet worden war und an dem mit Sicherheit schon viele Gespräche stattgefunden hatten. Gute und schlechte. Nüchterne und besoffene. So ein Tisch musste jede Menge aushalten. Und konnte noch nicht mal was sagen. Eigentlich war ein Kneipentisch so was wie ein Psychotherapeut, dachte sie. Oder eine Nutte. Und der Wirt war der Zuhalter. Der bekam das Geld. Aber der Tisch hatte die ganze Arbeit.

Was machte sie sich nur für Gedanken? Wenn das so weiterging, würde sie irgendwann anfangen, Selbstgespräche zu führen und dämlich vor sich hinbrabbeln.

„Das tut mir so leid", sagte sie dann zu Charlotte, die wie versteinert dasaß und auf ein gerahmtes Foto an der holzgetäfelten Wand starrte, das den ersten Wirt der Kneipe mit seinen Angestellten zeigte. Sie standen vor der Tür und neben ihnen ein Bierwagen mitsamt Pferd und Kutscher. Die Männer trugen Schnauzbärte, die Frauen lange Schürzen. Unter dem Foto auf dem Passepartout stand „Sommer 1902". Es war lange her. Aber durch dieses Foto erinnerte man sich noch an die Menschen von damals.

„Schon gut." Charlotte hing ihren Gedanken nach. Von ihr standen oder hingen nirgendwo mehr Fotos. Und die Fotos, die es gab, hatte Alex mit Sicherheit vernichtet.

Würde sie heute sterben, kein Mensch würde auf ein Foto schauen und sagen: „Ach, wie schade, dass Charlotte nicht mehr lebt." Es würde nur Geschäftsfotos von ihr geben, die in Archiven vor sich hin dämmerten. Aber nichts Privates.

„Ja, so ist es gewesen", sagte sie dann und räusperte sich. Das Jubi-Eck war mittlerweile so gerammelt voll, dass dauernd Leute gegen ihre Stühle stießen. Es würde nicht mehr lange dauern, da würde Hinnerk sie bestimmt bitten zu gehen, weil er den Tisch irgendwann auch mal für zahlende Gäste benötigte.

„Da war dein Mann aber ein ganz schönes Arschloch", stellte Gerti fest. „Und deine Freundin auch. Wie hieß sie ... Vivian? Komischer Name."

„Mein Exmann ist *immer noch* ein ganz schönes Arschloch, und Vivian heißt *immer noch* so", korrigierte Charlotte sie. Gerti drehte sich die ungefähr fünfzigste Zigarette dieses Abends. „Von mir aus. Arschloch."

„Wie bist du auf der Straße gelandet?", fragte Anne.

„Erst mal hab ich meinen Anwalt angerufen, dann kam ich in Untersuchungshaft, ach, ich krieg das chronologisch gar nicht mehr alles zusammen. Jedenfalls gab es eine Verhandlung. Ich soll mehrere Millionen Euro Steuern hinterzogen haben. Hab ich aber nicht. Hab ich aber doch. Die Beweise sprachen alle gegen mich. Mein eigener Mann hatte mich angezeigt, nachdem er mich über Monate beobachtet hat. Angeblich. Und meine beste Freundin, die auch in meiner Firma gearbeitet hat, hat das bestätigt. Es gab einen Riesenwirbel, sie hatten alles genau geplant. Wie ich später rausbekommen habe, haben sie wohl mit meinem Steuerberater gemeinsame Sache gemacht. Aber beweisen konnte man nichts. Tja. Ich hatte dann Schulden in Millionenhöhe und bin nur knapp dem Gefängnis entkommen. Die Strafe wurde zur Bewährung ausgesetzt. Dann habe ich mit den Schulden dagesessen. Mein wunderschönes Haus! Und auch sonst – alles weg. Gehörte alles ihm. Wir hatten ja keine Gütertrennung, keinen Ehevertrag. Im Gegenteil, es war ja alles auf ihn überschrieben. Alles. In dem Supermarkt war ich seitdem auch nicht mehr“, schniefte sie. „Das ist ja alles viel zu teuer.“

Gerti strich ihr über den Arm. „Ich habe aber damals schon gesehen, dass du ein guter Mensch wohl bist“, sagte sie leise.

„Ich hatte so viele schöne Schuhe“, sagte Charlotte bitter. „Nicht nur die an meinen Füßen. Ich hatte alles. Wirklich alles. Aber ich war dumm. Eine dumme Multimillionärin.“

„Moment mal“, warf Anne in die Runde. „Wenn du so viele Millionen hattest und noch ein teures Haus und Autos und so, warum hast du da die Schulden ans Finanzamt nicht bezahlen können?“

Charlotte sah sie hoheitsvoll an und warf ihr Haar zurück. „Weil ich wie gesagt dumm war. Irgendwann habe ich mit meinem Mann und noch ein paar Menschen zusammengesessen. Leider habe ich meinem Mann vertraut, obwohl Alex von Geschäften so viel Ahnung hat wie eine Küchenschabe von … ach, was weiß ich. Unser Steuerberater war auch noch dabei. Er meinte, ja, das sei eine gute Idee. Warum sollte ich ihnen nicht vertrauen? Alle wollten ja nur mein Bestes. Der gute Steuerberater, Dr. Sebastian Bachmann, ist übrigens damals kurze Zeit später ins Ausland gegangen. Ich hab mal darüber nachgedacht, ob ich ihn irgendwie drankriegen könnte, aber da gab es keine Chance. Ich war ja auch viel zu durcheinander. Mittlerweile wohnt er auch in einem Land, das nicht ausliefert. Ich glaube, in Chile, ist ja auch egal. Den konnte ich abhaken. Davon mal ganz abgesehen – was wäre das denn für ein Aufwand gewesen? Es ging ja nicht um Mord! Ach, ich war eine super Unternehmensberaterin. Ich hatte hier in Hamburg eine Firma, eine in München und eine in Berlin, ich habe so viele Auszeichnungen bekommen, das glaubt ihr gar nicht. Ich war dreimal Unternehmerin des Jahres. Sogar das ‚Manager-Magazin‘ hat Riesenartikel über mich gebracht. Und bevor du fragst, Gerti, das ist eine Zeitschrift, die sich mit Führungskräften beschäftigt. Und bevor du fragst, was Führungskräfte sind, das sind Leute, die ein Unternehmen leiten. Und ein Unternehmen kann eine Fabrik oder eine Agentur oder sonst was sein. Jedenfalls arbeiten da Menschen."

„Ich bin ja nicht dumm", sagte Gerti.

„Um ein Haar hätte ich es mal in die Liste der 500 reichsten Deutschen geschafft", erklärte Charlotte traurig. „Leider drängelte sich damals ein Mann vor, der Gummibärchen herstellte. Aber irgendwann hätte ich es bestimmt geschafft."

„Was war denn nun mit dem Steuerberater?" Anne war neugierig. Und auch müde. Außerdem brannten ihr die Augen von dem Zigarettenrauch.

„Der erzählte irgendwas von Vergünstigungen und steuerlichen Vorteilen, was weiß ich", sagte Charlotte. „Und bevor ich euch jetzt Einzelheiten erzähle – die Sache war wie gesagt die, dass alles auf meinen Mann übertragen wurde. Alles. Auch mein Privatbesitz. Das heißt, dass Herr Alexander Fürst Inhaber der Fürst Consulting ist und ihm ab da auch sonst alles gehörte. Ich hatte ein Festgehalt und Prokura. Wegen der Steuer. Alles irgendwie wegen Ersparnissen. Das haben sie intelligent hingekriegt, die beiden. So konnte ich weiter irgendwelche Unterlagen unterschreiben und hatte Vollmachten."

Annes Mund stand weit offen: „*Du* bist Charlotte Fürst?"

„Ja, wer denn sonst?", fragte Charlotte, die mittlerweile auch müde war. Sie gähnte.

„Himmel", sagte Anne. „*Die* Charlotte Fürst! Der Berger hatte mal bei euch angefragt, er wollte ein bisschen Struktur in die Agentur bringen, aber dann wart ihr doch zu teuer."

„Das muss nach meiner Zeit gewesen sein", sagte Charlotte. „Ich bin seit 2002 nicht mehr dort."

„Ja, ja, da war ein Herr Fürst da, das weiß ich noch." Anne nickte lebhaft. „Ich weiß auch noch, dass über dich geredet wurde. Und ich erinnere mich auch an den Prozess und was du alles getan haben sollst. Das ging ja über Monate. Zu dieser Zeit war ich noch gar nicht beim Berger. Da hab ich noch studiert. Da war ich – warte mal, da war ich gerade mal 19. Aber ich erinnere mich."

„Ich erinnere mich auch", sagte Charlotte.

„Ich mich nicht", sagte Gerti. „Jetzt mal ganz unter uns, du, Charlotte, wie blöd kann man denn sein? Man schenkt doch sein Mann nicht alles, wo man hat. Das ist doch totaler Schwachsinn. Da braucht man doch was, wo man das rückgängig machen kann. Sonst steht man ja da ohne nix."

„Korrekt, Gerti. Ich *hab* es aber gemacht."

„Und dann?"

„Dann hatte ich die Anzeige, die Schulden, und Alex hatte das Geld. An ihn kamen sie nicht ran, der hatte ja eine weiße Weste. Alles gehörte ihm. Er machte natürlich auch einen auf traurig. Die böse Frau, wie konnte sie das nur tun. Gott sei Dank konnten die Firmen gerettet werden, und kein Mitarbeiter verlor den Job. Ich wurde als böses, habgieriges Weib hingestellt. Alles war dann weg, was ich hatte. Alles, alles, alles!" Nun schrie sie fast, was aber bei dem Lärm im Jubi-Eck nicht weiter auffiel. „Ich musste Privatinsolvenz anmelden, durfte mein eigenes Haus nicht mehr betreten, nur ein paar Klamotten bekam ich ausgehändigt. Natürlich hätte ich da mit dem Anwalt was erreichen können, aber der musste ja auch bezahlt werden. Und ich konnte die alte Rechnung ja noch nicht mal begleichen. Lange Rede, kurzer Sinn: Ich bin auf der Straße gelandet. Ganz ehrlich, wie das alles passieren konnte, ist mir heute nicht mehr ganz klar. Ich war erst in so einer Selbsthilfegruppe, weil ich alles wie durch einen Nebel gesehen habe oder durch Watte."

„Wie ich damals", nickte Anne.

„Ich wusste aber auch gar nicht, was genau ich sagen sollte. Außerdem sollte ich mich um Dinge kümmern, die ich vorher noch nie gemacht habe. Anträge zur Unterstützung ausfüllen, dahin gehen, dorthin gehen, dann wurde mir eine Wohnung zugeteilt, als ich die sah, dachte ich, ich falle tot um. Ein Loch in *Lurup*. Könnt ihr euch das vorstellen?"

„Das ist jetzt nicht ein ganz so toller Stadtteil, aber so schlimm nun auch nicht", sagte Anne schulterzuckend.

„Ich kenn Lurup, da komm ich her", sagte Gerti. „Und ich glaub nicht, dass du über Stadtteile lästern solltest. In der Lage, in der du bist, solltest du mal lieber wohl deinen Mund halten. Meine Meinung."

„Du hast recht, Gerti, entschuldige bitte." Charlotte nickte.

„Trotzdem war die Wohnung schrecklich. Verschimmelter Teppichboden, nasse Wände und direkt an der Hauptstraße. Wisst ihr, wie schlimm Schimmel riecht?"

Anne schüttelte den Kopf, und Gerti nickte.

„So roch es in dieser Wohnung. Ich bin dann einfach wieder gegangen. Dann kam der Abend, an dem ich nicht wusste, wohin. Also hab ich mich in den Stadtpark auf eine Bank gesetzt. Es war Samstag und viel los, und es sah so aus, als ob ich einfach dasitzen und den anderen beim Grillen zuschauen würde. Das fand ich gut, ich fühlte mich normal und zugehörig. Irgendwann wurden die Grills aber eingepackt und die Leute sind heimgegangen. Nur ich nicht. Da habe ich zum ersten Mal draußen geschlafen. Und so ging es immer weiter. Manchmal hat mich ein Streetworker angesprochen, aber ich hatte keine Lust auf Gespräche. Ich war auch alleine unterwegs, ich wollte mich nicht mit anderen zusammentun. Wahrscheinlich, weil ich dann vor mir selbst hätte zugeben müssen, dass ich ganz unten bin. Wenn man viele von uns auf einem Haufen sieht, weiß man ja gleich, was Sache ist. Wenn einer allein unterwegs ist und es schafft, sich halbwegs normal zu verhalten, fällt man nicht so auf und wird nicht automatisch für eine Pennerin gehalten."

„Das stimmt." Anne und Gerti nickten.

„Es sei denn, man hat eine Fahne", sagte Charlotte, Anne nickte wieder, Gerti dagegen nicht.

„Konntest du keine Hilfe von deinen Eltern bekommen?", fragte Anne.

„Ich wurde direkt nach meiner Geburt zur Adoption freigegeben“, sagte Charlotte. „Meine Adoptiveltern sind bei einem Autounfall tödlich verunglückt, da war ich zwölf. Dann habe ich bei Pflegeeltern gewohnt, mit siebzehn bin ich dort ausgezogen, ich hatte da schon mein Abi, und dann bin ich nach Frankfurt gegangen und habe BWL studiert. Ich habe also keine Eltern. Wie war denn das bei dir?“

„Meine Eltern sind geschieden. Zu meinem Vater habe ich keinen Kontakt, ich weiß gar nicht, wo er lebt, er hat sich auch nie für mich interessiert. Meine Mutter wohnt seit drei Jahren mit ihrem Lebensgefährten auf Teneriffa und ist herzkrank. Sie weiß es gar nicht. Ich habe ihr gesagt, dass ich eine sehr lange Reise mache und nicht zu erreichen bin. Selbstfindung und so, versteht ihr? Der Rest meiner Familie wohnt im Badischen. Da gab es noch nie wirklich Kontakt, höchstens mal ein 80. Geburtstag, aber das ist auch schon Ewigkeiten her.“

„Eine lange Reise, aha. Und wie lange soll denn diese ominöse Reise dauern?“ Charlotte musste fast lachen.

„Diese Reise hört wahrscheinlich nie auf“, sagte Anne, und die drei schwiegen einen Moment. Charlotte lachte auch nicht mehr.

„Ihr seid mir zwei“, sagte Gerti und schüttelte den Kopf. „Kinder, Kinder, man muss doch auf dem Boden bleiben. Wie kann man sich denn so übern Tisch zieh’n lassen?“

„Wie war es denn bei dir?“, fragte Charlotte angriffslustig. „Erzähl doch mal deine Geschichte. Warum bist du auf der Straße gelandet, wenn du alles besser gemacht hast als wir? Das möchte ich gern mal hören!“

„Bei mir war es anders.“ Gerti lehnte sich zurück. „Ganz anders. Das wollt ihr gar nicht wissen.“

Sie wollten es natürlich doch.

KAPITEL 5

11. Juli 1991
Hamburg-Lurup, 18 Uhr

Gerti stieg von ihrem Fahrrad, schob es in den Ständer und schloss es ab, obwohl diese alte Mühle sowieso niemand klauen würde, höchstens Blinde oder Leute, die einfach so klauten, ohne etwas Bestimmtes haben zu wollen.

Dann schlurfte sie langsam zum Hauseingang. Diese verdammte Erkältung wollte einfach nicht weggehen, sie fühlte sich offenbar wohl bei ihr. Eigentlich müsste ich mich mal ins Bett legen, dachte Gerti. Und wenn es nur für zwei Tage wäre. Oder einen. Oder eine Stunde oder eine halbe. Aber das konnte sie sich nicht leisten. Sie war jetzt 49, war auf den dritten oder vierten Mann komplett reingefallen, wahrscheinlich deswegen, weil der ihr nicht gleich eine gelangt hatte. Sie hatte ihren Beruf als Friseuse aufgegeben, was sie heute noch bereute, weil er ihr wirklich Spaß gemacht hatte, aber sie weigerte sich größtenteils, daran zu denken. Jedenfalls hatte sie den Mann geheiratet und zu spät gemerkt, dass es ein Alkoholiker war. Otto soff wie ein Loch, beklaute Leute, soff wieder, beklaute dann zur Abwechslung mal Gerti. Natürlich war Otto arbeitslos, etwas anderes hätte auch gar nicht zu ihm gepasst. Er war nie einer geregelten Arbeit nachgegangen. Warum auch? Wenn er einen Job begann, wurde er sowieso drei Wochen später wieder rausgeschmissen. Entweder weil er nicht zur Arbeit kam, den Chef beleidigte und während der Arbeit soff, oder alles zusammen.

Gerti hatte Kinder bekommen und war putzen gegangen. Ihren alten Beruf konnte sie nicht mehr ausüben, wie hätte das denn gehen sollen mit den Kindern. Sie putzte also meistens abends und nachts, während die Kinder noch klein waren.

Und jetzt waren sie groß, und Gerti putzte Montag bis Sonntag Bürogebäude. Mal Früh-, mal Spät-, mal Nachtschicht.

Und das Geld reichte natürlich trotzdem nie. Hatte noch nie gereicht. Es war zum Kotzen. Sie hatte versucht, in ihrem alten Beruf wieder Fuß zu fassen, aber die Zeiten hatten sich nicht gerade zum Guten geändert, es war aussichtslos. Die letzten vier Nächte hatte sie bei ihrem Vater verbracht und war immer von dort aus zur Arbeit geradelt. Manchmal kümmerte sich gegen Bares eine Nachbarin um den senilen Edgar, der vieles, was er erlebte, sofort vergaß. Es gab dafür einen Namen, aber den konnte Gerti sich nicht merken. Das war auch so eine Sache, dachte sie bitter. Je mehr Zeit verging, desto weniger hatte sie Lust, neue Dinge zu lernen oder irgendwelche Fremdwörter zu deuten. Das war früher anders gewesen. Früher war sie wissbegierig ohne Ende gewesen und hatte die Tageszeitung gelesen. Aber dann, mit Otto, war es rapide bergab gegangen. Wenn man sich nur dauernd darum kümmern musste, dass was zu essen im Haus war und die Miete bezahlt werden konnte, hatte man keine Zeit mehr für was anderes.

Wann immer es ging, übernachtete sie bei ihrem Vater, um Geld zu sparen. Der Arzt hatte ein Pflegeheim empfohlen, aber so ein Heim war schweineteuer. Und die, in die man kam, wenn man nichts hatte, waren entsetzlich. Es wurde immer schlimmer mit ihm. Die guten Phasen ließen nach. Doch obwohl es anstrengend war, blieb Gerti bei ihm und kümmerte sich, so gut es ging. In Edgars wachen Momenten sprachen sie über früher, und Edgar sagte immer wieder, dass er sich ein besseres Leben für seine Tochter, sein einziges Kind, gewünscht hatte. Eine Minute später hatte er es schon wieder vergessen. Seitdem er krank war, blieb er meistens daheim; früher war er öfter mal bei Gerti gewesen. Seit die Mutter vor ein paar Jahren gestorben war, hatte er deutlich abgebaut. Vati war anstrengend und wollte immer von Gerti hören, dass es ihr gut ging, was sie stets bejahte. Sie fühlte sich wohl hier bei ihrem Vater. Auf dem Sofa dort war es besser, als mit Otto in einem Bett zu schlafen. Er stank wie eine Mülldeponie. Die Ausdünstung von Alkohol, seinen Herztabletten, Nikotin, Mundgeruch und Schweiß war keine besonders angenehme Kombination.

Während sie die Treppen zu ihrer Wohnung im dritten Stock hochstieg, tat ihr Kopf weh. Ach ja. Sie hätte so gern alles anders. Wenn sie Otto nicht geheiratet hätte, sondern einen anderen oder besser gar keinen, wäre ihr Leben dann anders verlaufen? Würde sie jetzt noch in ihrem Beruf arbeiten, in dem sie ja damals schon recht gut vorangekommen war? Vermutlich schon. Und vermutlich wäre sie viel glücklicher gewesen. Denn was brachte einem denn die Ehe unterm Strich? Zwei ungezogene Kinder, eine Wohnung, die geputzt, Essen, das gekocht, Geschirr, das gespült, und Wäsche, die gewaschen werden musste. Und die Plackerei beim Putzen und der kranke Vater.

Ach ja, dachte Gerti, die oft von einem anderen, besseren Leben träumte. In dem würde sie verreisen – vielleicht dahin, wo es immer Sonne gab und Meer und bunte Getränke. Würde sie verreisen, könnte sie an ihrem 50. Geburtstag schon irgendwo sein, wo's immer warm war. Wo war es denn immer warm? Das würde sie dann noch rausfinden, ganz sicher. Ach, die Idee war doch so schön!

Sie wollte gerade den Schlüssel in die Wohnungstür stecken, als die von innen aufgerissen wurde. Vor ihr stand ein Polizist. Und der sah nicht so aus, als wolle er sie fragen, ob sie Lust hätte, mit ihm ins Kino zu gehen.

„Gertrud Hansen?"

Gerti nickte.

Der Mann fummelte seine Polizeimarke aus der Hosentasche und hielt sie Gerti unter die Nase.

„Polizei Hamburg, Torben Grün mein Name. Frau Hansen, das ist mein Kollege Martin Köhler." Ein zweiter Polizist war näher gekommen und nickte. „Frau Hansen, wir nehmen Sie fest wegen dringenden Mordverdachts an Ihrem Mann Otto Hansen."

Februar 2014, Hamburg, Jubi-Eck, 1 Uhr

„Das ist ja entsetzlich!", riefen Anne und Charlotte gleichzeitig.

„Das sag ich euch. Schlimmer als schlimm. Ich weiß es noch wie heute, und es ist dreiundzwanzig Jahre her. Ich kann euch noch genau beschreiben, was für'n Gefühl das war. So ein Gefühl, als würde man neben einen selbst steh'n. Und ich hab es einfach nicht geglaubt. Aber es war so."

„Ach, du *hast* ihn umgebracht?"

„Also wirklich! Die Frage beantwort ich nicht, das ist ja das Allerletzte!" Gerti regte sich auf, schlug mit der Faust auf den Tisch, schnaubte, warf Anne einen unbeschreiblichen Blick zu, redete dann aber weiter. „Ich kann diese Frage einfach nicht mehr hören, das könnt ihr mir glauben. Also, wo war ich? Ja. Der Witz war aber wirklich, dass ich mir ja an dem Tag überlegt hab zu gehen. Für immer. Und dann das. Ich stand da vor diesem Herrn Grün und diesem anderen komischen Vogel und wusste nicht, was ich sagen sollte. Ich hab auch nichts gesagt. In der Wohnung hat's vielleicht ausgeseh'n, das könnt ihr euch nicht vorstellen. Alles umgeworfen. Alles kaputt. Und überall … Blut."

„O Gott", sagte Anne und hielt sich die Hand vor den Mund.

„Es hat gestunken. Otto ist wohl an einem der Tage ermordet worden, an dem ich tagsüber beim Putzen war und abends zu meinem Vater gefahren bin. So hat es dieser Mann gesagt, der die Toten aufschneidet. Also hat Otto vier Tage da gelegen. Bei der Hitze. Es war ja Juli und so heiß. Das weiß ich noch. Da waren über 30 Grad Hitze da."

„O Gott", sagte Anne wieder. „Ich hab mal gehört, das riecht wie Katzenklo oder verdorbenes Schweinefleisch."

„So süßlich", sagte Charlotte.

„Ihr könnt euch nicht vorstellen, *wie* es gerochen hat. Der Hund vom Nachbarn ist wohl dauernd vor unserer Wohnungstür stehen geblieben und hat gebellt und an der Tür gekratzt. Der hat das durch die Tür geschnuppert. Und dann kam der Hannes, ein Saufbruder, mehrmals vorbei, und keiner hat ihm aufgemacht. Da hat Hannes rumrandaliert im Hausflur, und der Nachbar mit dem Hund ist raus und hat dann die Polizei geholt, weil der Hannes dauernd gesagt hat, der Otto hätte in die Kneipe kommen wollen und wär nicht gekommen. Und der Hund hat wieder gebellt. Dann kam wohl die Polizei und so Leute in weißen Papieranzügen, die alles eingesprüht haben und da nach Fingern suchen und so weiter. Die Nachbarn wurden gefragt und die sagten, dass wir uns oft anschreien täten, was ja auch gestimmt hat. Und der Freund vom Otto hat der Polizei gesagt, dass ich gesagt hätte, ich würde den Otto am liebsten umbringen. Das stimmte ja auch. Der Otto war kein guter Mensch. Der war ein Arschloch. Der hat mich so oft geprügelt, das könnt ihr euch nicht vorstellen."

„Wie ist er denn umgebracht worden?", fragte Charlotte ein ganz klein wenig sensationslüstern.

Gerti räusperte sich. „Er wurde erstochen. Mit über 30 Stichen." Sie nickte. „Und ich bin zu so einem Verteidiger gegangen, den man so zugeteilt bekommt, ich war ja ganz durcheinander. Der war plötzlich da auf der Polizei. Und der hat gesagt, ich müsse ihm erst mal Geld geben, obwohl ich dachte, das muss ich nicht, weil man den so kriegt. Aber er hat gesagt, dass er sich richtig ins Zeug legt, wenn ich ihn doch bezahle, und hat mir über 10000 Mark abgeknöpft und später noch mal mehr Geld, ganz schön viel insgesamt, das musste ich mir zusammenleihen! Und ein bisschen was hatte ich auch gespart, in einer Keksdose. Da ist Geld sicher, da kommt keiner drauf, dass Geld in einer Keksdose liegt. Dieser Mann hat gesagt, ich solle mir keine Sorgen machen. Erst fing er auch an, ganz gut zu arbeiten, aber dann, als alle meinten, ich würde Falsches sagen, hat er irgendwann gesagt, ich wär es wohl doch gewesen. Trotzdem wollte er weitermachen, und ich hab gehört, dass er wohl ganz scharf darauf war, in der Zeitung zu stehen, so nach dem Motto: Ich hab die Alte rausgeboxt, ich bin ein Star! Aber der Richter war anderer Meinung. Und dann hat dieser Arsch nichts mehr wirklich gemacht. Weil er ja kein Star werden konnte. Also er hat nichts mehr gemacht, hat mir aber vorher noch mal Kohle abgeknöpft, so. Das Geld hab ich auch nie mehr wiedergekriegt. Na ja, letztendlich bin ich fünf Jahre ins Gefängnis gekommen. Wegen Totschlag." Sie sah die beiden an. „Ich soll den Otto also mit 30 Stichen erstochen haben? Wie blöde ist das denn? Als ob ich da mitgezählt hätte. Das hab ich denen auch gesagt. Hauptsache, der Otto war tot."

Anne und Charlotte starrten sie an. Was für eine tragische Geschichte!

„Aber nun sag mal ehrlich, Gerti. Wenn du es nicht warst, wer war es denn dann?", wollte Anne bebend vor Neugierde wissen. Gerti sah sie nun milde an. „Aber natürlich war ich es. Wer denn sonst?"

„Du bist also doch die Mörderin?" Charlotte bekam große Augen.

„Ja, sicher", sagte Gerti und lächelte.

„Du veräppelst uns", sagte Anne fast enttäuscht, und Gerti konnte nur mit verdrehten Augen den Kopf schütteln.

„Sehe ich wie eine Mörderin aus?", fragte sie dann.

„Viele Mörder sehen nicht wie Mörder aus. Das ist ja Quatsch", entgegnete Charlotte.

„Glaubt ihr, ich bin dazu in der Lage, dreißig Mal auf meinen Mann einzustechen? Ich kleines Persönchen?"

„Eigentlich nicht", mussten beide zugeben.

„Aber bitte, aber bitte, glaubt es ruhig, schließt euch den anderen an. Na klar, ich habe meinen Mann umgebracht. Ich bin eine böse, böse Frau."

„Man wird ja wohl noch fragen dürfen", sagte Anne.

„Eigentlich sollte ich euch draußen stehen lassen." Schwester Magdalena war nicht begeistert darüber gewesen, dass um kurz vor zwei Uhr nachts im Wohnheim geklingelt worden war. Sie war für diesen Job eigentlich viel zu gutmütig und konnte schlecht und deswegen fast nie Nein sagen. Sie kannte Gerti schon, seitdem Gerti auf der Straße lebte, und sie mochte sie, weil Gerti eine der wenigen war, die sich noch nicht komplett mit Alkohol das Hirn aus dem Kopf geschluckt hatten. Oft hatten sie und Gerti in der Küche des Wohnheims gesessen und Gespräche geführt. Schwester Magdalena war wie Gerti 73, rund wie eine Kugel, und sie war in St. Pauli geboren und aufgewachsen. Ihre Eltern hatten einen alteingesessenen Puff geführt, und ihr jüngerer Bruder Walter, ein Nachzügler und als Nesthäkchen von allen geliebt, war dort Türsteher beziehungsweise Koberer gewesen. Magdalena, die damals noch Hanne hieß, bekam das ganze Kiezleben mit. Die Familie wohnte über dem Puff, und nach der Schule musste Hanne mithelfen. Sie putzte die Zimmer und die Bäder, sie schlichtete Streitereien zwischen den Nutten, sie bekam die Kloppereien auf St. Pauli mit, sah Hans Albers und die Beatles, sie tanzte im Petticoat zu Elvis Presley, sie hatte sich verliebt, entliebt und irgendwann war sie mit einem Pfarrerssohn liiert, der sie auch mit zu sich nach Hause nahm und seinen Eltern vorstellte. Diesen Pfarrerssohn wollte sie heiraten; er hatte ihr auch schon mehrere Anträge gemacht. Hanne hatte sich zwar geziert, weil das schick war, aber schon mal heimlich Seidenstoff gekauft und mithilfe einer Freundin, die Schneiderin war, ihr Traumbrautkleid nähen lassen. Das Kleid war so schön geworden, dass Hanne es einfach so manchmal anzog, um sich darin vor dem Spiegel zu drehen. Aber irgendwann hatte sie die Welt der Gläubigen immer mehr fasziniert, während das Interesse an diesem Mann immer kleiner geworden war. Also hatte Hanne beschlossen, dass sie ihr Leben der Kirche weihen wollte.

Ihre Eltern fielen aus allen Wolken, als Hanne ihnen eröffnete, dass sie Nonne werden und ins Kloster gehen wollte. Am meisten regten sie sich darüber auf, was wohl die Nutten und überhaupt die Leute auf dem Kiez von der Familie denken sollten!

Aber Hanne ging ihren Weg, war lange in Bayern gewesen, aber seit dreißig Jahren lebte sie wieder hier in Hamburg, auf ihrem Kiez, arbeitete mit der Kirche zusammen und fühlte sich wohl wie ein Fisch im Wasser. Ihre Eltern hatten ihr und Walter eine Menge Geld hinterlassen – zum Schluss hatten sie drei Puffs und einen Tabledance-Schuppen besessen. Hanne nahm ihren Anteil, kaufte ein Haus in einer Nebenstraße vom Kiez und gründete das Agathenhaus, in dem es zwanzig Betten für obdachlose Menschen gab, die auch mit Frühstück und warmem Essen versorgt wurden. Schwester Magdalena hatte viele ehrenamtliche Helfer, die abwechselnd morgens, mittags oder abends kamen, Brötchen schmierten und fürs Essen Kartoffeln kochten. Ihr Bruder Walter, inzwischen zarte 58 Jahre alt, war ebenfalls hier und packte mit an. Schwester Magdalena war beliebt, und jeder wusste, wenn man ihr gegenüber handgreiflich wurde, bekam man es mit dem Bruder zu tun, und der fackelte nicht lange, wenn es um seine Schwester ging. Also lebte man hier im Agathenhaus überwiegend in Eintracht und Frieden. Walter kannte jeden auf dem Kiez, er wusste, wer warum Schulden hatte, wem das Nasenbein gebrochen wurde und wer ein Kind abgetrieben hatte. Walter fuhr die teuersten Schlitten, und viele schuldeten ihm irgendeinen Gefallen. Manchmal wurde Schwester Magdalena, die von den alten Freunden immer noch Hanne genannt wurde, gefragt, ob Walter ein wirklich Krimineller sei, aber sie sagte immer, sie wisse es nicht. Hanne wusste nämlich sehr genau, dass es oft besser war, nichts zu wissen.

Und nun also stand Hanne beziehungsweise Schwester Magdalena vor den dreien und stemmte die Hände in die etwas fülligen Hüften.

„Nu komm, lass uns rein", sagte Gerti. „Wir frieren."

„Guten Abend", sagten Charlotte und Anne und klapperten mit den Zähnen.

„Mmpf", machte Magdalena und trat zur Seite. „Das ist aber nur ausnahmsweise", sagte sie streng. „Im zweiten Stock ist noch ein Dreibettzimmer frei. Da könnt ihr hin."

Charlotte folgte Magdalena müde. Sie war so dankbar. Hier war es mollig warm, hier gab es Menschen, die mit ihr sprachen, ohne rumzukrakeelen. Ja, es war wirklich so: Zum ersten Mal, seitdem sie draußen war, hatte sie Menschen getroffen, mit denen sie reden konnte. Und mit denen sie jetzt ein Zimmer teilen konnte. Denen sie aller Wahrscheinlichkeit nach auch vertrauen konnte. Dann stand sie in dem sogar recht großen Zimmer, in dem sich drei Betten befanden, es gab einen Schreibtisch und kleine Spinde, wie man sie von Umkleidekabinen im Schwimmbad oder Sportstudios kannte. Und ein Druck von Dürers betenden Händen hing an der Wand. Auf dem Holzboden lag ein schlichter bunter Teppich, wahrscheinlich von Ikea. Auf der Fensterbank eine Vase mit gelben Kunstnelken. Es war kein Luxuszimmer, beileibe nicht, aber es war ein Zimmer, das warm war, es gab Betten mit Matratzen und Bettzeug, und es gab freundliche Menschen.

Magdalena reichte ihnen Handtücher, Duschbad und Shampoo, und zehn Minuten später stand Charlotte unter der Brause und arbeitete das Shampoo in ihre grauen Haare ein. Zum ersten Mal seit vielen, langen Jahren hatte sie ein merkwürdiges Gefühl, das sie zuerst nicht deuten konnte. Dann aber wusste sie, was es war. Sie fühlte sich geborgen.

KAPITEL 6

Hamburg, im Februar 2014
Agathenhaus auf dem Kiez, 9 Uhr

„Das ist Lumpi." Gerti winkte einem untersetzten Mann Mitte sechzig zu, der zurückwinkte und dann eine Laugenbrezel zerteilte. „Lumpi ist schon ungefähr so lange wie ich auf der Straße", erzählte Gerti munter. Auch sie und Anne hatten in der Nacht noch geduscht und dann wie die Steine geschlafen. Und nun, am nächsten Morgen, saßen sie im Frühstücksraum, Magdalenas Helferinnen wuselten herum und schenkten Kaffee nach, draußen regnete es, und Charlotte ging das Wort „gemütlich" durch den Kopf.

„Warum ist Lumpi denn hier?", fragte Anne.

Gerti glotzte sie an. „Wie jetzt? Was soll denn die blöde Frage? Warum bist du denn hier? Weil's dir in deinem Schloss nicht mehr gefällt und du mal mit ein paar Pennern ein Brötchen essen willst?" Sie dachte an die Schlösser von den ganzen Königen und musste feststellen, dass Anne gut in ein solches Gebäude passen würde.

„So meine ich das nicht", sagte Anne. „Warum er *auf der Straße* ist."

„Darüber spricht er nicht", erklärte Gerti geheimnisvoll. „Niemand weiß es. Ich glaube auch, ich weiß, warum."

„Und warum?" Charlotte war neugierig.

„Ich glaube, dass Lumpi einer aus dem Fernsehen ist. Und mit Filmstars kenne ich mich aus. Der sieht dem einen da ähnlich, der jetzt auch gar nicht mehr beim Fernsehen ist. Plötzlich war er weg vom Fenster. Also vom Fernsehen. Ich glaub, dass das der Lumpi ist. Ich kenn mich aus mit den Stars. Jetzt ratet ihr."

„Warum hätte denn jemand freiwillig seinen Job beim Fernsehen aufgeben und obdachlos werden wollen?", fragte Anne irritiert, während Charlotte zu Lumpi rüberschaute und überlegte, welcher Mann „aus dem Fernsehen" der Lumpi sein könnte.

Gerti war bockig. „Der sieht dem einen ähnlich."

„Ja, wem denn?"

„Schau dir den Lumpi doch an. Dann kommst du bestimmt drauf."

Anne drehte sich um. Lumpi sah eigentlich ganz normal aus, davon abgesehen, dass er sich mal wieder waschen könnte. Er erinnerte sie an einen gutmütigen, in die Jahre gekommenen Teddy mit dichtem weißen Haar und buschigen Augenbrauen. Und ja, er sah jemandem ähnlich, den sie aus dem Fernsehen kannte. Aber wem? Auch Charlotte überlegte, dann fiel es ihr plötzlich ein.

„Gerti! Du meinst Peter Frankenfeld."

Gerti strahlte. „Genau. Das ist Peter Frankenfeld. Aber sprich ihn nicht drauf an. Plötzlich war er nicht mehr beim Fernsehen, und Jahre später hab ich ihn hier wiedergeseh'n. Der Lumpi ist ein Fernsehstar!"

„Nein, Gerti. Peter Frankenfeld ist seit über dreißig Jahren tot."

„Nein."

„Doch, Gerti. Das stimmt, Charlotte hat recht", sagte Anne. „Aber du hast auch recht. Lumpi sieht Peter Frankenfeld wirklich ähnlich."

„Dass du den überhaupt noch kennst", wunderte sich Charlotte.

„Er ist 1979 gestorben", erzählte Anne. „Seine berühmte Sendung ‚Musik ist Trumpf' lief von 1975 bis 1978. Davor hat er unzählige andere Formate moderiert. Er wurde nur 65 Jahre alt. Er ist nach einem Schlaganfall gestorben."

„Nein, er lebt. Das ist der Lumpi", trotzte Gerti. „Ich kenn die Stars."

„Woher weißt du das denn?", fragte Charlotte Anne.

„Ich habe meine Magisterarbeit darüber geschrieben, wie Entertainer die Fernsehzuschauer beeinflussen können und ob sie als Vorbilder dienen."

„Ach", sagte Charlotte. „Und?"

„Ja, das tun sie. Damals wie heute. Schau dir doch mal Dieter Bohlen und all die anderen in diesen schwachsinnigen Talentsendungen an. Die würden sich ja ohne Betäubung selbst Organe entnehmen oder ihre Großmütter vor laufender Kamera auspeitschen, um bloß einmal im Leben sagen zu können, dass sie irgendwas geschafft haben."

„Das stimmt. Wobei ich zugeben muss, lange keine Talentshow mehr gesehen zu haben. Jedenfalls ist dieser Lumpi ganz sicher nicht Peter Frankenfeld."

„Dann isser jemand anderes", sagte Gerti sinnfrei.

„Warum muss er denn *jemand anderes* sein?", wollte Charlotte wissen. „Er kann doch einfach der sein, der er ist. Lumpi eben."

„Nein, er ist jemand anderes." Gerti verschränkte die Arme und schmollte.

„Das Gespräch dreht sich im Kreis", schlussfolgerte Anne genervt und stand auf. „Ich frag ihn jetzt, wo er herkommt und was er früher gemacht hat."

Sofort wurde Gerti panisch. „Nein, das mag er nicht. Da wird der Lumpi bös."

In diesem Moment erhob sich Lumpi und schlurfte an ihrem Tisch vorbei, die leere Kaffeetasse in der Hand.

„Guten Morgen, Sie sind also der Lumpi. Wie geht es Ihnen denn?", fragte Anne, die das mit dem Duzen immer noch nicht hundertprozentig hinbekam.

Lumpi schaute auf. „Bin isch. Aber eischentlisch heiß isch Ludger. Un mir geht's auch gut. Isch …"

„Nein", sagte Gerti. „Das ist …"

„Gerti! Jetzt lass den Lumpi doch mal ausreden."

„Der Lumpi mag das nicht."

„Was mag isch net?“, fragte Lumpi.
„So Fragen“, sagte Gerti.
„Woher kann isch dann wisse, ob isch Fraache mach, wenn misch nie einer was fraacht“, stellte Lumpi fest.
„Du sagst ja nie was“, entgegnete Gerti.
„Dann fraach misch doch“, sagte Lumpi.
Gerti wurde rot.
„Isch würd misch gern öfter ma unnerhalte, abber es schwätzt ja nie einer mit mir.“
„Warum denn nicht?“, fragte Charlotte.
„Weil er das nicht mag“, sagte Gerti.
„Ei, des stimmt doch gar net“, empörte sich der Lumpi.
Anne wurde es zu bunt. „Jetzt haben wir das ja geklärt. Ab sofort wird gefragt, Lumpi. Wollen Sie sich nicht zu uns setzen?“
„Lass doch mal das mit dem Sie“, sagte Gerti genervt.
„Ich kann das nicht auf Knopfdruck“, erklärte Anne, während Lumpi sich niederließ. Eine ehrenamtliche Helferin kam und schenkte ihm und den anderen Kaffee nach. Charlotte trank aus ihrer elsässischen Namenstasse, die sie vorhin gründlichst unter heißem Wasser geschrubbt hatte.
Eine halbe Stunde später waren Anne und Charlotte zermürbt und dachten, ob es nicht vielleicht doch besser gewesen wäre, Gertis Rat zu folgen und Lumpi keine Fragen zu stellen.
Es war, als ob ein Damm gebrochen wäre. Lumpi fing an zu reden und hörte nicht mehr auf. Er war in Frankfurt geboren und aufgewachsen, er war gut in der Schule gewesen, mochte Mathe und Physik sehr gern, und seine Kindheit war schön und behütet gewesen. Seine Mutter war Hausfrau, und nach den Hausaufgaben durfte der Lumpi immer raus, um sich mit den Nachbarskindern zu treffen. Im Sommer radelten sie häufig zu einem Weiher, in dem sie dann badeten, obwohl da das Wasser nicht klar war und es Mücken gab, so kleine Biester. Da waren auch Frösche und – hier stockte Lumpi, weil die Erinnerung ihn

so mitnahm – sie hatten mal zwei Fröschen mit Strohhalmen Luft in den Hintern gepustet, um vor den Mädchen zu prahlen, und einer der Frösche war geplatzt. Natürlich der, den Lumpi aufgepustet hatte. Das war eine ganz schöne Sauerei gewesen, und die Lisa, mit der der Lumpi eigentlich hatte anbändeln wollen, fand es so eklig, dass das Hemd vom Lumpi jetzt voller Frosch war, dass sie nach Hause gefahren war. Lumpis Mutter war ganz schön sauer gewesen. Danach hatten sie sich nie mehr mit Fröschen beschäftigt. Aber Lisa wollte auch nichts mehr mit Lumpi zu tun haben. Seitdem mochte Lumpi Frösche nicht mehr. Als in den achtziger Jahren ein Reinigungsmittel auf den Markt kam, das „Frosch" hieß, empfand der Lumpi das geradewegs als Zumutung.

Lumpi war 1940 geboren und hatte den Krieg zwar miterlebt, aber nicht richtig mitbekommen. Als der Krieg vorbei war, hatte er die Volksschule besucht und musste danach, so wollte es der Vater, eine Lehre machen. Da Lumpi nicht so recht wusste, was er werden sollte, hatte er eine Schlosserlehre gemacht, und zwar bei einem Freund des Vaters, der Kunstschlosser war und schöne Türen und Zäune herstellte. Der Herr Rademacher war froh, einen Lehrling zu bekommen. Er hatte auch alte Schlüssel und Zylinder gesammelt, und die musste Lumpi immer polieren, dann hatte der Meister sie verkauft. Lumpi wollte kein Schlosser bleiben, hatte die Ausbildung aber fertig gemacht. Durch die Nachwehen des Krieges hatten viele Männer, die aus der Gefangenschaft heimkamen, eine Schnellausbildung für viele Berufe bekommen, und da hatte der Lumpi gefragt, ob er nicht auch so eine kriegen könnte, weil er sich ja für Zahlen und so interessierte. Das hatte aber erst mal nicht geklappt, und Lumpi arbeitete weiter als Schlosser, heiratete die Johanna, und Jahre später hat er dann beim Finanzamt angefangen, das kam durch einen Freund. Die suchten damals Leute. Damals sah man das nicht so eng, erklärte Lumpi. Da war man froh, wenn man Leute hatte.

„Un dann bin isch bei de Schdeuerfahndung gelandet“, fügte er hinzu, und Charlotte bekam große Augen und wäre am liebsten auf Lumpi gesprungen, um ihn zu würgen.

„Ach“, sagte sie.

„Nicht beim Fernsehen.“ Gerti war offenbar enttäuscht. „Dabei kenne ich mich wirklich gut aus mit den ganzen Stars. Ich kenne sie alle.“

„Ich kenne auch alle, ich habe gern die Gala gelesen“, sagte Anne milde.

„Wenn du den Lumpi mal gefragt hättest, wüsstest du das alles schon längst“, sagte Charlotte.

„Wie kommt man denn auf die Straße, wenn man bei der Steuerfahndung war?“, wollte Anne nun wissen, und auch Charlotte war neugierig. Ihr Herz klopfte wild, weil sie sich wieder an die Demütigungen von damals erinnern musste.

„Ei, isch hab die ganze Machenschafte rausgefunne von de Kolleesche und Vorgesetzte, ihr könnt eusch gar net vorschdelle, was da alles gelaafe is.“

„Doch, kann ich.“ Charlotte verzog das Gesicht. Es war wohl überall dasselbe. Halunken! Gauner!

„Schmiergelder vorne, Schmiergelder hinne“, regte Lumpi sich auf. „Alle habbe se unner einer Decke gesteckt. Die habbe Leut über die Kling springe lasse, die unschuldisch war’n.“

„Wie jetzt?“, fragte Charlotte und runzelte die Stirn.

„Isch war ja später hier in Hambursch und net mehr in Frankfort“, erklärte Lumpi böse. „Hier sin se noch schlimmer. Behaupte dies und das, die Leut kriesche e Urteil un verlier’n ihr Hab und Gut, und die von de Fahndung teile sisch de Kuche mit dene, wo die Leut angezeischt habbe.“

Charlotte war sicher, dass man ihr Herz bis auf die Straße bummern hörte. Sie wunderte sich darüber, dass niemand im Raum sich umdrehte und fragte: „Hallo? Was klopft denn da so laut?“

„Weißt du das sicher, Lumpi?“, fragte sie gepresst, weil ihr Hals zugeschnürt war.

„Klar“, sagte er. „Isch kenn doch mei Pappenheimer. Isch weiß auch, wie des funktioniert, aber mir glaubt ja keiner mehr. Un die habbe dadefür gesorscht, dass ich rausgeschmisse werd, und dann ging's los von wesche Amtsmissbrauch, Betruch, Beschteschlischkeit und so weiter und so fort. Dann hab isch da gesesse mit erem Bersch von Schulde, es Haus musst ja abbezehlt wern, dann hab isch in der Uffreschung mei neu Auto zu Schrott gefahre, und dann ist mei Fraa fort un hat alles mitgenomme, was net niet- und nachelfest war. Die is jetzt widder verheiradt, mit so em von und zu. Ins gemachte Nest hat se sisch gesetzt. Isch aach, aber ins falsche. So sieht's mal aus, ihr Leut.“

Er rieb sich die Augen, und Anne hatte schon Angst, dass er losheulen musste, was er aber nicht tat.

„Das hättest du uns auch mal früher erzählen können“, beschwerte Gerti sich. „Die ganze Zeit hab ich gedacht, du bist Peter Frankenfeld.“

„Hättest ja fraache könne“, sagte Lumpi.

„Ich hatte auch Probleme mit der Steuerfahndung“, sagte Charlotte mit rauer Stimme. „Nicht nur, aber auch.“

„Ui“, sagte der Lumpi. „Wo dann? Hier in Hambursch?“

Charlotte nickte und stellte ihre Namenstasse ab, weil ihre Hand so zitterte. Ihr war auch plötzlich eiskalt.

„Ja, ja, hier sin se am schlimmste.“ Lumpi seufzte. „Des hat sisch über die Jahre net geännert. Die seh'n ja uffem Finanzamt, wer wie viel verdient, gell, und dann suche se sisch gezielt Leut, wo annere vertraue un nix Böses befürschte un dann geht's los, gell. Mer glaubt gar net, wer da alles mitmische tut. Isch bin jetzt seit 95 uff de Straß, also beinah zwanzisch Jahr, un isch resch misch immer noch uff. Kurz bevor se misch rausgekeschelt hatte, finge se an, mit so em Steuerberater zusammenzuhocke, der hat viele gut betuchte Kliende gehabt, gell. Un da hab isch so mansches Gespräch höre könne.“

„Wie …“, Charlotte konnte nur noch krächzen. „Wie … hieß denn dieser Steuerberater?“

„Ei, des weiß isch noch ganz genau. Der hieß Sebastian Bachmann. Doktor für was weiß dann isch. Dauernd hatter gesäscht, er sei Doktor. En sehr unsympathische Mann, wenn mer misch fracht. Tut so, als sei er gut Freund mit jedem, aber wenn's um die Kohle geht, tut der über Leiche hüppe.“

Anne machte große Augen. „Sebastian Bachmann? Charlotte, ist das nicht der Steuerberater, der mit deinem Exmann gegen dich vorgegangen ist? Der gesagt hat, du sollst alles auf deinen Mann überschreiben?“

„Ja“, sagte Charlotte.

„Ui.“ Lumpi stand auf. „Isch hol nochemal Kaffee für uns.“

„Nein danke“, sagte Charlotte. „Ich brauche keinen Kaffee. Ich brauche jetzt definitiv einen Schnaps.“

KAPITEL 7

Agathenhaus, 11 Uhr 30

„Lumpi“, sagte Anne. „Ich will ja nicht meckern, aber können Sie nicht wenigstens *versuchen*, dialektfrei zu sprechen? Nur ein bisschen. Dieses Hessische macht mich ganz verrückt, da tun mir ja die Ohren weh.“

Lumpi zuckte mit den Schultern. „Gut. Von mir aus. Rede ich eben Hochdeutsch.“

„Jetzt ist ja der Dialekt ganz weg“, wunderte sich Anne.

„Hessisch ist eben meine Muttersprache, so fühle ich mich daheim“, erklärte Lumpi. „Aber ich kann auch Hochdeutsch. Ich kann auch Sächsisch und Schwäbisch. Soll ich?“

„Nein danke“, wiegelte Anne entsetzt ab. Das würde noch fehlen, dass der Lumpi jetzt damit noch anfing.

Gerti war aufgestanden und kam mit einem Tee zurück. „Hier gibt’s jetzt keinen Schnaps“, sagte sie bestimmt. „Die Köpfe müssen klar bleiben. Aber dass du bei der Fahndung warst, Lumpi, das ist ja unglaublich. Hätte ich doch bloß mal gefragt.“

Charlotte stand auf und ging zum Fenster, öffnete es und fächerte sich dann mit der Hand Luft zu.

„Nicht dass sie uns noch umkippt“, sagte Anne ängstlich.

Dann drehte Charlotte sich um und kam zum Tisch zurück. „Keine Angst, Anne, ich kippe schon nicht um. Im Gegenteil – ich hab das Gefühl, dass ich seit gestern Abend so langsam aufwache. Und jetzt, Lumpi, will ich alles über diese Sachen hören.“

Lumpi nickte. „Nichts lieber als das.“

Eine Stunde später waren sie fertig, und Charlotte war fassungslos. Offenbar hatte man das alles von langer Hand geplant. Jedenfalls wiesen die Geschichten, die Lumpi erzählt hatte, darauf hin. Es war überall gleich abgelaufen. Die Tatsache, dass das angeblich niemandem außer Lumpi aufgefallen war, sprach Bände. So viele hingen mit drin! Aber Bachmann war der Drahtzieher! Bei vielen Steuerzahlern hatte er seine Finger im Spiel. Und mit Alex hatte er gemauschelt. Nicht nur er. Auch die Angestellten der Behörde. Sie alle hatten zusammen die Leute fertiggemacht, die dann, wie Charlotte, nichts mehr hatten. Und das Geld wurde schön aufgeteilt.

Lumpi war ein gerechter Mann: „Die wollten, dass ich mitmache, aber ich hab Nein gesagt, obwohl sie mir viel Geld geboten haben. Ich meinte irgendwann, dass ich zur Polizei gehen würde“, hatte er erzählt. Er war mittlerweile rot im Gesicht vor Aufregung.

Gerti sagte dauernd: „Denk an deinen Blutdruck.“

„Abends waren an meinem Wagen die Reifen zerstochen. An einem anderen Abend kam ich nach Hause, und meine Frau war in heller Aufregung, weil jemand versucht hatte, unsere Katze zu vergiften.“

„Das muss ja nicht unbedingt mit den Kollegen zusammenhängen“, hatte Anne entgegnet, aber Lumpi hatte genickt.

„Doch. Ich habe Gespräche belauscht. Ihr könnte mich natürlich für einen Lügner halten. Aber ich sage die Wahrheit. Was da alles abgelaufen ist, geht auf keine Kuhhaut. Die wollten mich zermürben, fertigmachen, und sie haben es letztendlich auch geschafft.“ Er schluckte. „Und wie sie es geschafft haben. So lange Jahre hab ich da gearbeitet, und sie haben es geschafft, dass ich Atemprobleme hatte, gezittert hab ich, Ohrensausen hatte ich, und dann sind mir die Haare ausgefallen.“

„Sie sind aber wieder nachgewachsen“, stellte Anne sachlich fest, und Lumpi schaute sie leidend an.

„Wenigstens das. Sonst wäre wirklich alles weg gewesen. Und dann kamen plötzlich die Anschuldigungen. Ich musste zum Vorgesetzten, wurde angebrüllt, eine Wahrnehmungsstörung wurde mir unterstellt. Ich hab dann angefangen zu schnüffeln, hab Beweise gesichtet und Unterlagen gelesen, das war, als die angefangen hatten, mit dem Steuerberater zu klüngeln."

„Was ist klüngeln?" Gerti. Niemand hörte ihr zu oder antwortete ihr.

„Du weißt also genau, wie die vorgegangen sind?", fragte Charlotte, und Lumpi nickte.

„Und alle sitzen noch da, wo sie gesessen haben, und kassieren ihre Schmiergelder."

„Das ist wirklich unglaublich." Anne schüttelte den Kopf, was sie eigentlich die ganze Zeit tat. „Die Welt ist wirklich ungerecht."

Alle starrten sie an. „Ach, wirklich?", fragte Gerti dann sarkastisch, und Anne wurde rot.

„Ich mein ja nur", sagte sie leise. „Also mir ging es ja auch nicht besser."

„Uns allen ging es nicht besser", stellte Gerti klar. „Eigentlich haben wir verdient, dass es uns jetzt mal besser geht."

„Ja." Alle nickten.

„Aber wie?", fragte Lumpi dann. „Ich bin fertig mit der Welt. Meine Gesundheit ist ruiniert. Ich hab eigentlich nur das, was ich am Leib trage und noch einen Schlafsack mit Löchern und ein paar andere Sachen. Und Schnaps natürlich."

„Wenn ich bloß wüsste, wie ich die Sache mit Vivi und Alex beweisen kann", sagte Charlotte traurig. „Aber ich glaube, das wird nicht möglich sein. Ich hab auch so viel verdrängt, vergessen, was weiß ich. Ich glaube, das war eine Art Selbstschutz. Männer, die im Krieg waren, haben ja auch ihre Erlebnisse verdrängt. Es ist ja auch alles schon viel zu lange her." Sie seufzte auf.

Lumpi nickte. „Die machen da immer noch rum, der Bachmann ist zwar weg, aber die haben andere Leute gefunden. Mittlerweile sind zwar viele in Rente, aber es sind neue gekommen, genauso korrupt. Ich hab mal vor einiger Zeit mit dem Hausmeister gesprochen."

„Können wir da nicht einfach hingehen und die Unterlagen rausholen?", fragte Anne. „Wenn Sie den Hausmeister kennen, gibt der Ihnen vielleicht den Schlüssel."

„Der Hausmeister arbeitet mittlerweile nicht mehr da, und die haben mit Sicherheit die Schlösser auswechseln lassen." Lumpi schüttelte den Kopf. „Da ist, glaub ich, nichts zu machen."

„Die Welt ist schlecht", sagte Charlotte bitter. „Ich weiß noch, wie ich beim Finanzamt war und versucht habe, das mit den Schulden ins Reine zu bringen, damit ich einen Neustart machen konnte. Aber niemand hat sich darauf eingelassen."

„Wie viele Schulden waren es denn?" Lumpi beugte sich interessiert nach vorn.

„So genau kann ich mich nicht mehr erinnern. Ein siebenstelliger Betrag, und es kamen ja noch Verzugszinsen dazu, jeden Tag. Damals, als ich noch halbwegs denken konnte, habe ich noch einen Sanierungsplan erstellt, ganz allein, ich hatte ja kein Geld mehr und hab den ganzen Tag in der Bahnhofsmission gehockt, da durfte ich den Computer von einer netten Mitarbeiterin benutzen. Und ganz ehrlich, der Plan war gut. Ich hätte ein Existenzgründungsdarlehen beantragt, und dann hätte ich neu angefangen. Aber die wollten mich natürlich gar nicht mehr als Geschäftsfrau haben, es hätte ja sein können, dass ich mal Nachforschungen anstelle, wenn ich wieder im Geschäftsleben bin. Und dann vielleicht rausbekommen würde, was da so lief."

„Warst du vorbestraft?", wollte Lumpi wissen.

„Ja", sagte Charlotte. „Das war ja das Problem. Alle haben gesagt, dass ich sowieso keine Chance hätte. Steuerhinterziehung, Straftat, Paragrafen, Verdunklung, ach, was weiß ich. Ich blickte da gar nicht mehr durch. Das war wie ein schlechter Film. Aber ich war noch so halbwegs voller Tatendrang, ich wollte nicht aufgeben, ich hab es trotz der Scheiße versucht. Ich weiß noch, wie ich vor diesen Leuten vorm Finanzamt saß und darum gebeten habe, die Anzeige zurückzunehmen. Die dachten natürlich alle, ich sei schuldig, und wollten mir nicht helfen. Überall bin ich gegen Wände gelaufen. Ich war so traurig, so verzweifelt. Es war so hoffnungslos. Könnt ihr das begreifen? Begreift ihr das?“ Sie hustete, weil ihr Hals schon wieder wehtat.

Rasch nickten alle.

„Die sagten, sie hätten mehr Macht als die Polizei, und man würde mir die Schulden keinesfalls stunden oder zum Teil erlassen, ob ich denn verrückt wäre, so was käme nicht infrage. Und so weiter.“

„Konntest du die Schulden denn letztendlich zurückzahlen?“ Anne schmierte sich noch ein Brötchen.

„Also ganz ehrlich, Anne, ich denke manchmal, du bist ein bisschen naiv“, sagte Charlotte, und nun musste Lumpi laut auflachen.

„Du nadierlisch net“, keckerte er und verfiel wieder ins Hessische.

„Ich frag ja nur. Es hätte ja sein können, dass deine Familie oder Freunde ...“

„Sagte ich nicht schon, dass ich keine Familie mehr habe?“, fragte Charlotte nun aggressiv.

„Ich habe aber auch *Freunde* gesagt.“ Anne wurde nun auch etwas giftig. „Es besteht ja immerhin die Möglichkeit, dass du welche hattest, wobei, wenn ich ehrlich bin, glaube ich das nicht.“

Charlotte holte schon Luft, um Anne das Passende zu entgegnen, aber Gerti hob beide Hände. „Streit bringt nichts, Kinder“, sagte sie. „Auf der Straße gibt es wohl Streit genug. Sind wir doch einfach erst mal wohl froh, dass wir hier sitzen, nicht wahr wohl?“

„Gerti. Kannst du mir den Gefallen tun und aufhören, dauernd ‚wohl‘ zu sagen?“, regte Charlotte sich auf. „Das zermürbt. Und ich kann nicht ewig hier sitzen bleiben. Ich bin wütend. So wütend wie seit zwölf Jahren nicht mehr.“

„Oh, Entschuldigung“, sagte Gerti. „Die Schnöseldorfer Dame mag das nicht. Tut mir so leid, oh, oh. Aber was will man von einer kaltblütigen Mörderin anderes erwarten.“

„Ach, Gerti, nun hör doch auf“, sagte Anne.

„Dann sag es eben weiter“, sagte Charlotte. „Jedenfalls bin ich wütend.“

„Kann ich verstehen“, sagte Lumpi. „Ich habe mich jahrelang so aufgeregt, dass meine Pumpe fast versagt hat.“

„Und dein Herz w...“, sagte Gerti mitleidig und presste dann schnell die Lippen zusammen.

„Woher willst du das wissen, wenn du nie mit dem Lumpi gesprochen hast?“, fragte Anne.

„Das bekommt man in unseren Kreisen so mit“, antwortete Gerti huldvoll. Plötzlich wirkte sie, als würde sie sich in den Kreisen des europäischen Hochadels bewegen und den Stammbaum der Windsors in- und auswendig kennen, was ja auch ein bisschen der Wahrheit entsprach, wegen der Klatschblätter, die sie manchmal las.

„Aha“, sagte Anne.

„Lumpi“, sagte Charlotte stinksauer. „Du hättest mir das alles nicht erzählen dürfen. Jetzt muss ich dauernd daran denken.“

„Du wolltest es doch aber wissen. Jetzt soll ich der Dumme sein.“ Lumpi winkte ab. „Aber damit kann ich umgehen, das war ich ja damals auch immer.“

„Es ist doch gut, dass Herr Lumpi das erzählt hat“, sagte Anne. „Und dass du wütend wirst. Wut ist manchmal gut und reinigt die Seele. Und gibt uns Kraft.“

„Sag mal, bist du jetzt auf einem Esoteriktrip?“, fragte Charlotte. „Sollen wir dir einen Job in so einem Laden verschaffen, in dem du Ohrenkerzen und Tarotkarten verkaufst und Geh-in-dich-Kurse gibst?“

„Du bist wirklich gemein.“ Anne knallte ihre Tasse auf den Tisch. „Ich sag gar nichts mehr.“

„Sag halt einfach mal das Richtige." Charlotte atmete hörbar aus. „Meine Güte." Dann schaute sie aus dem Fenster. „Gut, ich rege mich nicht mehr auf. Ich kann es nicht ändern." Sie stand auf. „Ich gehe."

„Wohin denn?", fragte Gerti.

„Weiß ich nicht. Hier können wir ja auch nicht ewig bleiben."

„Doch. Das ist ja keine Tageseinrichtung. Man kann hier auch schlafen, wie du weißt. Und das Heim wird ja von Magdalena privat geführt. Ich kann sie fragen."

„Nein." Charlotte stampfte aus dem Raum, und alle blickten ihr hinterher.

„Sie ist aber schnell beleidigt", sagte Gerti.

„Ich kann's verstehen", war Lumpis Meinung. „Das Mädchen hat ja offenbar viel mitgemacht."

„Die anderen, die hier sitzen, aber auch", sagte Anne.

„Ich auch w...", sagte Gerti, und Anne schüttelte leicht den Kopf. Gerti war wirklich sehr speziell. Aber sie bemühte sich. Sie, die kaltblütige Mörderin. Und sie kannte alle Stars.

Charlotte stand draußen auf der Straße und atmete tief durch. Plötzlich fühlte sie sich wieder hilflos und gedemütigt. Wenn Alex und Vivi jetzt vor ihr stünden, sie würde ihnen die Augen auskratzen oder sie festbinden, mit einer Rasierklinge bearbeiten und zuschauen, wie sie langsam verbluteten und um einen schnelleren Tod bettelten, den sie ihnen natürlich nicht gewähren würde.

Sie schnaubte. Leider waren die beiden nicht da.

Warum waren Menschen so? Charlotte war damals, vor zwölf Jahren, so durcheinander gewesen, dass sie eine Zeit lang geglaubt hatte, dass sie doch irgendwas mit den Finanzen falsch gemacht haben könnte. Das war ja beinahe Gehirnwäsche gewesen. Aber wenn man über mehrere Monate täglich mit diesem Thema konfrontiert wurde, war es da ein Wunder, dass man das Gefühl hatte, irre zu werden?

Sie merkte, dass ihr die Tränen in die Augen traten. Ihr Leben war zerstört, vorbei, nichts würde wieder werden, wie es war. Sie hatte nur noch ihre Namenstasse und ihre grauen Haare.

„Buhuhuuu“, machte Charlotte. „Buuuuuuhuuuuuuu-huuu!“ Die Tränen liefen ihr übers Gesicht, und sie fing an, laut zu schluchzen.

„Was ist denn los?“, fragte da eine dunkle Stimme, und sie sah auf. Ein breitschultriger Mann in einer Lederjacke stand vor ihr. Er wirkte so, als würde er auf den Kiez gehören. Sein kompletter Kopf war mit Haaren bedeckt, auch das Gesicht. Man sah nur die Augen, die Nasenöffnungen und den Mund. Er hätte leicht als ein Mitwirkender beim Film „Planet der Affen“ durchgehen können.

Charlotte zog die Nase hoch. „Das fragen Sie mich!“, schnauzte sie den Mann an. „Was los ist?“ Sie ging aggressiv auf ihn zu, und der Mann wich zurück.

„Das war eine ernst gemeinte Frage“, sagte er und hob die Hände. An den Fingern seiner rechten Hand befanden sich Schlagringe, aber er sah nicht so aus, als wolle er sie benutzen. „Was ist an einer Frage schlimm?“

„Ich bin eine gescheiterte Existenz! Ich bin eine Frau, die nichts mehr zu verlieren hat. Wissen Sie, wie ich mich fühle?“, brüllte Charlotte, und ihr Gegenüber schüttelte ängstlich den Kopf. Die dunklen Augen unter der Menge Haar waren weit aufgerissen.

„Entschuldigen Sie bitte“, sagte er. „Ich wollte nur nett sein. Wenn ich eine Frau weinen sehe, denke ich immer, ich muss helfen.“

„Mir ist nicht mehr zu helfen, danke schön“, sagte Charlotte und suchte in ihrer Jackentasche verzweifelt nach einem Taschentuch. Sie wollte nicht vor diesem Mann die Nase hochziehen. Sie wollte wie eine gebildete Frau wirken, die wusste, was sich gehört.

„Bitte schön.“ Der Mann schien zu wissen, was sie suchte, und reichte ihr ein Stofftaschentuch, worüber Charlotte sich wunderte. Er sah so aus, als würde er in Papierservietten schnäuzen.

„Danke." Sie putzte sich lautstark die Nase und fragte sich dann, was sie mit dem Tuch machen sollte. In ihrem alten Leben hätte sie gesagt, dass sie es waschen und bügeln würde, was sie natürlich nicht getan hätte, sondern ihre Putzfrau. Aber heute hatte sie weder eine Waschmaschine noch ein Bügeleisen.

„Besser?", fragte der Mann, und sie nickte.

„Danke, ja. Entschuldigung, ich bin gerade ein bisschen durcheinander. Das geht gleich vorbei."

Aus welchem Grund auch immer wollte sie dem Mann, der ja wirklich nett war, nicht sagen, dass sie eine Obdachlose war. Sie schaute an sich runter und stellte fest, dass sich das kaum verbergen ließ. Sie hatte zwar gestern Abend geduscht und ihre Haare gewaschen, aber ihre Klamotten waren immer noch alt, zerschlissen, passten nicht zusammen und stanken wahrscheinlich. Wenigstens hatte sie die High Heels nicht an. Zusammen mit den Socken und den alten Klamotten hatte sie damit garantiert wie eine Geistesgestörte ausgesehen. Nun trug sie wieder ihre uralten Turnschuhe, die vorher mal jemandem gehört hatten, den sie nicht kannte und niemals kennen würde. Aber vielleicht dachte der Mann ja, ihr Aussehen sei der neuste Retro-Look. Wie damals in den Siebzigern. Da kleideten sie sich ja auch alle wie die Schwachsinnigen. Aber der Mann schien sich gar nicht für ihre Kleidung zu interessieren. Außerdem trug Charlotte keine Schlaghose und hatte keine Minipli-Dauerwelle.

„Schön, dass es Ihnen besser geht", sagte der Fremde freundlich. „Sie haben gar keine Jacke an. Soll ich Ihnen meine geben?"

„Nein, danke. Ich friere nicht so leicht." Das war gelogen. Ab einer Temperatur unter 20 Grad bekam sie Frostbeulen, was bei einem Leben auf der Straße nicht gerade von Vorteil war.

„Gut. Also dann, einen schönen Tag noch." Der Mann reichte ihr die Hand, Charlotte nahm sie und war froh, dass sie aufgrund der gestrigen Dusche keine schwarzen Ränder unter den Nägeln hatte.

„Auf Wiedersehen."

Er drehte sich um und ging.

„Was ist denn mit dem Taschentuch?", rief sie ihm hinterher.

„Das geben Sie mir irgendwann zurück. Ich glaube, momentan brauchen Sie es noch." Er hatte sich umgedreht und nickte ihr freundlich zu. Dann ging er in Richtung Agathenhaus, stieg die Treppen hoch, holte einen Schlüssel aus der Tasche, schloss auf und ging hinein.

Charlotte wunderte sich. War er einer von ihnen?

Sie beschloss, noch ein Weilchen draußen zu bleiben, obwohl ihr immer kälter wurde. Vielleicht bekam sie ja eine Lungenentzündung und konnte endlich sterben. Sie ging langsam die Straße entlang. Zwei Männer kamen ihr entgegen. Sie waren um die dreißig, einer hatte einen Stadtplan in der Hand. Sie schienen sich verlaufen zu haben. Schnell versuchte Charlotte, einen arroganten Blick aufzusetzen. Hoch erhobenen Hauptes stolzierte sie den Bürgersteig entlang, obwohl sie sich total minderwertig fühlte. Sie brauchte jetzt einfach das Gefühl, dass man sie für normal und würdevoll hielt. Die Männer kamen näher, und Charlotte nickte ihnen freundlich zu. Bestimmt wollten sie sie nach dem Weg fragen. Aber die Männer sahen sie von oben bis unten an, zogen die Augenbrauen hoch und wechselten schnell die Straßenseite.

„Wir geben nichts. Scheißbettler immer", sagte der eine. Der andere nickte und behielt Charlotte angewidert im Blick. Wahrscheinlich hatte er Angst, dass sie ihnen nachlaufen und sie überfallen könnte.

Das war's. Sie lehnte sich an eine Hauswand und ließ sich langsam nach unten gleiten. Dann saß sie auf dem kalten Asphalt und starrte blicklos vor sich hin.

KAPITEL 8

In einer Nebenstraße beim Agathenhaus, 14 Uhr

„Charlotte." Anne stand da und klopfte auf Charlottes Schulter. „Charlotte. Hörst du mich?"

„Ja", sagte Charlotte und beobachtete ein Insekt, das auf ihrem linken Turnschuh saß. Sie fragte sich, warum es um diese Jahreszeit überhaupt Insekten gab. Kamen die nicht erst im Sommer?

„Es ist kalt, Charlotte. Komm doch jetzt bitte wieder rein. Du holst dir sonst den Tod."

„Ja", sagte Charlotte, während sie das Gefühl hatte, dass das Insekt sie mitleidig anglotzte. Hatten Insekten eigentlich Herzen und sonstige innere Organe? Ein Gehirn?

„Menno." Anne zerrte an Charlottes Pullover. „Steh jetzt auf und hör auf, dich wie eine zickige Diva zu benehmen. Wir müssen was besprechen. Also komm jetzt." Sie zerrte so stark an dem Pulli, dass er am Ärmel riss, und nun wachte Charlotte aus ihrer Lethargie auf.

„Sag mal, spinnst du!", schrie sie Anne an. „Hör auf, meine Sachen kaputt zu machen! Sonst mach ich was von dir kaputt."

„Charlotte", sagte Anne. „Wir sind hier nicht im Kindergarten. Es geht um was wirklich Wichtiges. Wir reden schon alle darüber. Walter sitzt bei uns. Magdalenas Bruder." Sie kniete sich neben Charlotte. „Walter ist klasse. Ein richtiger Typ vom Kiez. Der macht vor nichts Halt. Der fackelt nicht lange. Der ist so super. Du wirst ihn mögen. Ein richtig harter Junge mit Schlagringen an den Fingern. Er hat viele Haare."

„Ich weiß, wer Walter ist", sagte Charlotte lahm. „Er hat mir ein Stofftaschentuch geliehen. Für länger."

„Von mir aus auch das. Ich sag ja, er ist nett. Also los, hopp, aufstehen. Lass dich nicht so lang bitten." Anne reichte ihr die Hand.

Nachdem Charlotte endlich aufgestanden und mit Anne zurück zum Agathenhaus gegangen war, setzten sie sich zu Gerti, Lumpi und dem behaarten Walter, der momentan ein Telefon am Ohr hatte und leise reinsprach. Dann legte er zufrieden auf und diskutierte mit den anderen weiter. Schwester Magdalena kam gerade mit einer Thermoskanne frischem Kaffee und gesellte sich zu ihnen. „Ich habe sie gefunden“, sagte Anne, und die anderen schauten auf.

„Ach“, sagte Walter, stand auf und holte einen weiteren Stuhl. Sonst sagte er nichts und Charlotte auch nicht. Die ließ sich einfach auf den Stuhl fallen und verschränkte die Arme.

„Was ist denn?“, fragte sie mürrisch.

„Wir haben dem Walter unsere Geschichten erzählt“, erklärte Gerti mit roten Wangen. „Walter sagt, das sei aber gar nicht schön w... w... mit unseren Geschichten.“

„Ich glaube, dass keine der Geschichten in diesem Haus schön ist“, warf Schwester Magdalena in die Runde. „Doch, eine finde ich gut. Nämlich die, dass du mittlerweile sprichst, Lumpi.“

„Die Zeiten ändern sich.“ Lumpi schenkte sich selbstgefällig Kaffee nach. „Ja. Seit heute spreche ich, und seit heute scheine ich gebraucht zu werden.“

„Ja, Lumpi, das werden Sie“, sagte Anne glücklich und streichelte seinen Unterarm.

„Was ist denn nun? Warum sollte ich zurückkommen?“, fragte Charlotte. „Mir geht diese sinnlose Aktivität auf den Geist.“

„Was ist Aktivität?“, fragte Gerti, und Charlotte drehte sich zu ihr um. „Aktiv sein bedeutet, dass man etwas tut, sich bewegt oder etwas machen will. Betätigungsdrang nennt man es auch. Eine gute Sache, diese Aktivität, aber wenn sie sinnlos ist, kann man sie sich auch sparen.“

„Hier ist nichts sinnlos“, sagte Gerti. „Wir haben uns nämlich was ausgedacht. Also wir alle. Und du gehörst ja zu uns, deswegen sollst du es auch wissen.“

„Ich gehöre *nicht* zu euch“, sagte Charlotte. „Ich werde jetzt meine Sachen packen und endgültig gehen.“ Sie verfiel langsam komplett in ihre depressive Stimmung. Dazu kam Aggression, nur war leider kein Arzt in der Nähe, der ihr Antidepressiva und Valium in den Mund stopfen konnte. Egal, dachte sie trotzig. Das hätte sowieso nicht funktioniert, denn Antidepressiva wirkten nur, wenn man sie regelmäßig nahm, und sie hatte jede Form von Regelmäßigkeit im Laufe der vergangenen Jahre verlernt. Außer dass sie regelmäßig an der frischen Luft war.

Walter ergriff das Wort. „Warum willst du denn gehen?“, fragte er. „Wir sind gerade dabei, einen wirklich guten Plan auszuarbeiten.“

Charlotte rümpfte die Nase. „Das ist ja süß. Ihr arbeitet einen Plan aus. Na dann, viel Spaß dabei. Was für einen Plan denn? Wie man es schafft, vom Alkohol loszukommen, oder vor welcher Mülltonne bei McDonald’s halb aufgegessene und noch warme Burger liegen?“ Sie warf die Haare zurück, doch nun stand Gerti auf und stellte sich vor sie.

„Pass mal gut auf, mein Mädchen“, sagte sie. „Wir ham uns gestern erst kennengelernt, das weiß ich wohl, und ich hab dich für ’ne nette Frau gehalten. Aber seit heut Morgen bist du anders. Wir können nix dafür, dass dein Mann und diese Freundin dich verarscht haben. Und dass die mit den Steuerleuten da zusammen was Kriminelles gemacht haben, dafür kann hier an dem Tisch *niemand* was. Also hör auf, dich zu verhalten, als wärst du was Besseres, ja? Wir ham hier wohl alle Scheiße erlebt, alle, also halt deine Klappe, hock dich hin und hör zu.“ Ihre Hand donnerte auf die Tischplatte.

Charlotte spürte, wie ihr Gesicht ganz heiß vor Wut wurde, und sie öffnete den Mund, um das Passende zu sagen, aber in diesem Augenblick holte Gerti aus und knallte ihr eine, und das so fest, dass Charlotte fast nach hinten überkippte, auf einen freien Stuhl fiel und sich dann fassungslos die Wange hielt. Sie sagte nichts.

„So.“ Gerti setzte sich wieder hin, während die anderen dasaßen, Charlotte und Gerti abwechselnd anschauten und auch nichts sagten. „Was gibt es da zu glotzen?“, fragte Gerti. „In der Elbe können wir sie immer noch ertränken, wenn sie so weitermacht, aber ich denk mal, das wird nicht nötig sein. Ich glaub, jetzt ist sie wieder klar im Kopp und hört uns zu. Wohl, wohl, wohl!“

Charlotte saß da wie paralysiert und rieb ihre Wange. Anne setzte sich vorsichtig neben sie, und alle nahmen sich noch Kaffee.

„Charlotte?“, fragte Lumpi. „Können wir uns jetzt unterhalten?“

„Ja“, sagte Charlotte und rieb immer noch ihre Wange.

„Gut. Also, der Walter ist an unsrem Tisch vorbeigekommen“, begann Lumpi und sagte das so stolz, als würde es sich bei Walter um einen Promi handeln.

„Toll“, sagte Charlotte, deren Wange immer noch brannte wie Feuer.

„Vorsicht, Mädchen“, sagte Gerti, und Charlotte presste die Lippen zusammen. Also so was.

„Der Walter kam vorbei, hat gehört, was wir geredet haben und ist stehen geblieben. Und dann hat er sich zu uns gesetzt und gefragt.“

„Warum haben Sie das eigentlich gemacht, Herr Walter?“, fragte Anne neugierig.

„Weil ich das interessant fand“, sagte Walter. „Klar hat hier jeder seine Geschichte, Magdalena, das stimmt. Aber nicht jeder erzählt sie klar und deutlich, so, dass man sie versteht. Versteht ihr?“ Alle nickten.

„Wir haben ihm also die Geschichten erzählt, und dann hat der Walter gesagt: ‚So geht es nicht.‘ Wir haben auch von dir erzählt, Charlotte, dass du rausgerannt bist, und dass wir dich suchen müssen. Der Walter hat gleich gesagt, dass er hilft.“

„Selbstverständlich“, sagte der Walter und schaute Charlotte an. Er könnte sich auch mal die Haare schneiden, ging es Charlotte durch den Kopf. Das ist ja ein Urwald. Wenn der zum Friseur geht, muss er das Dreifache bezahlen. Man sieht sein Gesicht gar nicht. Nur diese großen Augen. Wahrscheinlich hat er überall Narben.

„Herr Walter hat gesagt, dass er glaubt zu wissen, wo du bist", erklärte Anne eifrig. „Und als wir ihm gesagt haben, was du anhast, wusste er, dass du das bist, weil er dich ja schon getroffen hatte, draußen."

„Ja", sagte Charlotte.

„Also, ich mach es jetzt kurz", sagte Lumpi. „Walter will uns helfen."

„Wie denn?"

„Walter kennt viele Leute, und Walter war mal sehr krank." Lumpi pausierte und sah Walter mitleidig an. „Der Walter hatte Krebs."

„Das stimmt doch gar nicht." Nun mischte sich Magdalena ein. „Walter hatte *Verdacht* auf Krebs. Aber es war kein Krebs. Es war eine Salmonellenvergiftung. Ich sag ja immer, dass du nicht in diese Imbissbuden gehen sollst. Das Zeug ist weder frisch noch gesund. Die garen das doch gar nicht richtig durch, und alles schwimmt in altem Fett. Wie du manchmal riechst."

„Ich habe nicht gleich einen Termin beim Arzt bekommen", erklärte Walter ernst. „Zwei Tage lang musste ich warten und konnte mir viele Gedanken machen. Ich hatte sogar schon eine Liste gemacht. Wer alles zu meiner Beerdigung kommen soll und so. Und welche Lieder gespielt werden sollen. Über den Sarg habe ich mir auch Gedanken gemacht. Über Beschläge.

Ich hatte mir auch schon die Lieder ausgesucht. Von einer asiatischen Gruppe. Sie singen vom Weltfrieden und davon, dass die Krötenwanderung für die Umwelt wichtig ist."

„Gibt es in Asien eine Krötenwanderung?", fragte Anne verwundert.

„Die Gruppe *tat* nur so, als sei sie asiatisch. Das ist selten in Deutschland, und so haben sie sich mehr Erfolg erhofft. Hat zumindest mein Kumpel gesagt, der die Band gegründet hat. Hinnerk. Die Gruppe gibt's auch nicht mehr. Aber ich war ja dann auch gar nicht krank, insofern egal."

„Geht es denn jetzt mal weiter?" Charlotte trommelte mit den Fingern auf der Tischplatte herum.

Walter nickte. „Als dann klar war, dass ich nicht sterben würde, war ich sehr dankbar. So dankbar, dass ich erst einmal hierhergekommen bin zu meiner Schwester. Ich war ja so fertig, dass ich erst mal ein wenig aufgepäppelt werden musste."

„Das stimmt nicht", sagte Magdalena wieder. „Du bist zwei Tage später hergekommen. Besoffen wie tausend Russen. Ich musste dich erst mal ausnüchtern und dir dann Frikadellen mit Kartoffelpüree machen. Du warst ja fast im Delirium und hast mich immer Mary-Lou genannt, warum auch immer."

„Das war bestimmt eine Nutte", stichelte Charlotte, und Walter wurde rot, obwohl man das nicht sehen konnte.

„Obacht!" Gerti wedelte mit der Hand in Charlottes Richtung, und die schwieg.

„Jedenfalls habe ich damals hier gesessen und mir geschworen, etwas Gutes zu tun, wenn es an der Zeit ist." Walter nickte weise wie ein Buddha.

„Nun ist es wohl so, dass es an der Zeit ist. Vor mir sitzen drei Frauen mit grausamen Schicksalen, drei Frauen, die heute noch im Leben stehen könnten, wenn sie nicht von Außenstehenden in den Ruin, auf die Straße getrieben worden wären." Er presste die Lippen aufeinander, und es sah so aus, als müsste er Tränen unterdrücken. „Wir werden kämpfen!", rief Walter dann. „Ich werde mit euch ziehen! Egal wohin, egal wie lange es dauert."

„Himmel", sagte Charlotte. „Du bist doch nicht Hannibal, der mit seinem Gefolge über die Alpen wandert."

„Der Mann aus dem Fernsehen?", fragte Gerti. „Der so gern Leber isst?"

„Nein, ein anderer", sagte Charlotte. „Aber Walter, sag mal, wieso denn ausgerechnet mit *uns*?"

„Weil es mich einfach traurig macht, euch so zu sehen. Außerdem sind wir beide uns vorhin auf der Straße begegnet. Das war Schicksal. Das sollte so sein."

„Du hast mir doch nur ein Taschentuch gegeben." Charlotte wunderte sich.

Walter war trotzig. „Nein, es war Schicksal."

„Junge, nun erzähl doch endlich den Plan." Gerti war ganz aufgeregt. Die Tür ging auf.

„Na endlich." Walter deutete auf den Mann, der gerade hereinkam. Er sah so aus, als wäre er direkt aus dem Knast gekommen, war von oben bis unten tätowiert und hatte eine Glatze. Mit Sicherheit hatte er noch nie gelacht und das auch nicht vor. Gegen ihn sah Walter aus wie ein kleines, süßes Felltier. Der winkte ihn nun an den Tisch, und Walter sagte: „Das ist Cäsar."

Anne runzelte die Stirn. „Interessanter Name?", sagte sie dann vorsichtig.

„Cäsar mag Lorbeeren", erklärte Walter, und Cäsar nickte. „Ich kann zwar nicht kochen, aber ich mag es, wenn man in einer Soße Lorbeeren herausschmeckt."

Ich bin in einem Irrenhaus gelandet, dachte Charlotte. Am besten, ich stürze mich nachher von der Köhlbrandbrücke.

KAPITEL 9

Agathenhaus, 16 Uhr

„Oha.“ Charlotte sehnte sich nach einem Bier, einem Wein oder auch einfach nur nach einem heißen Kakao.

„Sei doch nicht so pessimistisch“, wurde sie von Anne angegangen.

„Das ist doch strafbar“, sagte Charlotte.

„Ich denke, du willst Rache“, wunderte sich Walter.

Charlotte nickte. „Das schon, aber ich weiß nicht, ob dieser Weg der beste ist.“

„Welcher Weg denn sonst? Anwälte können wir uns nicht leisten. Und ganz ehrlich, selbst wenn wir uns Anwälte leisten könnten, würde das Ganze vielleicht *mehrere Jahre* dauern. Wir machen die fertig, ich weiß noch nicht, wie, aber wir machen die fertig.“ Anne war Feuer und Flamme. Cäsar war die Rettung. Er schrak vor nichts zurück! Er war ihr Held!

„Hm“, sagte Charlotte und dachte nach. Und da, plötzlich, schien alles ganz einfach für sie. Sie hatte eine Sache schlicht *vergessen*. Eine wichtige Sache. Für sie persönlich wichtig. So wie es aussah, hatte sie die Lösung für ihre Probleme. Nicht für die der anderen, aber für sich selbst. Ihr Herz holperte plötzlich, und sie stand auf. „Ich muss noch mal kurz raus“, sagte sie.

„Wieso denn schon wieder? Was willst du denn dauernd draußen?“, fragte Anne verwundert.

„Ich bin ein Mensch, der hin und wieder frische Luft braucht“, sagte Charlotte und verließ die Runde, ging nach draußen auf die Straße und schaute in den trüben Himmel.

„Frische Luft hatte sie ja wohl die letzten Jahre mehr als genug“, stellte Gerti fest, und alle nickten. „Also ich bin dabei. Ach, wenn mein Vater das noch erleben könnte! Aber der vegetiert nur noch vor sich hin. Ich besuche ihn manchmal im Heim. Die Krankenkasse hat ihm ein billiges Heim finanziert. Aber er erkennt mich mittlerweile gar nicht mehr. Er hat diese Krankheit, bei der man alles vergisst, wisst ihr. Ich war früher immer bei ihm und hab ihn gepflegt."

„Dann hat er Alzheimer", stellte Anne fest. „Er hätte es aber wahrscheinlich gleich wieder vergessen."

„Das stimmt, aber ich hätt es ihm trotzdem gern erzählt. Das heißt also Alzheimer. Das Wort merke ich mir."

Hoffentlich werden es noch mehr, dachte Anne.

Charlotte stand wieder auf der Straße. Es war so logisch. Sie war gerettet. Sie konnte sich eine neue Existenz aufbauen. Wieder anfangen zu leben.

Wie hatte sie das Bild nur vergessen können? So schnell. Na ja, die ganze Aufregung.

Sie würde den Chagall verkaufen!

Den Original-Chagall! Na ja, es war kein richtiges Original, also kein original Original, sondern eine handsignierte Lithografie mit einem Extrablatt, auf dem noch eine persönlich signierte Nachricht stand, und zwar „Pour Charlotte, bisous, Marc", deswegen hatte sie das Bild unbedingt haben wollen. Und sie hatte gut 200 000 Euro dafür bezahlt. Das war ein Betrag, der damals kein größeres Problem dargestellt hatte.

Charlotte atmete tief durch. Ihr Plan war großartig. Sie würde jemanden finden, der ihr das Bild abkaufte. Blöderweise hatte sie die Expertise nicht mehr. Aber sie wusste noch, wo sie den Chagall gekauft hatte. Und nach dieser Auktion hatte sich ein Mann bei ihr gemeldet, der die Versteigerung leider versäumt und sie gebeten hatte, sich bei ihm zu melden, sollte sie den Chagall jemals verkaufen wollen. Ihm gefiel das Bild außerordentlich gut, und preislich würden sie sich selbstverständlich auch einigen. Das sei kein Thema. Charlotte wusste noch genau, wie er hieß. Sie würde ihn kontaktieren. Er hieß

Adalbert von Cherubim und war Anwalt oder so was, genau wusste sie es nicht mehr. Wie gut, dass ihr alles einfiel!

Sie frohlockte. Alles würde gut werden, alles. Sie sah wieder Land. Selbst wenn sie etwas weniger als den von ihr bezahlten Kaufpreis bekommen würde – es würde vorerst genügen. Und dann könnte sie loslegen. Wenn dieser Cherubim den Chagall nicht wollte, könnte man ihn ja fragen, ob er Kontakte hatte. Irgendwas würde schon gehen. Sie würde vielleicht mithilfe dieses Walters irgendjemanden finden, der unter der Hand viel bezahlte. Sobald es um Kunst ging, waren ja viele Menschen einfach nur verrückt. Wenn man überlegte, dass eine Version dieses entsetzlichen Bilds von Edvard Munch, „Der Schrei", von irgendeinem Bekloppten für fast 120 Millionen Dollar gekauft worden war, musste man sich doch an den Kopf fassen.

Charlotte hob den Kopf und atmete die kalte Luft ein. Ihr Gehirn war plötzlich wie durchgepustet, ihre Sinne geschärft. Fast fühlte sie sich wie früher, als sie zig Mitarbeiter unter sich hatte und als brillante Führungskraft galt. Das war die Zeit gewesen, in der jeder sie respektierte, vor allen Dingen die Männer. Es würde bald wieder so sein. Der erste Schritt war getan.

Sie würde jetzt ins Wohnheim gehen und um ein Telefon bitten. Und versuchen, diesen Herrn von Cherubim ausfindig zu machen. Vielleicht stand er ja im Telefonbuch. Ansonsten würde sie Schwester Magdalena fragen, ob sie an ihren Computer dürfte. Das wäre doch gelacht.

„Da bist du ja wieder", sagte Anne. „Na, hast du dich beruhigt?"

„Hat hier irgendjemand einen Computer, an den ich mal gehen kann?", fragte Charlotte aufgeregt, ohne Anne anzuschauen.

Magdalena stand auf. „Komm mit."

Zwei Minuten später saß Charlotte vor dem, was Magdalena als ihren Computer bezeichnet hatte.

„Schwester Magdalena, das ist eine Schreibmaschine“, sagte sie fassungslos, und Magdalena runzelte die Stirn.

Charlotte verdrehte die Augen. Das war ja nicht zu fassen. Gut, dass sie bald hier weg war.

„Ich brauche dringend eine Telefonnummer“, sagte sie.

„Ich habe ein Telefonbuch“, antwortete Magdalena und holte eins, dem man ansah, dass es schon viele Jahre auf dem Buckel hatte. Charlotte riss es ihr ungeduldig aus der Hand.

„Meine Güte“, sagte Magdalena. „Was ist denn plötzlich mit dir los, Kind? Gestern Nacht warst du noch so klein mit Hut und hast zitternd vor dieser Tür gestanden, und jetzt scheinst du irgendwas geschluckt zu haben, das dich aufdreht.“

„So ähnlich“, Charlotte fuhr mit dem Zeigefinger über die Einträge. „A … B … C … Cadenhaus, Colland, Cuhn, Charis, Che … Cherubim, Bingo.“ Sie griff nach einem Kugelschreiber, der neben ihr auf dem Tisch lag, und schrieb sich die Nummer auf den Handrücken.

„Du kannst auch einen Zettel haben“, sagte Magdalena. „Was ist denn so eilig?“

„Ich muss mal telefonieren, und das allein. Geht das?“, fragte Charlotte.

Magdalena verließ kopfschüttelnd den Raum und deutete im Gehen auf ein Telefon, das – man wollte es kaum glauben – tatsächlich keine Wählscheibe hatte.

Charlotte nickte ihr dankbar zu, holte tief Luft und tippte die Nummer ein.

Das Freizeichen ertönte, und dann sagte jemand: „Von Cherubim.“

„Ich habe keine Ahnung, was mit ihr los ist“, sagte Anne. „Es ist, als ob ein Schalter bei ihr umgelegt wurde. Gestern Abend war sie noch ein Häufchen Elend und hat mit ihrem Schicksal gehadert, und auf einmal will sie dauernd raus und kommt wieder von draußen rein und ist so … komisch!“

Gerti nickte. „Als ob sie sich plötzlich für was Bessres hält. Sie ist doch eine von uns. Früher, als sie in Pöseldorf eingekauft hat, war sie sehr nett. Vielleicht hat sie einfach nur schlechte Laune. Kommt ja vor."

Gerti hatte gute Laune. Sie war fast glücklich. Ihr Leben nahm eine neue Wendung. Seit gestern Abend schien sich alles zu verändern, und zum ersten Mal seit vielen Jahren klopfte ihr Herz hoffnungsfroh in ihrer Brust.

Sie strahlte Lumpi an, der ebenfalls so aussah, als wäre ihm nicht mehr alles egal.

Und Anne, die kleine Anne, die man einfach gernhaben musste, saß da mit ihren roten Wangen und wartete geduldig auf Charlottes Rückkehr.

Dann wollten sie weiter über den Plan sprechen.

Adalbert von Cherubim war hocherfreut, ihre Stimme zu hören, und konnte sich selbstverständlich sofort an sie erinnern. Das Bild, das Bild! Oh ja! Er konnte sich auch sofort daran erinnern, was damals mit ihr passiert war, weshalb er sich ungefähr vierzig Mal dafür entschuldigte, dass er dann auch noch zu Alex gegangen war und gefragt hatte, ob er ihm den Chagall verkaufen würde, jetzt, wo sie, Charlotte, nicht mehr da war. Glücklicherweise hatte Alex damals abgelehnt, weil er es „nicht nötig hatte".

„Ich wäre hocherfreut", sagte Adalbert zum wahrscheinlich tausendsten Mal. „Hocherfreut. Ich weiß, dass Sie damals knapp zweihunderttausend bezahlt haben, ich bin bereit, noch hunderttausend draufzulegen."

Charlotte schnappte nach Luft. Dreihunderttausend Euro! Einen besseren Start ins neue Leben konnte es ja nicht geben.

Adalbert war bester Laune und wollte sich gleich am nächsten Tag mit ihr treffen.

„Sie verstehen sicher, dass ich einen Sachverständigen mitbringe", sagte er. „Mit Verlaub, ich muss ja schauen, ob das Bild wirklich echt ist."

„Es ist echt“, sagte Charlotte.

„Natürlich.“ Sie stellte sich vor, wie Adalbert eifrig nickte. „Aber woher soll ich das wissen nach so langer Zeit? Es ist ja einiges passiert.“

„Es ging mir nicht so gut“, sagte sie.

Er lachte verlegen „Hahaha, ja, das verstehe ich doch, aber trotzdem“, und Charlotte dachte: Ich würde es genauso machen, und sagte: „Ja, natürlich.“ Adalbert von Cherubim konnte schließlich nichts für ihr Dilemma. Er wollte nur ein Bild kaufen. Er war ja nicht böse. Es war ihm nur unangenehm.

„Bestens, bestens“, sagte Herr von Cherubim, und Charlotte hörte, wie er sich innerlich die Hände rieb. „Wollen wir uns morgen treffen, hier bei mir, sagen wir, gegen 20 Uhr? Ich werde das Bargeld da haben. Und was für ein Zufall, der Kunstsachverständige ist morgen auch da. Ein alter Freund von mir. Auch ein exzellenter Weinkenner. Wir treffen uns gern auf ein Gläschen Château Lafite. Ich habe gerade einen guten achtziger Jahrgang im Keller. Ach, gerade letztens sagte ich noch zu ihm, Ulf, der Chagall mit der persönlichen Widmung pour Charlotte, wie schade, dass ich damals nicht den Zuschlag bekommen habe. Und die arme Frau, die auch Charlotte hieß, die mit der Unternehmensberatung, was ist wohl aus ihr geworden. Auf der Straße gelandet. Das stand ja überall in der Presse, wissen Sie?“

Charlotte antwortete nicht. Sie wollte an diese Zeit nicht erinnert werden. Dieser Tag, an dem sie endgültig ihr Haus hatte verlassen müssen, und an dem Alex ihr noch süffisant ein „Und im Übrigens finde ich deine Titten viel zu klein“ hinterhergerufen hatte, während Vivi, die eine riesige Oberweite hatte, laut aufgelacht hatte. Der Tag, an dem ein Fotograf gekommen war, einer von der widerlichen Sorte, ihr aufgelauert und sie dabei fotografiert hatte, wie sie mit ein paar Tüten aus dem Haus ging, das ihr nicht mehr gehörte, der geknipst hatte, wie sie gestolpert war und deswegen ausgesehen hatte, als sei sie betrunken. Und dann hatte er die Frechheit besessen, sie noch weiter zu verfolgen, einen ganzen Monat lang und täglich zu knipsen, dieses blöde Arschloch. Dann war Charlotte nach Veddel gefahren und hatte da ein paar Wochen verbracht, bloß um nicht von Bekannten oder ehemaligen Angestellten gesehen zu werden.

Ihr wurde ganz heiß vor Wut, auch wenn das so lange her war. Was hatte ihr eigener Mann ihr da eigentlich angetan? Ja, das hatte sie sich schon öfter gefragt, aber lange Zeit auch nicht mehr, und gerade kam alles wieder hoch: Wie man sie damals gezwungen hatte, zu unterschreiben, dass sie schon von ihm getrennt lebte, damit das mit der Scheidung schneller ging. Überhaupt hatte sie offenbar viele Unterlagen unterzeichnet, auch freiwillig. Dokumente, die sie letztendlich dahin gebracht hatten, wo sie nun war.

„Ach, wie ich mich freue", sagte Adalbert.

Charlottes Herz klopfte wie wild. Alles fügte sich zu ihrem Vorteil. Wie gut das alles war. Wenn sie morgen das Geld bekäme, könnte sie gleich losgehen und sich neue Klamotten kaufen.

„Wir könnten uns auch heute schon treffen", schlug Adalbert, der es offenbar kaum erwarten konnte, vor. „Ich kann Ulf kurzfristig anrufen. Haben Sie Zeit?"

Heute schon. Auch gut. Charlotte konnte sich die Hausnummer in der Elbchaussee merken. Butterseite.

„Nehmen Sie ein Taxi", sagte Adalbert, und Charlotte erschrak fast. Ein Taxi. Dass sie noch mal Taxi fahren würde, hätte sie nicht gedacht.

Aber noch hatte sie kein Geld. „Ich …"

„Selbstverständlich bezahle ich das, machen Sie sich keine Sorgen." Adalbert reagierte schnell und richtig.

„Gut. Dann bis gleich." Charlotte stellte das Handgerät zurück auf die Ladestation und fragte sich, ob Adalbert wohl so viel Bargeld im Hause hatte. Vielleicht wollte er sie auch überwältigen und ihr den Chagall abnehmen. Möglich war ja alles.

Aber sie konnte ja schlecht zu den anderen zurückgehen, Anne oder Lumpi oder Walter bitten, mit in die Elbchaussee zu fahren, um sie zu unterstützen, und sie dann wieder wegschicken. Das tat man ja nicht. Das war ja unfein.

Ob sie noch mal hierher zurückkommen würde? Wohl eher nicht. Also könnte sie ja ihre Sachen mitnehmen. Andererseits brauchte sie die nun auch nicht mehr. Gleich nachher, wenn sie Geld hatte, würde sie in ein teures Hotel gehen. Ein Schaumbad nehmen. Stundenlang im Wasser liegen. Fernsehen. Sich die leckersten Sachen aufs Zimmer bestellen. Pasteten, Kaviar, Mousse au chocolat, Champagner. Oh, es würde herrlich werden. Gleich nachher.

KAPITEL 10

Elbchaussee, Hamburg.
18 Uhr

Ulf war fertig mit seiner Überprüfung und schaute Adalbert an. „Er ist es. Das ist definitiv keine Kopie."

Charlotte stand in Adalberts riesigem Wohnzimmer und kam sich heimisch vor. Hier herrschte ein guter und geschmackvoller Mix aus Antiquitäten und modernem Design. Gediegener Reichtum, wohin man schaute. So, wie sie es kannte. So, wie es wieder sein sollte. Gleich nachher. Die Worte *gleich nachher* brannten sich richtig in ihren Kopf ein. Sie würde ins Hotel Atlantic gehen, hatte sie gerade beschlossen, und ein Zimmer im obersten Stock mit einem wunderbaren Blick auf die Alster mieten. Allein die guten Matratzen … gleich nachher.

„Ich freue mich so sehr", sagte Adalbert. „Einen Moment, ich hole das Geld."

Das Geld! Charlotte stand mit Ulf da und wartete. Ulf, der aussah wie ein mediterraner Croupier – er war ungefähr Mitte 50, lang, schlaksig, trug einen etwas zu großen Anzug und hatte die schulterlangen lackschwarzen Haare nach hinten gegelt. Man sah, dass sein Gesicht schon etwas zu viel Sonne abgekriegt hatte, und man sah und roch auch, dass er rauchte. Ulf grinste sie dümmlich an und starrte dann auf den Tisch. Charlotte mochte ihn nicht. An irgendjemanden erinnerte er sie auch. Sie dachte nach und dachte nach, und dann fiel es ihr ein: Er erinnerte sie an niemand bestimmten, sondern er verkörperte viele der Leute, mit denen sie in ihrem alten Leben zu tun gehabt hatte. Plötzlich kamen die ganzen Erinnerungen hoch. Der eine zum Beispiel, wie hieß er noch? Reinhold noch was, hatte eine riesengroße Versicherungsagentur gehabt. Er arbeitete für einen großen Konzern und galt als der Beste in der Branche. Reinhold hatte über 300 Mitarbeiter in verschiedenen Zweigstellen beschäftigt, weshalb er Charlotte gebeten hatte, „mal so richtig aufzuräumen im Laden“. Während Charlotte mit ihrem Team aufräumte, flog er mit irgendeiner Nutte auf die Malediven, wo er eine eigene kleine Insel besaß. Er hatte auch sonst überall noch Häuser, zehn Autos, eine Segelyacht und ein Motorboot, seine Anzüge wurden in London maßgeschneidert und die Schuhe irgendwo in Italien. Reinhold verkörperte den absoluten Reichtum und war dabei so ein Kotzbrocken. Charlotte war bei ihm zum Essen eingeladen gewesen und hatte mitbekommen, wie mies er seine schüchterne kleine Frau behandelt hatte, die wie ein Mäuschen in ihrem Chanelkostüm herumlief und kaum die Arme heben konnte, weil der Schmuck so schwer war. Später hatte sich herausgestellt, dass die Frau immer nur zu Repräsentationszwecken ausstaffiert wurde, der Schmuck war geliehen und wanderte sofort in den Tresor zurück, nachdem die Gäste gegangen waren, und wurde am nächsten Tag abgeholt.

Nun schaute Ulf sie an, und sie bemerkte, dass seine Mundwinkel zuckten. Charlotte wusste, dass er abfällig über sie, die Pennerin, dachte. Aber das war ihr egal.

Da kam Adalbert und drückte ihr einen Umschlag in die Hand. „Dreihunderttausend.“ Er nickte. „Bitte zählen Sie nach.“

Erst wollte Charlotte „Ach was, das glaube ich Ihnen auch so“ sagen, aber dann fand sie, dass es ihr gutes Recht war, nachzuzählen. Also öffnete sie den Umschlag. Es waren exakt 300 000 Euro in 500-Euro-Scheinen. Hastig stopfte sie das Geld in den Umschlag zurück.

„Wunderbar“, sagte Adalbert. „Trinken wir ein Glas Champagner?“

„Gern.“ Charlotte nickte und sah, dass das Ulf gar nicht recht war, mit dem Gesocks von der Straße was zu trinken. Aber er sagte nichts. Letztendlich war Ulf auch nur ein Dienstleister. Und sowieso konnte ihr der Typ egal sein. Jetzt ging es um sie. Um ihr neues Leben, das endlich begann. Und darauf würden sie nun mit Champagner anstoßen.

Agathenhaus

„Ich verstehe nicht, wo Charlotte bleibt“, sagte Anne.

„Ich auch nicht, aber letztendlich ist es ihre Sache“, sagte Gerti. „Wir haben unseren Plan, und den können wir auch ohne sie durchführen.“

„Ehrlich gesagt sind es Pläne“, warf Walter ein. „Gut durchdachte. Zum Beispiel, dass du undercover in die Firma von diesem Alexander gehst, also in Charlottes Firma. Ich muss schauen, ob ich noch ein bisschen Kohle auftreiben kann, dann können wir noch mehr bewegen. Ein paar Leute schulden mir noch einen Gefallen.“

„Also ehrlich gesagt gefällt mir das nicht mit diesen Unterweltleuten“, sagte Anne vorsichtig. „Wenn wir uns Geld leihen und es nicht ziemlich schnell zurückzahlen können, was dann? Dann kommen die, und es gibt möglicherweise ein Handgemenge. Cäsar kann ja nicht einfach alle töten.“

„Ach“, meinte Cäsar gelangweilt. „Das geht schon.“

„Was?“, fragte Gerti.

„Ach je“, sagte Walter. „So einfach ist das nun auch nicht. Aber ich geb dir recht, ein bisschen Bares wäre schon gut. Schade, dass ihr alle nicht flüssig seid.“

Gerti lachte. „Flüssig sind wir, aber nicht mit Geld“, keckerte sie.

„Ich möchte so gern, dass Charlotte wiederkommt“, sagte Anne und meinte das auch so. Obwohl sie sich erst ein paar Stunden kannten, hatte sie das Gefühl, dass Charlotte ihr Sicherheit gab. Sie war eher schüchtern und devot, während Charlotte lospolterte und vor nichts Angst hatte, so wirkte sie zumindest. Anne kam sich mit einem Mal ganz verloren ohne ihre neue Freundin vor.

„Na hör mal, ich bin ja auch noch da", meinte Gerti fast beleidigt.

„Das ist ja auch gut so. Aber ich finde, Charlotte gehört auch dazu." Anne stand auf. „Ich geh mal schauen, wo sie ist." Sie verließ den Raum und ging raus auf die Straße. Es war kalt, und sie fing sofort an zu zittern. Dieses Treffen mit den beiden anderen Frauen hatte Hoffnung in ihr geweckt, und zwar große. Gemeinsam konnten sie alles schaffen. Aber plötzlich beschlich sie ein merkwürdiges Gefühl – es war das Gefühl, dass Charlotte nicht mehr wiederkommen würde. Dann fiel ihr etwas ein, und sie rannte ins Agathenhaus zurück. Charlotte wollte ja telefonieren. Sie könnte doch einfach diese Nummer anrufen und mal schauen, ob sie Charlotte da erreichen würde.

Bei Adalbert von Cherubim

Adalbert von Cherubim hatte eine Flasche Dom Pérignon geöffnet und mit Ulf und Charlotte auf den wunderbaren Deal angestoßen. Charlotte hatte die Augen geschlossen, als der Champagner eiskalt durch ihre Kehle rann. Das war der Geschmack, den sie vermisst hatte und der jetzt wieder zu ihrem Leben dazugehörte. Dieser Geschmack traf sie mit voller Wucht. Sie hatte so lange nichts Gutes mehr getrunken, da wirkte das jetzt wie ein Schlaraffenland.

Sie saß in einem mit dunkelgrünem Leder bezogenen Clubsessel in Adalberts Bibliothek und war sofort angeschickert. Das Telefon klingelte, aber Adalbert machte keine Anstalten, ranzugehen. „Meine Haushälterin kann das machen", sagte er, und die stand ein paar Sekunden später im Raum. „Da war eine Frau dran, eine Anne, die wollte Charlotte sprechen", berichtete sie. „Ich hab gesagt, dass es hier niemand mit diesem Namen gibt und sie falsch verbunden ist."

„Gut gemacht.“ Charlotte lächelte der Frau zu. „Das war genau richtig. Diese Anne gehört zu meinem alten Leben.“ Sie erklärte Adalbert kurz, dass Anne wohl die Wiederwahltaste von dem Anschluss gewählt hatte, von dem aus sie ihn angerufen hatte. Dass es sich um ein Obdachlosenheim handelte, erwähnte sie nicht. Die Verdrängung der alten Dinge hatte schon eingesetzt. Adalbert sagte auch nur „Verstehe“ und dann nichts mehr, und Ulf redete sowieso nicht mit ihr.

Agathenhaus

Anne legte das Handgerät auf die Ladestation. Komisch. Na ja, dann mussten sie eben alleine überlegen. Vorerst. Sie ging zu den anderen, die gerade beratschlagten, wie man weiter vorgehen würde. Im Aufenthaltsraum war eine große Diskussion im Gange, noch ein paar Minuten, und Walter würde sich mit diesem komischen Mann, der Cäsar hieß, streiten.

„Was ist denn?“, fragte sie verwirrt. Eben hatten doch noch alle frohlockt und sich gut verstanden.

„Immer geht es nur um Geld“, motzte Walter herum. „Ihr könntet auch mal in Vorleistung gehen.“

„Wie komm ich denn dazu?“, fragte Cäsar wütend. „Ein bisschen Kohle musst du wohl springen lassen.

Ohne Moos nix los. Wenn du es so kompliziert machen willst, dauert’s länger und kostet was. Jemanden abknallen geht schneller.“

„Ach je“, sagte Anne hilflos.

Walter stand auf. „Ich schau mal, was ich machen kann.“

„Walter“, sagte Anne. „Wir haben doch alles besprochen. Du lässt uns jetzt nicht im Stich, oder?“

„Nein“, sagte Walter. „Aber Tatsache ist, dass wir ein bisschen Geld brauchen, wenn wir das wirklich durchziehen wollen. Alles kann ich auch nicht finanzieren.“

„Das hast du aber vorher nicht gesagt“, jammerte Anne.

„Wir waren ja noch nicht fertig, deine Freundin musste ja zwischendurch einfach gehen", sagte Walter sauer.

„Aber sie hat doch auch kein Geld."

„Ja, aber wir wollten alle gemeinsam darüber diskutieren, wie wir weiter vorgehen. Gemeinsame Lösungen erarbeiten. Das war mein Plan. Jetzt machen wir's eben allein." Walter war giftig.

„Sie kommt bestimmt wieder, nun malt mal nicht den Teufel an die Wand, sie wollte nur an die frische Luft", sagte Gerti.

„Erst hat sie telefoniert, dann ist sie plötzlich aus dem Haus gerannt, das ist doch komisch", sagte Anne. „Ich hab ja bei der Nummer angerufen, aber da kannte man sie nicht."

„Dann probieren wir es eben noch mal", sagte Walter und stand auf. „Himmel, meine Bandscheibe."

Hotel Atlantic, 20 Uhr

Charlotte stand in einem wunderschönen Raum und schaute über die Straße auf die Alster. 1800 Euro hatte sie für eine Nacht in der Deluxe-Suite hingeblättert. In bar. Fürs Einkaufen war es heute zu spät, aber gleich morgen früh würde sie bei ein paar ausgewählten Boutiquen anrufen und sich eine Auswahl Kleidung bringen lassen. In einigen würde man ihren Namen wohl noch kennen.

Die Empfangsdame hatte merkwürdig geschaut, als sie Charlotte in ihren für dieses Hotel doch sehr schäbigen Klamotten gesehen hatte, aber in solchen Häusern war man an extrovertierte, schwierige und außergewöhnliche Gäste gewohnt. Es wäre nicht das erste Mal, dass ein Mann hereinmarschierte, der wie ein Clochard aussah, und dann stellte sich heraus, dass es irgendein russischer Oligarch war, der die Atlantic-Suite für drei Monate gebucht hatte, und zwar für einen Tagespreis von 4500 Euro.

Charlotte hatte anstandslos ihre Suite bekommen.

Sie rief beim Roomservice an und bestellte die Karte einmal rauf und runter. Perigord-Entenleber mit Riesling-Gelee und Pfefferkrokant, sie bestellte Tatar vom Pommerschen Rind, Hummer und Ravioli von der Oldenburger Ente. Sie bestellte Risotto, sie bestellte Filet vom Müritz-Lamm, sie bestellte die Dessertkarte einmal komplett, und es war ihr total egal, ob die in der Küche dachten, sie sei fresssüchtig. So was von egal.

Nachdem sie der Küche mitgeteilt hatte, dass sie das Essen in einer halben Stunde wünschte, bestellte sie noch eine Flasche Barolo dazu, einen guten, süffigen Roten aus einem hervorragenden Jahrgang, dann ging sie einmal komplett durch die Suite, legte sich auf das Boxspringbett, fuhr mit den Händen über die weichen Decken, lief barfuß über die flauschigen Teppiche, schaltete den großen Fernseher ein. Auf RTL lief eine Doku über Obdachlose, schnell schaltete sie um und sah die Nachrichten. Mindestens 18 Tote bei Krawallen in Kiew. Innenausschuss des Bundestags berät über Edathy-Affäre. In Caracas bleibt es trotz Lopez-Festnahme friedlich. Münchener Flughafen: Dritte Startbahn darf gebaut werden. Justizminister reformiert Adoptivrecht für Homosexuelle. Da war ja ganz schön was los. Sie würde zukünftig, wenn sie wieder eine eigene Wohnung hatte und ihr neues Leben aufbaute, täglich Nachrichten schauen. Und sie würde ganz lange die Wohnung nicht verlassen, höchstens mal auf den Balkon gehen. Von frischer Luft hatte sie die Nase voll.

Das Doppelwaschbecken im Bad bestand aus braunem Marmor, weiß durchzogen. Die Dusche war so groß, dass eine Fußballmannschaft darin Platz finden würde, und als Charlotte in den Vergrößerungsspiegel schaute, wurde ihr klar, dass sie dringend zu einer Kosmetikerin gehen musste. Sehr dringend. Dann ließ sie Wasser in die große Wanne und kippte Badeöl hinein. Sie würde sich auch einen Epilierer kaufen, so ging das ja nicht weiter. Zehn Minuten später streckte sie sich in der Wanne aus und schmiedete Zukunftspläne. Sie dachte auch kurz an Anne und Gerti und Walter und Lumpi, aber nur kurz. Die waren nicht mehr wichtig.

Agathenhaus

Walter drückte die Wiederwahltaste und hörte das Freizeichen.

Aber niemand hob ab.

Blöde Kuh, dachte Walter. Soll sie doch bleiben, wo der Pfeffer wächst. Aber ein bisschen enttäuscht war er schon.

Hotel Atlantic

Am nächsten Morgen – sie hatte wunderbar geschlafen – bestellte sich Charlotte das üppigste Frühstück aller Zeiten aufs Zimmer und beschloss, es zukünftig langsamer angehen zu lassen. Sie hatte keine Lust darauf, dick zu werden. Dann rief sie bei sämtlichen Boutiquen in der Innenstadt an und musste feststellen, dass keine einzige Verkäuferin von früher mehr da war. Es kostete sie einige Überredungskunst und gelang ihr erst mithilfe des Hotelpersonals, das sich für ihre Bonität verbürgte, ein paar Klamotten zu bekommen. Charlotte kaufte für über 20000 Euro ein. Kostüme, Hosenanzüge, Kleider, Tücher, Handtaschen, Handschuhe. Fürs Erste musste das reichen.

Sie machte einen Termin bei einer Hotelkosmetikerin aus und buchte noch eine Massage dazu. Die nette Kosmetikerin empfahl ihr noch einen schicken Friseur am Neuen Wall, und als Charlotte dezent geschminkt und dann angezogen war, machte sie sich auf in die Stadt.

Sie fühlte sich so gut in ihrem Kostüm von Stella McCartney und den High Heels von Prada. Gut, anfangs hatte sie Probleme mit der Balance, aber das gab sich schnell. Laufen auf High Heels war wie Radfahren – konnte man es einmal, verlernte man es nie. Sie hätte ihre „alten“ Schuhe aus der Villa anziehen können, aber sie brauchte jetzt was Neues.

Die Sonne kam in dem Moment heraus, in dem sie durch die Alster-Arkaden lief. Hier würde sie gleich einen Kaffee trinken und dann zu diesem Friseur gehen, den ihr die Kosmetikerin genannt hatte, um einen Termin auszumachen. Anrufen konnte sie nicht, sie hatte ja noch kein Handy. Fröhlich ging sie weiter, hielt das Gesicht in die Sonne und war glücklich.

Und dann sah sie Kurt auf dem Boden sitzen. Kurt, der einmal im Winter sein letztes Essen mit ihr geteilt hatte. Das würde sie nie vergessen. Es war eine kalte Pizza Margherita gewesen, und sie hatte den harten Rand von ihm bekommen, weil er kaum mehr Zähne hatte und schlecht beißen konnte. Sie erinnerte sich noch an den Geschmack des Teigs und wie dankbar sie gewesen war.

Nun saß Kurt da und schien immer noch dieselbe Kleidung wie damals zu tragen, warum auch sollte es anders sein?

Lauf vorbei, dachte Charlotte. Geh weiter, geh weiter. Du hast nichts mehr mit ihm zu tun, ach was, du hattest, wenn man’s genau nimmt, *nie* was mit ihm zu tun. Aber da schaute Kurt hoch, und sie sah die leeren, traurigen Augen, die zitternden Hände, die einen Eierkarton hielten, in dem sich ein paar Cent-Münzen befanden. Hektisch holte Charlotte Geld aus ihrer neuen Tasche und steckte Kurt 50 Euro zu. Er nahm sie verblüfft, etwas blitzte in seinen Augen auf, und sie merkte, dass er sie erkannte.

„Mensch, Charlotte“, sagte Kurt. „Hastes doch geschafft?“

Sie ging vor ihm in die Hocke und wurde von einigen Passanten angerempelt.

„Ich glaub schon“, sagte sie. „Du aber nicht, was?“

„Nee. Ich werd’ wohl hier irgendwann tot liegen“, sagte Kurt und zuckte mit den Schultern. „Ist halt so.“

Charlotte stiegen die Tränen in die Augen. „Kann ich noch was für dich tun?“, fragte sie, und Kurt wollte gerade was sagen, da wurde sie von zwei Anzugträgern so angerempelt, dass sie umkippte und plötzlich neben Kurt saß. In diesem Moment, als sie sich wieder in dieser entwürdigenden Hundeperspektive befand, bekam sie eine solche Wut auf die beiden Arschlöcher in ihren schlecht sitzenden Anzügen von der Stange, dass ihr ganz heiß wurde. Sie stand auf, lief hinter den beiden her, die sich nicht mal entschuldigt oder ihr aufgeholfen hatten, und begann, mit ihrer Tasche auf sie einzuschlagen. „Ihr Vollidioten!“, schrie sie. „Habt ihr keinen Respekt vor den Menschen?“

„Ey!“, schrie der eine zurück. „Was haben Sie denn? Ist doch nur ein Penner!“

Andere Leute kamen und hielten Charlotte fest, weil die die beiden am liebsten getötet hätte, was man ihr wohl ansah, und dann waren die Männer verschwunden.

„Es ist schon gut“, sagte Charlotte wütend zu einer jungen Frau, die ihren Arm festhielt. „Lassen Sie mich los. Es ist schon gut. Ich mache ja gar nichts.“

„Hoffentlich nicht.“ Die Frau ging weiter und Charlotte zu Kurt zurück.

„Was’n los mit dir?“, fragte der verwirrt. „Musst dich doch nicht für mich kloppen.“

„Doch.“ Sie nickte. „Sag mal, hast du Hunger? Soll ich dir was holen?“

Er lächelte. „Eine Pizza wäre gut. Mit ohne Rand.“

KAPITEL 11

Hamburg, Pizzeria Toni, 14 Uhr

Sie hatten aufgegessen. Kurt die Pizza, sie den Rand. Nun saßen sie da und tranken Kaffee. Charlotte merkte, dass die Bedienung gern wollte, dass sie gingen, nur deswegen blieb sie noch länger hier sitzen. Sie waren ein merkwürdiges Paar, die große, attraktive Frau mit den teuren Kleidern, aber den immer noch grauen, ungeschnittenen Haaren, und der abgehalfterte Obdachlose, der kaum noch Zähne hatte.

„Sag mal, Kurt, gehst du denn nicht manchmal ins Heim?", fragte Charlotte, und Kurt schüttelte den Kopf.

„Nee, da fühl ich mich nich wohl. Da sind mir zu viele Leute."

„Aber es ist doch nachts total kalt. Irgendwann erfrierst du." Charlotte bekam fast einen Schreck, als ihr klar wurde, dass sie selbst vor drei Tagen noch auf einer Bank geschlafen hatte.

„Ach und wenn", sagte Kurt und lehnte sich zurück. „Wen kümmert's? Schert sich doch keiner um uns. Freut mich, dass du's gepackt hast. Musst du nicht mehr mit den andern rumhocken. Die wenigsten schaffen den Absprung, eigentlich kaum einer. Und irgendwann saufen sie alle. Dann geht's nur noch bergab. Ich kenn sie doch. Die Älteren, die an gar nix mehr glauben, und die Jungen, die erst kurz auf der Straße sind und noch denken, dass sie fortkommen von auf Platte. Aber nö. Irgendwann ist der Zeitpunkt da, wo keiner mehr drüber nachdenkt. Wir ham ja auch alle keine Kohle. Mit Kohle wär's vielleicht einfacher. Wie hast du's denn hingekriegt?"

Charlotte, die gerade ein Taschentuch aus ihrer Tasche holte, fühlte den gepolsterten Umschlag mit den 500-Euro-Scheinen.

Sie schaute Kurt an und ließ seine Worte nachklingen.

Ja, sie hatte Geld. Die anderen nicht. Mit Geld war es einfacher.

Und da wusste sie auf einmal, was zu tun war.

„Sag mal, Kurt, willst du wirklich nicht ins Warme?“, fragte sie, aber er schüttelte den Kopf.

„Nee, lass mal, ich bin da nicht gemacht für.“

Charlotte stand auf, legte Kurt die Hand auf die Schulter und ging zum Tresen, um zu zahlen, und gab der Bedienung 50 Euro Trinkgeld. „Sie lassen den Mann hier so lange sitzen, wie er will“, sagte sie, und die junge Frau nickte. Charlotte gab ihr noch mal 50 Euro. „Und Sie bringen ihm Pizza, so viel er will. Und Bier.“

Sie rannte aus dem Restaurant Richtung Jungfernstieg, weil da immer Taxen standen. Sie ließ sich auf den Rücksitz eines Wagens fallen und nannte dem Fahrer die Adresse des Agathenhauses. Er drehte sich zu ihr um. „Sind Sie sicher, dass das die richtige Adresse ist?“

„Natürlich, und nun fahren Sie schon los. Schnell.“

Natürlich kam es nun auf ein paar Minuten nicht an, aber sie wollte so rasch wie möglich zu den anderen zurück.

Zu Gerti und Anne, die beiden, die vorgestern dafür gesorgt hatten, dass sie sich zum ersten Mal seit Jahren wieder gut gefühlt hatte. Zu Lumpi, der so lieb war, der aber auch eine gesunde Wut in sich trug, weil man ihn so fertiggemacht hatte. Zu Walter mit den vielen Haaren, der ihr ein Taschentuch geliehen hatte und der allen, auch ihr, helfen wollte. Zu all diesen Menschen, die nichts hatten außer sich selbst, und die hochkommen wollten und nicht hochkamen, weil ihnen das nötige Kleingeld fehlte.

Charlotte hatte sich nicht aus eigener Kraft aus der Misere gerettet. Das war nur wegen des Geldes.

Wäre sie allein und ohne Geld gewesen, wäre sie für immer auf der Straße geblieben – und das drohte auch den anderen. Da hatte Kurt völlig recht.

Jetzt aber hatte sie Geld. Und würde sich Walters weitere Pläne anhören.

Und handeln.

Mit Geld ging schließlich vieles einfacher. Ihre Sachen würde sie später aus dem Atlantic holen und auch die weiteren Übernachtungen stornieren, sofern das möglich war. Sie würde die anderen jetzt nicht im Stich lassen.

Das tat man nicht. Das war unfein.

Hamburg, Agathenhaus

„Das fass ich ja nicht!“, rief Walter. „Mensch, Kumpel, woher kommst du denn so plötzlich? Ich freu mich! Klasse!“

„Ich freu mich auch!“

„Was kann ich für dich tun? Willst du was trinken? Kaffee, Wasser?“

„Ich bin ein bisschen irritiert, wobei ich eigentlich gar nicht irritiert sein müsste, es passt eigentlich alles zusammen, weil das ja hier ein Obdachlosenheim ist.“

Walter runzelte die Stirn. „Was genau meinst du?“

„Also, die Sache ist die … Es ist so, dass …“

Die Tür ging auf, und Charlotte stand da.

„Ach“, sagte Walter.

Anne sprang auf. Ihre Wangen glühten. „Charlotte! Ich dachte, ich dachte, ich dachte, du lässt mich allein!“ Sie raste auf Charlotte zu und fiel ihr in die Arme.

„Jetzt siehste fast aus wie früher in Pöseldorf. Schicke Schuhe“, sagte Gerti.

„Ich hab gar nicht gut geschlafen“, sagte Anne. „Dauernd hab ich gedacht, du kommst doch noch nachts!“

„Es hat ein bisschen gedauert“, sagte Charlotte. „Aber jetzt bin ich wieder da. Mit einer wunderbaren Neuigkeit!“

„Bist du schwanger?“, fragte Gerti.

„Das würde noch fehlen“, sagte Lumpi. „Außerdem kann

man doch mit über 50 gar nicht mehr so schnell schwanger werden. Ich freu mich auch, dass du wieder da bist."

„Ja, prima", sagte auch Walter, und Charlotte drehte sich zu ihm um. Und erstarrte.

„So sieht man sich wieder." Adalbert von Cherubim nickte ihr freundlich zu.

„Wie ist denn das möglich?", fragte Charlotte und streichelte Annes Rücken.

„Walter und ich sind alte Freunde", sagte Adalbert. „Wir helfen uns gegenseitig da, wo Not am Mann ist, um es mal so auszudrücken."

„Adalbert ist Richter", erklärte Walter, als würde das alles erklären.

„Und Walter wohnt auf dem Kiez", erklärte Adalbert, als würde das alles erklären.

„Aha." Charlotte nickte. „Dann ist ja jetzt alles klar."

„Also ich verstehe nichts." Anne löste sich von Charlotte und zog die Nase hoch, weil sie so gerührt war und fast weinen musste.

„Wir helfen uns gegenseitig", wiederholte Walter. „Manchmal ist es halt blöd, wenn jemand ins Gefängnis muss von meinen Jungs. Unschuldig natürlich." Er nickte und sah Adalbert an, und der nickte dann auch.

„So ist das. Und manchmal brauch ich jemanden, der mir ein paar Zeugen bringt, echte natürlich. Natürlich hängen wir das nicht an die große Glocke."

„Natürlich nicht", sagte Charlotte. „Was auch sonst. Aber wieso sind Sie jetzt hier?"

„Na, wegen der Nummer. Der Telefonnummer. Das Telefon hatte noch mal geklingelt, und da sah ich, dass zweimal von hier aus angerufen wurde. Einmal hat meine Haushälterin abgehoben, und Sie, Frau Fürst, waren froh, dass Berta gesagt hat, dass es bei mir keine Charlotte gibt."

„Richtig." Charlotte nickte. „Was mir nun sehr leidtut. Ich habe einen Fehler gemacht."

„Aha“, sagte Anne, die nichts mehr verstand.

„Ja, und dann hat es noch mal geklingelt, da waren Sie schon weg. Ich bin nicht rangegangen, und Berta war in der Küche. Die Dunstabzugshaube war angeschaltet. Ich hatte mit Ulf noch ein Schlückchen genommen. Später wollte ich wissen, wer da angerufen hat – und siehe da, ich erkannte die Nummer von Walter. Also von hier. Walter ruft oft von dieser Nummer aus bei mir an. Ich kenne die Ziffernfolge. Ich muss mich unbedingt einmal mit dieser Speicherfunktion des Festnetztelefons auseinandersetzen und den Namen eingeben. Dass dann da Walter steht. Ich werde mich darum kümmern. Na ja, jedenfalls habe ich dann mal ein bisschen im Speicher herumgesucht, ja, das habe ich geschafft, und gesehen, dass Sie, Frau Fürst, auch von dieser Nummer aus angerufen hatten. Also wurde ich neugierig, weil ich dachte, Sie hätten irgendwas mit Walter zu schaffen. Vielleicht war das Bild ja doch gefälscht oder Hehlerware oder was auch immer.“

„Das traust du mir zu!“, rief Walter erbost. „Welches Bild überhaupt?“

„Moment. Eins nach dem anderen. Als Richter ist einem nichts fremd. Dann hab ich mich in mein Auto gesetzt und bin hergefahren, und …“

„Obwohl du getrunken hast?“, fragte Walter.

„Nein. Mein Chauffeur ist gefahren. Ich fahre so gut wie nie selbst. Ich komme mit diesen Autos nicht gut zurecht.“

„Mit welchem deiner Autos?“

„Mit allen. Sogar die mit Automatik machen mir Angst. Aber egal. Jetzt wissen Sie Bescheid, Frau Fürst. Was für ein lustiger Zufall. Ist der Chagall also Hehlerware, Walter? Sag mir die Wahrheit. Sag sie mir. Noch ist es nicht zu spät. Setz unsere Freundschaft nicht aufs Spiel.“

„So ein Unfug. Welcher Chagall?“, fragte Walter. „Wer hat denn hier einen Chagall?“

„Würde mich auch interessieren“, erklärte Cäsar eifrig.

„Das ist wirklich der echte, das hat doch auch dieser Ulf bestätigt“, mischte sich Charlotte ein, die langsam daran zu zweifeln begann, dass ihr Entschluss richtig gewesen war.

„Ich möchte nur sichergehen.“ Adalbert nickte. „Walter, schwöre, dass er echt ist.“

„Ich weiß gar nichts von einem Chagall.“ Walter hob die Hände gen Himmel. „So wahr mir Gott helfe.“

„Pfui Teufel“, Magdalena bekreuzigte sich. „Du Blasphemist, du sündiger!“

„Was ist …“

„Ruhe, Gerti. Für heute ist's genug mit der Nachfragerei. Besorg dir mal ein Lexikon.“ Magdalena hatte ganz offensichtlich keine Lust mehr auf irgendwelchen Zirkus.

„Was ist …“

„GERTI!“

Und Gerti war still. Sie würde sich bemühen. Früher hatte sie viel mehr gewusst, das war ihr halt im Laufe der Jahrzehnte abhanden gekommen. Sie wollte das ändern. Sie wollte sich bilden, damit sie nicht mehr ständig nachfragen musste. Sofort, wenn Zeit da war. Das „wohl“ hatte sie sich ja schon so gut wie abgewöhnt. Nun würde sie auch an ihrer Aussprache arbeiten. Hochdeutsch hieß das Zauberwort.

„Also, ihr seid Freunde.“ Charlotte sah Walter und Adalbert von Cherubim nacheinander an.

„So was in der Art, ja.“ Adalbert räusperte sich. „Nun, jetzt würde mich wirklich mal interessieren, warum Sie, Frau Fürst, mir den Chagall verkauft haben und immer noch hier sind.“

„Nicht immer noch, *wieder*“, sagte Charlotte. „Ja, ich habe aus meinem alten Haus, nachdem ich es zertrümmert hatte, ein Bild mitgenommen. Eine Lithografie mit persönlicher Widmung von einem sehr bekannten Maler, Marc Chagall. Warum auch nicht, das Bild gehört schließlich mir. Also habe ich es für 300 000 Euro an Adalbert von Cherubim verkauft und beschlossen, mich mit dem Geld auszuklinken und allein ein neues Leben zu beginnen. Nur hat das nicht so einfach funktioniert. Weil ich nämlich jemanden getroffen habe, der mir die Augen geöffnet hat. Deshalb bin ich so schnell wie möglich zurückgekommen, weil ich nämlich möchte, dass wir alle gemeinsam das Geld verwenden, für unser Leben, für unsere Rache und alles, was danach kommt. Und ich möchte mich auch von Herzen bei euch allen entschuldigen. Ich hatte vor, das Geld zu nehmen und zu gehen, ich hatte vor, nicht mehr zu euch zurückzukommen, aber dann habe ich gemerkt, dass das die falsche Entscheidung war. Es tut mir leid."

„Das finde ich aber auch, dass das die falsche Entscheidung war." Anne hing schon wieder an ihrem Arm.

„Ja, Kind, wohl, wo hätteste denn hin gesollt?", wollte Gerti wissen.

„Ich war schon im Hotel Atlantic und habe Pastete gegessen und so", sagte Charlotte und wurde rot. „Und ich hab Klamotten gekauft und war mit einem alten Bekannten Pizza essen. Aber jetzt bin ich wieder hier."

„Du siehst toll aus!" Anne strich über Charlottes Kostümjacke. „Jetzt brauchst du nur noch eine neue Frisur."

„Stimmt. Beim Friseur muss ich noch anrufen. Da gehe ich nämlich nicht alleine hin. Du kommst mit und Gerti auch." Charlotte nickte bekräftigend.

„Nee, ich geh nicht zum Friseur. Die lange Sitzerei da macht mich ganz nervös." Gerti schüttelte den Kopf. „Außerdem wollte ich vorschlagen, dass ich …"

Sie wurde von Anne unterbrochen. „Ich?", hauchte sie und dachte daran, wie schön es beim Friseur immer gewesen war. Die Gala, die Bunte, der Stern, die Brigitte, alle Zeitschriften lagen da rum, und es gab Cappuccino, Sekt und Gebäck mit Zuckerkörnern drauf.

„Ganz genau. So, und nun setzt euch mal alle hin." Alle taten, was sie gesagt hatte, und dann sah Charlotte die Anwesenden der Reihe nach an. Da waren Anne, Gerti, Lumpi, Walter,

Magdalena, und sogar Adalbert von Cherubim hatte sich mit hingesetzt und starrte sie wie die anderen erwartungsvoll an. Etwas abseits hockte Walters Handlanger Cäsar und runzelte die Stirn, weil er nicht ganz verstand, was hier vor sich ging und warum.

Charlotte holte den Luftpolsterumschlag aus ihrer Handtasche. „Hier sind mehr als 270 000 Euro", sagte sie und legte den Umschlag auf den Tisch vor sich. „Etwas über zwanzigtausend hab ich leider schon ausgegeben, für Klamotten, Taschen und das Hotel und das Essen."

„An einem Tag?", fragte Gerti, und Charlotte nickte. „Himmel steh mir bei", sagte Gerti fast bewundernd. „So viel Kohle hätte ich damals mal haben sollen, dass wäre ich heute nicht hier." Sie überlegte kurz. „Andererseits hätte ich euch alle dann wahrscheinlich nie kennengelernt. Und das wär ja schade."

„Dieses Geld soll ab sofort für uns alle verwendet werden. Damit wir alle den Hintern wieder hochkriegen und nicht nur einer."

„Aber es ist doch Ihr Geld, Frau Fürst", warf Adalbert in die Runde.

„Na und?", fragte Charlotte. „Ich finde das Wirgefühl besser. Wenn es ein echtes Wirgefühl ist." Sie setzte sich hin. „Also, wie fangen wir an? Wo waren wir stehen geblieben, bevor ich gegangen bin? Ach so, und Herr von Cherubim, Sie sind ja davon nicht betroffen, Sie können gern nach Hause fahren, denn Sie haben auch bestimmt Besseres zu tun, als hier herumzusitzen und uns zuzuhören."

Adalbert griff in seine Hemdtasche und holte eine Lesebrille heraus, die er umständlich mit einem Taschentuch zu putzen begann. „Ich bin doch nicht verrückt", sagte er dann. „Endlich ist mal was los, also privat. Und vielleicht kann ich ja meinen Senf hier und da dazugeben."

„Adi ist ja Richter", bekräftigte Walter Adalberts Aussage.

„Gut", sagte Charlotte und nickte. „Dann los."

Walter nickte ebenfalls. „Also“, begann er. „Ich hatte mir Folgendes überlegt: Ich bin zu dem Schluss gekommen, dass ich etwas Gutes tun will und helfen muss. Euch! Die ihr da sitzt und die ihr da …“

„Walter“, wurde er von seiner Schwester angefahren. „Sei nicht so theatralisch, sondern sag, was Sache ist. Ich hab auch noch was zu tun heute.“

„Ja.“ Walter sammelte sich. „So. Ich habe hier“, er stand auf und ging zu einem Wandschrank, öffnete eine Tür und holte einen Stapel Blöcke und Stifte heraus. „Ich habe hier unser vorläufiges Arbeitsmaterial.“ Er verteilte die Sachen ringsum und setzte sich dann wieder. „Jede von euch dreien wird jetzt aufschreiben, wer ihr was angetan hat. Wer daran schuld war, dass jede Einzelne von euch in die Obdachlosigkeit getrieben wurde. Die Schuldigen soll später der Schlag treffen, aber vorher sollen sie für ihre grausamen Sünden büßen. Dann können sie im ewigen Fegefeuer schmoren.“

„Walter, beherrsche dich. Tu jetzt nicht so, als würdest du dich mit der Kirche auskennen!“ Magdalena regte sich auf. „Sonst willst du davon nichts wissen, und jetzt fängst du damit an. Hör auf mit dem Geschwätz und handle lieber.“

„Aber es stimmt ja, er hat ja recht“, sagte Anne und lächelte Walter zu. „Ich wäre froh, wenn ich so einen Bruder hätte.“

„Nun hör aber auf“, sagte Walter peinlich berührt und verlegen. Er bekam ganz rote Ohren.

„Wo war ich? Genau. Ihr schreibt alles auf, und dann werden wir gemeinsam mit Cäsar überlegen, wie wir Rache üben. Nun ist auch alles viel einfacher.“ Er grinste Charlotte an. „Denn wir haben ja Startkapital.“

„Ich würde mal sagen, das ist mehr als Startkapital“, sagte Magdalena.

„Wir werden es brauchen, es gibt viel zu tun. Und am Ende des Tages werden alle die gerechte Strafe kriegen. So wahr ich Walter heiße! Also, wenn wir alles aufgeschrieben haben, werden wir nach und nach überlegen, was wir tun. Einer wird Schriftführer."

„Das mache ich." Charlotte hob den Arm und wedelte mit dem Zeigefinger wie in der Schule. „Ich erstelle eine Tabelle."

Anne begann schon zu schreiben und schaute auf. „Ich finde diesen Plan ganz ausgezeichnet." Gerti und Charlotte kritzelten ebenfalls auf ihren Blöcken herum.

„Und wenn ihr damit fertig seid, werden wir alle uns Gedanken darüber machen, wie wir die zur Strecke bringen!"

„Oh, wie toll", sagte Anne. „Charlotte, wir haben schon überlegt, dass ich undercover in deiner Firma arbeite, um Informationen zu bekommen. Da müssen wir noch drüber sprechen. Und ich muss mir was für den Berger überlegen. Was ganz, ganz Schlimmes!"

„Ich kann den Knallkopf in der Elbe versenken", sagte Cäsar. „Oder gezielter Kopfschuss. Kein Thema."

„Nein, sie sollen ja leiden. Ein Kopfschuss geht zu schnell." Charlotte war hart in ihrer Meinung.

„Ich könnte ihn erstechen, immerhin bin ich eine kaltblütige Mörderin", sagte Gerti, und alle lachten.

„Jetzt mal im Ernst. Ich könnte ja auch von unten nach oben schießen. Erst die Füße, dann die Beine, dann ..."

„Sofort bist du still!", rief Anne entsetzt, beruhigte sich aber schnell wieder, dachte kurz nach und sagte dann: „Wobei ..." Cäsar war ihr einerseits unheimlich, andererseits fand sie ihn total cool. Er war so stark und würde sie in Gefahrensituationen bestimmt beschützen!

KAPITEL 12

Agathenhaus, am nächsten Morgen, 11 Uhr

Den Rest des gestrigen Tages hatten sie herumdiskutiert und waren dann einfach müde gewesen. Es passierte ja dauernd sehr viel. Früher war nie so viel passiert. Eine neue Produktivität war plötzlich da, und die kostete Kraft.

Anne war ganz aufgeregt. Charlotte wollte einen Termin bei diesem sauteuren Friseur ausmachen, und Lumpi hatte schon gemeckert, dass das viel zu teuer sei und man mit dem Geld haushalten müsse, und es sei ja wohl schon mehr als genug für überflüssige Kleidungsstücke ausgegeben worden.

„Fast zweihundert Euro für einen Haarschnitt", meinte auch Magdalena. „Davon kann ich für meine Obdachlosen viel Suppe kochen."

„Find ich auch!", sagte Gerti. „Das wäre rausgeschmissenes Geld. Das kann *ich* doch machen?"

Alle drehten sich zu ihr um.

„Du?", fragte Lumpi und lachte. „Wie das denn? Soweit ich weiß, bist du früher putzen gegangen."

Gerti wurde sauer und bekam rote Wangen. „Was heißt hier ‚du'? Niemanden interessiert es wohl, was ich ganz früher gemacht habe, was? Soll ich euch mal was sagen? Ich kenne viele Stars. Leute vom Fernsehen. Ich hab sogar schon die Gina Lollobrigida geschminkt und frisiert. Und ganz viele andere auch. Ich war nämlich Theaterfriseurin und kam dann zum Bambi. Ganz viele hatte ich, auch Rock Hudson und die Loren und Lilo Pulver. Ja, da schaut ihr, was? Geputzt hab ich erst später. Ich konnte immer gut schminken, deswegen hatte ich da irgendwann die Leitung. Alle kamen gern zu mir in die Maske. Und dann eben Bambi. Ganz jung bin ich in den Beruf gekommen, mit 15 hab ich schon gearbeitet."

„Ui“, machte Lumpi.

„Bambi?“, sagte Cäsar mit brüchiger Stimme. „Himmel, wenn ich daran zurückdenke. Ich hatte noch die Schallplatte. Als der Schuss ertönte und die Mutter tödlich getroffen wurde, bin ich fast wahnsinnig geworden vor Trauer. Und dann Bambi allein auf weiter Flur mit Feline. Es war …“

„In diesem Fall handelt es sich um eine *Auszeichnung* beim Fernsehen. So was wie der Oscar“, erklärte Charlotte geduldig. „Das ist eine Trophäe. Sie heißt nur zufällig so.“

Trotzdem war Cäsar traurig. Man konnte sich in diesem Moment schwerlich vorstellen, dass dieser glatzköpfige Koloss dazu in der Lage war, jemand mit einem gezielten Kopfschuss zu erschießen. Wenn dieser Cäsar schon wegen eines fiktiven Rehs fast heulte.

„Du warst beim Bambi?“, fragte Charlotte ehrfürchtig, und Gerti nickte.

„Wahnsinn. Du musst ja alle Promis gekannt haben.“

„Ich sag doch, ich kenn die Stars. Na, gekannt hab ich sie nicht, aber geschminkt und frisiert. Ich bin ja auch Friseuse. Ich hab sogar einen Meisterbrief.“ Gerti zog ein zerknittertes Stück Papier, das sie offenbar immer bei sich trug, aus ihrem Pullover. „Hier.“

Lumpi nahm und las. „Tatsächlich“, sagte er. „Gerti! Unsre Gerti ist eine Meisterin! Ich bin sehr stolz.“

Auch Charlotte war beeindruckt. „Gerti, das ist ja unglaublich. Du musst mir unbedingt noch mehr davon erzählen.“

„Was ich eigentlich sagen will, ist …“, sagte Gerti, und fast hätte man sich darüber erschrecken können, dass sie plötzlich ganze und vor allen Dingen zusammenhängende Sätze sprach, „… dass ich euch frisieren kann und auch schminken, wenn ihr wollt. Ich kann nicht nur erstechen. Ich kann euch so schminken, dass ihr zu anderen Menschen werdet. Vielleicht ist ein bisschen Inkognito gar nicht schlecht.“ Sie blinzelte den anderen zu.

„Das ist eine ganz hervorragende Idee, Gerti!“, rief Charlotte. „Klasse! Und Gerti, jetzt kapier doch mal, dass niemand glaubt, dass du deinen Mann erstochen hast.“

„Doch, ich glaube es“, sagte Cäsar. „Und Gerti kann mir gern bei neuen Morden helfen. Dann ist hier endlich mal was los.“

„Hahaha“, machte Gerti fröhlich.

„Ich schreib auf, was zu besorgen ist, und dann können wir das alles hier erledigen.“ Gerti sah nun Cäsar an, und der nickte, immer noch bewegt von der Sache mit Bambi.

Gerti nahm sich einen der Blöcke und einen Stift und begann, eine Liste zu schreiben. „Ich brauche Kämme, Bürsten, Scheren, Farben, Make-up, da geht ihr am besten zu …“, murmelte sie beim Schreiben vor sich hin.

„Also, wir fangen an mit Anne, die sich in Charlottes Firma bewirbt. Diese Grundidee finden wir ja alle gut. Gerti, sie muss nicht ganz so doll geschminkt werden, sonst sieht sie ja aus wie eine Nutte, das kommt später.“ Walter war ganz aufgeregt, und Lumpi nickte eifrig und war ganz bei der Sache. Seit Neuestem hatte er bei allem, was er sagte oder tat, einen wichtigen Gesichtsausdruck.

„Es scheint, als würde das Schicksal es gut mit uns meinen“, jubilierte er und deutete auf das Abendblatt, das er gerade gelesen hatte. „Da gibt es eine Stellenausschreibung.“ Triumphierend reckte er den Finger in die Luft. „Wie gut, dass ich die Zeitung von hinten bis vorn lese, und gerade samstags sind ja die Stellenanzeigen drin.“

„Ich hätte mich auch initiativ bewerben können. Aber zeig mal“, sagte Anne, und Gerti fragte nicht, was initiativ bedeutete. Andere Dinge waren momentan wichtiger.

Bei Fürst Consulting wurde eine Mitarbeiterin für Marketing gesucht. Ein Großkunde wollte seine Firma weiter ausbauen und brauchte dafür Fachleute. Also hatte Fürst Consulting eine Anzeige geschaltet. Charlotte sah Sternchen, als sie „Inh. Alexander Fürst“ las. Alte Mordgedanken schossen in ihr hoch. Qualvolle Abläufe dieser Tat nisteten sich in ihr Gehirn ein. Vielleicht würde sie Cäsar bitte, Alexander mal zu besuchen. Er könnte einen Strick um seinen Hals …

„Ich weiß gar nicht, ob ich das kann“, sagte Anne.

„Du hast doch in dem Segment gearbeitet“, sagte Charlotte. „Sei doch mal ein bisschen selbstbewusst.“

„Marketing und Werbung ist nicht ein- und dasselbe“, bekam sie von Anne erklärt. „Mit Werbung weckt man Bedürfnisse, macht neue Produkte bekannt, erhöht Absatz und Marktanteil bestehender Produkte, reagiert auf die Konkurrenz und beeinflusst den Kundengeschmack. Marketing ist eine mittel- bis langfristige Strategie für ganze Produktlinien oder Marken, die ein Unternehmen einführen und etablieren will. So sieht das aus. Zunächst werden die Wünsche und Bedürfnisse der Kunden durch Marktforschung ermittelt. Erfolgreiche Marktforschung umfasst verschiedene Analysen. Als Erstes muss geklärt werden, ob überhaupt Bedarf nach einem neuen Produkt oder einer neuen Dienstleistung besteht, und wie groß die Gruppe der potenziellen Käufer ist. Dann …“

„Kannst du mal aufhören, diesen Schwachsinn runterzuleiern?“, sagte Walter. „Das interessiert niemanden. Dann weckst du halt längerfristige Bedürfnisse. So schwer kann das nicht sein.“

„Es hat schon was miteinander *zu tun*“, gab Anne zu. „Aber ich will nur festhalten, dass es nicht *dasselbe* ist.“

„Du sollst auch nicht ewig da arbeiten, sondern nur so lange, bis du die Infos hast, die wir brauchen. Klar?“ Lumpi zog die Augenbrauen hoch, und Anne nickte. „Also. Ihr schreibt heute Nachmittag die Bewerbung – ja, Charlotte, wir besorgen noch einen PC mit Drucker – und übt das Vorstellungsgespräch. Dann erfinden wir einen schicken Namen, und es geht los.“

„Moment mal, wir wollen also einen Lebenslauf fälschen“, sagte Anne. Lumpi nickte, genau wie Walter. „Ja aber, heutzutage kann man doch alles googeln. Was ist, wenn Charlottes Exmann Erkundigungen über mich einholt? Oder wenn ihr euch irgendwelche Firmen ausdenkt, die es gar nicht gibt? Was dann?“

„Mach dir darüber mal keine Sorgen“, sagte Walter. „Das kläre ich. Es gibt genügend Leute, die gern was für mich tun und die auch gern mal erzählen, dass du da gearbeitet hast.“

„Aber die Mitarbeiter, wenn die gefragt …“

„Geld heißt das Zauberwort. Ich brauche übrigens welches, Charlotte, danke, ich weiß, wo es liegt. Und jetzt kümmere dich bitte nicht um diese Sachen. Charlotte, du weißt, was Anne am besten sagen muss, um den Job zu bekommen. Und dann geht ihr Montag los und kauft ein. So einfach ist das.“

Anne und Charlotte nickten. Sie alle waren voller Tatendrang. Gerti holte schon alte Handtücher und bereitete alles fürs Frisieren und Schminken vor. Und Cäsar nahm die fertige Liste entgegen und trottelte los, um alles zu besorgen.

Auch Adalbert war instruiert worden: „Wir brauchen dich“, hatte Walter gestern zu ihm gesagt und ihm auf die Schulter geklopft. „Aber noch nicht gleich. Erst später.“

„Gut, ich stehe sozusagen Gewehr bei Fuß.“ Adalbert war mit seinem Fahrer in einem Bentley davongebraust und hatte sämtliche Telefonnummern hinterlassen, um Tag und Nacht für *den Fall*, wie er es nannte, erreichbar zu sein.

„Ich finde es großartig, was Sie da machen“, hatte er noch zu Charlotte gesagt. „Ganz großartig. Sie sind eine wunderbare Frau.“

„Ach, na ja“, hatte Charlotte gemeint. „Eigentlich sollte doch jeder so handeln und gar nicht darüber nachdenken, es nicht zu tun.“

„Sie hätten auch anders handeln können.“

„Ich war ja auch kurz davor.“

„Sehen Sie, Sie haben aber anders gehandelt. Und deswegen sind Sie eine wunderbare Frau. Eine Frau, der man die Welt zu Füßen legen sollte.“

Mit diesen Worten war Adalbert gestern also gegangen. Es war irgendwie merkwürdig gewesen. Charlotte kannte ja nun die Welt, in der Adalbert sich bewegte, auch wenn sie nicht so reich gewesen war wie er. Früher hätte sie nach noch mehr gestrebt und hätte alles dafür gegeben, noch reicher zu sein, so wie er zu leben.

Aber in diesem Augenblick hatte sie gemerkt, dass es ihr nichts mehr bedeutete. Sie war voller Kraft und Elan und freute sich auf das, was vor ihnen lag. Sie freute sich auf die Arbeit mit diesen Menschen, denn sie hatten ein gemeinsames Ziel.

Was hatte sie früher gehabt? Viele Schuhe, aber kein wirkliches Ziel. Und das war jetzt anders.

Hamburg, Agathenhaus, im Februar
Montag

Am Samstagnachmittag hatte Gerti ganze Arbeit geleistet. Sie war richtig aufgeblüht, hatte Farbe angemischt und Haare gewaschen und mit Schere und Föhn herumgefuhrwerkt, als gäbe es kein Morgen mehr.

Gerti hatte ihr Studio in Magdalenas Gebetszimmer eingerichtet, weil sie absolute Ruhe brauchte. Und gucken kommen durfte auch keiner, nein, Gerti wollte das Gesamtergebnis präsentieren.

Das war ihr absolut gelungen.

Als Charlotte aus dem Zimmer in den Frühstücks- und Aufenthaltsraum kam, machten alle „Aaaah“ und „Ooooh!“, und Lumpi klatschte sogar in die Hände. Cäsar nickte anerkennend, und Anne, die schon Farbe auf dem Kopf hatte, steckte den Kopf durch die Tür und sagte „Sieht sie nicht einfach wunderwunderschön aus?“

Und damit hatte sie recht. Gerti hatte aus Charlotte, die früher einen schlichten Pagenkopf und einen Pony gehabt hatte, eine Femme fatale gemacht. Charlottes Haare, die sie ja irgendwann nicht mehr geschnitten hatte, waren nun gestuft, und dadurch kamen ihre Naturlocken wieder zum Vorschein. Ihr Haar war dunkel getönt, fast schwarz, und ein paar kaum zu sehende dunkelrote Strähnchen waren eingearbeitet worden. Die lockeren Wellen fielen nun bis über die Schulter und verliehen Charlotte sehr viel Jugendlichkeit. Gerti hatte auch ihre Augenbrauen in die richtige Form gezupft, obwohl Charlotte eigentlich niemanden an ihre Brauen lassen wollte, aber letztendlich hatte sie zugestimmt.

Sie war dezent geschminkt, Gerti hatte auf zu viel Make-up verzichtet und meinte, die Jahre an der frischen Luft hätten ihrer Haut nicht allzu sehr geschadet. Ein wenig getönte Tagescreme, Rouge, ein paar Tupfen Lidschatten an den richtigen Stellen und Mascara und rotes Lipgloss – Charlotte, die einen schwarzen Hosenanzug trug, sah einfach großartig aus.

Walter kam näher. „Wow!“, sagte er. „Ich bin beeindruckt. Von dir und von Gerti. Unglaublich, was diese Frau kann! Meine Güte, bist du schön.“ Er nickte anerkennend unter seinem Fell.

„Danke“, sagte Charlotte fast huldvoll und drehte sich vor ihm.

„Darf ich bitten?“, fragte Walter, und sie tanzten eine Minute lang Walzer.

„Du kannst ja tanzen“, sagte Anne bewundernd.

Gerti lugte durch die Tür, die Schere in der Hand, die grauen Haare standen ihr zu Berge, und sie kicherte.

„Du natürlich auch“, sagte Walter, und Gerti strahlte, um dann die Tür zu schließen und sich um Anne zu kümmern.

Charlotte bat Magdalena um einen Spiegel, den sie auch brachte, und nun schaute sie sich die ganze Zeit darin an. „Dass ich das noch erleben darf“, sagte sie.

„Du wirst noch viel mehr erleben“, sagte Walter, der nun hinter ihr stand und sie im Spiegel glücklich anschaute. Charlotte lächelte. „Ich werde für dich …“

Es klingelte, Walter verließ Charlotte kurz, öffnete, und eine halbe Minute später liefen Walter und ein Blumenarrangement durch den Raum, und alle wichen entsetzt zurück.

„Ich soll das hier für Charlotte Fürst abgeben“, sagte jemand in den Blumen, und Walter versuchte, die Blumen zu nehmen, damit dieser Jemand rausklettern konnte. Es war ein junger Mann, der stark schwitzte. Verzweifelt versuchte er, das Blumenmeer zu bändigen. Walter stemmte sich mit Leibeskräften dagegen. Letztendlich gelang es ihm, einen Umschlag hervorzuziehen. „Das ist für Charlotte Fürst.“

Charlotte traute ihren Augen nicht. Irgendwer musste sieben Läden leer gekauft haben.

Sie nahm den Umschlag, unterschrieb den Empfangsbeleg, und der Mann stapfte glücklich davon.

„Jesus“, sagte Walter.

Jede Blumensorte war hundertmal vertreten, aber Rosen am allermeisten. Blassrosa, zartgelbe, dunkelrote. Dann viele Lilien, Freesien und eine Menge Blumen, die Charlotte gar nicht kannte.

„Da war einer aber wirklich im Blumenladen“, sagte Cäsar. „Mir wäre das zu teuer. Ich schenke, wenn überhaupt, immer Blumen, die ich auf dem Friedhof klaue. Man muss nur lesen, wann die Beerdigungen sind und eine halbe Stunde später hingehen, wenn die vorbei ist. Das sind richtig geile Sträuße.“

Charlotte antwortete nicht und sah auf die Karte.

Pour Charlotte, Bisous, Adalbert, stand darauf.

Wie süß, dachte Charlotte. Wie in der Widmung von Chagall an die unbekannte Charlotte. Nur dass Marc besser klang als Adalbert, aber der konnte ja nichts für seinen Namen.

„Das sind wundervolle Blumen“, sagte Gerti. „Aber das Geld, das die gekostet haben, hätten wir besser verwenden können. Das müssen mehrere Tausend Euro gewesen sein. Rosen sind teuer. Ich hab noch nie Rosen geschenkt bekommen.“

„Jetzt sei doch nicht knatschig, sondern freue dich für Charlotte“, sagte Walter, der sich natürlich überhaupt nicht darüber freute, dass Charlotte von Adi was geschenkt bekam, und wenn es nur ein Zahnstocher war.

„Ich würde mich auch über einen Blumengruß freuen“, sagte Cäsar, und Charlotte musste sich vorstellen, wie dieser tätowierte Glatzkopf über einen Strauß Nelken von der Tankstelle in Freudentränen ausbrach. Wenn ihm Bambi schon zu viel war, kam er mit so was garantiert nicht klar. Sie würde, wenn ein wenig Ruhe eingekehrt war, mal vorschlagen, gemeinsam *Titanic* oder *Vom Winde verweht* zu schauen. Garantiert bräuchte Cäsar acht Pakete Taschentücher oder mehr – da war sie sich ganz sicher.

„Ich bin nicht knatschig, ich finde solche Geldausgaben in unserer Situation nur übertrieben“, befand Gerti.

„Also, Adalbert ist nicht in unserer Situation.“

„Aber er weiß davon. Cäsar, geh los in ein Krankenhaus und verteile die Blumen an Patienten, die keinen Besuch kriegen.“

„Wieso denn ich?“, beklagte sich Cäsar.

„Geh und diskutier nicht“, sagte Gerti, und Cäsar schnappte sich den Riesenstrauß und schleppte ihn davon.

„Hier weht jetzt ein anderer Wind. Hier werden keine Blumen benötigt“, informierte Gerti die Anwesenden.

Und dann kam Anne aus dem Gebetszimmer, und alle hielten spontan die Luft an.

KAPITEL 13

Anne sah aus wie ein Engel, der gerade eben vom Himmel geplumpst war, oder wie eine Fee, die da war, um Gutes zu tun. Es fehlten nur noch der Zauberstab und ein perlendes Lachen.

„Mensch“, hauchte Charlotte

„Ist das nicht wundervoll?“ Anne drehte sich mehrmals um ihre eigene Achse. Sie trug ein cremefarbenes langes Kleid mit Schleppe. Oben herum umhüllte sie eine enge Korsage, die ihren Busen hochhob, der Stoff war perlenverziert und so eng geschnürt, dass Charlotte schon beim Hinsehen fast Atemnot bekam. Dann floss die Seide in langen Bahnen Richtung Boden. Anne trug lange Handschuhe, in ihren blonden Locken hatte Gerti offenbar durchsichtige Fäden eingearbeitet, auf die Perlen gezogen worden waren. Das Haar fiel ihr offen über die Schultern, an den Enden hatten offenbar Heißwickler ihren Job gut gemacht. Bei den Strähnen hatte Gerti sich selbst übertroffen: Sie schimmerten in diversen Goldtönen, und auch Annes blaugrüne Augen glänzten vor Glück. Die Wimpern waren mit einer Wimpernzange bearbeitet worden und bogen sich nach oben. Ihre Lippen waren in einem dezenten Roséton geschminkt, ein wenig Rouge rundete das Ganze ab. Um den Hals trug Anne eine Perlenkette.

„Woher hast du denn dieses Kleid?“ Walter war ebenfalls fassungslos und starrte sie durch seinen Urwald hindurch an.

„Das ist Magdalenas Brautkleid“, sagte Anne, und da stand auch schon Magdalena im Raum und lächelte.

Cäsars Unterlippe bebte. „Du bist nicht von dieser Welt. Du bist eine Erscheinung“, sagte er fassungslos.

„Moment mal. Ich denke, Magdalena ist Nonne.“ Charlotte runzelte die Stirn. „Bist du doch keine Nonne?“

„Doch, doch, bin ich, aber das war ich nicht *immer*. Ich war mal mit einem Pfarrerssohn zusammen, der mich heiraten wollte, also hab ich schon mal ein Kleid genäht. Das hängt seit Jahrzehnten im Schrank und ist nie bei einer Hochzeit zum Einsatz gekommen. Wegwerfen wollte ich es aber auch nicht."

„Ach so. Verstehe. Oh, es ist wunderschön!" Charlotte kam näher und fasste den seidenen Stoff an. „Wie weich. Und es passt dir wie angegossen, Anne."

„Ich war ja auch mal jung", sagte Magdalena. „Und schlank. Und schön." In ihre Augen traten Tränen. „Aber ich freue mich für dich. Endlich findet das Kleid Verwendung. Mir ist es viel, viel, viel zu klein. Ich könnte es als Handschuh tragen." Das stimmte irgendwie, dachte Charlotte.

„Ich habe ja noch nichts Richtiges zum Anziehen", fuhr Anne fort. „Und da kam Magdalena ins Zimmer und sagte, das würde nicht gehen. So eine schöne Frisur und dann die stinkenden Fetzen. Dann hat sie das Kleid und die Perlenschnüre geholt. Gerti war ganz begeistert. Sie hat sich richtig ausgetobt."

Gerti nickte. „Oh ja, ach, hat das Freude gemacht!"

„Wir auch", sagte Lumpi. „Also, wir sind auch begeistert. Herrlich. Schade, dass du das nicht auf der Straße tragen kannst."

„Aber vielleicht braucht sie's ja irgendwann wohl mal", fand Gerti. „Also ich find, es ist wie gemacht wohl für das Kind."

„Ich habe ja noch nicht mal einen Freund", sagte Anne fast traurig.

„Was nicht wird, kann ja noch sein", sagte Gerti euphorisch. „Und jetzt bin ich dran. Magdalena, du schneidest mir jetzt die Haare nach Anweisung. Ich will auch schön am Kopp sein, aber mach mir bloß keinen Firlefanz. Bisschen Farbe, bisschen Schnitt und gut. So, wie ich es sage. Bloß kein langes Rumgesitze, das macht mich ganz verrückt."

„Also, ich weiß nicht, ob ich das kann", sagte Magdalena.

„Das kannst du, ich sag dir ja, wie's gemacht wird."

Und so wurde es dann auch gemacht. Gerti sah danach aus wie eine normale 73-jährige Frau und wollte gar nicht anders aussehen, und Magdalena holte aus ihrem Fundus eine passende Hose, Halbschuhe und einen Pullover, und so wurde Gerti wieder ansehnlich, jemand, der sich sichtlich wohl in seiner Haut fühlte.

„Das ist wirklich lieb von dir“, sagte Gerti dann zu Magdalena. Die nickte.

„Kein Problem. Ich lauf ja meistens in der Schürze rum. Du kannst dich bedienen. Da sind noch so viele Sachen von früher, als ich noch schlank war. Schön, dass jemand die trägt.“

„Dafür koch und putz ich hier ein bisschen und frisiere und schminke, wenn nötig“, sagte Gerti froh. „Wenn ihr alle von euren Geschäften nach Haus kommt, seid ihr doch bestimmt hungrig. Da muss ein warmes Essen auf den Tisch. Ich koch natürlich auch für die anderen hier.“

„Ja, was die anderen betrifft, da hab ich auch noch was zu sagen“, sagte Magdalena. „Das ist hier alles zu hektisch in dem Raum. Hier kommen die Menschen her und wollen ein bisschen ihre Ruhe von der Straße haben. Da können wir nicht dauernd rumkrakeelen und Türen schlagen und über Listen und eventuelle Morde diskutieren und in Brautkleidern tanzen. Ich hab noch zwei Räume, die nie benutzt werden. Das Haus nebenan war mal 'ne Schlachterei, gehört mir aber auch. Da wurde mal ein Durchbruch gemacht. Also hier in dem Haus hat die Schlachtersfamilie gewohnt, und nebenan gibt's einen Raum, da sind die Viecher zerteilt worden, der andere zur Straße hin war der Verkaufsraum.“

„Wo denn?“ Alle standen auf und trabten hinter Magdalena her. Ach. Es gab tatsächlich einen Verkaufsraum mit altem Tresen und Regalen, und da hingen tatsächlich noch alte Reklameschilder und eine Tafel, auf der unter anderem „Gulaschfleisch, heute das Kilo für 50 Pfennige“ stand. Neben dem Gebäude war ein schmaler Pfad, über den die Tiere offenbar in den Schlachtraum geführt wurden, der sich hinter dem Verkaufsraum befand. Hier standen sie kurze Zeit später und sahen sich um.

„Wie gruselig." Anne hob ihr Kleid hoch, um es nicht zu beschmutzen. „Also, ich bin ja eigentlich Vegetarierin. Gut, auf der Straße war ich nicht wählerisch." Sie blieb plötzlich stehen und dachte nach. „Himmel", sagte sie dann. „Wisst ihr eigentlich, dass sich unser Leben, wenn man es genau nimmt, innerhalb weniger Stunden, komplett verändert hat? Am Anfang dieser Woche war ich noch auf der Straße und hab im Park geschlafen und in Mülltonnen gewühlt. Jetzt trage ich ein Brautkleid und stehe in einem stillgelegten Schlachtraum, der von oben bis unten gekachelt ist. Hier sind ja sogar noch Haken, und da ist ja sogar eine Waage!" Sie ging hin und stellte sich drauf. „O mein Gott!", schrie sie dann. „Ich wiege nur noch 54 Kilo! Ich habe neun Kilo abgenommen!"

„Ich finde trotzdem, dass man auf eine solche Diät verzichten kann", sagte Charlotte. „Aber lass mich auch mal drauf."

„Warte." Anne hielt sie am Ärmel fest. „Wie viel hast du vor 16 Jahren gewogen?"

„Das kann ich dir genau sagen. 62 Kilo bei einer Größe von eins vierundsiebzig."

„Dann geh jetzt drauf." Anne war ganz aufgeregt, und Charlotte tat, was sie sagte.

„Ha! Ich wiege 55. Kein Wunder, dass ich alles eine oder zwei Nummern kleiner kaufen konnte. Aber daran hatte ich gar nicht gedacht."

„Ist das schön! Und ohne Diät!", schrie Anne.

„Also ohne Diät würd ich jetzt wohl nicht sagen", kam es von Gerti. „Die Straße ist Diät genug, wenn man mich fragt."

„Leute, das ist großartig!", rief Lumpi und sah sich um. „Wir haben eine Zentrale!"

„Ich hab auch noch Tische und Stühle im Keller, die stehen da schon ewig", sagte Magdalena. „In dem Haus war früher mal der Treffpunkt der Anonymen Alkoholiker. Ihr könnt euch bedienen."

„Na sag mal, Schwesterchen", sagte Walter. „Du lebst ja richtig auf!"

„Aber ja", Magdalena nickte. „Du weißt, dass ich es liebe, Gutes zu tun." Sie machte eine kleine Pause. „Du selbst tust ja auch immer ... Gutes." Walters Wangen verfärbten sich dunkel.

„Klar", sagte er. „Nur."

„Ihr anderen könnt die Möbel holen", sagte Gerti da plötzlich. „Du nicht, Walter, du kommst mit!"

Den Rest des Wochenendes verbrachten sie damit, Tische und Stühle aus dem Keller zu schleppen, den Schlacht- und den Verkaufsraum auf Vordermann zu bringen, Lumpi besorgte mit Cäsar von irgendwoher einen nagelneuen PC mit WLAN, und keiner fragte, woher dieses Gerät kam, weil es sowieso nur eine Möglichkeit gab. Cäsar hatte tragbare Heizkörper organisiert, und schon bald waren die beiden Räume gemütlich warm.

Alle waren in ihrem Element und mit Feuereifer bei der Sache.

Cäsar ging weg und kam mit einer Kamera an, machte Fotos von Charlotte und Anne, die von Gerti noch mal so geschminkt wurden, dass sie ganz anders als vorher aussahen.

Nachdem Cäsar Fotos gemacht hatte, ging er in den Schlachtraum und begann zu arbeiten. Er hatte auch ein Laminiergerät dabei, und schon bald darauf präsentierte er den anderen die neuen Personalausweise. Sogar Reisepässe hatte er gemacht, falls mal jemand irgendwohin fliegen musste, wo man einen Pass brauchte.

„Ich habe euch andere Namen gegeben, was ja wohl klar ist", sagte Cäsar und bekam die Ausweise aus der Hand gerissen.

Anne war enttäuscht. „Wie langweilig", sagte sie. „Susanne Müller."

„Das habe ich natürlich extra gemacht, um Internetrecherchen im Sande verlaufen zu lassen“, erklärte Cäsar leicht beleidigt. „Ich habe BWL und Germanistik studiert.“

„Verstehe“, sagte Charlotte. „Wie heiße ich denn?“

„Er hat mich drei Jahre älter gemacht“, sagte Anne wütend.

„Du heißt Sabine Schmidt mit dt“, verkündete Cäsar Charlotte stolz. „Ebenfalls ein Allerweltsname. Gibt man Sabine Schmidt und Hamburg bei Google ein, kommen 3 100 000 Einträge, schön, oder?“

„Das stimmt“, sagte Charlotte und schaute auf den Ausweis. „Danke. Ich weiß zwar momentan nicht, wofür ich eine neue Identität brauche, aber gut. Man weiß ja nie.“

„Gern.“ Cäsar war glücklich. „Ich hab ja auch BWL studiert.“

„Sehr gut, Cäsar. Hock dich hin und trink einen Kaffee mit uns.“ Ein Mann, der gerade mit Gerti in den Raum gekommen war, schlug ihm auf die Schulter, und Gerti wieselte los, um Tassen und Thermoskanne zu holen.

„Entschuldigung“, sagte Cäsar. „Wer sind Sie denn?“ Der Mann lachte auf, als er merkte, dass auch die anderen ihn nicht erkannten.

Gerti hatte ganze Arbeit geleistet. Sie hatte Walter die Haare gewaschen, was schon lange genug gedauert hatte, ihn dann auf einen Drehstuhl gesetzt, den vor einen Spiegel geschoben und angefangen. Sie hatte geschnitten und geschnitten und gebürstet und gekämmt und rasiert und Augenbrauen gezupft und Walter eine Gesichtsmaske auf die Haut geklatscht und ihn anschließend eingecremt. Als sie fertig war, konnte man Walters Ohren, seine Nase und seinen Mund sehen. Also sein komplettes Gesicht.

„Ui“, sagte Charlotte. „Bist du ein schöner Mann! In dich könnte man sich ja direkt verlieben.“ Sie zwinkerte ihm zu.

„Walter!“, rief Anne. „Du siehst aus wie George Clooney. Also ein bisschen.“

Walter wurde rot. Seine schwarzen Augen kamen durch die gezupften Brauen nun wunderbar zur Geltung, er hatte einen schönen Mund, eine gerade Nase und ein paar Fältchen um die Augen. Gerti hatte ihm den Anflug eines Dreitagebarts gelassen, weil sie fand, dass das zu ihm passte, und sie hatte recht. Walter hatte nun einen klassischen Kurzhaarschnitt, und seine schwarzen Haare waren mit kleinen silbernen Strähnchen durchwirkt, was niemandem vorher aufgefallen war. Wahrscheinlich, weil auch keiner darauf geachtet hatte.

„Findet ihr es wirklich gut?", fragte Walter, der Komplimente hören wollte.

„Toll, klasse, prima, super, schön, wunderbar!", schrien alle durcheinander.

„Sehe ich nicht ein wenig … *un*gefährlich aus?"

„Nein, Quatsch, viel gefährlicher als vorher, so, als würdest du einfach so jemanden erwürgen!", schrien wieder alle, und dann war Walter zufrieden und ließ sich von allen im Gesicht berühren. Die anderen standen um ihn herum und starrten ihn an, als sei er eine 4000 Jahre alte Mumie, die gerade zufällig aus Magdalenas Wandschrank geholt worden war.

Charlotte berührte ihn auch, und durch Walters Körper fuhr ein Stromstoß. Charlotte zog ihre Hand schnell zurück. „Ups", sagte sie. „Du bist elektrisch geladen." Und sie wurde rot.

Die Bewerbung wurde geschrieben, und man stellte fest, dass man das Ganze auch online abschicken konnte, so sparte man sich den Postweg, und die Unterlagen waren viel schneller da. Kurz vor Mitternacht am Sonntag lehnten sich alle erschöpft zurück. Walter hatte entdeckt, dass es im Schlachtraum sogar ein in die Wand eingelassenes Kühlfach gab, das tatsächlich noch funktionierte. Hier hatte er Bier und Wein hineingestellt, und nun wurde einiges davon vernichtet.

„Auf uns!"

KAPITEL 14

Hamburg, im Februar 2014
Mönckebergstraße

„Ich will ja nicht meckern", sagte Anne. „Aber irgendwie ist es ungerecht. Du hast dir Klamotten im Wert von 20000 Euro gekauft und im Atlantic gewohnt, und ich muss jetzt in normalen Läden einkaufen gehen."

„Das sind trotzdem gute Läden, eben weil sie normal sind", bekam sie von Charlotte erklärt. Die beiden waren gerade im Atlantic gewesen, um die Reservierung zu stornieren und das ganze Essen vom Roomservice zu bezahlen; nun war Anne an der Reihe, eingekleidet zu werden.

„Ab sofort bin ich sparsam", versprach Charlotte. „Ich hatte mir die Sachen gekauft, bevor mir klar wurde, dass ich einen Fehler mache. So, und jetzt gehen wir hier rein, und du kannst dir tolle Sachen aussuchen."

Drei Stunden später saßen sie in einem Café, aßen Torte und waren mit ihrer Ausbeute zufrieden. Anne, die von Magdalena eine Hose und einen Pulli geliehen bekommen hatte, weil sie nicht zerlumpt einkaufen gehen wollte und Charlottes neue Sachen ihr nicht passten, hatte einen Teil der neuen Kleidung gleich anbehalten. Charlotte war zufrieden. Sie hatte schon immer einen guten Geschmack gehabt und fand, dass diese Sachen Anne sehr gut standen. Enge Jeans, Stiefel, schlichte Bluse. Kurze Lederjacke. Anne war so schön, dass sie nichts mehr zusätzlich brauchte.

Und da klingelte das von Walter organisierte Handy in Charlottes Tasche.

Dienstag, 11 Uhr

„Also", sagte Charlotte. „Du weißt Bescheid. Ich hab dir alles erklärt, ich hab dich abgefragt. Mach mir keine Schande."

„Ich bin so aufgeregt, weil Werbung und Marketing ja nicht dasselbe sind", stammelte Anne. Alle verdrehten die Augen.

„Du wirst das hinkriegen, Mädchen. Das wird ein Spaß." Lumpi rieb sich die Hände, und Gerti drückte Anne eine Tupperdose in die Hand.

„Hier. Brote und ein Apfel. Und jeden Bissen dreißigmal kauen."

„Ich gehe doch mit denen Mittag essen." Anne wollte nicht mit einer Dose losgehen.

„Falls es länger dauert, was dann? Dann bist du hungrig und bekommst Kopfweh w..." Gerti war bockig und stopfte die Dose in Annes Umhängetasche. Das „wohl" hatte sie nun wirklich fast abgelegt, nur noch hin und wieder rutschte es ihr raus. Und an ihrer Aussprache arbeitete sie. Das bekamen die anderen bloß nicht mit. „Du siehst sehr gut aus. Das hab ich gut gemacht." Gerti zupfte an Annes Bluse herum und nickte zufrieden. Anne sah nicht aus wie Anne, sondern wie Susanne Müller. Ganz simpel. „Ist ja nur, solange du da arbeitest."

„Mach den obersten Knopf noch auf", sagte Charlotte. „Alex steht auf eine ... große Oberweite." Sie wurde schon wieder wütend, als sie an seine letzten Worte dachte. Damals.

„Herrje, nenn die Dinge doch beim Namen", sagte Walter. „Dein Ex mag dicke Titten."

Hamburg, Harvestehuder Weg,
Fürst Consulting, 12 Uhr

Das war also Charlottes Firma gewesen. Sie hatte sie ihr genau beschrieben. Anne sah sich um, während sie von der Mitarbeiterin ins Büro von Herrn Fürst gebracht wurde. Hohe Decken,

Parkett. Und nun hier im Büro zwei große Bilder, Surrealismus. Weiße Ledersofas. Ein riesiger Schreibtisch mit drei Telefonen und zwei flachen Monitoren. Kleine Tastaturen. Eine Maus in Form … Anne beugte sich nach vorn, um besser sehen zu können. Tatsächlich, eine Maus in Form von zwei dicken Brüsten. Die ganze edle Atmosphäre, die der Raum eben noch ausgestrahlt hat, war mit einem Schlag vorbei. Jetzt fand sie das Büro widerlich. Es war nicht so, dass sie keinen Humor hatte, aber das hier wirkte einfach nur billig.

„Frau Müller!" Ein Mann hatte gerade die Flügeltür geöffnet und kam auf sie zugerannt. Anne, die in einem weißledernen Sessel Platz genommen hatte, beobachtete ihn dabei, fand, dass die Maus zu ihm passte, und rief sich einen der Sätze, die Charlotte ihr eingetrichtert hatte, ins Gedächtnis.

Alex liebt es, bewundert zu werden.

„Oh, Herr Fürst", sagte sie schüchtern. „Ich freue mich wirklich sehr, dass Sie mich so schnell eingeladen haben."

Alex schüttelte ihr die Hand und grinste breit, während er sie gewollt vertraulich anzwinkerte. „Na aber, na aber, na aber! Solch ein fantastischer Lebenslauf. Wunderbar. Ich habe mit Ihrem alten Chef, dem Schröder, gesprochen, er hat Sie in den höchsten Tönen gelobt."

„Ja, ich war wirklich gern dort", sagte Anne und dachte daran, dass Walter lange mit dem unbekannten Herrn Schröder telefoniert hatte. „Aber nun ist es an der Zeit, dass ich mich beruflich verändere."

Alex hob den Daumen. „Eine prima Entscheidung. Kaffee, Frau Müller? Oder was Stärkeres? Ich gehöre nicht zu den Chefs, die Alkohol in der Firma grundsätzlich verbieten, hahaha!"

Aha.

„Kaffee wäre wunderbar. Was Stärkeres nicht, danke." Anne nickte und beobachtete weiter. Das war teure Kleidung, keine Frage. Alex' Jeans saß wie angegossen, das dunkelgrüne Hemd ebenfalls, er trug teure Docksides, denen man ansah, dass er mit ihnen noch nie ein Segelboot betreten hatte, ein beiger Pullover war um seine Schultern geschlungen; die Ärmelbündchen waren vor der Brust ineinander verknotet, was aussah wie zusammengerollte Strümpfe. Alex hatte zu viel Aftershave aufgelegt, das zu süß roch, sein Dreitagebart war *zu sehr* Dreitagebart – die blonden Haare einen Tick *zu perfekt nicht* frisiert (bestimmt wollte er jungenhaft wirken und nicht wie ein älterer Mann, der nur bräsig herumsitzt). Seine grauen Augen standen zu eng beieinander, und seine Nase passte so gar nicht zu dem sonst recht ansehnlichen Gesicht. Er musste mal recht gut aussehend gewesen sein, und rein äußerlich hatten er und Charlotte bestimmt ein hübsches Paar abgegeben. Alex sah ein wenig aus wie ein unverstandener Künstler, der mangels Erfolg nun was anderes machen musste. Und der gern einen hob. Das sah man an der Nase. Sie war ziemlich großporig und rot. Trotzdem musste man vorsichtig sein mit ihm, denn immerhin hatte er die Firma seit zwölf Jahren ganz offenbar erfolgreich geführt. Oder aber er war dumm wie Stroh und hatte irgendwelche Handlanger, die für ihn arbeiteten.

Aber alles nach und nach. So. Er hatte ihr was Stärkeres zu trinken angeboten. Was hatte Charlotte gesagt?

Er hat früher gern mal einen über den Durst getrunken. Schau ihn dir genau an. Wie wirkt er auf dich? Hast du das Gefühl, er trinkt viel? Ist er fahrig, fällt dir sonst was auf?

Alex, der die Tür offen gelassen hatte, rief „Frau Schmollke!", und eine Frau Mitte fünfzig, die Anne schon die Tür geöffnet und sie in das Büro geführt hatte, kam gebückt herein. „Zwei Kaffee, Wasser und bringen Sie die Sherryflasche mit. Und zwei Gläser", sagte Alex, ohne sie anzuschauen, und Frau Schmollke huschte wie eine Maus wieder aus dem Zimmer.

Anne missfiel es, dass er nicht „bitte" sagte. Sie konnte Unhöflichkeit Mitarbeitern gegenüber und auch sonst nicht ausstehen. Ihr missfiel auch, dass er einfach Alkohol bringen ließ, obwohl sie dankend abgelehnt hatte.

„Ihre Unterlagen sind brillant, Frau Müller", säuselte Alex. „Ich habe zu meinem engsten Mitarbeiter gesagt, Sebastian, hab ich gesagt, ich glaube, da haben wir Glück gehabt. Frau Müller scheint gut zu uns zu passen. Diese Bewerbung schickte uns der Himmel!"

Alex legte die ausgedruckten Blätter ihrer Onlinebewerbung auf den Tisch, und da kam auch schon Frau Schmollke mit dem Kaffee, dem Wasser und der Sherryflasche und den Gläsern, stellte ein Tablett auf den Tisch und goss ein. Dann sagte Alex: „Und nun hopp hopp, wieder nach draußen, altes Mädchen", woraufhin Frau Schmollke ihm keine runterhaute, sondern noch nicht mal zuckte. Offenbar war sie diese Behandlung gewöhnt.

Anne hätte diesem Alex allerdings am liebsten eine gescheuert. Wie frauenverachtend war das denn bitte? Himmel, mit so einem Vollhorst war Charlotte mal *verheiratet* gewesen.

Aber sie musste da durch, und wenn alles gut lief, hier auch noch ARBEITEN. In anderen Worten: Unter Umständen hatte sie bald jeden Tag mit diesem Kotzbrocken zu tun. Aber sie lächelte und hoffte, dass der Push-up-BH das hochdrückte, was er hochdrücken sollte.

Alex setzte das Sherryglas an, leerte es in einem Zug, füllte sich nach, lehnte sich zurück, glotzte auf ihren Busen und legte die Füße auf den Tisch.

„Also, dann legen Sie mal los."

„Mit was?", fragte Anne verwundert.

„Warum sind Sie die Richtige für uns? Überraschen Sie mich."

„Wie bitte?"

Er beugte sich nach vorn. „Ich will von Ihnen hören, was Sie qualifiziert. Für hier. Für uns."

Anne hasste diese rhetorisch eingeübten Sachen wie die Pest. Aber so was von wie die Pest. Das war für sie ein absolutes Unding und einfach ein Machtspielchen. *Überraschen Sie mich! Hey, hey, ich sitz am längeren Hebel, buckel du mal und schleim dich ein, du kleines Nichts.*

Da gingen irgendwelche Schwachmaten in einen Dreistundenkurs und danach dachten sie, sie könnten die Welt verändern mit ihren Sprüchen. Plötzlich kam ihr alter Ehrgeiz wieder nach oben und Emotionen, die sie schon lange nicht mehr gehabt hatte. Sie war gut. In ihrem alten Job hatte sie ebenfalls Vorstellungsgespräche mit Bewerbern geführt, aber sie hatte nie arrogant vor den Menschen gesessen und sie aufgefordert, sie zu *überraschen*. Man musste bei Bewerbungsgesprächen immer daran denken, dass der Bewerber sehr nervös war. Es ging schließlich um etwas. Und dieser Alex gehörte zu den Chefs, die die Leute gern noch mehr verunsicherten und einschüchterten.

Anne hatte immer gefunden, dass im *normalen* Gespräch viel mehr rüberkam als bei einem einstudierten. Schließlich wollten beide was: der Bewerber einen guten Job, der Arbeitgeber einen guten Mitarbeiter.

Plötzlich spürte sie eine gesunde Wut, gepaart mit ein bisschen Überheblichkeit, in sich hochkriechen und bekam eine Gänsehaut.

„Aber Herr Fürst“, sagte sie und beugte sich nach vorn. „Von Ihnen hätte ich mehr erwartet. Was soll ich denn nun sagen, um Ihnen zu imponieren? Ich fühlte mich von Ihren Ergebnissen und Zielen angesprochen. Ihre Ergebnisse sind unglaublich beeindruckend, allein dass Sie vor einiger Zeit den Auftrag für Mertz & Hartmann bekommen haben, finde ich einfach großartig, Sie haben diesen Konzern ganz hervorragend nach vorn gebracht, das Unternehmen gestrafft, Schwachstellen repariert und Schwung in die Firma gebracht. Ich ziehe den Hut vor Ihnen, ich bewundere Sie! Und deswegen bin ich die Richtige für Sie! Weil ich in Ihr Team passe. Und Achtung, jetzt kommt ein ganz toller Abschlusssatz: Ich möchte gern ein passendes Rädchen in Ihrem funktionierenden Getriebe sein. Soll ich das sagen?“

Alex schaute sie mit halb offenem Mund an. Offenbar war er solche Antworten nicht gewohnt. Anne ging weiter in die Offensive, lief zur Hochform auf und erinnerte sich an ihre Sprechtrainerin, die gute Frau Marquardt, die sie gelehrt hatte, wie man etwas richtig betonte und wann man welche Stimmlage einsetzte. Nun war Annes Stimme glasklar: „Oh, Ihr Haus hat einen ganz hervorragenden Ruf. Ich habe den starken Eindruck, bei Ihnen kommen meine Kreativität und Produktivität am besten zur Geltung. Ich hatte bisher wenige Möglichkeiten, meine Fähigkeiten zum Nutzen der Firma einzusetzen. Bei Ihnen scheint das möglich zu sein, Herr Fürst." Anne lächelte. „Sind das nicht wunderbar einstudierte Sätze? Und nichtssagende noch dazu?" Sie saß nun sehr gerade, und ihre Brüste kamen wieder gut zur Geltung, was Alex offenbar noch mehr überforderte.

„Sie fühlen sich wohl ganz wichtig", sagte er dann, beugte sich vor und kippte den zweiten Sherry.

Anne runzelte die Stirn. „Ja, sicher. Deswegen bin ich hier. Wenn ich mich nicht wichtig fühlen würde, wäre das die falsche Einstellung. Denn ich möchte ja eine wichtige Mitarbeiterin dieses Unternehmens sein. Aber, Herr Fürst, da sind noch einige Punkte, die sollte ich auch noch erwähnen: Die Möglichkeit, meine Fähigkeiten einzusetzen, Leistung zu erbringen und Anerkennung zu erhalten ist das, was ich will, blabla. Ich erwarte, dass ich hier bei Ihnen erlebe, wie ich einen Teilbereich Ihrer Firma messbar nach vorne bringe. Und das ist das, was mir Befriedigung bringt. Blabla. Soll ich weiterreden, Herr Fürst, oder wollen wir nun einfach mal zum Wesentlichen übergehen?"

Alex blätterte in den Bewerbungsunterlagen herum und knallte sie dann auf den Tisch.

„Habe ich Sie verunsichert und wollen Sie mich vielleicht deswegen nicht einstellen?", fragte Anne, die hoffte, hier nicht alles falsch zu machen. Immerhin hatte Charlotte ihr befohlen, devot zu sein. „Vielleicht bin ich wirklich nicht die Richtige für Ihre Firma. Oder was meinen Sie, Herr Fürst? Warum könnte ich die Richtige sein? Überraschen Sie mich!“

*

„Es war super *und* entsetzlich. Beides“, sagte Anne und zog ihre Lederjacke aus, die sie an einen von der Decke baumelnden Fleischerhaken hängte.

„Warum?“, fragten alle wie aus einem Mund.

„Hast du die Brote gegessen?“ Für Gerti war das am wichtigsten.

„Nein, die habe ich auf dem Weg nach Hause einem Obdachlosen gegeben. Das durfte ich ja wohl, oder? Charlotte, ich war mit deinem Exmann essen. In einem japanischen Fünfsternerestaurant, total überkandidelt. Ein furchtbarer Typ. Er wurde nicht müde zu erzählen, dass die Firma ohne ihn aufgeschmissen wäre. Wie gut er wäre, wie er das alles wuppen würde. Und weißt du was? Ich glaube fast, das stimmt ein bisschen. So unsympathisch er auch ist, es scheint dort zu laufen.“

„Er ist Künstler oder wollte es sein. Sonst hat er nichts gelernt.“

„Man kann sich auch Wissen aneignen.“

„Das wird man noch sehen, obwohl ich es nicht glaube. Hast du auf die Dinge geachtet, die wichtig sind? Die ich dir genannt hatte?“ Charlotte war nun ganz Geschäftsfrau und wollte relevante Punkte abarbeiten.

Anne schaute auf den Zettel, den sie während der U-Bahn-Fahrt vollgekritzelt hatte.

„Dein Ex hat wie gesagt kein Benehmen. Und er trinkt zu viel Alkohol, so wie du’s gesagt hast – er hat während unseres Gesprächs vier Sherry runtergekippt. Außerdem hat er den Ansatz einer Säufernase. Also rot und großporig, wobei das natürlich kein Beweis ist. Das können auch Erfrierungserscheinungen sein oder was auch immer. Ich weiß aber nicht, ob er die Kontrolle beim Zu-viel-Saufen verliert und dann angreifbar wird. Das muss ich noch herausfinden. Er ist selbstgefällig. Er findet es geil, der Inhaber zu sein und die Leute zu beleidigen und zu terrorisieren. Und dieses Essen. Eine Currywurst mit Pommes rot-weiß wäre mir lieber gewesen. Von Sushi und Sojasoße wird man ja nicht satt. Und ganz ehrlich, dein Alex hat nicht gerade gute Tischmanieren."

„Es ist nicht mehr mein Alex. Ihm war das nie wichtig. Er war Künstler." Charlotte, die am PC saß und mit Excel-Listen arbeitete, war trotzdem erstaunt. „Er hätte das aber in der Zwischenzeit mal lernen können. Es gibt doch so Knigge-Kurse. Gerti, da lernt man, wie man was richtig isst und wo man die Stoffserviette beim Essen hinlegt, es gibt Tipps für den richtigen Dresscode … entschuldige, Bekleidungstipps und so weiter."

„Ich frag doch gar nicht", sagte Gerti.

„Er ist unsympathisch. Wie konntest du nur mit so einem Mann zusammen sein? Aalglatt und dabei auch noch irgendwie dumm. Eine miese Kombination. Und er hat was Verschlagenes an sich."

„Herrje, Anne, er *ist* verschlagen. Ein Betrüger, der mich ruiniert hat. Das habe ich dir lang und breit erklärt. Du musst es nicht dauernd wiederholen. Ich war einfach blind. Immer nur die Firma, dann kam er und brachte am Anfang die Leichtigkeit in mein Leben. Mit ihm habe ich zum ersten Mal in meinem Leben im Wasser auf einer Luftmatratze gelegen. Ich habe mich geirrt, geirrt, dieser Mann war der größte Fehler meines Lebens. Wie oft denn noch?"

„Ich weiß, aber wenn man es mit eigenen Augen sieht, ist es noch mal schlimmer."

„Ich will ihn gar nicht sehen." Charlotte tippte etwas in ihre Tabelle.

„Übrigens glaube ich, dass er mich deswegen nicht gleich rausgeschmissen hat, weil er nichts alleine entscheiden darf", erzählte Anne. „Ich habe ihn ja ganz schön provoziert." Sie erzählte die „Überraschen Sie mich"-Geschichte. „Ich glaube, dass er eigentlich nicht so furchtbar viel auf dem Kasten hat. Um das zu kompensieren, behandelt er seine Angestellten wie den letzten Dreck", erklärte sie und erzählte, wie herablassend Alex zu Frau Schmollke gewesen war.

„Die gute Frau Schmollke. Sie war mal *meine* Sekretärin. Und meine allererste Mitarbeiterin Mitte der neunziger. Kompetent und zuverlässig. Sie konnte anpacken und hat sich nie beklagt, und ich konnte mich hundertprozentig auf sie verlassen." Charlotte schwelgte in Erinnerungen. „Ich wundere mich, dass sie nicht schon längst gekündigt hat. Aber ich weiß noch, dass sie alleinerziehend war und ihre kranken Eltern gepflegt hat. Das ist ja alles teuer. Sie müsste jetzt …", Charlotte rechnete, „ja, sie müsste so 54 oder 55 sein."

„Also so alt wie du", sagte Lumpi.

„Ich bin 52", konterte Charlotte böse.

„Vielleicht kann Frau Schmollke Anne helfen", sagte Lumpi. „Dann bringen wir das Arschloch schneller vor Gericht. Das wird schön."

„Nicht nur ihn. Auch Vivi und noch jemanden."

„Das ist ja ganz hervorragend!", rief Walter. „Den kriegen wir mit links! Darauf einen Schnaps."

„Wieso heißt er eigentlich Fürst, hat er deinen Namen angenommen? Das will ich schon die ganze Zeit fragen."

„Ja. Hat er damals. Alex hieß vorher Schlappmann."

„Ich drehe durch." Anne grinste. „Da hat ihn bestimmt früher jeder Schlappschwanz genannt."

„Dass du auf diesen gar nicht naheliegenden Witz kommst, ist der Hammer, Anne", sagte Charlotte. „Das hat vorher noch niemand gesagt."

Anne wurde rot.

„Also, Schnaps", beendete Walter die Diskussion.

„Tagsüber wird hier kein Alkohol mehr getrunken", sagte Charlotte gebieterisch und speicherte ihr Getippsel ab.

„Mit dir trinke ich auch gern heißes Ingwerwasser", sagte Walter und sah sie wieder so komisch an. „Oder ich besorge frische Minze für einen guten Tee. Bei diesem Wetter …"

„Du bist hier nicht der Chef", sagte Lumpi zu Charlotte.

„Aber ich habe das Geld." Charlotte grinste ihn an.

„Mmpf", machte Lumpi, der sich schon auf einen Klaren gefreut hatte. „Das gehört doch aber uns allen, hast du gesagt."

„Ich kann meine Meinung auch ändern", sagte Charlotte hoheitsvoll.

„Und was ist jetzt die Quintessenz?", fragte Gerti, und alle bekamen einen Riesenschreck.

KAPITEL 15

„Ich habe im Lexikon geblättert“, erklärte Gerti, die vor Stolz fast platzte. „Ich weiß jetzt wieder, was eine Legislaturperiode ist. Und wo Hämorrhoiden sitzen. Otto hatte welche. Es war schlimm. Er …“

„Also, Gerti, so genau wollen wir das gar nicht wissen“, sagte Charlotte. „Aber es ist toll, dass du dich weiterbildest.“

„Gott hab ihn selig, deinen Otto“, sagte Magdalena pflichtbewusst.

„Der Beelzebub soll ihn holen“, sagte Gerti. Dann erklärte sie ausführlich, was das war, und wieder nickte Charlotte anerkennend, auch wenn sie gleichzeitig hoffte, dass das jetzt nicht bis in alle Ewigkeit so weiterging. Aber schön, dass Gerti wieder Freude an Wörtern und ihrer Bedeutung fand.

„Merkt ihr, dass ich auch anders spreche? Ich übe das jetzt immer.“

„Toll“, sagten alle, und nun fiel es wirklich auf.

„Die Quintessenz ist, dass ich nun wieder regelmäßig zur Arbeit gehe.“

„Das heißt, du *hast* den Job?“ Charlotte stand auf.

„Na klar“, sagte Anne. „Was denn sonst? Die wollen die Firma weiter ausbauen und auch eine richtige Marketingabteilung gründen. Auf die Idee sind sie gekommen, nachdem dieser Großkunde angefragt hatte. Sie haben quasi den Auftrag angenommen, *bevor* sie jemanden hatten, der das kann. Ich habe jetzt die Leitung und zwei Mitarbeiter.“

„Wie viel verdienst du?“, wollte Charlotte wissen.

„Darüber spricht man nicht.“

Walter lachte auf. „Ich glaub auch, dass es losgeht. Wir ziehen hier alle an einem Strang. Also los.“

„Ihr müsst raten“, sagte Anne, und letztendlich kam heraus, dass es über 7 000 Euro im Monat waren. Anne kollabierte beinahe vor Stolz. „Das ist der helle Wahnsinn“, sagte sie immer wieder. „So viel hatte ich beim Berger nicht, obwohl ich da noch mehr Mitarbeiter unter mir hatte. Ich habe hart verhandelt, so hart war ich noch nie. Ich habe deinen Alex ganz schön alt aussehen lassen. Der hat jetzt einen Heidenrespekt vor mir!“

Charlotte fegte einige Unterlagen vom Tisch. „Hart verhandelt? Hatte ich dir nicht gesagt, du sollst wie ein graues Mäuschen sein? Klein und unscheinbar. Unterwürfig. Unauffällig. Aber nein, du rennst da rein und machst einen auf dicke Hose und tust so, als hättest du die Mega-Ahnung.“

„Charlotte!“, rief Gerti. „Nicht doch. Nicht doch.“

„Ist doch wahr!“ Charlotte bebte vor Zorn.

„Warte mal.“ Lumpi hob beschwichtigend die Hände. „Es ist vielleicht gar nicht schlecht, wenn Anne so rüberkommt. Sonst wäre sie eventuell gar nicht eingestellt worden. Und ganz ehrlich, als ich noch bei der Steuerprüfung war, hab ich immer mehr auf die Azubis achten müssen, die trottelig und tumb rumgelaufen sind. Eine ist immer gegen den Drucker gerannt, weil sie nie geradeaus geguckt hat. Die mit was im Kopf hab ich machen lassen, um die musste ich mich nicht groß kümmern. Anne hat ja *was vor* dort in der Firma von Herrn Fürst, und da ist es besser, sie gibt nicht die dumme Nuss.“

Charlotte wurde innerhalb von einer Sekunde so rot wie eine Dosentomate. „DAS IST *MEINE* FIRMA! DAMIT DAS MAL *KLAR* IST, LUMPI! *MEINE FIRMA! JA*?“ Und dann fing sie an zu heulen und raste nach draußen.

„Ach, Lumpi.“ Walter schüttelte den Kopf. „Da hast du in ein Wespennest gestochen. Ist doch klar, dass sie so reagiert. Wenn du sagst, es ist *seine* Firma.“

Lumpi sah ihn traurig an. „Vor ein paar Tagen noch habe ich unter einer Brücke geschlafen und so gut wie nie gesprochen. Das hat mir eine Menge Ärger erspart. Ich hatte nichts mit Frauen zu tun, außer mit Gerti, und die hat mich in Ruhe gelassen. Aber nun ist diese besinnliche Zeit vorbei. Der Terror hat einen Namen: Frau.“

Mittwoch, Agathenhaus, 10 Uhr

Charlotte hockte vorm Rechner und recherchierte vor sich hin. Bei den Recherchen hatte sie auch mal nach Cäsar gegoogelt, obwohl das nicht sein richtiger Name war, aber sie hatte sehr schnell herausgefunden, dass er ziemlich viel Dreck am Stecken hatte. Nachdem sie die Worte „Cäsar", „Hamburger Unterwelt", „gefährlich" und „unberechenbar" gelesen hatte, hörte sie auf zu suchen. Aber Hauptsache, er hatte Germanistik und BWL studiert.

Sie sah sich in ihrem neuen Büro um und war zufrieden. Das komplette Geld lag im Verkaufstresen des Verkaufsraums, und jeder, der etwas davon wollte, musste an Charlotte vorbei, sie hatte ihren Schreibtisch extra dorthin verlegt. Und es wurde ständig Geld gebraucht. Für Klamotten (Anne wollte unbedingt noch schwarze Stiefel haben), Walter brauchte Bargeld, um etwas für mögliche Informanten lockermachen zu können; wie er das handhaben würde, wollte er nicht erzählen. Cäsar hatte auch ein bisschen Geld bekommen, und man musste auch Magdalena was geben; es ging ja nicht an, dass sie hier auf den ganzen Kosten sitzen blieb, ihr Telefon benutzte man schließlich auch. An die Stromkosten, die die Heizungen und die Kühlfächer im Schlachtraum verursachten, wollte Charlotte gar nicht denken. Gott sei Dank verdiente Anne nun Geld. Sie würde morgen ein Konto eröffnen. Charlotte hoffte, dass nach dem ersten Gehaltseingang möglichst wenig von dem Chagall-Geld verbraucht werden musste. Denn in ihrem Kopf reifte ein Plan. Der würde aber erst spruchreif sein, wenn hier alles zu ihrer vollsten Zufriedenheit erledigt war. Aber es lief ja gut an, die Dinge kamen ins Rollen, und alle waren voller Tatendrang. Geld war momentan gar nicht das Problem. Charlotte hatte auch PC und Drucker selbst bezahlen wollen, aber das, so sagte Cäsar, sei eine Beleidigung. Ob sie denn glauben würde, er sei nicht dazu in der Lage, einen PC zu besorgen?

Weil Charlotte keinen Streit mit Cäsar wollte, hatte sie hastig die Diskussion beendet. Cäsar konnte bei aller Bambi-Heulerei ganz schön bockig sein.

Da sie Schriftführerin der Rachepläne war, hatte sie alles, was auf die Blöcke geschrieben worden war, in ihre Tabelle übertragen und noch eigene Notizen hinzugefügt:

Rache/Charlotte an:	**Info über Person/an welchen Schwachstellen kann man sie kriegen?**	**Racheplan (vorläufig):**
Alex und Vivi	**Alex:** Saufen, Nichtstun, liebt das süße Leben, hat von nichts eine Ahnung. **Vivi:** Wie ist sie heute? So wie früher? Will hoch hinaus? Geld?	**Alex:** Unterlagen, die beweisen, dass C. mit der ganzen Sache nichts zu tun hat. Gibt es die??? Wo, wo??? Anne muss schnüffeln. Evtl. Frau Schmollke ins Boot holen. Wenn nötig, **Adalbert von Cherubim** dazuholen. ***Ziel: Alexander und Vivi gehen in den Knast und sind ruiniert!!! Für immer, für immer, für immer, jawohl!***

		Ziel: Im Idealfall sollen beide nach dem Knastaufenthalt auf der Straße landen! Hass, Hass, Hass! Herrlich, herrlich, herrlich (C.s Meinung)
Dr. Sebastian Bachmann, Steuerberater	Hat mit Alex gemeinsame Sache gemacht, C. von vorn bis hinten belogen, sie Dokumente unterzeichnen lassen etc. Dokumente = siehe Alex/Anne muss sie finden. Sebastian/Alex hängen gemeinsam drin. Beweisen! Beweisen! **Wichtig: Wie hängt alles mit der Steuerfahndung zusammen??? Lumpi!**	*Bachmann ist leider untergetaucht, evtl. wird er gefunden? Überlegen, was dann.*

Rache/Anne an:	**Info über Person/an welchen Schwachstellen kann man sie kriegen?**	**Racheplan**
Arno Berger, Geschäftsführer Werbeagentur Mohr & Collegen	Mobbt Mitarbeiter, ist verheiratet mit der Tochter eines Reeders. Vater hat Arno notgedrungen akzeptiert und den Job bei Mohr besorgt, aber wartet nur darauf, dass er ihn irgendwie loswerden kann. Kontakt mit Frau/Vater aufnehmen?	*Gemeinsam überlegen!!!* *Ziel: Muss noch erarbeitet werden!*
Hanna Winterstein, Psychotherapeutin	C. kann sich noch an Annes Erzählungen über die Dame erinnern: *Anne hatte eine Therapie angefangen, aber dann konnte sie ihre Krankenkassenbeiträge nicht mehr bezahlen und es dauerte der Therapeutin zu*	Du Schwein! Du wirst bluten, aber so *richtig*! WIE??? Mit den anderen noch besprechen! **Wichtig, wichtig, wichtig!**

	lange, bis Anne ihre Sachen und die Finanzen geklärt hatte, und sie setzte sie an die Luft. Anne sprach gefühlte hundert Mal auf den Anrufbeantworter und nie erfolgte ein Rückruf; die Tür wurde auch nicht geöffnet.	
Rache/Gerti an:	**Info über Person/an welchen Schwachstellen kann man sie kriegen?**	**Racheplan:**
Klaus Metting, Pflichtverteidiger	Hat Mandanten Geld abgeknöpft, dann nix gemacht. Hoffte immer auf Medienpräsenz. Gerti hatte wortwörtlich erzählt: *„Ich bin von einem Arschloch vertreten worden. So ein Verteidiger für Strafe, den man automatisch bekommt, wenn*	**Rauskriegen, was da faul lief! Der Typ arbeitet noch als Verteidiger. Adalbert fragen! Gemeinsam überlegen!**

	man sich keinen anderen leisten kann. Irgendwas lief da sehr faul. Na ja, letztendlich bin ich fünf Jahre ins Gefängnis gekommen. Wegen Totschlag.“	
Gudrun Knapp, Aufseherin im Gefängnis	Eine Sadistin, so hatte Gerti es notiert. Sie hat Gerti im Gefängnis nicht bei der Resozialisierung geholfen, sondern sie grausam behandelt. Dieses Miststück! Sie hat sich an Gertis Lage geweidet, hat gesagt, jetzt würde sie mal sehen, wie es im Knast so sei! Sadistin, Sadistin, Sadistin!	??? Cäsar muss sie bespitzeln??? Arbeitet sie noch im Knast? Es ist lange her! Gerti ist seit 1996 auf der Straße, also seit 18 Jahren. Wenn diese Knapp damals 40 war, müsste sie jetzt 58 und, wenn man Glück hatte, noch nicht in Rente sein! Cäsar fragen.

Bald würden sie besprechen, wie man weiter vorgehen sollte. Anne war ja schon mal gut untergebracht. Charlotte war gespannt, wie ihr erster Arbeitstag so verlief.

Die Liste war ausgedruckt worden, und sowohl Cäsar als auch Walter und Lumpi, Magdalena und natürlich Gerti und

Anne hatten einen Ausdruck bekommen. Das Ziel war noch nicht erreicht, aber man konnte es irgendwie schon sehen. Charlotte lehnte sich zurück und atmete tief durch.

Es konnte losgehen.

Herrlich, das alles!

KAPITEL 16

Mittwoch, Agathenhaus, 21 Uhr

„Na.“ Walter stand da und wirkte ein bisschen unbeholfen, so, als müsse er ihr was Wichtiges sagen, würde sich aber nicht richtig trauen.

Charlotte, die den ganzen Tag am Grübeln und Recherchieren und Listenschreiben und sonst was gewesen war, während Anne vorm PC alles über Marketing, Strategien und so weiter in Erfahrung gebracht hatte, schaute auf. Sie war müde. So ein Durcheinander und so viele Menschen, die ständig redeten, und so eine Hektik war sie einfach nicht mehr gewöhnt. Aber es half nichts.

Vorhin hatte sie mit Anne zusammengesessen und ihr die Abläufe ihrer Firma erklärt – also so, wie sie *damals* gewesen waren. Anne hatte ein gutes Gedächtnis und konnte sich alles merken. Sie sollte schon morgen anfangen, Frau Schmollke hatte angerufen, der neue Kunde drängte, und Fürst Consulting wollte sich nicht die Blöße geben und zugeben, dass sie erst noch jemanden einstellen mussten. Dieser Alex schien niemand anderen zu haben, der ihm passte. Oder sie hatte sich einfach wahnsinnig gut verkauft. Ein Gefühl, das ja auch nicht das Schlechteste war.

„Die Teeküche ist wie überall die Klatschzentrale“, sagte Charlotte nun. „Das war damals so und ist heute garantiert immer noch der Fall. Versuch, Frau Schmollke auf deine Seite zu ziehen, das schaffst du schon. Sie ist sehr empfänglich für Trost, ihre beiden Töchter haben ihr nur Kummer gemacht, eine ist mit 16 schwanger geworden, und Frau Schmollke ist schon Oma. Und dann die kranken Eltern, wobei, vielleicht sind die schon im Himmel. Jedenfalls leidet Frau Schmollke immer und muss betüdelt werden, aber sie ist eine herzensgute Frau und eine hervorragende Mitarbeiterin. Hast du dir das gemerkt?“

„Nein, aber ich schreibe alles auf und lerne es nachher im Bett auswendig.“

„Wir müssen noch ein Konto für dich eröffnen.“

„Das hab ich schon gemacht. Klappte problemlos mit dem Ausweis. Ich wohne übrigens in Winterhude, Cäsar hat mir eine schicke Adresse ausgesucht. Ganz ruhig. Dritter Stock. Altbau.“ Anne freute sich über ihre neue Wohnung, die sie gar nicht hatte.

„Und die gibt es wirklich?“

„Klar. Cäsar ist super!“

„Wer wohnt denn in der Wohnung?“

„Cäsar sagt, das sei egal. Der, der darin wohnt, sagt nichts.“

„Aha.“

Sie schliefen immer noch in dem Dreibettzimmer und fanden das auch gar nicht schlimm. So blieben sie schön auf dem Teppich, wie Charlotte erklärte. Sie wollte auch den Kontakt zu den anderen Wohnsitzlosen haben und suchte das Gespräch immer wieder. Anne und Gerti machten es genauso.

„Genau genommen *sind* wir ja noch obdachlos, w…“ Gerti verkniff sich Anne zuliebe das „wohl“. Wohl klang nicht gut. Nicht belesen. Und Gerti wollte ja nun wieder belesen sein und alles verstehen.

„Na ja, ich könnte mich mit meinem Geld aus dem Staub machen“, antwortete Charlotte. „Aber ich bin ein guter Mensch und teile! Und wir haben ja dann noch Annes Gehalt, jedenfalls vorübergehend. Das muss alles klappen.“

Und nun stand Walter da. „Was gibt's?“, fragte sie.

„Also, ich wollte … eigentlich will ich gar nichts, aber eigentlich schon“, sagte Walter.

„Was denn nun? Ist was passiert?“

„Neiiin, natürlich nicht. Es ist nur so, dass die anderen schon alle gegessen haben. Gerti hatte Spaghetti Bolognese gemacht. Ich war noch mit Cäsar unterwegs, wir haben ein paar Leute mobilisiert, falls wir für die Ausführung unserer Pläne noch jemanden brauchen. Ach so, wegen der IP-Adresse müssen wir uns auch keine Gedanken machen, hat Cäsar gesagt. Damit uns nichts nachgewiesen werden kann, wenn wir im Internet recherchieren."

„Das ist doch nicht schlimm", sagte Charlotte.

„Na ja, wir haben ja einiges vor, und da googeln wir ja schon viel, angenommen, es kommt zu Verhandlungen und wir haben Tötungsarten gegoogelt oder wie man jemanden verschwinden lässt oder so."

„Wir wollen niemanden töten und niemanden umbringen, auch wenn Gerti dauernd davon faselt, dass sie ihren Mann erstochen hat und eine kaltblütige Frau ist. Walter, was geht hier vor sich?" Charlotte stand auf.

Walter wich zurück und hob beschwichtigend die Hände. „Reine Vorsichtsmaßnahme, hat Cäsar gesagt. Natürlich wollen wir allen nur das Handwerk legen und sonst nichts. Aber man googelt halt mal so und mal so. Und ich will auch nicht, dass Magdalena Schwierigkeiten bekommt. Das ist schon alles richtig so. Cäsar kennt jemanden bei der NASA. Gut, was?"

„Du meinst bei der NSA?"

„Von mir aus. Jedenfalls haben wir eine sichere IP-Adresse, der Server ist irgendwo in Honolulu oder so, genau weiß ich das nicht. Also, was ich eigentlich sagen wollte. Ich habe noch nicht gegessen."

„Walter", sagte Charlotte. „Ich kann eines nicht ausstehen, und das ist, wenn jemand nicht auf den Punkt kommt." Sie ging zum Fleischerhaken und nahm ihre Jacke. „Falls das eine Einladung zum Essen sein soll, ja. Danke. Lass uns gehen."

Sie gingen gemeinsam über den Kiez. Walter erzählte von seiner Kindheit und zeigte ihr das Gebäude, in dem er aufgewachsen war. „Hier war der größte Puff Hamburgs", erzählte er stolz. „Da, genau da hab ich gestanden und die Männer reingebrüllt. Der Puff lief wie geschnitten Brot. Wir hatten die schönsten Nutten. Meine Mutter war aber auch wie eine Mutter zu den Mädels. Ach, Gott hab sie alle selig."

„Wie schön", sagte Charlotte, die nun wirklich Hunger hatte.

„Und hier bin ich mal mit dem Roller gestürzt und hab mir böse das Knie aufgeschlagen."

„Walter", sagte Charlotte. „Wo gehen wir denn essen?"

„Na hier." Walter blieb auf der Reeperbahn vor einer Hotdog-Bude stehen. „Hier bei Jürgen gibt's die besten Hotdogs der Welt. Von überallher kommen Menschen, um hier einen Hotdog zu essen."

Charlotte musste sich gerade vorstellen, dass eine Familie, die in den Sümpfen Louisianas wohnte, ihre Koffer packte, um nach Hamburg zu fliegen, weil sie es ohne diese Hotdogs nicht mehr aushielt. Sie schaute sich um und nickte nur. Wer brauchte schon richtige Tische und Stühle und Teller und Besteck? Hotdogs. Warum eigentlich nicht?

Nachdem Jürgen von Walter darüber aufgeklärt worden war, dass es sich bei ihm um Walter ohne Haare handelte, stellte sich heraus, dass die beiden sich gut kannten; während die Hotdogs zubereitet wurden, tauschten sie den neuesten Tratsch aus. Schließlich bekam Charlotte von Walter eine lange Wurst in einem Pappbrötchen in die Hand gedrückt. Davon abgesehen, dass es quasi unmöglich war, das Ding zu essen, ohne dass Zwiebeln und Gurkenscheiben auf den damit schon übersäten Boden fielen, schmeckte es gut. Charlotte fiel auf, dass sie noch nie vorher einen Hotdog gegessen hatte. Lecker.

„Wie gut du aussiehst, Walter." Sie lächelte ihn mit ketchupverschmiertem Mund an.

„Ja, es wird noch dauern, aber so langsam geht es. Ich werde noch Zeit brauchen, bis ich mich daran gewöhnt habe", sagte Walter so ernst, als käme er mittlerweile gut mit der Prothese zurecht, die er trug, seitdem er im Kugelhagel des Zweiten Weltkriegs ein Bein verloren hatte. „Aber Charlotte, du siehst auch sehr gut aus." Er nickte ihr zu. „Ich freue mich, dass wir beide mal alleine einen Ausflug machen."

Einen Ausflug machen. In eine Wurstbude. Aha.

„Ist das nicht alles wunderschön?" Walter sah glücklich aus. „So etwas wie Fügung. Also, ich finde es klasse, dass wir so zueinandergefunden haben."

Er war wirklich süß und er hatte ja recht.

„Weißt du was, ich hoffe fast, dass das alles noch sehr lange dauert", sagte Walter. „Damit wir noch ganz lange alle zusammen sein können." Nun war seine Stimme wie die eines Schuljungen.

„Ich finde das auch schön, Walter, aber ich hoffe, dass wir schnell zum Ziel kommen. Davon mal ganz abgesehen heißt das ja nicht automatisch, dass wir dann keinen Kontakt mehr haben. Es gibt ja so etwas wie Freunde. Und das werden wir dann wohl bleiben."

„Freunde." Walter steckte sich den Rest Wurst in den Mund, kaute, schluckte, und dann sah er Charlotte treuherzig an. „Ich will nicht dein Freund sein. So, nun ist es raus."

Charlotte runzelte die Stirn. „Wieso nicht? Was hab ich dir getan?"

„Nichts." Walter wischte sich den Mund ab. „Die Sache ist die ... also die Sache ..."

„Was ist denn die Sache?"

„Ich empfinde ... mehr für dich. Ich weiß gar nicht, wie ich es richtig sagen soll. Ich glaube sogar, ICH LIEBE DICH!" Walter schrie diesen Satz fast, und Charlotte duckte sich automatisch, weil er in diesem Tonfall auch „Ich zerfetze dich mit einer Axt" hätte sagen können. Aber das Geständnis rührte sie auch. Wann hatte zum letzten Mal jemand gesagt, dass er sie liebte? Sie wusste es nicht.

„Aber Walter", quetschte sie zwischen staubtrockenen Lippen hervor. „Aber Walter." Dann sagte sie gar nichts mehr. Sie war völlig überfordert mit der Situation.

„Ich verstehe“, sagte Walter und hob die Hand. „Du brauchst Zeit. Du musst nachdenken und dir über deine Gefühle klar werden. Das ist ganz verständlich. Ich werde warten. Ich habe mein Leben lang auf dich gewartet. Mein Leben hat wieder einen Sinn. Aber du brauchst Zeit. Und ich kann warten, ich warte gern, ich …“ Er sagte noch ein paarmal, dass es ihm nichts ausmachte zu warten, und als er fertig war, sagte Charlotte wieder nur: „Aber Walter.“

„Nun. Es ist gesagt, das Urteil fällen musst du“, sagte Walter. „Aber jetzt müssen wir gehen. Wir haben noch etwas vor.“

„Was denn?“

„Das wirst du gleich sehen. Komm.“

Hamburg, Alsterkeller,
23 Uhr

„Um ehrlich zu sein, dachte ich, diese Zeiten sind vorbei.“ Charlotte, die immer noch irritiert von Walters Aussage war, fühlte sich nicht wohl hier. Der Alsterkeller war, davon mal abgesehen, dass sie ja schon diniert hatten, kein wunderhübsches Restaurant mit gehobener französischer Küche, sondern eine Kiezspelunke. Hier floss schon morgens das Bier, und alle möglichen Leute, die nicht arbeiten mussten, hockten hier rum. Obdachlose, Arbeitslose, Rastlose. Hauptsache Alkohol. Auch sie hatte hier schon gesessen und mochte sich daran nicht erinnern. Ein neues Leben hatte begonnen. Schon rein optisch passte sie nicht mehr hierher in ihrem Kostüm und der teuren Tasche von Prada. Von den Louboutins ganz zu schweigen. Charlotte war müde. Es war alles so anstrengend, sie war einfach platt.

Und dann noch Walter mit seiner Liebeserklärung. Was sollte sie denn da sagen?

Aber eins nach dem anderen …

„Also, was sollen wir hier?“, fragte sie nun und gähnte. Auf einem Nebentisch lag eine Frau mit dem Oberkörper auf der

Tischplatte und schnarchte. Ihre Brille saß schief auf der Nase, ihre Handtasche stand offen neben ihr. Wie unvorsichtig! Da könnte man doch ganz schnell das Portemonnaie rausklauen! Die Frau passte auch nicht hierher. Wahrscheinlich eine Touristin, die mal die Unterwelt erleben wollte und dann müde geworden war, was mit Sicherheit auch am Alkohol gelegen hatte.

Cäsar, der von Walter hierher bestellt worden war, weil der „die Sache“ nicht alleine durchziehen wollte, sah sie ernst an. „Wir sind ja nun gerade dabei, Erkundigungen über die einzelnen Personen einzuholen“, erklärte er nun wichtig. „Nun ja, das bringt so einiges ans Tageslicht.“

„Von Tageslicht kann man hier wohl nicht sprechen.“ Charlotte blinzelte. „Aber was habt ihr denn?“

„Wir haben etwas vorbereitet.“ Cäsar schwitzte stark und seine Glatze glänzte. „Nachher haben wir noch einen Termin.“

„Um diese Uhrzeit? Es ist doch schon ziemlich spät. Um was oder wen geht es?“, fragte Charlotte, die jetzt gern in ihrem Schlachthaus sitzen oder im Bett liegen würde.

„Kennst du die Röttgens?“, fragte Walter leise.

„Nein“, sagte Charlotte automatisch, aber dann klingelte es sofort. „Ja, doch, doch, die *von* Röttgens meinst du. Die Reedersfamilie? Ja, klar kenn ich die. Die hatten wir mal als Kunden. Ewig, ewig, ewig ist das her. Lebt Rasmus von Röttgen überhaupt noch?“

„Ja.“ Cäsar lehnte sich zurück. „Der alte Röttgen hat sich gut gehalten und ist immer noch millionenschwer. Er hat sich letztes Jahr eine Yacht gekauft, die ist unter Brüdern zwanzig Millionen wert.“

„Das freut mich für ihn, aber was hat das mit uns zu tun?“

„Kennst du seine Tochter?“

„Kennen ist zu viel gesagt. Ich weiß, wer es ist. Barbara.“

„Barbie“, sagte Walter.

„Dann eben Barbie.“ Plötzlich kamen sämtliche Erinnerungen wieder hoch. „Barbie! Eine ziemliche Zicke, hat man sich erzählt, aber Rasmus von Röttgen hat sie verehrt wie den heiligen Gral. Die einzige Tochter! Wenn ich mich recht erinnere, war sie eigentlich nur im Urlaub. Australien, Karibik und so weiter. Und wenn sie mal in Hamburg war, hat sie so getan, als würde sie in der Firma ihres Vaters arbeiten, aber in Wirklichkeit hat sie sich quer durch den Betrieb gevögelt. Keiner mochte sie. Und in der Reederei hab ich sie, während wir da tätig waren, nur einmal oder zweimal gesehen. Sie war einfach nur die verwöhnte Tochter. Dünn. Blond. Nicht sympathisch. Also fand ich."

„Stimmt. Richtige Freunde hatte sie deswegen auch nicht. Und ihren Vater brachte sie gern zur Weißglut mit ihren ganzen Männergeschichten, alles Typen, die nichts taugten. Deshalb wollte der Vater irgendwann, dass sie jemand Standesgemäßen heiratet, wie man das halt so macht in den Kreisen. Ist wohl heute noch wie damals: Geld heiratet Geld. Es sollte jemand aus Lübeck sein. Gut, ich kann verstehen, dass sie den nicht wollte. Klein, pickelig und Hornbrille. Dann hat sie einen Arnie kennengelernt. Und hat kurze Zeit später behauptet, sie sei schwanger. Und wenn der Papa sich weigere, Arnie zu akzeptieren, würde sie der Presse erzählen, dass sie von der Familie verstoßen wurde, nur wegen dieses unschuldigen kleinen Babys. Süß, oder?" Cäsar grinste.

„Ja. Und?" Es war gleich halb zwölf.

„Arnie hat die kleine Barbara nämlich erst mal abblitzen lassen, und das konnte sie nicht auf sich sitzen lassen, weil sie gewohnt war, alles zu bekommen, was sie sich wünschte, die kleine Prinzessin. Lange Rede, kurzer Sinn: Die süße Barbara und der fesche Arnie, der aus einfachen Verhältnissen kam und in einer Bar arbeitete, wo sie sich auch kennenlernten, haben, nachdem sie dann doch zueinanderfanden, geheiratet. Natürlich bekam der neue Schwiegersohn einen gut bezahlten Posten von Barbaras Papa bei Papas Freund vermittelt. Eigentlich konnte Arnie nämlich gar nichts, so ähnlich wie bei deinem Ex, Charlotte. Nach der Hochzeit stellte sich heraus, dass Barbara gar nicht schwanger war. Aber seitdem lebt der gute Arnie in Saus und Braus, muss halt arbeiten, weil der Schwiegerpapa das so will, und er steht voll unter der Fuchtel von Barbara, die immer zu ihm sagt, wenn sie mit dem Finger schnippen würde, wäre er wieder da, wo er herkäme. Und sie würde dafür sorgen, dass er nie wieder einen einigermaßen guten Job bekäme. So. Ein Bier noch, und dann können wir zu unserem Termin gehen."

„Der gute Arnie feiert nämlich am Samstag mit Freunden einen Junggesellenabschied", erklärte Cäsar. „Ein Geschäftspartner von Arnie heiratet, und das wird natürlich vorher gefeiert." Er und Walter standen auf; Charlotte ebenfalls. Sie hatte keine Ahnung, von was man hier redete. Aber noch ein Bier war nicht das Schlechteste.

Walter reichte ihr später die Hand, als müsste sie über einen wackligen Steg balancieren. „Ich helfe dir."

„Ich kann schon noch laufen", sagte sie und wankte. Das Bier, das Bier. Dankbar griff sie jetzt doch zu. Und Walter legte ihr noch einen Arm um die Schulter.

„Willst du meine Jacke haben?", fragte er.

„Nein, geht schon."

„Du sollst nicht frieren. Ich will, dass es dir gut geht. Hast du denn noch mal über uns nachgedacht?"

„Ach, Walter", sagte Charlotte. „Da gibt es doch momentan wirklich Wichtigeres."

„Das stimmt. Aber ich bin nun mal so gern mit dir …"

„Walter!"

„Dann bist du in Adalbert verliebt, ist es das?"

„Sag mal, ich muss doch in niemand anderen verliebt sein. Es ist doch hier im Augenblick nur so viel los", erklärte sie ihm.

„Dann nimm wenigstens meine Jacke", sagte Walter bockig. „Damit die Leute denken, wir sind ein Paar. Gönne mir wenigstens das."

„Na gut", sagte Charlotte und ließ sich die Lederjacke über die Schultern legen. Sie roch nach Walter. Sie roch gut.

KAPITEL 17

Donnerstag, 0 Uhr 30
Irgendwo auf dem Kiez

„Du bist doch nicht Walter!"

„Doch, bin ich. Haare und Bart sind ab. Mädchen, wie geht es dir? Komm, gib mir einen Kuss!" Walter breitete die Arme aus.

„Ooooooh! Wie lange haben wir uns nicht gesehen!" Eine ungefähr dreißigjährige, bildschöne Frau – sie war groß, hatte lange, rotbraune Haare, blaue Augen und eine riesige, wirklich *riesige* Oberweite, was Charlotte natürlich wieder an Alex' Worte denken ließ – fiel Walter in die Arme, küsste ihn ab und kniff ihn in die Wange. „Hab ich nicht immer gesagt, lass dir die Haare mal schneiden? Aber nein, ein Dickkopf bist du! Cäsar, mein Junge! Komm her, lass dich drücken! Wie geht es dir? Hm. Ach, ich war ein halbes Jahr in Köln, Leute, ihr könnt es euch nicht vorstellen. Die feiern da ab November ja Karneval, ich hab's kaum ausgehalten, ich bin nicht so wie die, man nennt sie rheinische Frohnaturen. Aber ich musste bei einer Bekannten im Laden aushelfen. Bin ich froh, dass ich wieder auf dem Kiez bin. Hier ist es ruhig und friedlich." Auf dem Flur begann gerade eine Prügelei. Es hörte sich an, als würde ein Kopf rhythmisch gegen eine Wand gedonnert. „Meistens jedenfalls. Wollt ihr was trinken? Bier, Cola? Ich hab nur nicht so lang Zeit, um eins muss ich wieder fit sein."

„Dauert nicht lang, Sandy", sagte Walter und setzte sich auf einen Hocker.

Charlotte war auf dem Weg vom Alsterkeller bis hier über den Sachverhalt informiert worden und fand, das nahm doch alles super Formen an.

Donnerstag
Hamburg, im Februar 2014
Fürst Consulting, 10 Uhr 30

Anne stand im großen Besprechungsraum an einem Flipchart und erklärte den Ablauf einer erfolgreichen Wettbewerbsbeobachtung. Der Eddingstift quietschte entsetzlich, sie hatte dieses Geräusch noch nie ausstehen können. Vor ihr saßen ihre beiden Mitarbeiter, Daniela und Leon, für beide war es die erste Stelle nach dem Studium, und Anne hoffte, alles richtig zu … nein, sie *musste* alles richtig machen, um keinen Verdacht zu erregen. Warum hatten die niemanden aus der Werbung gesucht? Jetzt musste sie dafür geradestehen, dass eine neue Nuss-Nougat-Creme sich etablieren konnte, obwohl jeder wusste, dass es Nutella gab und immer geben würde. Das war wie McDonald's und Burger King oder Cola und Pepsi. Anne hatte sich schon oft überlegt, dass es doch einfach sinnvoll wäre, wenn Pepsi und Burger King und die ganzen ewigen Zweiten genau damit Werbung machen würden: Wir sind die Nummer 2, und wir sind es gern! Oder so. Oder irgendwie. Das wäre doch mal was anderes.

Vor ihr saßen auch noch Alex und Vivian, die ehemals beste Freundin von Charlotte, die Anne heute zum ersten Mal sah. Viv, wie sie sich jetzt nannte, war eine Woche in New York gewesen und erst gestern wieder in Hamburg gelandet. Die sieben Tage in den USA hatten sie offenbar schwer beeindruckt. Jedenfalls tat sie jetzt so, als könne sie kaum noch Deutsch. Anne hatte Viv nur kurz vorhin auf dem Flur gesehen, vorgestellt worden war sie ihr noch nicht. Viv schwebte hier über allem so drüber und mischte sich überall ein, was ziemlich nervte, so hatte es jedenfalls Frau Schmollke erzählt. Aber oft war sie auch gar nicht da. Anne hatte gehört, wie Viv auf dem Flur vorhin ungefragt zu einer Mitarbeiterin gesagt hatte: „Die Hudson Riwwa is sou lovely … wie sagt man in Deutschland …

ah, sooo schön! Und die Wall Street, wow! Ganz viele ... wie sagt man ... people ... ah, Menschen!“ Vivian war eine Frau, die offenbar schwer mit ihrer Figur kämpfte. Sie hatte ein paar Kilos zu viel auf den Hüften und trug zu enge Kleidung, die zwar teuer aussah, aber nicht zu ihr passte. Die zu blonden Haare wurden garantiert von einem sehr teueren Friseur gefärbt und geschnitten, ihre Fingernägel waren perfekt manikürt, aber künstlich, und man sah auch, dass Viv regelmäßig zur Kosmetik ging. Aber es war, als wenn man einen Bauarbeiter in einen Smoking quetschte: Die ganze Sache passte nicht. Es wirkte so, als würde Viv unter allen Umständen vertuschen wollen, dass sie schlichter Herkunft war. Anne musste Charlotte fragen, ob das stimmte.

Und Frau Schmollke hockte auch hier und schrieb das Protokoll. Anne betete, dass Daniela oder Leon nicht plötzlich aufstehen und „Was reden Sie denn da für einen Mist?“ sagen würden. Sie musste aufpassen. Überhaupt. Denn nicht nur einmal hatte sie auf „Frau Müller“ oder „Susanne“ gar nicht reagiert und eine Trommelfellverletzung in der Kindheit (Schlägerei mit dem bösen Bandenanführer Bernd!) vorgetäuscht. Gut. Sie atmete ein und aus. Es musste gut gehen. Sie sah in die Runde und schaute nur in erwartungsfrohe Gesichter. Ihr alter Ehrgeiz flammte wieder auf, und ihr Herz klopfte.

„Ich fasse also zusammen: Wir werden selbst Informationen über die Konkurrenz sammeln und setzen uns regelmäßig zu einem Jour fixe zusammen. In der heißen Phase zweimal pro Woche. Das heißt, wir gehen raus. In die Supermärkte. Verbraucherumfragen werden gestartet. Dann sind Sie gefragt, Frau Schmollke: Sie nämlich werden die Informationen schnell und übersichtlich mithilfe unserer Formulare erfassen und auswerten. Wir müssen effektiv arbeiten. Uns bleiben gerade mal drei Monate Zeit, um erste Erfolge zu präsentieren. Ich nehme an, die Betriebssysteme hier sind so ausgelegt, dass ich und meine Mitarbeiter von überall aus Zugriff auf die entsprechenden Dokumente haben. Das heißt, dass wir uns von unterwegs aus einloggen können. Das ist wichtig, damit jeder von uns sieht, wie weit der andere gekommen ist, und selbst Infos einstellen kann."

„Wozu denn?", fragte Alexander. „Das entscheide immer noch ich."

„Meine Mitarbeiter werden nicht nur in Hamburg bleiben, sondern auch in andere Städte fahren müssen. Groß- sowie Kleinstädte. Wir brauchen den direkten Kontakt zum Verbraucher. Zu allen Verbrauchergruppen. Reich, arm, Mittelstand und so weiter."

„Aha", machte Alex, und Viv kicherte und schaute Anne provokativ an.

Hohlbratze, dachte Anne. Also echt. Mit welchen Leuten es Charlotte ausgehalten hatte.

„Die primären To dos sind: Namensentwicklung, Claim-Entwicklung, Verbrauchertrend. Es gibt zum Beispiel schon lange Chili-Schokolade, warum keine Nusscreme mit Gewürzen? Mit rotem Pfeffer, mit Nelken, mit Safran, mit was weiß ich? Also", sie blickte in die Runde. „Sind wir so weit klar?" Zustimmendes Gemurmel, und dann stand man auf. „Daniela, Leon, Sie beide kommen bitte in einer Stunde in mein Büro. Vorher muss ich mich da noch ein bisschen einrichten, aber dann geht es gleich los." Die beiden nickten und verließen den Raum.

Alex kam grinsend auf sie zu, Viv im Schlepptau.

„Frau Müller, ich habe Ihnen noch gar nicht meine Frau vorgestellt. Viv, Darling, das ist Susanne Müller, ein Glücksgriff, wenn man das nach so kurzer Zeit sagen darf. Viv arbeitet hier auch, sie ist super kreativ, nicht wahr, Darling?"

„Haiiiiii", machte Viv, gab Anne aber nicht die Hand. „Ich bin mal gespannt, was Sie hier so reißen. Und immer schön pünktlich sein. So, ich muss los, hab einen Termin. Tschüssi!"

„Auf Wiedersehen", sagte Anne. Aha. Vivi war jetzt also seine Frau. Anne sah ihr nach. Schon wieder dachte sie, wie blöd Charlotte doch gewesen war und wie blauäugig, aber dann verbot sie sich solche Gedanken. Sie selbst hatte es auch nicht besser hingekriegt. Zwar war es bei ihr nicht um eine Freundin gegangen, aber doch um einen Menschen. Einen Mann namens Berger. Und der hatte sie vernichtet. Heute würde ihr das nicht mehr passieren, Charlotte auch nicht, aber damals war es eben so gewesen. Was geschehen war, war geschehen. Basta.

„Nun, Frau Müller.“ Sie ging mit Alex den langen Gang entlang. „Ich möchte Ihnen noch ein paar Fakten erläutern. Unsere Firma wächst und gedeiht. Ich plane, noch andere Geschäftsfelder zu erschließen. Dafür brauche ich qualifizierte Mitarbeiter. Ihr Team soll auch nicht so klein bleiben, man wird sehen, wie es weitergeht. Wir werden insgesamt größer werden, die Aufträge strömen nur so herein. Viele Unternehmen aus der Unterhaltungs- und Food-Branche kommen auf uns zu, wir können derzeit gar nicht alles annehmen. Aber diesen Creme-Etat wollte ich unbedingt haben. Die Hersteller zahlen gut, und die haben nicht nur das im Programm, sondern ein komplettes Sortiment im Food-Bereich. Und ich weiß, dass sie noch mehr neue Produkte auf den Markt bringen wollen. Ich möchte, dass wir das machen. Deswegen baue ich nun wirklich auf Sie, Frau Müller. Sie haben mich beeindruckt im Vorstellungsgespräch. Sie sind gut. Die Richtige. Jetzt heißt es, den Kunden zu überraschen!“ Er lächelte ihr zu. „Und hier ist Ihr Büro! Richten Sie sich erst mal ein.“ Mit diesen Worten ging er, und Anne stand da, atmete durch und dachte nach. Entweder hatte Charlotte Wahrnehmungsprobleme oder dieser Alex hatte in den letzten Jahren studiert. Er wirkte nicht blöde, sondern schien den Laden gut im Griff zu haben.

Hm.

Und nun würde sie in die Teeküche gehen, in der Frau Schmollke hundertprozentig auftauchen würde. Das war doch immer so. Die Neuen wurden begutachtet. Vielleicht gab es ja irgendeinen Tratsch zu hören. Wenn es was Wichtiges war, würde Anne auch gleich zu Hause anrufen. Mittlerweile hatte Cäsar für alle Handys besorgt.

Zu Hause, dachte sie. Ich hab wieder ein Zuhause.

Das war ein wundervolles Gefühl!

Mit aufrechtem Gang ging Anne Richtung Küche.

Agathenhaus, 13 Uhr 15

„Ich bin jetzt aushäusig", sagte Lumpi nach dem Mittagessen zu Magdalena und Gerti.

„Was redest du da?", fragte Magdalena. „Aushäusig. Was ist das denn für ein Quatsch?"

„So sagt man, wenn man weggeht", erklärte Lumpi und trank seinen Kaffee aus. Dann nahm er seine Jacke.

„Und wohin gehst du?", fragte Gerti neugierig, die dasaß und aus einer Zeitschrift die Rezepte riss. Sie war jetzt so wichtig. Anne wurde vor Arbeitsbeginn immer von ihr geschminkt, damit sie wie Susanne Müller aussah. Nicht auszudenken, wenn zufällig jemand in die Firma kommen würde, der sie kannte. Möglich war ja alles.

„Ich treffe mich mit jemandem." Lumpi ging zur Tür.

„Mit einer Frau?", fragte Gerti lauernd. „Ist es eine Frau?"

„Himmel, Gerti!", rief Lumpi. „Du glaubst ja wohl nicht im Ernst, dass ich *noch eine Frau* brauche. Hier sind wirklich genug." Und mit diesen Worten verließ er das Agathenhaus.

*

Walter saß mit Cäsar im Schlachtraum. Cäsar hatte schlechte Laune. „Ganz ehrlich, Walter", sagte er. „Mir wird das jetzt zu langweilig. Es passiert ja nix. Du hast gesagt, Köpfe sollen rollen, und bis jetzt konnte ich nur losziehen und einen PC und einen Drucker besorgen. Und Tische und Stühle hier reinschleppen. Das ist nicht das, was ich mir unter einem Hammer-Auftrag vorstelle."

„Wir sind ja noch in der Planungsphase", sagte Walter und schaltete den Rechner ein. „Lasst uns doch noch mal den Plan anschauen." Die Log-in-Maske mit dem Benutzernamen „Charlotte" kam, und Walter knackte das Passwort, indem er „Charlotte" eintippte. Dann öffnete er das entsprechende Dokument.

„Ich halte nichts von langen Planungsphasen", sagte Cäsar. „Man kann auch alles zu sehr planen. Überplanen. Wir könnten schon viel weiter sein. Zeig mal diese Liste ... meine Güte, da steht ja noch gar nicht, wie und wo und überhaupt. Wie viele Jahre habt ihr denn Zeit?"

„Ich kann das nicht alleine entscheiden", sagte Walter.

„Was macht ihr denn an meinem Rechner?" Charlotte stand da wie aus dem Boden gestampft.

„Das ist *unser* Rechner", sagte Walter und verschränkte die Arme. „Na, schon wach?"

„Sagt mal, seid ihr schon wieder nüchtern?" Sie sah entsetzlich aus, wie ihr ein Blick in den Spiegel verraten hatte. Die Augen zugequollen, die Haare verfilzt und die Zähne musste sie sich auch noch putzen.

Die beiden schauten hoch. „Wieso nüchtern?", fragte Cäsar. „Wir waren doch gar nicht betrunken."

„Ihr habt doch ein Bier nach dem anderen in euch reingeschüttet", sagte Charlotte und griff sich an den Kopf. Nachdem sie sich gegen ein Uhr von dieser Sandy verabschiedet hatten, mit der alles „so weit klar war", hatte Walter den Vorschlag gemacht, noch einen Absacker auf dem Kiez zu trinken. Daraufhin waren sie in irgendeinem Strip-Schuppen gelandet, dessen Besitzerin die Tochter einer der Nutten war, die damals für Walters und Magdalenas Eltern gearbeitet hatten. Natürlich kannten sich wieder alle und es gab ein großes Hallo und Hoch die Tassen! Charlotte, die sich in all den Jahren bemüht hatte, nichts zu trinken, trank für ihre Verhältnisse recht viel. Irgendjemand, den Walter kannte, kam zufällig auch noch vorbei und erzählte eine schlimme Geschichte von einem Hund, den er aus einer rumänischen Tötungsstation gerettet hatte und dem es jetzt endlich gut ging, weil er von ihm immer frisches Kalbsherz bekam. Der Mann wollte, dass alle sich sozial engagieren und Hunde aus Tötungsstationen retten sollten, jetzt gleich könne man damit anfangen, aber niemand wusste, wo in der näheren Umgebung eine solche Station war. Dafür hatten sie noch ein Bier und dann noch eins auf die Hunde getrunken.

Und das schien sich jetzt zu rächen. Sie waren gegen fünf Uhr morgens nach Hause gekommen, und nun platzte Charlotte bald der Schädel.

„Warum habt ihr mich denn nicht geweckt?“, fragte sie.

„Um ehrlich zu sein, haben wir die Ruhe ein wenig genossen“, sagte Walter und blinzelte ihr zu.

„Haha“, machte Charlotte. „Kann mir bitte irgendwer einen Kaffee holen?“ Cäsar stand auf und schlurfte hinaus, um kurze Zeit später mit einer Kanne und vier Tassen zurückzukommen, Gerti im Schlepptau.

„Wieso kennt ihr eigentlich überall jeden, und jeder weiß irgendwas über Leute, über die man was wissen muss?“, fragte Charlotte. Die andere hatten offenbar Mühe, ihr zu folgen. Denn keiner antwortete.

„Ich muss mit dir reden“, sagte Gerti dafür und sah entschlossen aus.

„Was ist los?“, fragte Charlotte müde.

„Mit dir nicht. Mit dir.“ Gerti deutete auf Cäsar. Der horchte auf. „Komm bitte mit in die Küche. Unter vier Augen.“ Gerti rauschte wieder aus dem Raum.

„Was hat sie denn?“ Walter schüttelte den Kopf. „Sonst kocht und putzt oder näht oder schminkt und frisiert sie doch nur den ganzen Tag.“

„Bestimmt muss er einkaufen gehen, weil die Kartoffeln alle sind, oder Haarfarbe für wen auch immer besorgen", sagte Charlotte und lächelte. „Ihr wisst doch, wie Gerti ist." Sie trank ihren Kaffee, aber es ging ihr danach genauso schlecht wie vorher. „Ich leg mich noch mal hin", sagte sie. „Wenn Anne kommt, soll sie mich wecken. Ich will alles über Alex hören. Vergesst bloß nicht, ihr das zu sagen."

„Nein, nein." Cäsar glotzte noch mal auf die unvollständige Liste, dann ging er zu Gerti in die Küche. Walter gähnte ebenfalls. „Ich hau mich auch ein Stündchen aufs Ohr", meinte er und zwinkerte Charlotte zu, die schnell die Tür schloss. Das fehlte noch, dass sie gemeinsam Mittagsschlaf hielten. Sie war immer noch überfordert mit Walter und seinem Geständnis. Aber ein bisschen freute sie sich auch darüber. Welche Frau wird nicht gerne geliebt? Aber momentan hatte sie keine Zeit und auch nicht die Nerven, darüber nachzudenken, ob sie Gefühle für ihn hatte, die über Freundschaft hinausgingen. Rache war ein Liebeskiller.

Sie ging die Treppe hoch in das Dreibettzimmer, legte sich auf ihr Bett. Zwei Sekunden später war sie wieder eingeschlafen und träumte davon, dass Vivi und Alex von Kannibalen gekidnappt und in einem Topf langsam erhitzt wurden, damit das Fleisch behutsam gar wurde.

*

„Also, was Alexander betrifft, da habe ich eine Überraschung: Der ist richtig fit", erzählte Anne. „So als hätte er Ahnung. Aber richtig. Du sagtest doch, er sei Künstler und hat sich für nichts interessiert."

Charlotte sah erstaunt auf. „Hat er auch nicht. Wieso, was war denn genau?"

Anne erzählte ihr, was Alex gesagt hatte.

„Das kann ich gar nicht glauben. Vielleicht hat er was auswendig gelernt, um dich zu beeindrucken."

„So hörte sich das nicht an, aber ich beobachte das weiter. Die Firma scheint jedenfalls super zu laufen. Und du hattest recht mit deiner Frau Schmollke." Anne war ganz aufgeregt. „Die Tochter hat mittlerweile *drei* Kinder, aber *keinen* Mann, und Frau Schmollke, sie heißt übrigens Lydia, ich kenne sonst *keine* Lydia, behauptet, jedes Enkelkind hätte sie um zehn Jahre altern lassen. Und die Eltern leben noch. Sie wohnen jetzt alle zusammen in einem Haus, ein Drei-Generationen-Haus sozusagen. Also Lydia, ich duze sie jetzt, die Tochter mit den drei Kindern, die andere Tochter mit ihrem Freund und Lydias Eltern. Die Eltern wohnen im Erdgeschoss, da ist alles altersgerecht und barrierefrei und so eingerichtet."

„Ich weiß, dass Frau Schmollke Lydia heißt. Wenn du sie in der Tasche hast und sie dich mag, fängt sie an zu reden. Und das ist der springende Punkt. Über Lydia kommst du vielleicht an Infos und auch an Unterlagen." Anne war vor einer halben Stunde ins Zimmer gestürmt und hatte Charlotte geweckt, und die musste erst mal duschen, Zähne putzen und sich anziehen, und nun saßen beide auf Charlottes Bett.

„Sag mal, was ist eigentlich, wenn ich nichts rauskriege? Was machen wir dann?", fragte Anne nun vorsichtig.

„Doch, doch, doch. Du musst was rauskriegen. Ich weiß nicht, wie, aber du *musst*. Irgendwo muss es etwas geben. Zum Beispiel diesen Vertrag, in den ich damals, als ich die Firma gegründet habe, eine Klausel eingearbeitet hatte, dass im Falle, dass ich mal verheiratet bin und mich scheiden lasse, die Firma trotzdem mir gehört. Daran habe ich gar nicht mehr gedacht, als ich Alex damals geheiratet habe. Da haben zwar alle zu mir gesagt, ich soll einen Ehevertrag machen, aber ich habe ja keinen gemacht und hatte diese Unterlagen vergessen. Verstehst du? Und dann waren diese Unterlagen plötzlich weg. Verschwunden."

„So was muss doch bei einem Notar gemacht werden, soviel ich weiß."

„Ja." Charlotte nickte. „Natürlich. Und der ist kurz darauf in Rente gegangen und ist vor ein paar Jahren gestorben, das hab ich in einer alten Zeitung auf einer Parkbank gelesen."

„Wie dumm", sagte Anne und dachte nach.

„Da kann man nichts machen", sagte Charlotte. „Tot ist tot. Ich weiß sogar noch, wo die Kanzlei war. Da hat er auch gewohnt. Nach der Rente wollte er mit seiner Frau eine Weltreise machen. Er war zum zweiten Mal verheiratet. Die Frau war sehr nett. Sie war zwanzig Jahre jünger als er."

„Aha", sagte Anne und dachte, dass der nächste Schritt doch eigentlich sehr einfach war. Sie würde mit den anderen darüber sprechen.

„Erzähl jetzt weiter", bat Charlotte sie.

„Deine Freundin Vivian ist eine taube Nuss", sagte Anne. „Also wenn ich ganz ehrlich sein soll, sieht sie ein bisschen aus wie eine Hohlbirne. Das ist mein erster Eindruck, vielleicht ändert der sich ja noch. Sag mal, aus welchen Verhältnissen kommt die eigentlich?"

„Aus sehr einfachen, ärmlichen. Versteh mich da bitte nicht falsch. Ich meine das nicht abwertend. Ich stamme ja auch nicht von den Habsburgern ab." Charlotte war immer noch fertig. Sie vertrug einfach nichts mehr. Das war ja entsetzlich. Nun dachte sie länger nach. „Nein, ihre Eltern hatten überhaupt kein Geld, das hat sie auch immer wieder erzählt. Ihr war das immer peinlich. Einmal hat sie mich mit zu ihnen genommen, aber auch nur, weil ich es unbedingt wollte. Was war denn dabei, dass die in einem Kaff in Niedersachsen wohnen und der Vater beim Bau gearbeitet hat? Nichts. Deswegen sind es doch trotzdem Menschen und sehr liebe noch dazu. Ich weiß noch, dass die Mutter sich total gefreut hat. Es war gemütlich bei ihnen in der Küche. Warm und heimelig. So hatte ich es nie. Aber bei Vivi war das immer so, dass sie auf Biegen und Brechen reich sein wollte. Am liebsten hätte sie ihre Eltern verleumdet."

„Wie kam es denn dazu, dass sie in deiner Firma gearbeitet hat? Hat sie studiert, eine entsprechende Ausbildung?“

„Sie hatte eine kaufmännische Ausbildung, soweit ich weiß. Es gab bei uns einmal eine Masse an Stellenausschreibungen, als unsere Auftragslage von heute auf morgen explodierte. Ich weiß noch, dass Lydia Schmollke sie eingestellt hat. Na ja, und irgendwann war sie vertretungsweise mal meine Assistentin. Und sie machte das gut. Wir fingen an, privat zu reden, und dann wurde eine Freundschaft draus. Ich hatte nicht so viele Freunde, wann hätte ich mich denn neben dem Job noch darum kümmern sollen?“

„Hast du nicht gemerkt, wie sie so war?“ Anne konnte es nicht glauben. „Oder sie hat sich komplett verändert, was ja auch sein kann.“

„Nein.“ Charlotte holte tief Luft. „Ich war wohl einfach blind. Oder genauso wie sie – und wie Alex. Mir war vieles Unwichtige so wichtig. Allein diese Schuhe! Anne, du kannst dir nicht vorstellen, wie viele handgenähte Schuhe ich hatte. Und der Schmuck. An dem Tag, an dem ich verhaftet wurde, habe ich mir noch diesen Ring von Bulgari gekauft. Über 6 000 Euro hat der gekostet. Und weißt du was?“ Sie schlug mit beiden Händen auf die Decke. „Den hat diese … diese …“

Anne ballte eine Hand zur Faust: „Blöde Schlampe!“

„Ja, diese blöde Schlampe und dumme Drecksau … auch behalten!“ Charlotte sprang vom Bett und stampfte mit den Füßen auf. „Ich will meinen Schmuck wiederhaben! Das war ein ganz breiter Reif, ein Turmalin und kleine Brillanten drumherum. Der war so schön, Anne, so schön! Ich hatte so lange darüber nachgedacht, obwohl ich ihn mir natürlich hatte leisten können, aber ich habe trotzdem nachgedacht, und ich habe mich gefreut. Ich konnte mich immer über die Sachen, die ich mir leisten konnte, freuen. Auch nach den ganzen Jahren. Der Ring war so schön, das schönste Schmuckstück, das ich hatte. Ich weiß nicht, warum ich jetzt an diesen Ring denken muss, wahrscheinlich weil das der letzte schöne Tag war, den ich hatte. Und meine Schuhe! Ich will alles zurück. Ich hatte mal ein Abendkleid von Christian Lacroix, darin sah ich aus wie eine Königin! Ich will es zurückhaben, zurückhaben!“

Anne stand ebenfalls auf und breitete die Arme aus. Und Charlotte stürzte hinein.

„Sch, sch, sch“, machte Anne. „Alles wird gut. Alles, alles wird gut!“

KAPITEL 18

Donnerstag, Hamburg-Stellingen
15 Uhr

Bruno!"
„Lumpi!"
„Bruno!"
„Lumpi!"

Bruno packte Lumpi bei den Schultern und schüttelte ihn. „Du alter Schuft. Hab mich so über deinen Anruf gefreut."

„Ja, ist lange her." Lumpi freute sich.

„Was hast du die ganzen Jahre getrieben?" Bruno drückte Lumpi auf einen Stuhl und rief „Marianne, mach uns doch zwei Bier auf!"

Marianne schrie: „Ich mach gleich vier auf, ich weiß ja, wie viel ihr beiden früher immer geschluckt habt."

Alle drei machten: „Hahaha!", und Bruno und Lumpi fingen an, die letzten Jahre aufzuarbeiten. Bruno war Hausmeister beim Finanzamt gewesen und konnte natürlich viele Geschichten erzählen. Marianne kam und brachte kaltes Bier und eine Biskuitrolle, die nicht zum Bier passte, aber egal, dann verschwand sie zu ihrem Gymnastikkurs, und die beiden Männer schwelgten in Erinnerungen.

„Aber du bist doch nicht einfach so hier", sagte Bruno dann. „Also Kumpel, du warst vorhin so geheimnisvoll am Telefon. „Was ist los?"

„Ich brauch dich", sagte Lumpi.

Bruno beugte sich nach vorn. „Was ist? Schieß los!"

Lumpi holte tief Luft.

Agathenhaus

„Also", sagte Gerti aufgeregt, während sie Gulasch schnitt. „Ich war einkaufen!"

Cäsar glotzte sie an. Insgeheim hatte er gehofft, dass hier jetzt mal was passierte, dass ein Toter in der Küche lag oder sonst was. Diese Information ließ ihn dagegen nicht gerade kehlig und begeistert „Hurra!" schreien. Aber Gerti legte nun richtig los: „Danach habe ich mir erlaubt, in einem Café einen Tee zu trinken. Das muss auch mal sein. Und jetzt rätst du, wer da saß! Hinter einer Säule! Ich hab die Stimme sofort erkannt wohl!"

„Tja …", machte Cäsar und kratzte an seiner Glatze herum. „Dein Mann vielleicht?"

„Der ist doch tot, du Idiot", sagte Gerti. „Der ist doch mit dem Messer umgebracht worden. Von mir, der kaltblütigen Mörderin. Mit vielen Stichen."

„Stimmt", sagte Cäsar. „Du hattest es schon mal erwähnt. Sonst fällt mir keiner ein."

„Klaus Metting!" Gerti schlug nun mit dem Messer auf das Fleisch ein, anstatt es zu schneiden. „Dieser Halunke! Dieser Gauner! Hat er da gesessen und Torte gefressen. Mit einer Mandantin! Ja, ich *weiß*, was eine Mandantin ist, ich war nämlich auch mal eine, und ich habe das im Lexikon nachgelesen. Da steht auch: ‚Der Rechtsanwalt ist verpflichtet, ausschließlich die Interessen seines Mandanten zu vertreten und kann bei Zuwiderhandlung zur Rechenschaft gezogen werden.' Und nun kommt es, nun kommt es: Er sagte zu dieser Mandantin, die da saß und rote Augen vom Weinen hatte, sie solle sich keine Sorgen machen, das würde er schon alles hinkriegen! Dasselbe hat er damals zu mir gesagt. Die Frau hat geweint, aber hallo, und dann sagte er, was das alles kostet. Er wollte 10 000 Euro an Vorschuss wohl! Ist das zu fassen!"

„Kriege ich auch", sagte Cäsar.

Das Messer kam nun gefährlich nah an seinen Kopf. „Mir hat er damals auch Kohle abgeknöpft", wurde Cäsar von Gerti angeherrscht. „Und nicht zu knapp. Weiß der Himmel, wie viele Tausend Euro ich diesem Schweinepriester bezahlt habe. Hab ich gespart, jahrzehntelang, für ein besseres Leben irgendwann. Dafür, dass ich mir keine Sorgen machen muss. Der macht das wohl immer so, immer so. Warum legt man dem Schuft nicht das Handwerk?"

„Das ist ja schlimm." Cäsar versuchte, betroffen auszusehen. „Aber was habe ich denn damit zu tun?"

„Gleich." Gerti schälte nun Zwiebeln. „Ich habe noch mehr gehört. Die Frau hat dann wieder geweint, und der Herr Anwalt hat dann einen Anruf bekommen. Es ging um eine Wochenendplanung in zwei Wochen." Sie fing an, die Zwiebeln zu zerhacken. „Aber ich werde dafür sorgen, dass dieser Ausflug früher und ein bisschen anders verläuft. Da hat der feine Herr sich in den Finger geschnitten. Und du wirst das alles machen. Ich will Blut fließen sehen. Du sollst es fließen lassen! Der Mann muss sterben! WOHL!"

Und nun wurde Cäsar hellhörig. Endlich schien das hier mal in die richtige Richtung zu gehen.

„Okay, dann erzähl mal der Reihe nach", sagte er, setzte sich und begann, sich Notizen zu machen.

Als Gerti fertig war, begann Cäsar, das Ganze zusammenzuschreiben, um später an Magdalenas Computer alles fein säuberlich zu übertragen. So ging es ja nicht, so nicht!

*

Charlotte hatte sich wieder beruhigt, sie und Anne hatten Tee gekocht, und nun saß Charlotte am Rechner.

Lumpi war unterwegs, Walter schien immer noch zu schlafen, und Cäsar hockte mit Gerti in der Küche, und die beiden tuschelten herum. Ein paar Obdachlose saßen im Aufenthaltsraum und unterhielten sich leise, eine ehrenamtliche Mitarbeiterin war da und brachte Kaffee und Kuchen, und das Haus atmete Frieden und Stille.

„Wir müssen uns unbedingt heute Abend noch mal mit den anderen zusammensetzen und weiterplanen", sagte Charlotte.

„Dich haben wir für mich gut untergebracht, aber es gibt ja noch mehr Leute, denen wir einen reinwürgen wollen."

Anne nickte.

„Hab ich dir eigentlich schon erzählt, was für ein tolles Büro ich habe? Ganz hinten. Es ist bestimmt vierzig Quadratmeter groß. Und voll verglast. Wenn man reinkommt, muss man den Flur entlanggehen, und dann ist es ganz hinten. Total schön."

„Ja", Charlotte nickte. „Mit Blick in einen wunderbaren Garten. Vogelgezwitscher inklusive. Und mit kleinem Balkon."

Anne nickte.

„Das freut mich für dich. Es war nämlich mal mein Büro." Sie lächelte gequält.

„Oh", sagte Anne. „Das wollte ich nicht. Also dich daran erinnern." Nun gähnte sie. „Bin ich müde. Ich glaub, ich leg mich auch noch mal aufs Ohr. Ich bin es einfach nicht mehr gewöhnt, den ganzen Tag zu arbeiten. Aber es ist schön! Es macht Spaß! Ich habe gute Laune." Und sie hüpfte davon.

Bei Bruno in Hamburg-Stellingen

„Wozu noch warten?", sagte Bruno. „Du bleibst solange hier bei uns. Die Putztruppe fängt erst um Mitternacht an. Wenn wir so gegen neun da sind, haben wir freie Bahn."

„Woher weißt du das so genau?"

„Mein Sohn arbeitet jetzt da", grinste Bruno. „Und da er hier bei uns mit seiner Frau in der Einliegerwohnung wohnt und die beiden gerade im Urlaub sind, komme ich sehr leicht an den Generalschlüssel."

„Du bist genial", sagte Lumpi.

„Hahahahaha!", machten beide.

„Aber jetzt erzähl doch erst mal weiter." Bruno hielt es kaum noch aus vor Neugierde. „Stimmt es wirklich, dass du jahrzehntelang auf der Straße warst? Geredet wird ja viel ..."

„Oh ja“, sagte Lumpi. „In der Tat sehr, sehr lange! Aber jetzt, also ich glaub es selbst nicht, habe ich vor, ja, eigentlich, wenn man es genau nimmt, noch nicht mal ganz einer Woche, ein paar großartige Menschen kennengelernt. Und nun scheint es voranzugehen. Darüber bin ich sehr froh. Also, es war so …“

„Marianne, bringst du uns Schnittchen?“, schrie Bruno, und Marianne schrie zurück, dass sie viele Schnittchen machen würde, weil sie ja wusste, wie viel die beiden früher immer gegessen hätten, und dann erzählte Lumpi seine traurige Geschichte, und Bruno hörte gebannt zu.

„Und dann kam der Tag, an dem ich nicht mehr konnte. Das Sausen in den Ohren wurde immer schlimmer. Ich war krank, ließ mich krankschreiben, wurde weiter gemobbt, nach dem Motto: Der tut nur so, diese Mimose, und so weiter. Meine Ehe ist den Bach runtergegangen. Haus weg, alles weg. Ich glaube, ich hatte Depressionen. Ganz sicher hatte ich die. Aber die Kraft, was dagegen zu unternehmen, die hatte ich nicht. Und ich hab mir geschworen, nie wieder jemandem zu vertrauen. Hatte auf der Straße nur zu zwei Menschen Kontakt. Zu einer, die nannten wir Tatter-Erni, und Gerti, von der hab ich dir ja schon erzählt. Ich hab kaum gesprochen. Gerti dachte wohl die ganze Zeit, ich sei jemand aus dem Fernsehen. Na ja, und dann passierte Folgendes: Ich saß im Agathenhaus, es war morgens, und ich wollte mir noch einen Kaffee holen, da …“

Und Bruno lauschte fasziniert!

Endlich war mal was los in seinem Rentnerleben. Eine gute Geschichte, Bier und Schnittchen. Was wollte man mehr?

Agathenhaus

„So. Und nun bist du dran.“ Gerti erhitzte Öl in einem großen Topf und fing dann an, die erste Portion Fleisch für den nächsten Tag anzubraten.

„Die Sache ist relativ einfach“, sagte Cäsar, der fertig war mit den Notizen. „Ich spreche nachher mit Walter. Er soll das Boot klarmachen.“ Cäsar schaute aus dem Fenster. Es regnete und fing gerade an zu stürmen – ein ungemütliches Wetter, und wenn man der Wetter-App Glauben schenken durfte, würde es auch noch ein paar Tage so bleiben beziehungsweise noch schlimmer werden.

„Was für ein Boot?“, fragte Gerti, aber Cäsar antwortete nicht. Er dachte nach.

„Morgen Abend ist es perfekt“, sagte er dann, nachdem er stirnrunzelnd die Lage auf dem Smartphone überprüft hatte. „Der Kahn liegt im City-Sportboothafen.Wir fahren elbabwärts Richtung Wedel, es gibt laut Vorhersage starken Westwind, 6 Beaufort, in Böen bis 8, perfekt. Ich schaue noch nach, wann wir ablaufendes Wasser haben, dann passt das alles. Wind gegen Strom, das Ding wird bolzen und schaukeln wie blöde.“

„Ich kapiere nichts“, sagte Gerti. „Aber ich bin ja auch nur eine verurteilte Mörderin.“ Sie suhlte sich jedes Mal in diesen Worten.

„Musst du auch nicht, ich rede mit mir selbst“, sagte Cäsar, der gar nicht darauf einging, weil es sinnlos war.

„Und dann zum Mühlenberger Loch“, er nickte und überlegte weiter. „Genau. Das ist bei Finkenwerder, und da haben wir kaum Schiffsverkehr. So, jetzt muss ich nur noch mit Walter sprechen.“

„Der schläft noch.“

„Gleich nicht mehr. Und du sagst nix zu niemandem, Gerti, hast du verstanden?“

„Nix zu niemandem.“ Gerti nickte.

Charlotte kam in die Küche, um noch mal Tee zu holen. „Hört mal, ihr beiden“, sagte sie. „Wir müssen uns unbedingt später noch mal zusammens…“

„Lass uns bitte in Ruhe mit deinem *zusammensetzen*“, sagte Cäsar genervt. „Deine komische Liste ist an Weihnachten noch nicht fertig, wenn das so lahm weitergeht. Ich hab mir das mal angeschaut. Da steht ja bis auf Annes Aktion noch gar nichts."

Charlotte war sauer. „Ich mag keine Übersprungshandlungen."

„Das hat man ja die letzten zwölf Jahre gemerkt. Du hättest schon viel früher anfangen können, den Leuten, die dich in die Scheiße geritten haben, mal zu zeigen, wer hier am längeren Hebel sitzt.Du hättest viel früher zu uns kommen können", war Cäsars Meinung. „Aber nein, du musstest auf der Straße rumlaufen und dich bemitleiden."

„Jetzt reicht es aber!", schrie Charlotte. „Ich wusste doch gar nicht, dass es euch alle gibt. Und was soll das, dass ich mich bemitleide? Was habt ihr denn für eine Meinung von mir?"

„Keine gute, was diese Liste betrifft." Cäsar schüttelte den Kopf. „Nein, ich zumindest werde jetzt zur Tat schreiten." Er blinzelte Gerti zu.

„Nicht ohne …"

„Geh weg, Charlotte", sagte Gerti. „Du störst gerade wohl."

„Aber …"

„Geh jetzt weg."

Charlotte tat, was sie sagten, und ging zum Computer, um sich einzuloggen und an der Liste zu arbeiten. Aber jemand hatte das Passwort geändert.

Sie stand sauer auf. Diese Mistsäcke. Die wollten, dass sie nicht mehr an die Liste kam!

„Cäsar!", rief sie und rannte zurück in die Küche. Da stand nur Gerti und gab gerade Zwiebeln zum Fleisch.

„Ich hab keine Ahnung, wo er ist", sagte sie, ohne dass Charlotte auch nur ansatzweise gefragt hatte. „Woher soll ich das wissen. Ich bin ja nur eine kaltblütige …"

Charlotte verließ die Küche und knallte wortlos die Tür hinter sich zu, während Gerti vor sich hinbrabbelte.

Hamburg, Donnerstag, 21 Uhr 30
Vor dem Gebäude der Steuerfahndung

„Was war denn das?", fragte Lumpi panisch.

„Die Elefanten balgen sich ein bisschen", erklärte Bruno. „Denen ist nachts auch langweilig." Ein lang gezogenes „Töröö" erklang und hörte sich ein bisschen nach diesem gutmütigen Elefanten an, den früher mal alle Kinder geliebt hatten. Wie hieß er nur? Benjamin Blümchen. Er konnte sprechen, rettete Kirchtürme, arbeitete als Müllfahrer und fungierte auch mal als Tierarzt. Das hatte Lumpi im Laufe der Jahre mitbekommen, wenn er Gespräche von Kindern im Park gehört hatte.

Aber das hier war nicht Benjamin Blümchen.

„Welche Elefanten?"

„Na, die in Hagenbecks Tierpark. Der war doch zu deiner Zeit auch schon da."

„Ja, aber ich war nie *nachts* hier", sagte Lumpi und zuckte erneut zusammen. „Was war das?"

„Einer der Tiger."

„Himmel", sagte Lumpi. „Mein Herz. Das ist ja ein furchtbares Gebrüll."

„Ich mag es, ist wie in Afrika."

„In Afrika gibt es keine Tiger."

„Wenn es in Hamburg welche gibt, warum dann nicht in Afrika?", fragte Bruno mit einer sehr eigenen Logik, und Lumpi schrie kurz auf, weil ein neues Tier brüllte.

„Jetzt hast du sogar vor einem Orang-Utan Angst", sagte Bruno und zog seine Mütze tiefer ins Gesicht. „So." Er schaute auf die Uhr. „Es kann losgehen."

„Ich bin dir sehr dankbar", sagte Lumpi.

„Ohne mich würdest du dich nicht mehr auskennen. Schon vor Jahren wurde alles umgebaut, Wände eingezogen und die alten Möbel rausgeschmissen. Leider wurden die Beamten nicht gleich mit entsorgt. Aber das Leben ist ungerecht."

„Komm." Sie gingen um das Gebäude rum.

„Der Mann vom Wachdienst dreht erst ab Mitternacht seine Runden", erklärte Bruno leise. „Da wären wir." Sie standen vor einem der Hintereingänge, vor denen die Müll- und Altpapiertonnen standen, und Lumpi atmete tief durch.

Bruno kramte in seiner Jacke und hielt dann triumphierend den Schlüssel hoch!

Und bingo, er passte! Und es brüllte schon wieder ein Tier.

„Buuhuu", machte Lumpi. „Ich mag das nicht. Diese Tiere machen mir Angst."

„Das ist doch bloß ein Kamtschatkabär", beruhigte ihn Bruno. „Gehört zu den Braunbären. Leben eigentlich im Osten Russlands."

„Woher weißt du denn so einen überflüssigen Mist?", fragte Lumpi irritiert.

„Na, glaubst du, es hat sich groß was geändert in den ganzen vielen Jahren?", fragte Bruno zurück. „Die meiste Zeit war ich in meinem kleinen Büro und hab im Netz gesurft. Was musste ich groß machen? Die Tonnen auf die Straße rollen, mal eine Glühbirne auswechseln, die Putztruppe beaufsichtigen, den Fahrstuhl wieder zum Laufen bringen. Und weil ich manchmal bei der Security ausgeholfen und nachts gearbeitet habe, hab ich die Tiere natürlich gehört, und dann war ich im Zoo und hab halt ein bisschen was über sie in Erfahrung gebracht."

„Meine Güte", sagte Lumpi. „Da wüsste ich aber Besseres mit meiner Zeit anzufangen."

„Aha." Bruno war beleidigt. „Was hast du denn Besseres gemacht in den vergangenen Jahren, hm?"

Darauf wusste Lumpi keine Antwort.

„Nun schließ schon auf, bevor noch so ein Viech vor uns steht. Soweit ich weiß, sind da ja keine Zäune."

„Nein, Gräben. Herr Hagenbeck hatte damals die Vision …"

„Bruno! Schließ jetzt auf!"

„Ja, ja.“ Bruno nestelte am Schloss herum. „Ich habe meine Brille vergessen. Ah, jetzt geht’s.“

Sie waren drin.

Das Erste, was Lumpi auffiel: Hier roch es noch genauso wie früher. In all den vielen Jahren hatte sich das nicht geändert. Und da schossen die gut im Zaum gehaltenen Gefühle hoch. Aber so was von.

Lumpi stand da, hielt sich am Treppengeländer fest und schnaufte.

„Ogottogottogott“, machte Bruno. „Was ist denn? Brauchst du einen Arzt?“

„Nein“, keuchte Lumpi. „Aber vielleicht werden andere ihn bald brauchen.“

KAPITEL 19

Agathenhaus, zur gleichen Zeit

Wo ist eigentlich Lumpi?“, fragte Charlotte Walter, der gerade zur Tür reinkam.

„Ich bin doch nicht sein Babysitter“, sagte Walter, der beschwingt war. Er hatte nach dem Schläfchen erst mit Cäsar, der ihn in eine geplante Aktion involviert hatte, dann noch einmal mit Sandy gesprochen und war glücklich, dass alles so gut zu laufen schien. Dann war er über die Große Freiheit gebummelt, hatte ein Bierchen gezischt, und nun war er wieder hier.

„Das habe ich auch nicht gesagt“, sagte Charlotte. „Ich hab ja nur gefragt. Und wo warst du?“

„Und wo ist Cäsar?“, wollte Anne wissen.

„Ist das ein Verhör?“, fragte Walter. „Ich werde ja wohl noch das Haus verlassen dürfen.“

„Jemand hat mein Passwort geändert.“ Charlotte wechselte das Thema.

„Ja sag mal“, sagte Walter. „Wer macht denn so was?“

Charlotte war sauer. „Das war bestimmt Cäsar, weil der nicht mehr will, dass ich an der Liste arbeite.“

„Wie kommst du denn darauf? Das ist ja eine Unterstellung“, sagte Walter und drohte ihr spielerisch mit dem Zeigefinger.

„Wenn ja, hätte er aber recht“, sagte Anne. „Du bist so verhalten. Ich hab fast das Gefühl, du willst gar nichts unternehmen.“

„Doch, schon“, sagte Charlotte, überlegte kurz und rückte dann mit der Wahrheit raus. „Ich hab nur Angst davor, dass es alles nicht klappt, dann das Geld weg ist und wir wieder alle auf der Straße landen.“

Walter und Gerti kamen näher. „Ja sag mal“, sagte Walter wieder. „Das glaubst du?“

„Nein, ich hab nur Angst davor. Ich kann das alles gar nicht glauben, also dass es jetzt so ist, wie es ist. Dass wir so zusammenhalten und es schon losgegangen ist. Anne ist in meiner Firma, Lumpi und Cäsar sind unterwegs, und ich werde das Gefühl nicht los, dass sie auch irgendwas für unsere Sache machen. Und Gerti, du tust auch so geheimnisvoll. Und Walter, wo warst du?"

Walter legte den Arm um sie. „Lass doch alle mal machen. Kommt her, ihr drei." Anne und Gerti kamen näher, und wie von selbst umarmten sich dann alle.

„Ich verspreche euch, dass ihr nie mehr auf der Straße landen werdet. Ich verspreche es! Hoch und heilig! So wahr ich der Walter bin!" Charlotte schossen schon wieder die Tränen in die Augen, und auch Gerti und Anne hatten feuchte Augen.

Aber auf Magdalena war Verlass. Sie stand wie ein Racheengel im Türrahmen: „Hoch und heilig! Walter, Walter! Du Blasphemist. Noch nie gebetet hat er, aber hoch und heilig was versprechen, das kann er. Gerti, ich hab mir erlaubt, ein wenig Flüssigkeit zum Gulasch zu geben und umzurühren, sonst brennt hier alles an. Wollt ihr das Haus abfackeln? Ist es das, was ihr wollt?"

Gerti rannte panisch in die Küche.

Charlotte sah Anne und Walter abwechselnd an. „Tja", sagte sie. „Ich danke dir, Walter. Aber jetzt habe ich immer noch keine Aufgabe. Was kann ich in unserer Sache denn beitragen?"

„Och." Anne lächelte sie an. „Mir kommt da gerade so eine Idee. Ruft mal diesen Adalbert an und fragt ihn, wann er Zeit hat."

Donnerstag, Agathenhaus, 23 Uhr

Adalbert stand nun vor ihnen und strahlte vor Glück, war aber gleichzeitig auch fix und fertig. Er musste zu Hause sein Telefon ständig in der Hand gehalten haben, denn er war dran gewesen, bevor der erste Klingelton verstummt war.

„Endlich!", hatte er geschrien. „Was kann ich tun?"

Dann hatte er sich, wie er jetzt berichtete, todesmutig in seinen Ferrari geschwungen, hinter dessen Steuer er noch nie gesessen hatte. Aber leider blieb ihm nicht anderes übrig – der

Chauffeur hatte ausgerechnet heute frei. Erst hatte Adalbert noch eins der Automatikautos nehmen wollen, aber die standen alle hinter dem Ferrari, und Umparken war wie alles andere, das mit Autofahren zu tun hatte, nicht Adalberts Stärke. Also hatte er sich in den Ferrari gequetscht und war losgebraust. Bei allen Schaltmanövern hatte das Getriebe laut gebrüllt. Menschen hatten sich umgedreht, und viele Köpfe wurden geschüttelt. Ein paar Männer hatten so ausgesehen, als würden sie Adalbert am liebsten aus dem Auto zerren und selbst fahren. Das Geräusch des Getriebes ließ jeden Menschen vor Schmerzen aufbrüllen, ob er Autoliebhaber war oder nicht.

„Warum hast du denn kein Taxi genommen?", fragte Walter. „Das arme Auto."

„Ich bin ein Mann der Taten", sagte Adalbert und wischte imaginäre Staubflusen von seinem gut sitzenden dunkelblauen Blazer, auf dem das Emblem des NRV, des elitären Norddeutschen Regatta-Vereins, prangte. „Mit einem Taxi hätte das alles viel zu lange gedauert." Man verstand diese Logik nicht, aber gut.

„Also, bringt mich auf den Stand der Dinge."

„Es geht um Dr. Dieter Murmann", sagte Charlotte ernst.

„Dieter Murmann? Kenne ich. Kannte ich. Man kennt sich in unserer Branche. Er war auch beim NRV. Verstarb vor einigen Jahren beim Eierholen im Kaninchenstall eines Gutshofs. Herzschlag. Es ging schnell."

Charlotte nickte. „Er hat aber noch eine Frau, die lebt."

„Clarissa. Kenn ich. Sie war, während Dieter beim Eierholen war, in ihrem Haus auf Sylt."

„Aber sie wohnt immer noch in Hamurg."

„Aber ja", sagte Adalbert. „Das weiß ich. Sie wohnt in Harvestehude. In der St. Benedictstraße. Charlotte, haben Sie meinen kleinen Blumengruß erhalten?"

„Oh ja, danke sehr." Charlotte nickte huldvoll. Adalbert verbeugte sich kurz. „Nur die schönsten Blumen für die schönste Frau."

Walter bekam schlechte Laune und hätte Adalbert am liebsten fortgeschickt. Klar, der edle Mann schenkte einen Blumenladen, und er, Walter, führte Charlotte in eine Hotdog-Bude aus. Da hätte er auch mal nachdenken können. Andererseits war das hier nun mal seine Welt, und er würde sich nicht verbiegen. Und schon gar nicht für jemanden, der „von" hieß. Davon abgesehen mochte er Adi ja. Er hatte ihm schon öfter aus der Patsche geholfen. Und umgekehrt war auch Walter schon öfter für ihn da gewesen. Aber trotzdem gefiel es ihm nicht, dass Adalbert Charlotte hofierte. So wie jetzt: Er schaute Charlotte ehrfürchtig an. „Das Smaragdcollier meiner Mutter, ein altes Familienerbstück, würde einfach wunderbar an Ihrem edlen Hals aussehen", sagte er dann. „Und die Brillantohrringe würden an Ihren zarten …"

„Schluss jetzt", sagte Walter sauer. „Reiß dich mal zusammen, Adi. Hier braucht niemand Smaragde."

Adalbert schloss kurz die Augen. „Natürlich. Frau Fürst ist ja ein einziges Juwel. Vielleicht bekomme ich nun erst einmal alles der Reihe nach erzählt", sagte er und nahm sich einen Stuhl. „Schön haben Sie es hier." Er betrachtete den Tresen, in dem das Geld lag, und die Haken, die von der Decke baumelten, und rieb sich dann die Hände, weil es im Schlachtraum doch sehr kühl war, transportable Heizungen hin oder her. „Gemütlich", sagte Adalbert.

Im Gebäude der Steuerfahndung
23 Uhr

„Hier, mein altes Büro. Aber sonst ist wirklich alles neu", sagte Lumpi. „Ist das merkwürdig, hier zu sein. Es riecht in der Tat noch genauso wie früher. Was Gerüche doch für Erinnerungen hochholen. Wahnsinn."

„Jetzt werd bloß nicht sentimental." Bruno leuchtete mit der Taschenlampe herum. „Wir müssen uns beeilen. Ha, hier war früher der Tresor. Ist er aber nicht mehr."

„Ich glaub, ehrlich gesagt, auch nicht, dass wir hier irgendwas finden. Die sind doch nicht bescheuert." Lumpi schüttelte den Kopf. „Ach, schau an, die Drehstühle sind auch neu."

„Wenn alles neu ist, dann sind auch die Drehstühle neu. Lass uns überlegen, wo was sein könnte", sagte Bruno. Sie hatten nur noch ungefähr eine Stunde Zeit, bis die Leute von der Gebäudereinigung antanzen würden, und in diesen sechzig Minuten mussten sie entweder was finden oder nicht, jedenfalls mussten sie dann verschwunden sein.

Sie gingen durch jeden einzelnen Raum, öffneten Schubladen, Lumpi versuchte, sich in Rechner einzuloggen, aber es war alles hundertfach gesichert. Also schaute er in den Schränken nach und studierte Akten, aber nichts war hier zu finden, was auch nur ansatzweise nach Bestechung oder Betrug oder Mauschelei aussah. Es schien alles korrekt zu sein.

„Klar tut es das", murmelte Lumpi vor sich hin. „Die würden ja kaum die brisanten Sachen offen rumliegen lassen."

„Tja, das war wohl ein Reinfall", sagte Bruno, als sie keinen Raum zum Durchsuchen mehr vor sich hatten. „Was für eine Scheiße, tut mir leid, ich dachte, wir würden was finden."

„Ach was." Lumpi klopfte dem Kollegen auf die Schulter. „So haben wir uns wenigstens mal wiedergesehen. Das hat doch auch was."

„Das stimmt. Und wir lassen das jetzt nicht einreißen. Ab sofort treffen wir uns mindestens … Scheiße. Was ist denn das für ein Geräusch?"

„Schnell, in den Schrank, los, los, los …"

Freitag, 8 Uhr
Agathenhaus

„Guten Morgen. Du bist ja früh wach", Anne kam gerade in die Küche und nickte Cäsar zu, der schon wieder da war. „Der frühe Vogel fängt den Wurm", sagte Cäsar.

„Moin“, Gerti stand natürlich auch schon parat und raste zwischen Frühstücks- und Aufenthaltsraum und der Küche mit Thermoskannen und Aufschnittplatten hin und her.

„Du musst dir heute selbst dein Frühstück machen“, rief sie Anne im Vorbeilaufen zu. „Ich habe keine Zeit. Ich muss … ich habe … ich bin nachher … ich habe eben keine Zeit.“

„Warum denn nicht? Was musst du machen?“ Anne witterte, dass Gerti was im Schilde führte, es ihr aber nicht sagen wollte.

„Das geht dich gar nichts an. Ich bin später unterwegs. Ich bin eine erwachsene Frau.“ Wenigstens sagte sie nicht, dass sie eine Mörderin sei.

„Ist ja schon gut.“ Anne nahm sich Kaffee und schmierte ein Brötchen, ließ Honig draufträufeln, und etwas davon tropfte auf den Tisch.

„Kannst du das bitte wegwischen“, sagte Cäsar, und auf seiner Glatze bildeten sich kleine Schweißperlchen. „Ich bekomme Zustände, wenn ich sehe, dass Honig oder Marmelade irgendwohin laufen, wo sie nicht hingehören.“

„Oh“, sagte Anne und griff ins Honigglas, um dann den Honig von ihrem Finger auf ihren Unterarm tropfen zu lassen.

„Mach das nicht. Ich werde verrückt“, sagte Cäsar, aber Anne machte weiter und lachte, weil sie es so lustig fand, dass der große starke Cäsar mit der Lederjacke und dem grimmigen Gesichtsausdruck es nicht ertragen konnte, „wenn Honig dahin fließt, wohin er nicht gehört.“

Cäsar sprang zur Spüle, holte einen nassen Wischlappen, sprang zu Anne und klatschte ihn auf ihren Unterarm, um den Honig abzuwischen. Anne lachte immer noch und wollte wieder an das Glas ran, aber Cäsar hielt sie fest und dann noch fester, als sie sich wehrte. Sein Gesicht war sehr nah, und Anne bemerkte, dass er dunkle, sanfte Augen hatte. Schnell schaute sie weg und dachte an ihren Ex Matthias.

Sie würde sich nie wieder auf einen Mann einlassen. Nie wieder.

Und auf einen vom Kiez schon mal gar nicht.

Sie versuchte, sich loszumachen, aber Cäsar hielt sie wie in einem Schraubstock.

Aus welchen Gründen auch immer gefiel das Anne. Sie wusste nicht, warum.

Dann ließ er sie los, sah sie noch einmal an und drehte sich um. „Können wir?“, fragte er Gerti.

„Wir können“, sagte die, zog ihre Schürze aus und eine Jacke an und schmiss die Schürze in eine Ecke.

„Ich bin bereit.“

Die beiden verließen den Raum, und Anne schüttelte den Kopf und machte das Radio an. Der Nachrichtensprecher warnte vor einem sehr starken Unwetter, das auch die Elbe betraf. Und da brach auch schon ein Platzregen los.

Eine halbe Stunde später fuhren Gerti und Cäsar in Cäsars altem VW-Bus den Mühlenkamp in Winterhude entlang. Hier war normalerweise viel mehr los um diese Zeit, aber es schüttete wie aus Eimern – die Wettervorhersage hatte sich nicht getäuscht. Sie parkten vor einer Bäckerei, weil sie wussten, dass Klaus Metting hier ein Brötchen und ein Croissant sowie einen Coffee to go kaufen würde, so wie jeden Morgen. Klaus Metting, Gertis ehemaliger Anwalt und laut Gerti ein Versager! Dieser Bandit, der nicht verhindert hatte, dass sie damals ins Gefängnis gekommen war! Und der war nun ein Einmannbetrieb und beschäftigte lediglich eine junge Sekretärin, und zwar halbtags. Vier Tage pro Woche. Freitags nicht. Er hatte heute auch keine Termine. Um diese Infos zu bekommen, hatte Cäsar lediglich zwei Anrufe tätigen müssen. Sie wussten nun auch von Klaus' Assistentin, dass er an diesem Wochenende rein gar nichts vorhatte. Erst am nächsten Wochenende war ein Ausflug mit Freunden geplant. Er war Single, wohnte allein und hatte bis auf ein Nicken im Treppenhaus keinen Kontakt zu seinen Nachbarn. Das alles hieß im Klartext: Es war Freitagmorgen, und bis Montagmorgen würde ihn kein Mensch vermissen. Und bis dahin würde viel Wasser die Elbe runterfließen.

Gerti war so aufgeregt, dass sie Schluckauf bekam. Sie wusste sogar noch das Aktenzeichen des Falls von damals auswendig und wurde nicht müde, zu erzählen, was für ein Halunke Klaus Metting war.

„Das ist er", sagte sie dann und deutete auf einen blonden Mann, der unter einem aufgespannten Regenschirm angerannt kam.

„Ist das eine Schwuchtel?", fragte Cäsar. „Welcher Mann benutzt denn bitte einen Schirm? Nur Weicheier. Nun denn." Er schnallte sich ab, und Gerti tat es ihm nach.

„Du kommst nicht mit", sagte Cäsar. „Du vermasselst womöglich alles."

„Warum denn, warum denn?"

„Weil er dich vielleicht erkennt, Mensch. Das muss doch alles schnell gehen."

„Na gut." Gerti schnallte sich wieder an. „Ojemine, ojemine."

Klaus Metting hatte nun die Bäckerei erreicht, stand unter dem Vordach und versuchte, den widerspenstigen Regenschirm zu schließen. Cäsar stieg aus und war in zwei Sekunden bei ihm, stellte sich breitbeinig vor ihn und sah ihn an.

„Kann ich Ihnen helfen?", fragte Klaus Metting irritiert.

„Ja. Indem du mitkommst und keine Schwierigkeiten machst", erklärte Cäsar ihm freundlich.

„Mitkommen? Wohin denn?" Metting verstand überhaupt gar nichts.

„Wir machen einen kleinen Ausflug." Cäsar trat einen Schritt nach vorn.

„Lassen Sie mich in Ruhe, sonst fange ich an zu schreien."

„Nur zu", sagte Cäsar und griff in seine Jackentasche. „Schießen kann man auch durch Stoff. Nur mal so zur Info."

KAPITEL 20

Hamburg, zur gleichen Zeit, St. Benedictstraße

Adalbert und Charlotte klingelten bei Clarissa Murmann, der Witwe des Notars, der damals für Charlotte gearbeitet hatte. Die Haushälterin öffnete und ließ sie gleich herein. Adalbert hatte Clarissa angerufen, und die war sofort bereit gewesen, sich mit ihnen zu unterhalten. Sie wurden in ein schickes Wohnzimmer geführt, das geschmackvoll mit Antiquitäten eingerichtet war.

„O Gott!“, schrie Adalbert dann auf. „Dieter …“

„Ach so.“ Clarissa lachte, und nun sah auch Charlotte die lebensgroße Stoffpuppe, die wie ein Mensch aussah und offenbar an Dieter Murmann erinnerte.

„Meine Enkelkinder wollten Dieter ausstopfen, aber das ging ja nicht“, erklärte Clarissa. „Ich hatte auch schon einen Sarg gekauft. Also haben die zwei eine lebensechte Puppe für mich gequiltet. In der Schule. Nun sitzt Dieter hier in einem seiner Lieblingsanzüge. Den anderen hat er mit ins Grab genommen. Und ich bringe ihm jeden Morgen die aktuelle Tageszeitung. Schön, oder?“

Charlotte nickte automatisch. Super. Sie schielte zu Dieter hinüber. Einen Moment lang hatte sie den Eindruck, er würde sich bewegen.

„Ich habe Kaffee machen lassen. Setzen Sie sich doch bitte.“ Clarissa deutete auf eine hübsche geblümte Polstersitzgruppe. Von hier aus hatte man durchs Fenster einen wundervollen Blick in den Garten. Dahinter floss die Elbe wütend vor sich hin. Das Wetter hatte keine gute Laune heute. Die Äste eines Baumes klatschten gegen die hohen Fensterscheiben und Blätter wehten.

„Bei diesem Wetter denke ich immer an die Sturmflut 1962“, sagte Clarissa. „Schlimm war das. Die Leute haben auf Hausdächern gesessen, das muss man sich mal vorstellen. Und Helmut Schmidt hat damals großartig reagiert."

„Ja. Clarissa, also warum wir hier sind ...", sagte Adalbert und begann zu erzählen, während Clarissa Kaffee in die Tassen aus Meißner Porzellan füllte und Petit fours herumreichte. Charlotte schielte immer wieder zu Dieter. Es sah so aus, als würde er sie beobachten.

Vor der Bäckerei

„Was soll das?", fragte Klaus Metting panisch, während er durch den Regen mit Cäsar zum Auto lief. „Wer sind Sie, was wollen Sie? Ein Mandant sind Sie nicht."

„Und wenn, wäre ich nicht deiner. Rein da." Cäsar schubste ihn in den Bus. „So, Hände her." Er zog Kabelbinder aus seiner Jackentasche und fesselte Metting die Hände auf den Rücken.

Gerti saß vorne und war aufgeregt. Sie sagte nichts, weil Cäsar ihr eingetrichtert hatte, dass sie zunächst die Klappe halten sollte, und daran hielt sie sich, auch wenn es ihr schwerfiel.

„Das können Sie nicht machen, ich schreie um Hilfe!", rief Klaus Metting, schrie aber nicht um Hilfe, sondern schwieg, nachdem Cäsar ihm etwas zugeraunt hatte, das jede weitere Diskussion im Keim erstickte.

Cäsar setzte sich auf den Fahrersitz, ließ den Motor an und betätigte den Scheibenwischer. Mittlerweile war aus dem Regen ein Unwetter geworden.

„Uiuiui", machte Gerti, und Cäsar zischte „Sei leise", woraufhin sie sich noch tiefer in den Sitz drückte und aus dem Fenster starrte. Draußen tobte der Sturm.

„Können Sie mir jetzt bitte sagen, was los ist? Das ist Freiheitsberaubung. Ich werde Sie anzeigen. Das hat ein Nachspiel. Sie können doch nicht einfach jemanden quasi aus einer

Bäckerei heraus entführen. Ja, das ist Entführung, Freiheitsberaubung, das ist es."

„Klappe." Cäsar fuhr nun Richtung Hafen.

Metting schwieg, und Gerti bekam schon wieder einen Schluckauf.

*

„Nun, ich erinnere mich an diese Sache", sagte Clarissa und goss Kaffee nach. „Unschön, äußerst unschön. Es ging ja durch die Presse. Mein seliger Mann hat auch gesagt, dass da doch etwas nicht mit rechten Dingen zugehen könnte."

„Moment mal." Adalbert runzelte die Stirn. „Er hätte Charlotte ja helfen können."

„Ja, hätte er. Warum hat er nicht?" Charlotte war schon wieder sauer, weil die ganzen Erinnerungen nicht gerade zu ihrer guten Laune beitrugen.

„Er wollte", sagte Clarissa. „Aber er durfte nicht."

„Wie?" Adalbert beugte sich nach vorn, während der Wind von draußen gegen die Fenster drückte. Die alten Rahmen knarzten.

„Soweit ich weiß, hat der Anwalt von Frau Fürst nichts davon wissen wollen, beziehungsweise er hat sich die Unterlagen geben lassen und gemeint, das sei rechtlich nicht relevant. Und Frau Fürst hätte sowieso schon alles zugegeben."

„Ich habe nie etwas zugegeben." Nun schrie Charlotte fast. „Die steckten doch alle unter einer Decke."

„Liebe Frau Fürst", sagte Clarissa. „Bitte echauffieren Sie sich nicht so. Ich kann nichts für die ganze Angelegenheit. Noch Kaffee?"

„Ja, danke, entschuldigen Sie bitte", sagte Charlotte und biss auf ihrer Unterlippe herum.

„Damals scheint alles ziemlich dumm gelaufen zu sein", sagte Adalbert und traf damit den Nagel auf den Kopf.

„Ich weiß noch, dass mein lieber Dieter sagte, dass er die Sache verfolgen wolle. Aber dann ist er so schwer krank geworden und hatte dadurch natürlich andere Sorgen. Und er hat das ja auch nicht überlebt."

„Das habe ich mitbekommen", sagte Charlotte.

„Ein Jammer, dass die Kanzlei aufgelöst wurde."

„Moment mal", sagte Adalbert. „Aber die Unterlagen – was ist damit geschehen?"

„Einige sind vernichtet worden, nachdem Dieter die Kanzlei aufgegeben hat, da waren die Mindestfristen für die Aufbewahrung abgelaufen", erzählte Clarissa. „Und leider war wohl Ihre Akte dabei. Also alles."

„Aber in den Gerichtsarchiven müssen doch noch die Originale aufbewahrt worden sein", sagte Adalbert.

„Erinnern Sie sich an den Brand vor ein paar Jahren? Da wurde das Archiv zu neunzig Prozent zerstört."

Adalbert schlug gegen seine Stirn. „Das stimmt. Meine Güte, was für eine Verkettung tragischer Umstände!"

„Das kann man wohl sagen", sagte Charlotte resigniert.

„Ha!" Adalbert raufte die Haare. „Aber Moment mal! Frau Fürst, was ist mit Ihnen? Sie waren doch die Betroffene. Sie müssten die Unterlagen doch haben."

„Lieber Herr von Cherubim, glauben Sie, dass ich damals, als ich nach diesem monatelangen Drama mit einer Vorstrafe am Hals aus meinem Haus gejagt wurde, an Unterlagen vom Gericht gedacht habe? Oder die Wochen und Jahre später? Glauben Sie, dass ich jahrelang als Obdachlose Aktenordner auf der Straße mit mir rumgeschleppt habe?"

Adalbert errötete. „Natürlich nicht. Ich wollte nur sichergehen."

„Das ist ja auch sehr lieb von Ihnen."

„Sind Sie in Frau Fürst verliebt?", fragte Clarissa und lächelte.

„Äh, wie kommen Sie denn darauf?" Adalbert wurde noch röter.

„Das sieht man“, sagte Clarissa und schaute zu ihrem ausgestopften, Zeitung lesenden Mann. „Ich bin auch immer noch in Dieter verliebt. Wie am ersten Tag.“

Charlotte hätte schwören können, dass Dieter leicht nickte.

Fürst Consulting

„Ach, Frau Müller, es ist wirklich schön, dass Sie bei uns sind.“ Frau Schmollke stand mit Anne in der Küche, und die beiden tranken einen Kaffee zusammen. Hier war ja laut Charlotte die Tratschzentrale, das war in dieser Firma nicht anders als überall. Anne hatte zwar eben erst angefangen, hier zu arbeiten, aber die Kollegen mochten sie. Frau Schmollke ganz besonders, und zwar deshalb, weil Anne ihr das Gefühl gab, unersetzlich zu sein. Wann immer es ging, sagte Anne Sachen wie „Was sollte man hier bloß ohne Sie tun?“ oder „Sie sind ein Sechser im Lotto“ oder „Ohne Sie würde hier alles den Bach runtergehen.“

Frau Schmollke war aber auch ein Schatz. Und sie erzählte gern.

„Wie lieb von Ihnen“, sagte Anne. „Danke schön.“

„Sie bringen ein wenig Sonne herein. Ich bin nicht glücklich hier“, erklärte sie dann unvermittelt. „Aber wo soll ich hin? In meinem Alter? Da kann ich noch so gut sein, es werden doch eher jüngere Frauen eingestellt. Ach, ach, früher war es ganz anders.“

„Wie, früher?“ Anne wurde hellhörig.

„Na, als die Chefin noch hier war. Frau Fürst. Eine tolle Frau. Aber sie ist ja nicht mehr da. Ist auf der Straße gelandet.“

„Wie ist das denn möglich?“ Anne bekam eine Gänsehaut. Infos!

„Es war Ende 2002, ich glaube, November“, erzählte Frau Schmollke bereitwillig. „Frau Fürst wurde verhaftet. Steuerhinterziehung, Veruntreuung, alles Mögliche. Angeblich soll sie im Alleingang Gelder beiseitegeschafft haben. So genau weiß ich das nicht. Jedenfalls wurde sie in ihrem Haus verhaftet."

„Angeblich? Wieso angeblich?", fragte Anne, trank einen Schluck Kaffee und verbrannte sich die Zunge.

„Ich glaube das bis heute nicht", sagte Frau Schmollke und schüttelte mit Nachdruck den Kopf. „Frau Fürst war so korrekt. Sie war immer für alle da. Ein Kollege hatte mal einen finanziellen Engpass, da hat Frau Fürst ihm sofort geholfen. Das Geld hatte er übrigens nie zurückzahlen können. Sie sagte immer, Frau Schmollke, hat sie gesagt, ehrlich währt am längsten. Ja, Frau Fürst war eine gute Chefin, die beste, die man sich wünschen kann. Alles wurde korrekt verbucht, alles. Die Steuern wurden auf den Tag pünktlich bezahlt. Zweimal hatten wir hier eine Betriebsprüfung, nie war etwas zu beanstanden. Ein ehemaliger Mitarbeiter hatte Frau Fürst aus Rache angeschwärzt. Und was wurde gefunden? Nichts, obwohl hier tagelang die Leute rumgerannt sind. Frau Fürst war eben ein ehrlicher Mensch. Aber dann, tja, aus heiterem Himmel, war sie weg. Ich weiß noch, was hier für ein Aufruhr war. Der Bachmann, also der Steuerberater, und Herr Fürst und diese Freundin von Frau Fürst wuselten hier plötzlich rum und waren ganz wichtig. Ich habe das alles nicht verstanden. Es war zu viel auf einmal. Meine Familie musste versorgt werden und dann noch der ganze Zirkus in der Firma, es musste ja alles weitergehen. Und kurze Zeit später hat Herr Bachmann sich dann vor die Belegschaft gestellt und gesagt, dass Frau Fürst kriminell ist und nicht wiederkommt. Das war ein Schock. Er hat uns auch untersagt, der Presse irgendwelche Auskünfte zu geben, aber was hätten wir denn auch sagen sollen? Es wusste ja keiner was Schlechtes. Und dann war der Bachmann plötzlich weg, keiner hat ihn mehr gesehen. Dafür gab es diese Fotos von Frau Fürst in der Zeitung. Diese schrecklichen Fotos, als sie mit Plastiktüten aus ihrem Haus kam und hingefallen ist. Es sah so aus, als sei sie betrunken. Und dann habe ich nichts mehr gehört von ihr. Erst lange Zeit später, da hat eine Kollegin erzählt, sie hätte Frau Fürst auf der Straße gesehen, aber sich nicht getraut, sie anzusprechen. Frau Fürst hätte auch ganz abwesend gewirkt. Ich bin dann da hingegangen, wo die Kollegin sie gesehen hatte, aber da waren nur Obdachlose, und die kannten sie nicht. Ja, und dann ging das Leben eben weiter, wie das so ist. Meine Tochter mit ihren drei Kindern, meine Eltern, die gepflegt werden müssen, das Haus, der Garten."

„Sie Arme, Sie ARME!", sagte Anne voller Enthusiasmus. „Was Sie alles leisten! Aber sagen Sie, wie ging es denn dann mit der Firma weiter?"

Frau Schmollke schnaubte auf, dann ging sie zur Tür und schloss sie.

„Man weiß ja nie", erklärte sie. „Herr Fürst und diese ... diese Vivian haben dann die Führung übernommen. Und Herr Fürst hat seine Sache gar nicht schlecht gemacht, da kann man nichts sagen. Obwohl er ja eigentlich Künstler ist." Sie sprach das Wort *Künstler* so aus, wie andere *Kakerlaken* gesagt hätten.

„Oh ...", machte Anne. „Künstler."

„Na ja, ich will nicht meckern, wenn es nicht gut laufen würde, hätten wir alle keine Anstellung mehr. Das muss man sagen, obwohl ich ihn nicht mag. Niemand kann ihn leiden. Aber diese Vivian kann nichts. Ich frage mich, warum die beiden überhaupt zusammen sind. Sie kann ihm nicht das Wasser reichen. Hätte ich diese Person bloß nie eingestellt. Damals, als Frau Fürst noch da war, hat Vivian sich wenigstens Mühe gegeben, war sogar mal vertretungsweise ihre Sekretärin, als ich so überlastet war. Da hat sie sich an Frau Fürst rangemacht, wollte unbedingt mit ihr befreundet sein. Ich persönlich hielt sie ja schon immer für eine falsche Schlange. Aber gesagt habe ich nichts, weil es mich ja im Grunde genommen gar nichts anging.

Irgendwann hat sie auch mal in der Werbeabteilung gearbeitet, aber das war auch eine Katastrophe.“ Frau Schmollke stellte die Tasse auf den Tisch und schüttelte den Kopf. „Dann hat Herr Fürst irgendwann ein Verhältnis mit Vivian angefangen. Dieses Miststück. Mittlerweile haben sie ja geheiratet. Vivian Fürst heißt sie jetzt. Und läuft hier rum und kommandiert und tut so, als sei sie die Größte. Dieses billige Flittchen. Trägt Haute Couture, und trotzdem sieht es billig aus. Das ist wie mit einem Handwerker, den man …“

„… in einen Smoking quetscht“, vervollständigte Anne den Satz, und sie lachten beide. „Genau das habe ich auch gedacht, als ich sie zum ersten Mal sah. Unglaublich.“

„Ja, in der Tat.“ Frau Schmollke fühlte sich sichtlich wohl. Bereitwillig erzählte sie weiter: „Wo war ich? Ja. Und Frau Fürst muss dann wohl Unterlagen unterschrieben haben, da wusste sie noch nichts von dem Verhältnis. Sie hat es ja bis zur Verhaftung nicht gewusst. Diese Schriftstücke jedenfalls haben Herrn Fürst die Firma übertragen, sie war Geschäftsführerin, aber irgendwie haftbar, ach. So genau haben wir das damals alle nicht verstanden. Und es musste ja weitergehen. Ich hatte ja auch die Enkelkinder und meine …“

„Entsetzlich“, wurde sie von Anne unterbrochen.

„Ja. Die arme Frau. Was sie alles durchgemacht hat. Und nun? Keiner weiß, wo sie ist. Vielleicht … vielleicht ist sie sogar schon tot!“ Frau Schmollke holte ein Taschentuch hervor. „Liegt irgendwo begraben, in einem Armengrab, ohne Trauerfeier.“

„Ach nein. Sie haben mir Frau Fürst doch als starke Frau beschrieben“, sagte Anne. „Ich glaube, sie hat sich durchgebissen.“

„Wollen wir es hoffen“, sagte Frau Schmollke theatralisch. „Wollen wir es einfach nur hoffen.“

Die Tür wurde aufgerissen. Vivian stand da wie ein Racheengel.

„Halten die Damen ein Kaffeestündchen ab?“, fragte sie und deutete mit spitzem Zeigefinger auf ihre brillantenbesetzte Rolex. „Ich glaube, dafür wird man hier nicht bezahlt. An die Arbeit, aber hopp, hopp.“

Anne schwoll der Kamm. Genau auf solche Sprüche hatte sie gewartet. *Genau auf solche Sprüche!* Vielleicht war Vivian ja mit dem Berger verwandt! Oh, apropos! Sie mussten mit dem Berger weiterkommen. Der durfte nicht ungestraft weiterleben.

„Guten Morgen, Frau Fürst“, sagte Anne höflich und wartete auf Antwort, die nicht kam. „Gerade hat Frau Schmollke mir erzählt, was für ein Allroundtalent Sie sind. Egal, welches fachliche Anliegen man hat, man kann sich immer an Sie wenden. Das finde ich enorm! Hut ab!“

Nun war Vivi in einer Zwickmühle. Sie konnte ja schlecht sagen: „Niemals hat die Schmollke das gesagt.“ Also lächelte sie zuckersüß. „Aber ja. Leider bin ich immer so beschäftigt, dass ich mich nicht um alles kümmern kann. Aber es stimmt schon. Ich habe natürlich die Firma gemeinsam mit meinem Mann aufgebaut. Da muss man schon Ahnung von allem haben.“

„Wunderbar“, sagte Anne euphorisch. „Dann haben Sie bestimmt auch Ahnung von Personalführung.“

Vivi runzelte die Stirn. „Natürlich. Klar. Muss man doch.“

„Eben“, strahlte Anne. „Dann wissen Sie sicher, dass gerade in einem kreativen Unternehmen wie diesem der Austausch untereinander sehr wichtig ist. Das heißt, dass es kontraproduktiv ist, wenn man Mitarbeitern, die gerade mit einem Gedankenaustausch beschäftigt sind, ins Wort fällt und den Prozess unterbricht.“

„Was hat denn Frau Schmollke mit der Kreativität der Firma zu tun?“, fragte Vivian und glotzte nun wie eine Kuh, die gerade festgestellt hat, dass sie eine Kuh ist.

„Die Fäden laufen bei Frau Schmollke zusammen. Sie ist Office Managerin, das heißt, sie hat die Verantwortung.“

Vivi sah Anne an, als würde sie das zum ersten Mal hören. „Aha“, sagte sie dann.

„Also ist es doch ganz klar, dass ich mich mit Frau Schmollke austausche. Ich baue hier eine neue Abteilung auf. Marketing, wie Sie wissen. Ich möchte und muss wissen, wie das Unternehmen tickt.“

„Aha“, sagte Vivian wieder. „Wir haben doch eine Werbeabteilung.“

„Wie gut, dass Frau Schmollke mir erzählt hat, dass Sie auch mal in dieser Abteilung gearbeitet haben. Ich würde gern mit Ihnen über strategisches Marketing sprechen. Da brauche ich unbedingt Hilfe von einem Profi, und wenn Sie hier in der Werbung waren und so brillante Ideen umgesetzt haben – Sie müssen mir unbedingt erzählen, welche das waren –, können Sie mir da sicher wertvolle Tipps geben!“

„Eine Firma hatte bei uns mal einen Werbespot in Auftrag gegeben“, erzählte Frau Schmollke. „Eigentlich sind wir ja eine Unternehmensberatung, aber wir wollten damals die Firma weiter ausbauen. So wie jetzt mit Ihnen und dem Marketing. Und bei dem Auftrag damals ging es um eine Firma, die Damenbekleidung ab Größe 54 herstellt. Also supergroß. Frau Fürst hat bei einer angesagten Agentur einen witzigen Trickfilm zeichnen lassen. Darin wurden die Kleider dann von ein paar rosa Schweinchen getragen. Und der Claim lautete: ‚Fett wie Sau, trotzdem Frau!‘ Sehr einprägsam.“

Anne traute ihren Ohren nicht. „Ach“, sagte sie und fragte sich, wie das an ihr hatte vorbeigehen können.

Frau Schmollke zwinkerte ihr zu.

„Das ist ja Wahnsinn“, sagte Anne nun. „Wann wurde der Spot denn ausgestrahlt? Und wie kam er denn an?“

Vivian wurde rot und sagte nichts.

„Er wurde nie gesendet“, sagte Frau Schmollke. „Warum, weiß keiner. Herr Fürst hatte das damals gar nicht mitbekommen, er war da im Ausland, aber er wäre sicher sehr stolz gewesen.“

„Wie schade. Also, Frau Fürst, wollen wir uns nachher einfach mal zu einem kreativen Gedankenaustausch treffen? Und hoffen, dass uns keiner unterbricht? Ich möchte doch so gern von Ihnen lernen."

Vivian presste die Lippen zusammen – offenbar dachte sie scharf nach. Lächelnd verließ Anne die Küche.

KAPITEL 21

9 Uhr, Gebäude der Steuerfahndung

„Ich kann es immer noch nicht glauben", flüsterte Lumpi.

„Psst", machte Bruno und beobachtete, wie die ersten Beamten mit mürrischer Miene zur Arbeit eintrafen.

„Wie gut, dass dieser Typ heimlich zu Hause anrufen wollte", sagte Lumpi. „Sonst hätten wir das hier niemals gefunden."

Das Geräusch vorhin waren die leisen Schritte eines Putzmanns gewesen, der Sehnsucht nach der Familie hatte, aber nicht dauernd die teuren Auslandsgespräche in einen anderen Kontinent bezahlen konnte und wollte. Telefone gab es hier genügend, und irgendeiner vergaß immer, den Apparat nach Feierabend zu sperren. Eine höchst praktische Lösung.

Bruno und Lumpi waren in einen spontan ausgesuchten Garderobenschrank gesprungen, der recht eng war, und hatten dann das Gespräch, von dem sie natürlich nichts verstanden hatten, mit angehört. Es dauerte lange. Der Mann schien Heimweh zu haben und weinte auch. Er hatte auch gesungen, vielleicht hatte er seine Mutter in den Schlaf geträllert. Wer wusste das schon? Jedenfalls hatte es ewig gedauert; Bruno und Lumpi, die aneinandergepresst dastanden, hatten schon Angst, in diesem Schrank zu ersticken. Und dann, nachdem der Mann endlich das Gespräch beendet und den Raum verlassen hatte, um zur Truppe zurückzukehren, wollte Lumpi sich an der Rückwand des Schrankes abstützen, um sein eingeschlafenes Bein zu entlasten, da tat es einen Schlag und die Rückwand krachte raus und fiel vor ihnen auf den Boden, was eigentlich gar nicht möglich war, da der Schrank an einer Wand stand. Hier war offenbar eine Tür, vor der die Schränke standen. Und dahinter befand sich ein kleiner fensterloser Raum. Nachdem die beiden sich vom ersten Schreck erholt hatten, knipste Bruno die Taschenlampe an, und sie sahen einige Kisten herumstehen; es stellte sich heraus, dass darin alte Akten lagen.

„Toll“, sagte Lumpi, nachdem er die ersten durchgesehen hatte. „Was interessiert mich eine Steuerprüfung bei einem Bestatter? Oder hier, ein Sami Izmail hat Steuern hinterzogen. Wieder so eine Import-Export-Firma, in der man Orientteppiche und gebrauchte Handys kaufen kann. Aber sonst nichts, was uns interessiert.“

„Warte doch mal.“ Bruno hockte sich neben ihn und leuchtete weiter. „Wenn du was verstecken wolltest, würdest du es obenauf legen?“

„Ich würde es vernichten und nirgendwo drauflegen“, sagte Lumpi. „Außerdem bin ich müde.“

„Schlafen kannst du später.“

Sie hatten die ganze Nacht sämtliche Kartons durchgearbeitet, und glücklicherweise hatte Bruno Ersatzbatterien für die Taschenlampe dabei. Licht gab es hier in diesem kleinen Raum nicht mehr.

Über der Sucherei hatten sie irgendwann total die Zeit vergessen, und nun kamen die Angestellten der Finanzverwaltung und begannen nicht etwa mit der Arbeit, sondern mit Kaffeekochen, Wie-war-dein-Abend-Gesprächen, Diskussionen über den kaputten Kopierer und Ach-was-freue-ich-mich-aufs-Wochenende-Gestöhne. Der Geruch des frisch gekochten Kaffees zog bis in die kleine Kammer; Lumpi und Bruno hörten das Geraschel von Butterbrotpapier und das Knacken von sich öffnenden Tupperdosen und bekamen Hunger und Durst. Zum Glück war Bruno noch auf die Idee gekommen, die Schrankwand wieder hochzuheben und so zu drapieren, dass man von außen hoffentlich nichts sah. Aber wer schaute schon auf Schrankrücken?

Nun hatten sie den Salat. Bis mittags kamen sie hier nicht weg. Wenigstens wurde am Freitag nur bis zwölf gearbeitet.

„Ich muss ganz dringend aufs Klo", wisperte Lumpi verzweifelt. Aber das konnte man jetzt nicht ändern.

„Es ist ja für die gute Sache", flüsterte Bruno zurück.

Sie hatten alle relevanten Akten gefunden. Wie vermutet lagen sie ganz zuunterst in den Kartons. Und da war noch mehr. Die Steuerfahndung hatte offenbar ganz schön Dreck am Stecken.

Charlotte würde durchdrehen vor Freude. Und Bachmann, Alex und Vivi konnten sich warm anziehen.

Noch drei Stunden.

Um 10 Uhr hatte Lumpi das Gefühl, dass seine Blase gleich explodieren würde. Bruno machte ein Nickerchen.

Um 11 Uhr beschloss Lumpi, in einen leeren Karton zu pinkeln, es ging einfach nicht mehr.

Um 12 Uhr weckte Lumpi Bruno, und sie lauschten beide an der Wand. Die Angestellten machten sich wochenendfertig. Türen klappten auf und zu, Schränke wurden abgeschlossen, alle riefen „Schönes Wochenende" und „Bis Montag in alter Frische", die Türen des Großraumbüros schlugen zu und wurden abgeschlossen, aber das war kein Problem, weil Bruno ja die Schlüssel von seinem Sohn hatte.

Mit angehaltenem Atem warteten sie noch einen Moment.

Und in der Sekunde, als sie die Rückwand zur Seite schieben wollten, drückte jemand von außen dagegen.

„Mahlzeit", sagte dieser Jemand.

Agathenhaus, 14 Uhr

Charlotte und Adalbert waren noch eine Weile bei Frau Murmann geblieben und hatten sich ihre tragische Lebensgeschichte angehört, bevor sie sich auf den Heimweg machten: Schon mit 18 hatte die arme Frau Murmann ihren Dieter geheiratet; sie selbst kam aus einer Bremer Kaufmannsfamilie und hatte mit Dieter eine „wahrlich gute Partie" gemacht.

Im Abstand von jeweils einem Jahr hatte sie vier Kinder bekommen und wahnsinnig viel zu tun gehabt mit den ganzen Häusern. Und die Angestellten waren teils nur schwer zu händeln. Dieter war ja so selten zu Hause. Die Arbeit, die Arbeit. Immer die Arbeit. Also, erklärte Frau Murmann, war ihr nichts anderes übrig geblieben, als immer mal wieder einige Tage allein im Reetdachhaus auf Sylt zu verbringen. In den 200 Quadratmetern konnte man schon mal Angst kriegen, wenn es stürmte.

So wie hier und heute bei diesem Wetter, das war kein Spaß. Nun, die Kinder waren lange groß und wohnten überall verstreut. Obwohl sie sich natürlich über den Besuch ihrer Mutter auf Madeira oder in Australien immer sehr freuten.

Ja, Frau Murmann hatte es nicht leicht.

Charlotte wäre am liebsten gleich gegangen, aber Adalbert hörte sich alles geduldig an, und irgendwann fingen die beiden dann auch noch mit lauter Was-macht-der-eigentlich- und Wie-hieß-der-denn-noch- und Lebt-der-eigentlich-noch-Geschichten an, die Charlotte entsetzlich langweilten. Aber endlich war es so weit. Sie konnten gehen. Frau Murmann hatte zu tun, sie musste die Haushälterin daran erinnern, dass Dieter noch in die Reinigung gebracht werden musste. Alle paar Monate wurde Dieter chemisch behandelt, damit er jung und frisch blieb.

Zu Hause waren alle ausgeflogen. Nur Magdalena und einige ehrenamtliche Helferinnen waren da.

„Eine Frechheit“, sagte Magdalena. „Hier macht jeder, was er will. Und niemand sagt mir Bescheid. Wo sind Gerti und Cäsar? Lumpi und Walter? Ich war schon frühmorgens in der Kirche und habe geholfen, sie für eine Taufe zu schmücken, und dann kommt man nach Hause und niemand hat Essen vorgekocht. Wo soll das denn noch hinführen?“

„Ich habe doch gekocht“, sagte eine vorbeieilende Frau.

„Ja, aber das war anders abgesprochen“, sagte Magdalena böse. „Du wirst ja nicht fürs Kochen bezahlt.“

„Ich werde gar nicht bezahlt“, sagte die Frau würdevoll und rauschte davon.

Adalbert und Charlotte gingen in den Schlachtraum, und Charlotte überlegte kurz, dass es ja eigentlich ganz schön fahrlässig war, das ganze Geld offen im Verkaufstresen herumliegen zu lassen. Andererseits wusste niemand von dem Geld, und wer kam schon in einen jahrelang stillgelegten Schlachtereibetrieb? Höchstens demonstrierende Veganer, und mit denen würde sie fertigwerden. Oh, das Geld, das Geld! Es war noch viel da, und sie hatte so wunderbare Pläne!

„Tja“, sagte Adalbert und kratzte sich am Kinn. „Das sieht nicht gut aus. Alles vernichtet oder verbrannt.“

„Ich muss hoffen, dass Anne was herauskriegt“, sagte Charlotte.

„Wie schön Sie sind, wenn Sie nachdenken und Ihre Stirn in Falten legen“, entgegnete Adalbert versonnen. „Sinnlich und klug.“

„Wollen wir hoffen, dass mir die Klugheit was bringt“, sagte Charlotte.

„Ich wollte nie heiraten“, redete Adalbert weiter. „Doch nun bin ich sicher, ich will.“

„Schön“, sagte Charlotte. „Sie können mich ja zur Hochzeit einladen. Ich liebe Torte.“

Adalbert warf ihr einen zutiefst verletzten Blick zu.

City-Sportboothafen Hamburg

„Ich habe Brot dabei.“ Gerti hatte die Kapuze ihrer Regenjacke tief ins Gesicht gezogen, damit Klaus Metting sie nicht erkannte. Der Regen peitschte fast waagerecht auf sie ein, doch Cäsar trieb den protestierenden Anwalt unbarmherzig Richtung City-Sportboothafen voran.

„Brot? Niemand hat jetzt Hunger!“, rief Cäsar irritiert.

„Nein, ich meine für die Möwen. Wir können sie füttern“, sagte Gerti und holte einen kleinen Plastikbeutel hervor.

„Pack das weg, wir haben anderes zu tun.“

„Na gut.“

„Bitte sagen Sie mir doch, was los ist“, bettelte Klaus Metting, aber Cäsar antwortete nicht. Sie liefen nun über den glitschigen Steg, an dessen Ende ein einsames Boot lag. Kaum jemand hatte um diese Jahreszeit Lust, auf der Elbe herumzufahren oder zu segeln. An Deck stand Walter, der Ölzeug trug und schon auf sie wartete. Der Motor lief bereits.

„Nein, nein!“ Klaus Metting wollte nicht weitergehen. „Nicht! Ich kann nicht schwimmen, ich kann nicht schwimmen!“

„Du wirst es lernen müssen“, sagte Cäsar, und gemeinsam mit Walter schob und zog er den Anwalt auf das Boot, das aufgrund des Sturms gefährlich hin und her schaukelte. Zwischen Boot und Steg waren ein paar Zentimeter Platz, und man sah das Elbwasser gurgeln. Metting versuchte zu fliehen, aber Cäsar und Walter waren nun mal kräftiger als er. Schließlich schafften sie es, den Anwalt aufs Boot zu kriegen. Sofort wurde der grün im Gesicht.

„O Gott, mir ist schlecht. Mir ist so schlecht.“

„Komm schon“, rief Cäsar Gerti zu und reichte ihr die Hand. Aber Gerti stand plötzlich da und tat keinen Schritt mehr. „Nun komm schon“, sagte Cäsar.

„Nein, ich kann nicht.“ Gerti wich zurück.

„Mach die Leinen los und hol die Fender rein, ich will ablegen“, schrie Walter gegen den Sturm an. „Hab keine Lust, dass jemand unsre Aktion hier mitkriegt.“ Er drehte sich zu Gerti um. „Was ist los, warum kommst du nicht an Bord?“

„Ich kann nicht, ich kann nicht. Ich kann das alles nicht mehr für mich behalten. Ich kann nicht mehr.“

„Hä?“, machte Cäsar. „Was denn?“

„Sollen wir die Aktion abbrechen?", brüllte Walter, aber Gerti schüttelte den Kopf, nickte dann, schüttelte wieder den Kopf und stand dann da mit hängenden Schultern.

„Ich weiß nicht", sagte sie, das hörte aber keiner.

„Was?", brüllte Cäsar.

„Ich muss heim. Ich muss …" Sie drehte sich um, rannte, so schnell sie konnte, den nassen Steg entlang und wäre zweimal fast hingefallen.

Cäsar schüttelte den Kopf, machte das Boot ablegefertig, und dann lenkte Walter es raus auf die Elbe. Es schaukelte wie eine Nussschale, und Metting fing an zu flennen.

Agathenhaus

„Für dich. Eine Clarissa Soundso." Magdalena drückte Charlotte das Telefon in die Hand. „Das geht auch nicht, dass hier dauernd die Festnetzleitung blockiert wird. Ihr habt doch jetzt alle Handys."

„Ja, Magdalena, wir sorgen dafür, dass die Leitung zukünftig frei bleibt. Wir haben der Dame nur die Nummer hier gegeben, falls ihr noch was Wichtiges zu unserer Sache einfällt." Charlotte nahm das Handgerät. „Hallo?"

„Clarissa Murmann", sagte Clarissa Murmann. „Ich sollte mich doch noch einmal bei Ihnen melden, wenn mir noch was einfällt."

Pause.

„Ja", sagte Charlotte.

„Nun. Mir ist etwas eingefallen."

In den Räumen der Hamburger Steuerfahndung

„Scheiße", sagte Lumpi.

„Das würde ich an eurer Stelle auch so sehen", sagte der Mann. „Für wie blöd haltet ihr die Leute eigentlich? Und wie blöd seid ihr? Wer ist denn so bescheuert und lässt seine Jacke und einen Werkzeugkoffer im Büro stehen? So, dass jeder Blinde mit Krückstock sieht, dass das Zeug von jemandem ist, der hier nicht hergehört. Von den offenen Türen mal ganz zu schweigen."

„Tja", sagte Bruno.

„Aber jetzt hab ich euch ja erwischt. Jetzt seid ihr am Arsch. Ihr wisst schon, wegen was ihr angeklagt werdet, oder? Einbruch und so weiter. Viel Spaß!"

„Aber es geht doch um Gerechtigkeit", sagte Lumpi lahm.

„Euch vielleicht", sagte der Mann und kam näher.

Lumpi und Bruno wichen zurück.

Das sah ja gar nicht gut aus.

Agathenhaus

„Charlotte." Gerti zog ihre Jacke aus und hängte sie über einen Stuhl. Sie war klatschnass, wie Gerti auch. Der Regen tropfte aus ihren Haaren, ihre Schuhe quietschten bei jedem Schritt, weil Wasser hineingelaufen war.

„Was ist?", fragte Charlotte aufgeregt, und Adalbert trommelte mit den Fingern auf dem Küchentisch herum. Beide waren in Aufbruchstimmung. „Ich habe keine Zeit, wirklich nicht."

„Es ist wichtig. Ich muss mit jemandem sprechen."

„Über was denn? Falls es um das Mittagessen geht – Magdalena ist ziemlich sauer. Eine der Frauen musste kochen. Magdalena meinte, so ginge das nicht. Du hättest schließlich Verpflichtungen und ihr versprochen …"

„Es geht nicht um Essen. Es geht um was andres."

„Ja, um was denn? Nun reden Sie doch!", sagte Adalbert.

„Ich will … ich muss … ich habe …", Gerti ließ sich erschöpft auf einen Stuhl fallen.

„Bist du müde? Dann leg dich hin. Wir müssen jetzt gehen."

„Bitte, Charlotte, bitte. Es ist wichtig, wirklich wichtig."

„Adalbert, wir müssen Cäsar endlich erreichen. Und Walter. Die beiden müssen sofort herkommen. Wir müssen alles vorbereiten."

„Ich könnte ein Loch im Kopf haben und Hirnmasse verlieren, es würde euch nicht interessieren", klagte Gerti.

„Dann sag halt, was ist." Charlotte war genervt. „Und übertreib nicht so."

„Es geht um den Mord an Otto", sagte Gerti. „Ich will euch die Wahrheit sagen. Wer ihn umgebracht hat."

Fürst Consulting

Sie ist unerträglich, dachte Anne, während Vivi vor ihr saß und sie beifallheischend ansah. Anne hatte sich ins eigene Fleisch geschnitten, als sie vorhin diesen Mist erzählt hatte. Von wegen die tolle Erfahrung von Vivian. Die hatte das jetzt für bare Münze genommen und schien es total toll zu finden, bei Anne zu hocken und ihren Senf zu allem dazuzugeben. Ihr Lieblingswort war Pipeline. Das hatte sie wohl aus New York mitgebracht.

„Wir werden ein klasse Konzept für die Nuss-Nougat-Creme erstellen. Haben Sie das auf der Pipeline?"

„Natürlich", sagte Anne. „Es geht ja nur darum. Das ist ja momentan der Auftrag."

„Genau." Vivi schaute sich um. „Ich glaube, ich werde ins Nachbarbüro ziehen. Damit ich die Dinge gut auf der Pipeline habe."

„Ach, das ist nicht nötig", sagte Anne schnell.

„Was nötig ist und was nicht, bestimmen nicht Sie." Vivi ließ wieder die Chefin raushängen. Anne fragte sich wieder und wieder, wie es möglich war, dass Charlotte nicht gemerkt hatte, was für ein Mensch ihre ehemals beste Freundin war. Und jetzt trug sie auch noch Charlottes Nachnamen. Ein Unding.

Am liebsten wäre Anne aufgestanden und hätte Vivi rausgeschmissen, aber das ging ja nicht. Sie hatte eine Mission zu erfüllen. Und so sagte sie nichts, während Vivi ins Nachbarbüro zog beziehungsweise den Umzug koordinierte. Heute trug Vivian einen zu engen Pullover, Anne vermutete, dass es Kaschmir war. Er war kobaltblau und passte nicht zu Vivis blond gefärbten Haaren, die an sich schon unnatürlich wirkten. Dann noch diese dominante Farbe, furchtbar. Dazu trug Vivi eine signalrote Marlene-Hose, die überhaupt nicht saß. Man sah die Speckrollen über dem Bund. Und nun hatte Vivi es sich auch noch in Annes Büro gemütlich gemacht. Ungefragt war sie hereinspaziert gekommen und hatte sich auf den Schreibtisch geschwungen. Ihr Hintern war nun vor Annes Gesicht, und Anne fand das unmöglich. Vivi pustete eine Haarsträhne fort und begann dann, an ihrem großen Ring zu drehen. Er sah schwer aus. Anne schaute genauer hin. Vivi bemerkte ihren Blick und hob die Hand. „Bulgari“, sagte sie so, wie andere Leute „Tchibo“ sagen würden. Anne starrte auf den breiten Goldreif mit dem Turmalin und den sechs baguetteförmigen Brillanten. Er musste es sein. Charlotte hatte ihn genauso beschrieben.

„Ein wunderschöner Ring“, sagte sie fast heiser.

„Gehörte mal der Ex von Alexander“, erklärte Vivi. „Die ist ja nicht mehr da. Hatten Sie das auf der Pipeline? Alle haben darüber geredet. Steuerhinterziehung und so. Na ja, und Alex hat natürlich die Sachen behalten. Ich trag das jetzt, warum auch nicht. Steht mir zu, es gehört ja alles ihm. Und ich bin jetzt die neue Frau Fürst, während seine Ex als Pennerin auf der Straße rumschleicht.“ Sie dachte kurz nach. „Ich hab mich schon oft gefragt, warum sie das macht. Also in Mülltonnen rumwühlen, draußen in der Kälte schlafen und stinken. Sie war immer so auf ihr Äußeres bedacht.“ Sie sah Anne an. „Meinen Sie, man merkt irgendwann nicht mehr, dass man stinkt? Und meinen Sie, es macht einem nichts mehr aus, dass die Leute einen blöd anglotzen? Und Reste von anderen zu essen? Ich hab mal eine Reportage über Penner gesehen, da haben die so einen Hunger gehabt, dass sie Hundefutter gefressen haben. Scheußlich. Wirklich widerlich."

In dieser Sekunde fing Anne an, Vivian zu hassen. Aber so richtig.

Himmel! Diese Frau würde büßen. Für alles, was sie getan und gesagt hatte!

KAPITEL 22

Auf dem Motorboot. Elbe. Kurz vorm Mühlenberger Loch. Sturm

Cäsar war beeindruckt. Noch nie vorher hatte er einen Marsmenschen gesehen. Aber heute war es so weit. Klaus Metting war derart grün im Gesicht, dass Cäsar kurz davor war, sein Smartphone rauszuholen, um ihn zu fotografieren und das Foto dann auf Facebook zu posten. Aber das ging natürlich nicht. Außerdem war es viel zu wackelig zum Fotografieren. Das Motorboot war auf der Fahrt hierher kaum gegen die Wellen angekommen, buckelte wie ein Pferd, legte sich steuer- und backbord zur Seite, und Wasser klatschte an Deck. Cäsar war schon zweimal aufs Maul gefallen, und Metting lag auf dem Boden und heulte. Er hatte schon viermal gekotzt.

„Ich will sterben, ich will sterben", wimmerte er nun.

„Gleich", sagte Cäsar, und nun heulte der Anwalt noch lauter.

„So", sagte Cäsar nun. „Walter, du kannst den Motor ausmachen."

„Nein, nein, fahrt zurück zum Hafen, nein!", bettelte Metting und dann rief er „Mama! Hilfe!"

„Weichei", sagte Cäsar. „Walter, komm her und hilf mir." Er wandte sich wieder Metting zu. „Du gehst jetzt ein bisschen schwimmen. Schön, oder?"

„ICH KANN NICHT SCHWIMMEN! ICH KANN NICHT SCHWIMMEN! ICH WERDE ERTRINKEN!" Klaut Mettings Stimme kippte. „Ihr wollt mich umbringen! Ich zeige euch an!"

„Wie denn?", fragte Walter, der nun dazugekommen war, während das Boot donnernd gegen die Elbwellen krachte. Man musste nur aufpassen, dass man nicht zu weit abtrieb.

Er griff Metting an den Schultern und zog ihn hoch. „Cäsar, nimm du die Beine, auf drei! Eins, zwei …"

„Neiiiiiiiiiiiin!" Metting.

„Ach, da fällt mir gerade was ein", sagte Cäsar. „Kennst du eigentlich eine Gertrud Hansen?"

„Was?", Metting wischte die Tränen aus dem Gesicht. „Wen?"

„Gertrud Hansen. Du musst sie kennen."

„Nein, kenn ich nicht." Metting zog die Nase hoch.

„Oh doch. Sie war mal deine Mandantin. Das war 1991. Im Sommer. Im Juli, um genau zu sein. Sie soll ihren Mann umgebracht haben. Mit Messerstichen."

„Daran erinnere ich mich nicht", schluchzte Metting.

„Das solltest du aber", sagte Cäsar wütend. Er musste an die kleine Gerti denken, die dagestanden und ihm mit bebender Stimme alles erzählt hatte. Alles, was dieser Anwaltsarsch falsch gemacht hatte. Und nun wollte Cäsar Mettings Version hören. Auch um sicherzugehen, dass der Mann wirklich Scheiße gebaut hatte. Bei allem, was Recht war, wollte Cäsar niemanden schuldlos bestrafen.

„Ich helfe dir ein bisschen auf die Sprünge. Gertrud Hansen wurde wegen Mordes an ihrem Mann Otto angeklagt. 1991, wie schon erwähnt. Du warst ihr Anwalt. Sie war damals sehr verzweifelt. Erst wolltest du sie rausboxen, weil du dir davon erhofft hast, dass du eine Riesen-Medienpräsenz bekommst, hast ihr Hoffnung gemacht ohne Ende. Und ihr viel Geld abgeknöpft. Geld, das sie über Jahre zurückgelegt hatte. Über Jahre. Um sich vielleicht auch mal irgendwann was zu gönnen. Dann kamen dauernd neue Fakten hinzu, und die Beweise wurden immer erdrückender. Bis dann klar war, dass kein Richter der Welt sie freisprechen würde. Da war dir dann alles scheißegal, und du hast nicht mehr gearbeitet. Aber noch mal Geld von ihr genommen. Du hast das Ganze so hingestellt, als seist du das Opfer. Dass sie dich von vorn bis hinten angelogen hat und du keine Schuld an einer Verurteilung hast. Stimmt's?" Die letzte

Behauptung hatte Cäsar sich gerade ausgedacht, aber sie passte zum Gesamtbild, und versuchen konnte er es ja mal.

„Ach so. Gertrud Hansen, ja, jetzt erinnere ich mich. Das ist aber schon sehr lange her. Ich will heim", klagte Metting.

„Nein." Walter sah Cäsar an und nickte leicht. Mach weiter, hieß das.

„Du hast ziemlich Scheiße gebaut", sagte Cäsar. „Das ist ja wohl klar. Große Scheiße, um genau zu sein. Gib es zu."

„Warum denn?", fragte Metting irritiert. „Sie war es doch, sie ist doch verurteilt worden."

„Das heißt nichts. Wer falsch verteidigt wird, kann schnell mal den Prozess verlieren und verurteilt werden. Vor allem wenn es sich um Menschen handelt, die nicht besonders redegewandt sind, Angst haben und noch nie was mit der Justiz zu tun hatten. Das sehe ich ja wohl richtig, oder?"

„Und?" Metting wurde trotz seiner misslichen Situation bockig. „Sie ist schuldig."

„Du hast sie fallen lassen wie eine heiße Kartoffel", regte Cäsar sich auf. „Sie war wegen Totschlags im Knast. Und dafür wirst du jetzt büßen. Auf drei!" Er und Walter begannen wieder, Metting hochzuhieven, aber der zappelte und wand sich wie ein Aal.

„Vergiss es", sagte Cäsar. „Wir haben Erfahrung mit Typen wie dir. Wir kriegen dich ins Wasser, so oder so. Und jetzt hörst du mir mal gut zu." Mit diesen Worten zog er die Unterlagen aus seiner Tasche.

Agathenhaus

„Und dann hat er ihn erstochen", sagte Gerti und fing an zu weinen.

Charlotte saß da und starrte Gerti an. Adalbert saß neben ihr und starrte Gerti auch an. Gerti saß da, weinte weiter und starrte abwechselnd ihn und Charlotte an.

„Ja“, sagte sie. „So war das.“

„Du liebe Güte.“ Charlotte schüttelte den Kopf. „Und du hast die ganzen Jahre nichts gesagt!“

Gerti schüttelte den Kopf. „Ich hätte doch nicht zulassen können, dass mein Vati ins Gefängnis kommt“, sagte sie. „Er ist doch krank.“

Alle schwiegen.

„Dann hast du unschuldig im Knast gesessen, aber kennst den Mörder und hast nichts unternommen?“

„Es waren ja nur fünf Jahre.“

„Also hören Sie mal, Gerti, was heißt denn hier *nur fünf Jahre*. Das ist ein Justizirrtum.“

„Daran ist dieser Anwalt schuld. Der hat ja nichts für mich getan, ich hab es euch doch erzählt.“

„Ja, sicher, hast du“, sagte Charlotte, der tausend Dinge durch den Kopf schwirrten. „Ach, Gerti, was für ein guter Mensch du doch bist.“

„Sie könnte theoretisch auch lügen“, sagte Adalbert, aber Charlotte wurde sofort giftig: „Wieso denn? Außerdem kann man das heutzutage ganz schnell rauskriegen. Schon mal was von DNA gehört?“

„Natürlich“, sagte Adalbert. „Oh, Charlotte, wie schön Ihr Haar im Schein des Deckenfluters glänzt. Wie Rohseide.“ Er seufzte.

„Gerti. Der Fall muss neu aufgerollt und du musst entschädigt werden.“ Charlotte sah Adalbert an und der überlegte.

„Nein, dann kommt mein Vater ja ins Gefängnis.“ Gerti heulte nun laut. „Das will ich nicht, nein, nein.“

„Nun mal langsam.“ Adalbert stand auf und lief herum. „Gerti. Wie alt ist Ihr Vater denn?“

„Er wird nächsten Monat 99 Jahre alt“, heulte Gerti. „99! Ich muss ihn auch mal wieder besuchen.“

„Also! Und er ist krank. Sehr krank. Der Fall liegt über zwanzig Jahre zurück. Bis der wieder aufgerollt ist, liegt Ihr Vater selig in einem Sarg und schläft. So was dauert. Da passiert nichts. Ich lege meine Hand dafür ins Feuer. Und ich helfe auch bei der Geschichte. Immerhin bin ich Richter. Leider war ich nicht Ihrer."

„Warum wurde denn damals dein Vater nicht verdächtigt?", fragte Charlotte.

„Weil er sich den Fuß gebrochen hat. Hat er zumindest erzählt. Einen Gips hatte er ja auch. Er hätte also gar nicht zu Otto gehen können."

„Aha. Und wie ist das dann abgelaufen?"

„Vati hatte ja immer mal wieder lichte Momente, ach, ich hab es euch doch erzählt."

„Noch nicht alles. Und das, was du erzählt hast, war sehr wirr", erklärte Charlotte.

„Vati hat über die ganzen Jahre mitbekommen, was los war in meiner Ehe", erklärte Gerti traurig. „Wie oft hat er gesagt, dass ich gehen soll, aber erst konnte ich es nicht wegen der Kinder, und dann war ich irgendwie so kraftlos. Geträumt hab ich immer. Von einem warmen Land oder den bunten Getränken mit den Schirmchen. Aber gemacht hab ich's nie. Meine Mutter ist früh gestorben, und ich hab mich um Vati gekümmert. Ich hab ja auch öfter bei ihm übernachtet. Eines Abends, das war halt kurz vor dem gewissen Tag, hab ich mal wieder mein Herz ausgeschüttet, weil Otto mich geschlagen hatte. Oh, er hatte mich oft geschlagen, auch die Treppe hinuntergeworfen und einmal hat er meinen Kopf in den Backofen gedrückt und ihn angeschaltet, könnt ihr euch das vorstellen?"

Charlotte wurde blass. „O Gott, Gerti!"

„Das war schlimm, ja. Aber was will man machen. Dafür ist ein Backofen doch nicht da."

„Hatten Sie äußerlich sichtbare Verletzungen?", fragte Adalbert.

„Ja. War auch oft beim Arzt. Der eine hat mich auch dauernd gedrängt, Anzeige zu erstatten. Er wollte es schon selbst tun, aber ich hab ihn gebeten, es zu lassen."

„Warum denn? Dann wäre Otto bestraft worden, und du wärst ihn losgewesen.“ Charlotte konnte das nicht verstehen.

„Stimmt. Hätte ich tun können. Aber angenommen, er wäre nicht verhaftet worden oder es wäre nichts passiert, weil ich das nicht hätte beweisen können, was glaubt ihr, was da los gewesen wäre. Er hätte mich wahrscheinlich totgeschlagen. Ach, ihr versteht das nicht. Ich hatte einfach keine Kraft. Ich war wie gelähmt. Also habe ich das einfach alles ertragen.“

„Gut. Dann ist das jetzt eben so. Jedenfalls bist du unschuldig verurteilt worden. Und nur, weil dieser Metting nicht richtig gearbeitet hat.“

Gerti nickte. „Ich dachte ja, mir kann nichts passieren. Weil ich doch unschuldig bin und nichts getan habe.“

„Das denken leider viele“, sagte Adalbert bitter.

„Und dann wurde es immer schlimmer. Ein paar alkoholkranke Freunde vom Otto haben plötzlich behauptet, sie hätten mich gesehen und so weiter. Die wollten nur im Mittelpunkt stehen, die waren doch immer im Delirium. Ja, das kenn ich jetzt auch, das Wort. Metting hat, wie ich schon gesagt habe, dann gar nichts mehr für mich getan, weil er seine Felle davonschwimmen sah. Nur ganz viel Geld hat er mir noch abgenommen!“

„Ja, das sagtest du bereits, Gerti.“ Charlotte stand auf. „Du warst bei mehreren Ärzten?“

Gerti nickte. „Ja, zu manchen habe ich mich dann nicht mehr getraut, weil sie mich so unter Druck gesetzt haben mit der Anzeige. Bei einem war ich ganz oft.“

„Wie heißt er?“

„Warum?“

„Wie heißt er?“

„Doktor Brand in Lurup. Siegfried Brand.“

„Gut. Eventuell sollten wir uns mit ihm in Verbindung setzen und einen Termin mit ihm ausmachen. Dann werden weitere Schritte unternommen. Aber nun müssen wir Cäsar und Walter erreichen. Warum gehen die nicht an ihre Telefone?“

„Weil sie Klaus Metting hoffentlich gerade in der Elbe ertränken“, sagte Gerti und lächelte strahlend.

Hinter dem Schrank bei der Steuerfahndung
12 Uhr 10

„So, jetzt sind alle weg. Ich hab deine Jacke doch gleich erkannt, Bruno.“

„Ach, Richard, ach, Richard“, sagte Bruno. „Ich bin aber auch ein Schussel.“

„Sie haben uns ganz schön erschreckt“, sagte Lumpi.

„Man wird ja wohl noch einen Scherz machen dürfen“, sagte Richard.

„Lumpi ist ein Kollege von mir“, erklärte Bruno. „Also sozusagen. Er hat auch mal hier gearbeitet.“

„Ist aber schon eine Weile her“, sagte Lumpi. „Eigentlich heiße ich Ludger Hartmann.“

„Ach, Moment mal.“ Richard runzelte die Stirn. „Die Sache damals. Ein paar Kollegen haben mir erzählt, dass du hier rausgekegelt wurdest.“

„Ja. Deswegen sind wir ja hier.“

„Mann, Mann, Mann. Einbruch in die Steuerfahndung, Bruno, du weißt, was das bedeutet.“

„Wir sind ja nicht eingebrochen, wir hatten einen Schlüssel“, verteidigte sich der Hausmeister.

„Trotzdem seid ihr bescheuert, und es hätte richtig Ärger geben können. Zum Glück hab ich vorhin gleich deine Jacke erkannt. Wie kann man denn so doof sein und auch noch die alte Hausmeisterjacke anziehen?“

„Du hast uns einen ganz schönen Schrecken eingejagt. Puh“, machte Bruno. „Von wegen: Ihr seid am Arsch.“

„Stell dich nicht so an, ich war doch schon immer so.“

„Sag mal, du müsstest doch auch bald in Rente gehen?“, fragte Bruno.

„Ja, Ende des Jahres lass ich hier den Stift fallen. Dann geht's mit Margarethe um die ganze Welt. Zuerst machen wir eine Flusskreuzfahrt auf der Elbe. Und dann vielleicht ein Wochenende im Allgäu."

Lumpi dachte kurz darüber nach, dass Allgäu und Elbe jetzt nicht die *ganze Welt* waren, aber vielleicht war das ja nur der Anfang, und eigentlich ging es ihn auch gar nichts an.

„Ich dachte heute Morgen, dass hier irgendwas nicht stimmt und wollte schon den Sicherheitsdienst rufen", erklärte Richard. „Aber dann, wie gesagt, hab ich die Jacke erkannt. Nun sagt ihr mir bitte mal, was ihr hier wollt."

„Na, es geht um Lumpi", sagte Bruno. „Sag mal, ist wirklich keiner von den Kollegen mehr da?"

„Die springen um Punkt zwölf quasi aus dem Fenster. Mach dir da mal keine Sorgen. Was ist das denn hier eigentlich für ein Raum?" Richard war neugierig.

„Den haben wir auch vorhin erst gefunden. Offenbar ein Geheimraum."

„Und um was geht es eigentlich?", fragte Richard weiter.

„Eine lange Geschichte." Bruno nickte mit ernster Miene. „Es geht um eine Frau, die all ihr Hab und Gut verloren hat, weil die Steuerfahndung mit ihrem Steuerberater und ihrem jetzt Exmann rumgemauschelt hat. Da sind krumme Dinger gelaufen. So hat es Lumpi jedenfalls erzählt."

Lumpi nickte. „Deswegen bin ich damals rausgeflogen."

„Das ist ja interessant. Und hier lagern also Akten?" Richard sah sich um. „Das wusste ich gar nicht. Und ihr habt also was gefunden?"

„Eine Menge", sagte Lumpi. „Viele der Kollegen sind bestechlich. Ist hier alles schwarz auf weiß."

„Das ist ja ganz hervorragend", sagte Richard und rieb sich die Hände. „Endlich können wir diese Mistkerle mal drankriegen. Ich versuch das mit einem Kollegen schon seit Jahren, aber wir hatten nie Beweise."

„Jetzt habt ihr sie.“ Bruno war stolz.

„Aber sagen Sie mal“, sagte Lumpi. „Warum um alles in der Welt wurden diese Akten denn nicht vernichtet?“

„Das kann ich euch sagen. Wir suchen diese Akten schon seit Ewigkeiten. Ich nehme an, der Drahtzieher der Geschichte, der vor einiger Zeit verstorben ist, hat sie versteckt, um gegen seine Kollegen etwas in der Hand zu haben. Falls doch mal was rauskommt. Wie man sieht, steht der Name Justus Degenhard nirgends auf den Papieren, obwohl er der Sachbearbeiter war. Und niemand wusste, wo die Akten lagern.“ Er schaute auf. „Aber dank euch kann's jetzt ja losgehen. Ich helf euch, wo ich kann“, sagte Richard. „Lasst uns irgendwo was trinken gehen. Wir haben einiges zu besprechen.“

Agathenhaus, nachmittags

„Wir sind zu Hause!“, rief Walter, während er und Cäsar die klatschnassen Jacken auszogen. Die anderen befanden sich im Schlachtraum, und die beiden gesellten sich dazu.

Magdalena kam angerauscht. „Ach, wie nett. Und danke, dass ihr mir den Boden von der Haustür bis hierhin volltropft. Eure Hosen sind ja auch nass. Ich wische gern. Ich mag das.“

„Reg dich nicht auf“, sagte Walter. „Wir haben eine Mission erfüllt. Du musst dankbar sein.“

„Ich …“, fing seine Schwester an, aber da kam Charlotte um die Ecke gerast. „Walter!“, schrie sie. „Cäsar! Hab ihr Klaus Metting ertränkt?“

„Was für eine Begrüßung“, sagte Walter. „Ich dachte, du schreist ‚Walter‘, weil du mich so vermisst hast.“

„Nun sagt schon! Habt ihr?“

„Leider nicht. Ich habe zu viele Vorstrafen. Irgendwann ist Schluss mit lustig“, bekam sie von Cäsar erklärt. „Aber wir haben ihn quasi kielholen lassen.“

„Kielholen?" Nun war auch Adalbert da. „Wie in der ‚Meuterei auf der Bounty'? An einem Seil unter dem Schiff durch?"

„Jedenfalls haben wir ihm das angedroht und ihn ins Wasser geworfen."

„Um Himmels willen", sagte Charlotte. „So weit wollten wir doch nicht gehen. Alles, was recht ist, aber wir können doch niemandem den Tod androhen!"

„Schaut her!" Walter holte einige DIN-A4-Blätter aus seiner Tasche. „Nichts ist nass geworden. Ich habe gutes Ölzeug. Der gute Metting war ganz klein mit Hut. Oder ist es noch."

„Wir haben ihn danach sogar noch nach Hause gefahren", sagte Cäsar und sah stolz aus.

„Aber erst, nachdem wir das hatten, was wir wollten. Bitte schön." Er reichte Adalbert die Papiere, und der setzte seine Lesebrille auf und begann mit der Lektüre. „Alle Achtung", sagte er dann. „Wo habt ihr denn diese Formulare her?"

„Man hat so seine Verbindungen, und es ist alles wasserdicht. Im wahrsten Sinne des Wortes. Metting hat unterschrieben, dass er Fehler in der Verteidigung gemacht hat. Er wird das vor Gericht bezeugen. Der Fall wird neu aufgerollt. Und Gerti bekommt eine Entschädigung. Wir werden für neue Beweise sorgen, die Gerti entlasten. Also, Metting wird das tun. Und er wird kein Sterbenswörtchen verraten, niemandem. Sonst ist die Rübe ab. Davon abgesehen wird er einen alten Freund von mir verteidigen. Und zwar so, dass der nicht in den Knast muss. Was sagst du dazu, Gerti?"

„Ich werde den guten Herrn Metting entsprechend beraten. Und alles dafür tun, dass ich den Fall an mich reißen kann", sagte Adalbert wichtig.

Charlotte ließ sich auf einen Stuhl fallen. „So langsam verliere ich den Überblick", sagte sie.

„Oh, liebe Charlotte, ich habe ihn. Ich werde für alles sorgen, wenn wir erst mal verheiratet sind", versprach Adalbert.

„Ihr heiratet?", fragte Walter eisig.

„Natürlich nicht“, sagte Charlotte. „Adalbert, bitte! Das sagt man nicht einfach so.“

„Oh, ich sage das nicht einfach so. Ich stelle mir vor, wie diese Frau“, er deutete auf Charlotte, „mit federleichten Schritten über die Parkettböden unserer Villa gleitet. Mit Anmut und Grazie meine Geschäftsfreunde begrüßt, Cocktails mixt und glockenhell lacht. Alle werden sie lieben und ich ihr die Welt zu Füßen legen.“

„Pass auf, was du sagst, mein Freund“, ließ Walter ihn wissen.

„Warum denn?“, fragte Adalbert.

„Weil so ein Quatsch jetzt nicht hierher gehört.“

„Man wird ja wohl noch träumen dürfen. Aber bitte, ich schweige.“

„Gut.“ Walter wandte sich wieder zu Gerti. „Also, Gerti, was sagst du?“

Gerti war ganz blass geworden. „Ich dachte, ihr macht ihn tot“, sagte sie dann. „Auf den ganzen anderen Zirkus hab ich gar keine Lust.“

„Wie jetzt?“, fragte Cäsar.

„Ich dachte, ihr handelt mal eigenständig und tut das Richtige.“

„Man bringt doch niemanden einfach so um.“

„Aber wenn der Fall neu aufgerollt wird, kommt Vati ins Gefängnis.“

„Also, ich verstehe gar nichts“, sagte Walter. „Vati?“

„Ich glaube, ich erkläre das später mal“, sagte Adalbert.

„Hallo zusammen. Wenn ich die muntere Runde mal stören darf: Wieso wird hier eigentlich überhaupt nicht mehr über meinen Fall gesprochen?“, beklagte sich Anne, die gerade in den Raum gekommen war, noch ihren Mantel trug und einen Schirm in der Hand hatte. „Was ist mit dem Berger und Frau Winterstein, meiner Therapeutin? Sie muss auch bluten. Dauernd geht es um Gerti und Charlotte. Ich tue mein Bestes in der Firma, aber meine Sache geht nicht voran.“

„Es kann doch nicht alles auf einmal passieren", erklärte Walter. „Eins nach dem anderen."

„Ich möchte nur nicht vergessen werden", sagte Anne hoheitsvoll.

„Also, Punkt eins: Metting. Die Sache ist geklärt. Wir müssen nur noch mal in aller Ruhe mit dir, Gerti, besprechen, wie es genau weitergeht. Aber nun freu dich doch erst mal."

„Ich freue mich ja", sagte Gerti. „Ich will nur nicht, dass Vati ..."

„Ich verstehe immer noch nichts", sagte Walter. „Wer ist Vati? Kannst du uns das jetzt bitte erklären, Adi? Man kommt sich hier ja vor wie in einem Irrenhaus. Außerdem, Anne, was dich betrifft, da sind auch schon Schritte eingeleitet worden. Nur nicht so ungeduldig."

„Mpf", machte Anne.

Adalbert erklärte Walter und Cäsar die Sachlage, was Gerti betraf.

„Oh", sagte Cäsar.

„Ja, aber der Vater ist 99 und dement, der kommt nicht mehr ins Gefängnis."

„Und ich könnte zu diesem Dr. Brand gehen. Gertis Arzt", erklärte Charlotte den anderen.

„Du kannst doch nicht weiter als Mörderin rumlaufen, Gerti. Du musst dich wehren", waren sich alle einig.

„Ich denke darüber nach", sagte Gerti. „Dieser Halunke!"

„Siehst du, du regst dich schon wieder auf", sagte Charlotte. Dann fuhr sie fort: „So. Nun hört ihr mal zu. Wir waren heute bei Clarissa Murmann, das ist die Witwe des Notars, bei dem ich damals diese ganzen Verträge unterschrieben haben. Dass mir die Firma auch gehört, wenn ich verheiratet bin. Diese Dinge."

„Und?", fragte alle außer Anne. Die sagte: „Seht ihr, schon wieder geht es um Charlotte."

„Himmel", polterte Magdalena nun los. „Lass es doch mal gut sein. Charlottes Fall ist ja auch am kompliziertesten. Der

Exmann, die Freundin, der Steuerberater, die Steuerfahndung, der Notar. Und so weiter. Bei euch geht es schneller."

„Trotzdem", motzte Anne. „Ich fühle mich benachteiligt. Für mich geht es nicht voran. Es geht nichts schneller, es geht gar nichts."

„Dann wollen wir doch mal alles dafür tun, dass es bald auch für dich vorangeht", versprach Charlotte. „Komm, sei nicht sauer. Ich verspreche dir, dass meine Sache bald durch ist. Ihr müsst mir dabei nur helfen. Heute Abend." Sie sah Adalbert an.

„Oh, Frau Fürst. Wie Ihre Wangen erröten. Sie haben die Farbe von reifen Äpfeln."

Charlotte verdrehte die Augen, und Magdalena sagte: „Das kann man ja nicht ertragen", und verließ den Raum.

„Was hast du vor?", fragte Walter.

„Wir müssen auf den Friedhof", lautete die Antwort.

Zwei Stunden später, Agathenhaus

„Sind alle weg?" Lumpi sah Magdalena fragend an und gähnte. Er war mit Bruno in seiner alten Stammkneipe neben der Finanzverwaltung eingekehrt und hatte ein paar Bierchen zu viel gezischt. Dafür hatten Bruno, Richard und er alles besprochen. Und er hatte jetzt die Unterlagen dabei. Leider war Charlotte nicht da. Und auch sonst niemand, was Lumpi ärgerte. Er rief nacheinander auf allen Handys an, aber niemand hob ab.

„Ich habe nicht mitbekommen, dass sie gegangen sind", erklärte Magdalena. „Es war nur wieder sehr laut, weil ja jeder jeden unterbricht. Und dann haben alle sehr geheimnisvoll getan und gesagt, sie müssten jetzt weg. Mir wurde natürlich nichts erzählt. Warum auch? Ich stelle ja nur Essen, Trinken und Räumlichkeiten zur Verfügung und wische die Böden."

„Komisch", sagte Lumpi. „Na ja, im Augenblick ist ein bisschen viel los."

„Das sehe ich auch so. Du stinkst übrigens wie ein Wiedehopf. Nach Bier, wenn du verstehst, was ich meine."

„Ich leg mich ein bisschen hin. Hab auch Kopfweh", sagte Lumpi kleinlaut und schlich in sein Zimmer.

Ohlsdorfer Friedhof, 21 Uhr

„Hier ist es." Charlotte blieb stehen.

„Ist das gruselig!", rief Gerti und leuchtete mit der Taschenlampe umher.

„Pssst!", machten alle anderen.

„Ich habe mal gelesen, dass es auf dem Ohlsdorfer Friedhof sehr viele Rhododendren gibt. Und dass die Pflanzen hier besonders gut gedeihen, weil sie guten Dünger haben. Und ganz viel davon. Die Toten nämlich." Gerti brachte wieder ihr Wissen unter die Leute.

„Das ist ja furchtbar", sagte Anne und schüttelte sich.

„So schlimm ist das jetzt auch nicht", meinte Charlotte. „Gerti, beleuchte bitte nicht den ganzen Friedhof. Cäsar, hast du die Schaufeln? Und seid bitte nicht so laut", wisperte sie.

„Ja, hab ich." Cäsars Stimme klang dünn. „Also, ich will es nur noch mal sagen: Richtig ist das nicht. Das ist strafbar."

Walter regte sich auf: „Seit wann stellst du dich denn so an? Du wolltest doch die ganze Zeit, dass was los ist."

„Aber doch nicht so was. Es ist dunkel und kalt, und wir könnten stattdessen schon längst irgendwo auf dem Kiez einen Glühwein trinken."

„Weihnachten ist vorbei", sagte Anne. „Hast du etwa Angst?", fragte sie dann lauernd.

Cäsar zog die Schultern hoch. „Blödsinn. Wie kommst du denn auf so was?"

„Dann fangt doch endlich an." Anne nickte ihm zu.

Cäsar sah sie giftig an und hob die Schaufel. „Macht ihr bitte auch mit?", fragte er Walter und Adalbert, und die beiden begannen zu schippen.

Über Dieters Grab wachte ein marmorner Engel mit ausgebreiteten Flügeln. In der schlichten Marmorplatte waren in goldener Schrift Name, Geburts- und Todesdatum eingeprägt. Auch Clarissas Name und ihr Geburtsdatum waren bereits zu lesen. Charlotte schüttelte sich innerlich. Sie konnte einfach nicht verstehen, warum quicklebendige Leute ihre Namen schon in Grabsteine meißeln ließen. War das dann billiger? Oder wollte man, dass jeder Vorbeikommende wusste, dass die Person irgendwann mal hier liegen würde? Auf einen Plausch konnte man sich dann ja schlecht treffen.

„Macht hin“, flüsterte sie.

„O je“, sagte Gerti. „Das ist eine Straftat, eine Straftat.“

Der Friedhof war schon seit 18 Uhr geschlossen, und Cäsar hatte das Schloss an einem der Eingänge geknackt, was recht einfach gewesen war. Na ja, was gab es auch auf einem Friedhof schon groß zu holen. Gerti hatte Bedenken geäußert, dass man auf Satansanhänger stoßen könnte, aber niemand hatte ihr zugehört, auch nicht, nachdem sie „Das hab ich kürzlich gelesen. Ich bilde mich jetzt“ gesagt hatte.

„Wie tief liegt denn so ein Sarg?“, fragte Charlotte jetzt.

„Hier in Hamburg mindestens einsachtzig“, verkündete Cäsar, und Charlotte fragte lieber nicht, warum er das so genau wusste. Es war kalt; noch immer wehte ein starker Wind, doch wenigstens regnete es nicht mehr.

„Du bist aber kräftig“, sagte Anne bewundernd, während Cäsar schaufelte und schaufelte.

„Ich mach ja auch Kraftsport“, erklärte er, während er sich den Schweiß von der Stirn wischte. „Von nichts kommt nichts.“

Anne nickte. „Und du hast Germanistik und BWL studiert.“

„Wir hätten Decken mitnehmen sollen“, sagte Gerti. „Dann könnten wir uns jetzt wenigstens setzen, ohne nass zu werden. Der Boden ist vom Regen noch ganz feucht. Gott sei Dank hatten wir keine Sturmflut.“

„Ein Picknick wollte ich eigentlich nicht machen. Adalbert, jetzt ist nicht der richtige Zeitpunkt, um eine Pause einzulegen. Du hast noch gar nichts getan“, sagte Walter und wedelte empört mit seiner Schaufel herum.

„Diese Art der Arbeit liegt mir ganz und gar nicht“, erklärte Adalbert und tat so, als würde er schaufeln. „Aber ganz und gar nicht.“

„Ach, es ist dir sicher zu schwer, Adi. Das verstehe ich. Ist ja auch Männerarbeit“, sagte Walter nun listig und stieß seinen Spaten kraftvoll in die Erde. Das passte Adalbert gar nicht und er versuchte ebenfalls, voller Elan zu arbeiten, aber man sah, dass er so etwas noch nie getan hatte.

„Mach dir nichts draus, Adi. Da müssen eben echte Männer ran.“ Walter genoss die Situation. „Nicht dass du noch Bläschen an die Fingerchen bekommst.“

Charlotte gluckste, und Adalbert war tödlich beleidigt und versuchte, professionell zu arbeiten, was ihm natürlich gründlichst misslang. Alle paar Minuten stichelte Walter ein bisschen, und Adalbert schaufelte schneller. Anne genoss die nächtliche Aktion in vollen Zügen. Bewundernd starrte sie auf Cäsars muskulöse Unterarme, die im Schein der Taschenlampe von Zeit zu Zeit sichtbar wurden. Zum Glück konnte in der Dunkelheit niemand erkennen, dass sie bei diesem Anblick jedes Mal ganz rot wurde. Mit diesen Armen hatte er sie gehalten, als sie den Honig nicht wegwischen wollte. Oh!

Die drei Männer gruben immer weiter und verschwanden immer tiefer in dem Loch, während immer mehr Erde um das Grab verteilt wurde. Und dann sagte Cäsar: „Ich bin mit der Schaufel gegen was gestoßen.“

„Ach du heiliger Strohsack!“, schrie Gerti aufgeregt.

„Gerti“, sagte Charlotte. „Wenn du nicht auf der Stelle leise bist, lassen wir dich hier und werfen dich in ein ausgehobenes Grab. Wogegen bist du denn gestoßen?“, fragte sie dann Cäsar, der hochblickte.

„Woher soll ich das denn wissen? Ich bin doch kein Hellseher.“

„Aber du hast doch BWL und …"
„Leuchte mal, Gerti."
„Ich leuchte doch die ganze Zeit."
„Ja, aber nicht dahin, wo du hinleuchten sollst."
„Bitte", sagte Gerti. „Ich leuchte. So gut?"
„Ja. Oh! Das ist wohl der Sarg, Cäsar!"
„Ach echt?", fragte Cäsar zynisch. „Ich dachte, das sei eine Schrankkombination."
„Ist das aufregend", flüsterte Anne. „Wer hätte gedacht, dass wir mal alle zusammen auf dem Friedhof landen!"
„Mal bitte den Teufel nicht an die Wand", bat Walter sie, während ihm der Schweiß in Strömen über das Gesicht lief. Gerti leuchtete in die Grube, und Walter schob noch mehr Erde zur Seite. Ein Stück Holz kam zum Vorschein.
„Es ist der Sarg", sagte Charlotte überflüssigerweise.
„Gut." Cäsar nickte. „Dann ist ja alles klar. Helft mir bitte raus."
„Nein, nein. Bleib da unten", befahl Charlotte. Ihr Tonfall ließ Cäsar so langsam ein wenig wütend werden.
„Wieso? ", fauchte er. „Du hast gesagt, wir müssen gucken, ob der Sarg hier drin ist. Und er ist hier drin."
„Wir haben euch nicht alles gesagt", kam es nun von Adalbert.
„Wie jetzt? Was denn noch?"
„Ihr wärt sonst nicht mitgekommen", versuchte Charlotte zu erklären.
„Nun rede doch", sagte Anne, und Gerti leuchtete Charlotte mitten ins Gesicht, sodass sie die Augen schließen musste.
„Wir müssen den Sarg aufmachen", sagte sie dann.
Cäsar ließ den Spaten sinken. Walter ebenfalls.
„Ich denke, du bist ein echter Mann, Walter", sagte Charlotte und lächelte ihn an. „Jetzt kannst du es mir zeigen."

KAPITEL 23

Samstag, Agathenhaus, 9 Uhr

„Sachma, Lumpi. Was issen hier eigentlich seit ein paar Tagen los?“ Hannes, einer der langjährigen Obdachlosen, der immer mal wieder ins Agathenhaus kam, wirkte verwirrt. „Hier war es sonst so ruhig, nich, und jetzt is hier dauernd unruhig.“

„Ja, Hannes, das stimmt. Aber ist doch schön, da ist doch mal Leben in der Bude.“

Hannes nickte. „Siehst gut aus“, sagte er. „Irgendwie froh.“

Lumpi lächelte. „Mir geht es ja auch gut. So gut ging es mir nicht mal, bevor ich auf Platte war.“

„Ach“, machte Hannes und sah zu, dass er eine Tasse Kaffee bekam.

Lumpi ging zu seiner Truppe, die so was wie seine Familie geworden war. Und das fand er wunderbar! Heute endlich würde er die Sache mit der Steuerfahndung erzählen. Gestern war ja keine Zeit gewesen.

Er nahm sich ebenfalls einen Kaffee, ging in den Flur und wartete darauf, dass die Herrschaften mal runterkamen. Magdalena wischte den Boden. „Unglaublich, wie es hier aussah. Alles voller Erde“, sagte sie. „Die kriegen was von mir zu hören.“

„Ist noch keiner wach?“

„Noch nicht mal Gerti. So geht das nicht weiter. Es war ausgemacht, dass ich Hilfe bekomme. Aber stattdessen tun hier alle einfach, was sie wollen. Und der Boden, der Boden.“

„Guten Morgen.“ Charlotte kam die Treppe hinunter, und Walter schlich ihr hinterher. Die Augen von beiden waren blutunterlaufen, sie sahen aus wie Vampire.

„Wir sind spät ins Bett gekommen“, erklärte Walter. „Ja, Magdalena, ich weiß, es war schmutzig, aber wir hatten einfach keine Kraft mehr.“

„Wo wart ihr?", fragte Magdalena. „Das will ich wenigstens wissen."

„Ich auch", sagte Lumpi.

„Später. Erst mal Frühstück." Charlotte wankte in Richtung Frühstücksraum.

„Charlotte", sagte Lumpi. „Warte mal. Du auch, Walter. Kommt mal mit in den Schlachtraum."

„Jetzt? Kann ich mir nicht erst …", fing Charlotte an, wurde aber sofort unterbrochen.

„Es ist sehr wichtig", sagte Lumpi und ging vor.

9 Uhr 30

„Das ist ja Wahnsinn." Anne saß mit offenem Mund da und starrte auf die Akten.

„Oh, Lumpi, oh, Lumpi", konnte Charlotte nur dauernd sagen.

„Das hast du großartig gemacht."

„Nicht nur ich. Bruno und Richard haben mir dabei geholfen, wie ich schon sagte." Trotzdem war Lumpi stolz wie Bolle.

„Unglaublich." Adalbert nickte. Er hatte alles gelesen. „Damit schlagen wir mehrere Fliegen mit einer Klappe. Oh, das wird schön. Ich werde einen guten Richter organisieren. Vielleicht kann ich die Sache sogar selbst in die Hand nehmen. Obwohl es natürlich auch sein könnte, dass ich als befangen gelte. Falls jemand mitkriegt, dass wir alle Freunde sind."

„Freunde?", sagte Cäsar. „Ich will keinen Richter zum Freund."

„Also fassen wir zusammen. Hier ist belegt, dass Charlotte beziehungsweise Fürst Consulting immer alles bei der Steuer angegeben haben. Das sind die älteren Dokumente. In den neueren Dokumenten ist plötzlich alles ganz anders. Kurze Zeit später wurde Charlotte verhaftet. Es gab auch vorher eine Betriebsprüfung; nichts wurde beanstandet."

„Das hat Frau Schmollke mir auch erzählt", sagte Anne aufgeregt.

„Und warum hast du mir das nicht gesagt?", fragte Charlotte.

„Hätte ich ja. Wenn ich mal zu Wort gekommen wäre. Hier geht doch alles drunter und drüber, wann hätte ich da denn mit dir sprechen sollen." Anne war gekränkt. „Ich tue, was ich kann, und was ist der Dank? Ich werde nur angemotzt."

„Nicht streiten, Kinder", sagte Lumpi. „Es gibt Wichtigeres. Also die Fahndung haben wir am Haken. Da sind noch mehrere Betriebe, die offenbar ihre Geschäftsführer rausgekegelt haben. Geschickt gemacht, immer mit anderen Begründungen und nie zu viele. Betrüger gibt's ja immer, das haben die Kollegen geschickt eingefädelt. Aber sie waren nicht geschickt genug. Wir haben den Betrug in mehreren Fällen hier schwarz auf weiß vorliegen. Und alle haben sich gegenseitig gedeckt. Ein Blinder mit Krückstock würde sehen, dass hier vieles falsch gelaufen ist. Und jetzt sind sie dran! Jawohl! Angebliche Nachzahlungen, und das Geld wurde so aufgeteilt, dass die Firmen insgesamt weniger Steuern zahlen mussten. Und die Steuerfahnder haben schön mit abgesahnt." Adalbert nickte in Lumpis Richtung und schloss die Akte, in der er gerade geblättert hatte.

„Gut", sagte Charlotte. „Dann wäre das geklärt. Ich habe auch noch Neuigkeiten." Sie strahlte. „Wir haben Dieter quasi exhumiert und was aus dem Sarg geholt." Sie blickte Lumpi an. „Schau nur. Hier sind die Beweise, dass die Firma immer noch mir gehört! Ich habe das damals beim Notar machen lassen. Die Unterlagen, die ihm am meisten am Herzen gelegen haben, hat er vakuumiert mit ins Grab genommen."

Lumpi sagte gar nichts, er war kalkweiß.

„Ihr habt den Sarg aufgemacht?" Magdalena konnte es nicht glauben und bekreuzigte sich. „Heilige Maria Mutter Gottes! Und das erzählst du einfach so, *einfach so*???"

„Dieter hatte einen schönen Anzug an“, sagte Gerti. „Das konnte man noch …“

„Ich will es gar nicht wissen“, unterbrach Magdalena sie streng. Dann beruhigte sie sich etwas und fuhr fort: „Aber sag mal, Charlotte, dann ist doch jetzt alles geklärt. Du gehst zur Polizei, die Firma gehört wieder dir, und alle werden verklagt.“

„O nein, noch nicht“, sagte Charlotte, und ihre Augen glitzerten. „Alexander, Vivi und Sebastian Bachmann sind noch dran. Die lasse ich nicht einfach vom Haken. Obwohl Bachmann ja im Ausland ist. Da muss es einen Weg geben!“

„Aber welchen?“, fragte Adalbert und dachte kurz nach. „Was diesen Herrn Bachmann betrifft, der taucht nirgendwo in den Unterlagen auf“, sagte er dann. „Da stehen nur die Namen der Sachbearbeiter, und von denen ist auch schon einer tot. Dieser Doktor Bachmann scheint ein gewitzter Typ zu sein. Da ist alles wasserdicht, dafür lege ich meine Hand ins Feuer. Und er hat sich in ein Land abgesetzt, in dem er sicher ist. Das kann man meines Erachtens vergessen. Selbst wenn wir die Steuerfahndung drankriegen und die Firma wieder Charlotte gehört, was sich übrigens lange hinziehen kann, heißt das noch lange nicht, dass die drei auch rechtlich belangt werden können. Ich glaube, dass dieser Bachmann schon dafür gesorgt hat, dass da eigentlich nichts passieren kann. Er hat ja auch genug Kohle bekommen. Bestimmt auch dafür, dass er Alexander und diese Vivian aus der Schusslinie hält.“

„Das stimmt“, musste Walter zugeben.

„Wir könnten sie foltern“, schlug Cäsar vor. „Unter dem Einfluss von glühenden Zangen hat schon manch einer die Wahrheit gesagt.“

Charlotte verdrehte die Augen. „Cäsar, bitte! Also, was meint ihr? Jetzt mal im Ernst! Die drei können wir doch nicht einfach so davonkommen lassen.“

„Auf gar keinen Fall“, sagte Anne bestimmt. „Da hast du völlig recht.“

Auch die anderen nickten.

„Also, Anne, dann mal ran."

„Das Einzige, das mich nervt, ist, dass ich morgens früher aufstehen muss, damit Gerti mich schminken kann", sagte Anne.

„Eigentlich brauch ich das doch gar nicht."

„Doch. Stell dir mal vor, irgendjemand in der Firma erkennt dich von früher. Es kann ja immerhin sein, dass Fürst Consulting und dein komischer Berger noch mal was miteinander zu tun hatten. Einmal war er ja schon da. Und du kriegst auch nicht alles mit. Außerdem gibt's bestimmt Fotos aus deiner Agenturzeit im Internet."

„Das stimmt", sagte Anne.

„Ich schminke doch gut", sagte Gerti traurig.

„Darum geht es gar nicht. Nimm doch nicht immer alles so persönlich." Anne war genervt.

„Ich musste noch gar nicht geschminkt werden, und meinen neuen Namen hab ich auch noch nicht gebraucht", fiel es Charlotte ein. „Schade eigentlich, aber man kann nicht alles haben. Also, Anne, am Montag gehst du schick zur Arbeit und versuchst, noch ein bisschen was aus der guten Frau Schmollke rauszukriegen."

„Frau Schmollke spricht oft von dir. Erzähl ich dir nachher mal in Ruhe. Auf jeden Fall glaub ich, dass sie uns noch einige wichtige Infos geben wird."

„Sehr gut." Charlotte war zufrieden.

„Ich brauche heute Abend Kohle", sagte Walter unvermittelt.

„Warum? Das Geld wird zusammengehalten. Damit habe ich noch was vor." Charlotte schüttelte den Kopf. „Du hast doch genug eigenes Geld."

„Ich glaub, es hackt", sagte Walter. „So weit kommt's noch. Wir ziehen alle an einem Strang und können gemeinsam über das Geld verfügen."

„Aber du bekommst nicht so viel“, sagte Charlotte gnädig und ging in Richtung Verkaufstresen.

„Cäsar. Du nimmst dir für heute Abend bitte nichts vor.“

„Warum?“

„Weil wir gemeinsam etwas unternehmen.“

„Oh“, sagte Anne. „Wie schade.“

„Warum?“ Cäsar drehte sich zu ihr um.

„Ich wollte fragen, ob du mit mir einen Film anschauen willst“, erklärte Anne.

„Na ja … gern“, sagte Cäsar.

„Nein!“, sagte Walter.

„Es kommt ‚Bambi‘“, sagte Anne glücklich.

„Ich gehe mit Walter“, sagte Cäsar schnell.

„Ach du liebe Zeit.“ Gerti, die sich mittlerweile gesetzt hatte und die Tageszeitung las, schaute entsetzt auf. „So was Dummes, so was wirklich Dummes.“ Sie schlug mit der Hand auf den Tisch. „Also so was.“

„Was denn?“, fragte Charlotte. „Was hast du denn wieder gelesen?“

„Die Aufseherin! Die Gefängnisaufseherin!“ Gerti deutete auf die aufgeschlagene Samstagsausgabe.

„Eine Reportage über sie? Zeig her.“ Schon war Anne neben ihr.

„Das sind ja Todesanzeigen“, sagte sie dann enttäuscht.

„Eben!“, rief Gerti. „Gudrun Knapp ist tot! Schaut her, letzte Woche ist sie gestorben. Die Kollegen vom Gefängnis haben eine Anzeige geschaltet. Ach, ach. Nun hört euch das an. ‚Das wurde aber auch Zeit‘ steht da. Und die Häftlinge haben auch eine Anzeige geschaltet. Hier stehen jedenfalls lauter Vornamen. Und: ‚Jetzt haben wir mal abgeschlossen.‘ Ist es denn zu fassen!“

„So was steht da?“ Adalbert musste lachen. „Unglaublich. Dass die von der Zeitung das drucken.“

„Jedenfalls ist sie tot. Und die Beerdigung ist heute. Um zwölf. Auf dem Friedhof Volksdorf.“

„Sei doch froh. Ein schlechter Mensch weniger", sagte Cäsar gelangweilt.

„Ich hätte sie so gern besucht und ihr das Passende gesagt. Und mich dann an ihr gerächt. Mit deiner Hilfe", klagte Gerti.

„Tja." Cäsar zuckte mit den Schultern. „Ich bin ehrlich gesagt froh, dass ich nicht schon wieder jemanden an der Backe habe."

„Heute Abend gehst du mit mir weg", wiederholte Walter.

„Ja, ja. Was auch immer das bedeutet."

Gerti stand auf. „Ich gehe duschen, dann fahre ich nach Volksdorf und sehe mir die Beerdigung an."

„O nein." Magdalena stand da wie ein Racheengel. „Nicht genug damit, dass ich dauernd den Boden feudeln kann, es wird auch kein Frühstück gemacht, es wird nicht gekocht, nur geschmutzt. Und was mich auch mal interessieren würde: Warum wohnt Cäsar eigentlich mittlerweile auch hier?"

„Das hat sich so ergeben", sagte Walter. „Und darüber müssen wir jetzt wirklich nicht diskutieren. Warum willst du denn dahin, Gerti?"

„Ich weiß es nicht. Ich will halt hin. Ich will das irgendwie zu Ende bringen. Und wenn ich nur mit voller Wucht eine Ladung Erde auf den Sarg schmeiße." Ihr schossen die Tränen in die Augen. „Diese Frau – das war das Allerschlimmste an dieser schlimmen Zeit." Dann straffte sie die Schultern. „Hat jemand einen U-Bahn-Fahrplan?"

Cäsar ging zu ihr und legte die Hand auf ihre Schulter. „Ich fahre dich", sagte er.

11 Uhr

Gerti und Cäsar waren nach Volksdorf gefahren, Magdalena kochte mürrisch mit zwei Frauen Mittagessen, und Walter hatte sich aus dem Staub gemacht, weil er noch was Dringendes erledigen musste.

„Ja was denn?", fragte Anne dauernd.

„Überraschung!“, rief Walter.

„Nie geht es um mich“, sagte Anne nun wieder zu Charlotte. Gerade hatte sie ihr erzählt, was Frau Schmollke so von sich gegeben hatte. Nicht erzählt hatte sie, was Vivi über ihre ehemals beste Freundin gesagt hatte. Anne befürchtete, dass Charlotte sonst durchdrehen und Vivi an die Gurgel gehen könnte. Und das würde in der jetzigen Situation alles zunichtemachen. Man musste behutsam vorgehen, wenn man dieser aufgedonnerten Tussi mitsamt ihrem Alex das Handwerk legen wollte. Und dabei spielte Frau Schmollke eine entscheidende Rolle. Ja, beschloss Anne. Gleich am Montag würde sie noch einmal mit Frau Schmollke reden. Und zum Thema Vivi sagte sie besser erst mal nichts.

Besser erst mal nichts sagen, dachte Charlotte. Inzwischen war ihr wieder eingefallen, was Walter heute Abend vorhatte. Aber sie beschloss zu schweigen, weil sie ihm nicht die Überraschung kaputt machen wollte.

Friedhof Volksdorf, 11 Uhr 45

Gerti stand vor der Kapelle und wunderte sich, dass noch keiner da war. Nur der Pfarrer wuselte herum.

„Wird denn heute nicht Gudrun Knapp beerdigt?“, fragte Gerti schließlich, und der Pfarrer nickte. „Ja. Eine traurige Sache.“

Finde ich jetzt nicht, dachte Gerti.

„Keine Angehörigen. Sie sind wohl die Einzige, die überhaupt da ist. Wie standen Sie denn zu der Verstorbenen?“

Tja, dachte Gerti. Sie hätte jetzt natürlich lang und breit erzählen können, wie schlimm das alles gewesen war, aber was ging das den Pfarrer an? Sie brauchte auch keinen Trost von einem Geistlichen, schon im Gefängnis hatte sie das immer abgelehnt. Diese betuliche Anteilnahme ging ihr auf den Keks. Gott sieht alles und ist bei uns. Ja, klar. Gott sorgt für Gerechtigkeit. Ganz bestimmt.

„Wir haben mal zusammen gearbeitet“, erwiderte sie daher nur. Alle weiteren Erklärungen wurden ihr zum Glück erspart, als plötzlich noch jemand auf den Friedhof kam. Eine Frau um die 60 stellte sich zu Gerti und dem Pfarrer. „Ach, sonst ist keiner da? Ursel Stein. Ich bin die Nachbarin von Frau Knapp.“

Der Pfarrer schaute auf die Uhr. „Nun denn, es ist fünf nach.“ Es klang so, als hätte er am liebsten gesagt: „Bringen wir es hinter uns.“ Sie begaben sich in die Kapelle, wo auf einem kleinen Sockel eine Urne stand. Blumenschmuck gab es genauso wenig wie einen Organisten. Es war kühl und klamm, die Urne vor dem Altar wirkte einsam und verlassen. Fröstelnd setzte Gerti sich in die erste Reihe. Der Pfarrer fing an, irgendeinen Kram über das ewige Leben und Vergebung zu faseln. Ursel Stein schloss die Augen und schien still zu beten. Aus Pflichtgefühl faltete Gerti die Hände und tat so, als würde sie auch beten. Dann hörte sie ein leichtes Schnarchen und merkte, dass Frau Stein eingeschlafen war. Sie versetzte ihr einen kleinen Stoß. Schuldbewusst öffnete Frau Stein die Augen. Dann war der Pfarrer fertig mit seiner Rede, trug die Urne nach draußen, und Gerti und Frau Stein folgten ihm. An einer Art Sammelstelle blieben sie schließlich stehen. Wahrscheinlich wurden hier alle Leute, die keine Angehörigen hatten, eingeäschert und entsorgt. Lediglich ein kleines Metallschild mit Gudrun Knapps Namen gab es. Keine Blumen, nichts.

Wie traurig, dachte Gerti. Wie gut ich es seit Kurzem habe. Meine Freunde würden alle hier stehen.

Sie hatte auch gar nicht mehr das Bedürfnis, Erde auf den Sarg zu schmeißen, und das nicht nur, weil es keinen gab. Gudrun Knapp tat ihr leid.

Nachdem alles vorbei war und der Pfarrer sich verabschiedet hatte, ging Gerti mit Ursel Stein in ein Café.

„Wir wohnten nebeneinander“, sagte Ursel. „Gudrun wurde von Jahr zu Jahr verbitterter. Vielleicht lag das an der Arbeit im

Gefängnis, keine Ahnung. Ich habe trotzdem versucht, ein gutes nachbarschaftliches Verhältnis zu ihr zu haben, aber das war nicht immer einfach. Sie hatte überhaupt keine Freunde, nicht mal Bekannte, sie ging nie aus, höchstens mal zu Aldi. In den Urlaub ist sie auch nie gefahren. Gudrun hatte keinen Sinn für Schönes. Ihre Wohnung war eigentlich gar nicht richtig eingerichtet. So was Ungemütliches. Kein Bild an der Wand. Nur ein riesiger Fernseher. Ich musste manchmal den Mann reinlassen, der den Wasserzähler geprüft hat. Man fühlte sich in der Wohnung einfach nicht wohl. Ja, und dann ist Gudrun sehr krank geworden. Krebs. Er wurde so spät entdeckt, weil sie ja auch nie zum Arzt gegangen ist. Und dann ging es recht schnell, sie ist ins Krankenhaus gekommen, sollte eine Chemotherapie beginnen, doch dazu kam es dann gar nicht mehr. Bevor sie in die Klinik ging, hat sie mir noch ein paar Briefe gegeben, die ich verteilen sollte, wenn sie gestorben ist. Das muss ich noch machen. Und um die Wohnungsauflösung muss ich mich kümmern. Ach, ich weiß gar nicht, wie das alles gehen soll und wer zuständig ist. Nun ja, aber das wird sich schon finden."

„Ja, traurig." Gerti nippte an ihrer heißen Schokolade. Oh, schmeckte die gut!

„Und Sie", fragte Frau Stein. „Woher kennen Sie Frau Knapp?"

„Ich hab mich noch gar nicht vorgestellt. Ich bin Gertrud Hansen", sagte Gerti. „Ich …"

„Gertrud Hansen?" Nun wurde Frau Stein hellhörig. „Für Sie habe ich auch einen Brief! Am besten, wir fahren mal nach Hause. Zahlen bitte!"

Agathenhaus, 20 Uhr

„Bist du bereit?", fragte Walter zum tausendsten Mal.

„Herrje, ja. Wie oft denn noch?" Cäsar rollte mit den Augen. „Kontrolliere bitte alles noch mal."

„Was gibt es denn da zu kontrollieren? Ich hab die Kamera, und ich hab gleich keine Lust mehr auf den Kram."

„Gut. Dann geht es jetzt los."

Anne stand in der Tür. „Was geht hier vor sich?"

„Wir haben zu tun", verkündete Walter geheimnisvoll. „Ich sagte doch schon, dass ich heute mit Cäsar was unternehme. Du musst alleine deinen Film schauen. Geh aus dem Weg."

„Was habt ihr vor? Ich denke, wir machen alles gemeinsam." Anne wurde bockig.

„Anne, komm, wir wollen doch noch die weiteren Schritte planen. Gemeinsam." Charlotte stand nun auch da.

„Hm", machte Anne. „Ist das die Überraschung? Das Planen der weiteren Schritte für dich?"

„Nein, nein", sagte Walter. „Vertrau uns." Er zog seine Jacke an und verließ mit Cäsar das Haus.

„Genau. Setzt euch mal zusammen und überdenkt die weiteren Schritte." Cäsar grinste, was ihm einen wütenden Blick von Charlotte eintrug. Dann verließen Walter und er eilig das Haus.

An der Ecke wartete Sandy mit einer Kollegin, die so Mitte zwanzig war, ebenfalls eine riesige Oberweite hatte und ein enges rotes Kleid mit Overknees aus rotem Lack trug, während Sandy sich für ein schwarzes Catsuit entschieden hatte. „Das ist Florence", sagte sie und sprach den Namen nicht französisch, sondern „Flohrense" aus. Ihre Kollegin grinste. „Na, Jungs, kann's losgehen?"

Walter nickte. „Ihr seht spitze aus!"

„Dann knöpfen wir uns den kleinen Arsch mal vor." Gemeinsam gingen sie Richtung Reeperbahn. Walters Recherchen hatten ergeben, dass man in einer Stripbar starten sollte.

Das würde mit Sicherheit ein denkwürdiger Abend werden.

KAPITEL 24

Volksdorf, Wohnung von Gudrun Knapp

Gerti war fassungslos. Sie schaute sich in der Wohnung um, die aus einem Zimmer, einer kleinen Küche und einem winzigen Badezimmer bestand. Es fühlte sich an, als wäre sie in einem Gefrierfach gelandet. Was natürlich auch daran lag, dass nicht geheizt war. Aber auch sonst strahlten die Räume eine Eiseskälte aus. Da war es ja unter der Brücke fast gemütlicher gewesen.

Im Wohn-Schlaf-Raum gab es weder Vorhänge noch Teppichboden. Wie Ursel Stein schon gesagt hatte, hing kein einziges Bild an der Wand. Ein riesiger alter Röhrenfernseher stand in einer Ecke, davor ein braunes, zerschlissenes Cordsofa, das auch als Bett hatte dienen müssen, und ein Resopaltisch, der seine guten Zeiten wahrscheinlich im Jahr 1960 erlebt hatte. Eine Gratisfernsehzeitung, natürlich abgelaufen, lag auf dem Tisch. Und ein Buch. Von der Decke hingen Kabel mit nackten Glühbirnen. Fast schon lächerlich wirkte eine Vase mit drei gelben Plastiknelken auf der Fensterbank. Durch die schmutzigen Scheiben wirkte das Wetter wohl auch bei Sonnenschein immer trübe. An einer Wand stand noch ein Klapptisch mit einem Stuhl. Hier hatte Frau Knapp wohl abends gesessen und gegessen, bevor sie sich auf das Cordsofa begab. Die Küche hatte keine Einbauschränke, lediglich eine Spüle und einen kleinen Kühlschrank. Auf einem schief angebrachten Regal standen zwei Teller, zwei Tassen und ein Glas. In einer der Tassen Besteck. Weiter oben ein Topf.

Im winzigen Bad war kein Fenster, auch keine Wanne, sondern nur eine Dusche, ein Waschbecken und ein Klo plus Klobürste, die nagelneu aussah. Überhaupt wirkte alles schrecklich steril. Kein Stäubchen lag herum. Der Unterschrank des Waschbeckens stand offen, und Gerti sah, dass Frau Knapp Putzmittel gesammelt hatte. Alles war hier vertreten, von Bleiche bis Scheuermittel, die komplette Palette. Dazu ungefähr dreißig Lappen, Schwämme und Bürsten. Frau Knapp hatte offenbar einen Putzzwang gehabt, der lediglich vor den Fenstern haltgemacht hatte, warum auch immer. Vielleicht konnte sie Sonne nicht ertragen und wollte es immer trist und grau haben.

„Nicht sehr gemütlich", sagte Gerti, als sie mit Ursel Stein zurück in das Zimmer ging. Sie war neugierig auf den Brief.

Als sie an dem Couchtisch vorbeikam, sah sie sich das Buch, das darauf lag, genauer an. Es trug den klangvollen Titel „5 Dinge, die Sterbende am meisten bereuen: Einsichten, die Ihr Leben verändern werden".

Da hatte Frau Knapp offenbar doch noch mal nachgedacht.

„Ganz zum Schluss ist sie milde geworden", erzählte Frau Stein und schaute auf das Buch. „Sie hat ein paar Sachen über das Gefängnis erzählt. Nicht schön. Auch von ihrer Kindheit hat sie einiges berichtet, von ihrem Leben überhaupt. Das hat es nicht gut mit ihr gemeint. Sie war zweimal verheiratet. Beide Male ging es schief. Die Männer sind mit anderen Frauen abgehauen. Für einen musste sie sogar Unterhalt zahlen. Und er hatte ihr die ganze Wohnung leer geräumt. Seitdem hat sie nichts mehr neu gekauft und ist hierher gezogen. Hat sich nichts gegönnt, kaum etwas ausgegeben. Jahrelang hat sie so gelebt."

„Entsetzlich", sagte Gerti fast mitfühlend.

„Ja. Lassen Sie uns doch zu mir gehen. Da ist es wärmer. Und da liegt auch der Brief."

„Eine gute Idee", sagte Gerti.

In Ursel Steins Wohnung, die gegenüber lag, war es in der Tat gemütlicher. Und wärmer. Sie war vollgestopft mit Büchern, Pflanzen, Bildern und Deckchen, und auf dem Boden lag ein weicher Teppich. Ein breites Sofa stand da und ein bequemer Sessel. Frau Stein kochte Kaffee und brachte Kekse, ein

Kanarienvogel trällerte und spielte in seinem Käfig mit einem Glöckchen, und dann reichte Frau Stein Gerti den Brief von Frau Knapp.

Gerti machte ihn auf und begann zu lesen.

Auf dem Kiez, 22 Uhr

„Ich sag es immer wieder gern. Es gibt nichts Schlimmeres, als nüchtern auf dem Kiez unterwegs zu sein!", schrie Walter, und Cäsar nickte. Sie befanden sich in einem Striplokal auf der Reeperbahn, eine fast nackte Blondine mit aufgespritzten Lippen und einem Riesenbusen riss sich gerade ihr letztes Kleidungsstück, einen briefmarkengroßen Stringtanga, vom Leib, und schürzte lüstern die Lippen, woraufhin eine große Horde johlender, besoffener Männer weiter „Auszieh'n!" brüllte, obwohl es nun gar nichts mehr auszuziehen gab.

Arno Berger, aka Arnie, war mit seinen Kumpels unterwegs, alles unsympathische Typen mit gegelten Haaren und solariumgebräunter Haut, fetten Uhren und arrogantem Gesichtsausdruck. Also genau die Typen, denen Cäsar gern eins in die Fresse drückte, wenn sie ihm auch nur ein bisschen blöd kamen. „Ich kann solche Schwachmaten nicht ausstehen", sagte er, und Walter nickte.

„Ich weiß, ich weiß. Aber da müssen wir durch. Sandy ist bereit. Wird hoffentlich nicht allzu lang dauern hier. Die sind bald richtig besoffen, dann geht's los."

„Ein Bier trink ich jetzt, sonst dreh ich durch", sagte Cäsar.

Walter nickte ergeben. „Ich auch."

Agathenhaus, zur gleichen Zeit

„Gerti, da bist du ja. Wo warst du denn so lange? Wir haben dich nicht erreicht. Anne hat es ein paarmal versucht." Charlotte und Anne saßen gerade zusammen und tranken ein Glas Wein, nachdem sie die nächsten Schritte am Montag bezüglich Frau Schmollke besprochen hatten. Magdalena war schon im Bett. Sie hatte den beiden das Versprechen abgenommen, am Sonntag das Frühstück zu machen. Charlotte und Anne hatten sofort zugestimmt, damit Magdalena nicht noch durchdrehte.

„Hab das Handy hiergelassen", sagte Gerti.

Charlotte schaute auf. „Sag mal, ist schon wieder was passiert? So langsam bekomme ich Angst. Du bist ganz blass."

„Ja, es ist was passiert", sagte Gerti zitternd.

Auf dem Kiez

„Jetzt geht's los, jetzt geht's los!" Walter und Cäsar tobten mit Arno Berger und seinem Gefolge über den Hans-Albers-Platz. Man schlug sich gegenseitig auf die Schulter und wankte von Kneipe zu Kneipe. Nun standen sie vor einem irischen Pub. Der Bräutigam, ein Geschäftspartner von Berger, schmiss eine Runde nach der anderen. Inzwischen hatte er ein Hasenkostüm angezogen und sah so lächerlich aus, dass es fast tragisch war. Er hoppelte ungelenk herum und baggerte vorbeilaufende Frauen an, die entweder lachten oder nach ihm schlugen, weil er so aufdringlich war.

„Los, weiter geht's!", rief Walter, und sie folgten ihm durch verwinkelte Gassen, bis sie plötzlich an einem der Etablissements stehen blieben, das, wie so viele seiner Art, im Schriftzug ein „Amour" trug.

„Hier heben wir noch einen!", rief Cäsar fröhlich.

„Ja, ja, in den Puff, in den Puff!", kreischten alle und fielen in den Club ein. Cäsar, der als Letzter reinging, zwinkerte dem Wirt zu und deutete dann verstohlen auf Arnie. Der Wirt nickte.

Es konnte losgehen.

„O mein Gott. Das ist ja wundervoll", sagte Charlotte. „Hier, Gerti, komm, trink noch ein Glas Wein. Das müssen wir feiern."

„Ja." Gerti heulte nun vor lauter Ergriffenheit, und Anne heulte aus Solidarität mit. „Ist es zu fassen", sagte Gerti dauernd, und Charlotte und Anne antworteten: „Nein, es ist nicht zu fassen."

„Die arme Frau!", schluchzte Gerti. „So eine kalte Wohnung. Da lag noch nicht mal ein *Teppich*. Plötzlich hat sie mir echt leidgetan. Auf der Beerdigung war niemand außer Frau Stein. Und dem Pfarrer natürlich. Die Urne war auch nicht schön. Und dann wurde sie in so eine Art Gemeinschaftsgrab gesteckt. Ohne Blumen. Hätte man sie nicht wenigstens in einem Begräbniswald bestatten können? Ach, ist das alles traurig."

„Ich denke, sie war eine Sadistin", wunderte Anne sich aber nun doch. „Warum geht dir das so nah?"

Gerti holte ein Taschentuch hervor und schnäuzte lautstark hinein. „Trotzdem."

„Hattest du nicht was von Einzelzelle, kaltem Essen, Ausschluss vom Hofgang und so weiter erzählt?"

„Trotzdem. Sie war so einsam. Sie war ein trauriger, verbitterter Mensch."

„Hätte sie doch ändern können."

„Hat sie aber nicht. Dann ist sie so armselig gestorben. Auch noch in einem Mehrbettzimmer. In einem Krankenhausnachthemd. Einfach so. Bumm, war sie tot. Buhuuu!"

Charlotte wurde es nun zu bunt. „Also wirklich, Gerti, es gibt Schlimmeres. Diese Frau hat dich jahrelang behandelt wie den letzten Dreck. Es spricht ja für dich, dass du Mitleid mit ihr hast, aber mit Klaus Metting hattest du keins. Du wolltest, dass er stirbt. Bei Frau Knapp ist das plötzlich ganz schlimm."

„Das ist doch was anderes“, klagte Gerti. „Auf der Beerdigung ist mir klar geworden, dass ich Freunde habe. Dass ich nicht alleine bin. Ich bin so dankbar, so dankbar, buhuuu!“

„Meine Güte. Wir freuen uns auch darüber, aber nun hör auf zu heulen. Die Frau war krank, sie ist gestorben und sie hat zum Schluss alles bereut. Sie …“

„Hab ich euch schon erzählt, dass sie nur ein einziges Buch besaß? Fünf Dinge, die …“

„Ja, Gerti. Mehrfach. Und nun ist es gut. Freu dich doch!“

Gerti schnäuzte sich wieder. „Ich versuch's wohl. Ach je, ach je, wie soll es denn jetzt weitergehen? Diese Verantwortung!“

„Wir werden das mit Adalbert besprechen. Er wird wissen, was zu tun ist“, erklärte Charlotte.

„Wo ist Adalbert denn?“

„Er wollte mal nach Hause und sich ein bisschen ausruhen, was ich gut verstehen kann“, murmelte Charlotte.

Elbchaussee, bei Adalbert

„Nun, Ludger und äh, Richard“, sagte Adalbert. „Das ist großartig. Gut, dass Sie mir die Akten gezeigt haben.“

„Ja, nicht wahr! Ich hab noch ein bisschen rumgestöbert“, erklärte Richard. „Und noch mehr gefunden. Der verstorbene Kollege, der sie heimlich gehortet hat, war recht ordentlich.“

„Bestens.“ Lumpi nickte. „Meiner Meinung nach, und ich hab ja auch mal in dem Laden gearbeitet, ist damit alles klar. Jetzt müssen wir ihn nur finden. Am besten, ich rufe mal Cäsar an.“

Auf dem Kiez

„JA!“ Walter und Cäsar waren fertig. „Das wäre geschafft. Hervorragend. Und diese Tropfen sind wirklich nicht nachzuweisen?“

„Nein. Sagt jedenfalls Stümpfchen. Und der muss es wissen." Stümpfchen war ein gefragter Mann in der Hamburger Unterwelt, da er sehr schnell sämtliche Substanzen besorgen konnte, die man gerade so benötigte. Stümpfchen war klein und hatte nur einen Arm, er wieselte flink herum und war schlau, niemand würde ihn jemals schnappen. Also hatten Walter und Cäsar ohne jeden Widerspruch den Preis gezahlt, den er für sein neuestes Wundermittel verlangte. Diese Tropfen waren perfekt. Ein kurzzeitiger Blackout – selbstverständlich hatte man aufgepasst, dass Arno Berger sich nicht verletzte –, aber der Betroffene wirkte nicht so, als sei er betrunken, sondern ganz klar, und dann war Sandy gekommen und hatte sich den guten Arnie mit ihrer Kollegin buchstäblich zur Brust genommen. In einem plüschigen Zimmer im oberen Stockwerk ging es dann heiß zur Sache, und Arnie machte Dinge, die er vorher noch nie gemacht hatte. Während er an einem Andreaskreuz hing und von Sandy mit einer Peitsche bearbeitet wurde, drückte Cäsar auf den Auslöser. Dann noch einmal, als Arnie auf allen vieren in einer Servierschürze vor Sandy herumkroch. Und dann wieder und wieder, während Sandy und Flohrense Sex mit Arnie hatten, und zwar in so ziemlich jeder Stellung, die man sich vorstellen konnte. Cäsar machte so viele Fotos, dass er die Speicherkarte austauschen musste. Es war herrlich!

Danach lieferten sie Arnie bei seinen Kumpels im Erdgeschoss ab, die ihn lautstark begrüßten. Und schwups, schon war der gute Mann wieder klar in der Birne, wenn auch ein wenig verwundert, dass er nach ein paar Bier einen derartigen Filmriss gehabt hatte.

Nach dem erfolgreichen Abschluss ihrer Mission hatten Walter und Cäsar spontan beschlossen, an die Elbe zu fahren. Nun saßen sie im Morgengrauen da und schauten übers Wasser rüber zur Werft von Blohm & Voss.

„Weißt du was?", fragte Cäsar und nahm einen Schluck aus der mitgebrachten Bierflasche.

„Hm?“

„Hab das erste Mal das Gefühl, wir machen was richtig Sinnvolles.“

„Stimmt.“ Walter nahm Cäsar die Flasche aus der Hand und trank ebenfalls. Dann saßen sie einfach so da und schauten auf das träge vorbeifließende Wasser.

Und da ging die Sonne auf.

Agathenhaus, Sonntagmorgen

Wie versprochen hatten Charlotte und Anne das Frühstück gemacht. Nachdem alle versorgt waren, saßen sie nun da und ließen die bisherigen Ereignisse Revue passieren. Gerti wuselte in der Küche herum und kochte eine Suppe.

„Deinen Fall haben wir bald gelöst. Wir müssen nur noch Vivian und deinen Ex überführen“, sagte Anne froh. „Gertis Fälle sind auch klar.“

„*Fälle*. Das klingt wie Mordfälle.“

„Diese Fälle sind schlimmer als Mord. Also, dann bin ja nur noch ich dran.“

„Und ich ja auch noch“, murmelte Charlotte, „wie du schon ganz richtig sagtest.“

„Ja. Aber ich auch.“ Anne wollte nun unbedingt mal die wichtigste Person sein. „Für mich ist wie gesagt noch *gar nichts* getan worden.“

„Wart's doch mal ab. Guten Morgen, Walter.“

„Na.“ Walter setzte sich mit roten Wangen. „Cäsar kommt auch gleich. Hübsch siehst du aus“, sagte er zu Charlotte, die einen viel zu großen Pyjama von Magdalena trug. Sie würde unbedingt einkaufen gehen müssen, wenn das hier alles in die richtigen Bahnen gelenkt war.

„Du wirkst wie eine schüchterne junge Frau, die ihren Halt fürs Leben sucht“, sagte Walter unbeholfen.

„Imitierst du jetzt Adalbert?“, fragte Anne. „Hör bloß auf,

das ist ja nicht zum Aushalten", maulte sie und belegte eine Brötchenhälfte mit Salami.

„*Du* siehst nicht hübsch aus in deinem Frottee-Schlafanzug", konterte Walter. „Gefallen dir diese Worte besser? Außerdem solltest du jetzt besser mal die Ohren spitzen. Das, was wir dir zu sagen haben, dürfte dich nämlich sehr interessieren." Er drehte sich um. „Ach, da ist er ja."

Cäsar kam mit einem Laptop an den Tisch. „Guten Morgen. Versorgt euch bitte mit reichlich Kaffee, denn jetzt wird es interessant. Wir schauen uns nämlich ein paar Bilder an."

„Bilder?", fragte Anne.

„Ja", sagte Cäsar und klappte den Laptop auf. Charlotte stand auf, um eine Thermoskanne mit Kaffee, Milch, Zucker und einige Tassen zu holen. Das versprach ein interessanter Vormittag zu werden.

Blankenese, Treppenviertel, 13 Uhr

Das Haus war in den Hang gebaut und bot einen hübschen Blick auf die Elbe, ähnlich wie das von Clarissa Murmann. Charlotte hatte die Klingel betätigt, ein leises Ding-Dong war zu hören gewesen, dann hatte ihnen eine Angestellte aufgemacht und Rasmus von Röttgen geholt, der nun vor ihnen stand und ziemlich genervt aussah. „Es ist Sonntag. Mir wurde gesagt, dass es wichtig sei. Also, was gibt es?"

„Vielleicht sollten wir besser reinkommen", sagte Charlotte, die von Gerti in der Maske so geschminkt und frisiert worden war, dass Rasmus sie nicht erkannte. Es war zwar lange her, dass sie sich gesehen hatten, aber sicher war sicher. Man wusste ja nicht, wie dieses Gespräch verlaufen würde – ein Zufall genügte, und Röttgen traf auf Alex oder wen auch immer und erzählte von ihr. Dass sie aus den Tiefen der Straße wieder aufgetaucht sei. Röttgen hatte natürlich damals ihren Absturz mitbekommen. Das hatte sich ja in gewissen Kreisen rumgesprochen, und jeder hatte darüber getratscht. Nein, vor dem großen Finale sollte niemand wissen, dass Charlotte wieder da war. „Reinkommen? Dafür sehe ich keinen Anlass." Rasmus von Röttgen sah wie ein Patrizier auf die Plebejer herab. Da er sehr groß war, musste er sich nicht viel Mühe geben.

„Ach doch", sagte Anne und hielt einige Abzüge von Cäsars Aufnahmen hoch, woraufhin Rasmus von Röttgen zur Seite sprang. Sie betraten das weitläufige Haus und folgten ihm in sein Arbeitszimmer, in dem er sich gegen seinen Schreibtisch lehnte.

„Papi, wer war denn an der Tür?", ertönte eine Stimme von draußen.

„Meine Tochter", krächzte Röttgen.

„Rasmus!", brüllte eine herrische Stimme.

„Meine Frau", krächzte Röttgen. „Oh, oh, oh." Er ließ sich auf seinen Stuhl sinken.

„Gleich, Liebling, gleich, Hasi!", schrie er zurück. „Mitarbeiter sind da. Es gibt Probleme mit ..."

„Der Braten wird kalt!"

„GLEICH!"

„Wie viele Fotos haben Sie von meinem Schwiegersohn?"

Cäsar hielt ihm ein paar besonders gelungene Exemplare hin. Arnie auf einer Streckbank, beim flotten Dreier, dann als Frau verkleidet und geschminkt, wie er vor Sandy kniete und ihre schwarzen Lackstiefel küsste, was besonders lustig aussah und in der Branche bestimmt gut ankommen würde.

„Genug", sagte Cäsar freundlich, und Charlotte wartete auf Röttgens Geldangebot, das sie selbstredend ausschlagen würden, weil es ja um etwas anderes ging. Um eine Vernichtung!

Rasmus von Röttgen stand auf und kam wankend näher. „Haben Sie genug, um ihn zu vernichten?"

Eine kurze Pause entstand. „O ja", sagten Anne, Cäsar und Charlotte dann im Chor.

Röttgen lächelte und deutete auf eine Sitzgruppe. „Ich glaube, es ist besser, wenn wir uns bei einem guten Brandy über die Sache unterhalten." Er ging zur Wand und zog an einer altmodischen Klingelschnur, aber statt des Hausmädchens kam seine Frau in die Bibliothek gerauscht, die so aussah, als wäre sie direkt der Fernsehserie „Downton Abbey" entsprungen: Man hatte das Gefühl, sich plötzlich am Anfang des 20. Jahrhunderts zu befinden.

„Rasmus!", keifte sie, und Charlotte dachte, dass sie noch nie eine so entsetzlich schrille Stimme gehört hatte. „Barbara, Arno und ich sind irritiert. Und die Suppe wird kalt."

„Ich habe hier zu tun, Elise. Esst allein weiter."

„Sie wünschen?", fragte die Hausangestellte, die nun ebenfalls aufgetaucht war.

„Brandy. Den guten", sagte von Röttgen.

„Tagsüber wird in diesem Haus nicht getrunken", giftete Elise von Röttgen, der man ansah, dass sie ständig Hunger hatte, aber so gut wie nichts zu sich nahm, um in ihre maßgeschneiderten Kostüme zu passen. Ihr Gesicht war kosmetisch gestrafft, und das zu sehr, der Kopf wirkte wie ein Fremdkörper auf dem faltigen Hals. Ihre Hände verrieten ihr Alter sowieso. Sie waren faltig und voller Altersflecken. Charlotte fiel auf, dass Elise wohl mal versucht hatte, sie wegmachen zu lassen, aber man sah sie trotzdem.

„Ich sagte, ich habe zu tun." Rasmus stand auf und sah das Hausmädchen an, das erschrocken dastand. „Holen Sie bitte den Brandy." Die Frau verschwand.

„Elise, ich werde es nicht noch einmal sagen. Geh zurück und unterhalte dich mit unserer Tochter und unserem Schwiegersohn. Ich komme nach, sobald ich hier fertig bin. Und nun kein Wort mehr." Seine Stimme klang drohend. Offenbar wollte Elise einen Streit vor Publikum vermeiden, denn sie verließ widerspruchslos die Bibliothek. Allerdings nicht, ohne die Tür hinter sich zuzuknallen.

„So. Jetzt setzen wir uns. Und dann erzählen Sie mal der Reihe nach, was da los ist."

„Gern", sagte Anne und sah sehr glücklich aus.

KAPITEL 25

Montag, 10 Uhr, Fürst Consulting

Anne saß zufrieden an ihrem Schreibtisch und beobachtete durch die Glasscheibe Vivian im Nachbarbüro, die wichtig dasaß und auf ihren Monitor glotzte, ohne wirklich was zu tun.

Der Sonntag war wunderbar gewesen. Den ganzen Tag hatten sie damit zugebracht, immer und immer wieder über Arnold Bergers Gesicht zu lachen. Den hatte der alte von Röttgen nämlich mitsamt seiner grenzdebilen, eifersüchtigen Tochter und dem keifenden Eheweib in die Bibliothek gerufen, um sie vor vollendete Tatsachen zu stellen.

Vorher hatte Anne von Röttgen alles erzählt, alles. Von Anfang an. Was in der Agentur vor sich gegangen war. Wie der Berger sich verhalten hatte. Vom Mobbing. Von den Nutten. Dass er ihre Ideen an andere Agenturen weitergegeben und sich das gut hatte bezahlen lassen. Von ihrem Rausschmiss. Wie sie auf der Straße gelandet war.

„Ferdinand Mohr hatte mich damals natürlich gefragt, was da vor sich ging“, sagte Röttgen, der sich erinnerte. „Wir haben mit Arno gesprochen, er hatte alles auf Sie geschoben. Ich wollte, als sich alles etwas beruhigt hatte, mit Ihnen sprechen, aber da waren Sie schon weg. Also nicht mehr in Ihrer Wohnung.“

„Ja, so war das.“

„Das ist ja eine unglaubliche Geschichte“, hatte von Röttgen gesagt. „Ich danke Ihnen. Jetzt habe ich endlich was in der Hand gegen meinen Schwiegersohn. Ich konnte ihn, unter uns gesagt, noch nie leiden. Trotzdem habe ich ihn lange unterstützt, weil er eben der Mann meiner Barbie ist.“

„Natürlich“, hatte Charlotte gesagt und innerlich gekotzt. Barbie war so eine Flitzpiepe.

Und dann war der große Moment da gewesen. Elise, Barbie und Arno hatten dagestanden, und Rasmus von Röttgen hatte die Fotos vor sie auf den Tisch geknallt und losgebrüllt, während Barbie anfing zu flennen und mit den Fäusten auf den Berger losging, der kalkweiß geworden war. Elise hatte wie paralysiert auf die Bilder gestarrt, auf denen ihr Schwiegersohn Stiefel küsste, und war dann aus dem Raum gegangen. Sie hatte sich dabei bekreuzigt. Arno Berger war völlig fertig gewesen und hatte dauernd nur auf Charlotte, Cäsar und Anne geblickt. „Sie hat das gemacht!", rief er. „Das war Anne, Anne Holzhäuser!"

Anne hatte gar nichts gesagt, sondern einfach genossen, was hier vor sich ging.

„Du Drecksau!", hatte der Berger schließlich gebrüllt und war auf sie losgegangen, aber er hatte nicht mit Cäsar gerechnet, der sich dazwischengeworfen hatte und ihm sagte, was er mit ihm anzustellen gedachte, wenn hier jetzt nicht mal sofort Ruhe im Karton wäre.

Und Rasmus hatte immer weitergebrüllt, war auf seinen Schwiegersohn zugegangen, der immer weiter in eine Ecke gedrängt wurde und schließlich vor lauter Angst die Hände über sein Gesicht hielt. Schließlich war der Berger in sich zusammengesunken und hatte so erbärmlich ausgesehen, dass es Anne fast leidtat. Charlotte, die das gemerkt hatte, warf ihr einen bösen Blick zu.

„Ich lasse mich scheiden! Wenn das jemand sieht! Ich bin geächtet! Ich lasse mich sofort scheiden!", hatte Barbie gebrüllt.

„Nein! Nein!", hatte Arno geschrien.

„Doch! Ich mache mich ja lächerlich. Du wirst zum Gespött der Leute werden!"

„Die Entscheidung liegt bei ihm", sagte von Röttgen, der nun etwas ruhiger war. „Entweder er packt sofort seine Sachen, taucht niemals mehr in der Agentur auf und verschwindet aus dieser Stadt, um von mir aus irgendwo anders in einer Bar zu kellnern, oder morgen weiß jeder Bescheid, jeder!"

„Vater!“, rief Arno theatralisch, obwohl man eigentlich nur noch in Filmen „Vater!“ rief. „Das kannst du nicht machen. Ich habe gut für den Mohr gearbeitet.“

„Ferdinand hat mir schon öfters erzählt, dass du unbeliebt bist und viel Mist baust und dass deine Angestellten dich decken, weil sie sonst ihres Lebens nicht mehr froh werden. Nur meinetwegen hat er stillgehalten. Aber nachdem ich das jetzt von Frau Holzhäuser gehört habe, ist Schluss. Du hast einen unschuldigen Menschen auf die Straße getrieben. Du …“, und nun vergaß er seine hanseatische Noblesse, „du widerliches, ekelerregendes Arschloch. Raus aus meinem Haus! Vielleicht hast du ja noch die Größe, dich bei ihr zu entschuldigen.“

„Entschuldigung.“ Arno Berger lief zu Anne und sank vor ihr auf die Knie, was Charlotte unerträglich fand. „Es tut mir so leid, so leid!“ Er hatte die Hände gefaltet und betete sie nun förmlich an.

Anne fand das alles so furchtbar, dass sie einfach nickte, woraufhin Charlotte ihr am liebsten eine geknallt hätte. Sie hatte vorher noch zu Anne gesagt, dass es vielleicht besser wäre, sie würde nicht mitkommen, aber Anne war fast ausgeflippt: „Glaubst du, das lasse ich mir entgehen? Nein, das Gesicht will ich sehen!“ Und jetzt? dachte Charlotte wütend. Jetzt war Anne kurz davor einzuknicken.

„Und nun verschwindest du“, sagte Röttgen, der sich nun wieder gefangen hatte.

„Barbie!“ Der Berger stand auf. „Sag du doch auch mal was.“

„Hau ab“, sagte Barbie kalt. „Du widerst mich an.“

„Du lässt mich einfach gehen?“, fragte er entsetzt. „Mich, deinen Mann. In guten wie in schlechten Tagen, heißt es doch.“

„Blabla“, sagte Barbie.

Arnos Augen verengten sich zu Schlitzen. „Dir ist es egal? Dann stimmt es vielleicht, dass du was mit Christoph hast? Ja? Stimmt das?“

„Vielleicht“, sagte Barbie.

„Dann passt dir das also gut in den Kram." Arno hatte trotz allem nun wieder Oberwasser. „Du miese kleine Nutte."

„UND NUN IST SCHLUSS! RAUS!" Von Röttgen packte Arno und schleifte ihn aus dem Raum. Der Berger wehrte sich, bis schließlich Cäsar eingriff und von Röttgen half. Da sie die Tür offen ließen, konnten alle gut sehen, wie sie den Berger durch die Haustür nach draußen schubsten. Cäsar schien ihm noch was ins Ohr zu flüstern. Dann kam Röttgen mit Cäsar zurück und straffte die Schultern.

„Jetzt brauchen wir, glaube ich, noch was zu trinken", sagte er.

„Schönen Dank", sagte Barbie zu den anderen. „Sie haben mir eine Menge Zirkus abgenommen. Ich wollte mich sowieso von ihm trennen, aber ich wusste nicht, wie ich das einigermaßen über die Bühne kriegen kann."

„Gern geschehen", sagten alle im Chor, und dann meinte von Röttgen, es wäre nun wirklich an der Zeit für eine zweite Runde.

„Was ist, wenn er mir auflauert und was antut?", hatte Anne irgendwann ängstlich gefragt. „Vielleicht war es doch nicht so gut, dass er mich erkannt hat."

„Das wird er nicht", war Cäsar sich sicher. „Ich habe ihm gerade eben das Nötige gesagt."

„Oh", hatte Anne erwidert. „Du bist ja toll."

Ja, so war das gewesen.

Und nun konzentrierte sich Anne auf die Nuss-Nougat-Creme-Geschichte. Ihre beiden Mitarbeiter, Daniela und Leon, waren schon unterwegs, um Umfragen zu machen, und sie würde später mit ihnen die Brotaufstriche essen, die sie letzten Freitag noch besorgt hatten. Die beiden waren in diversen Supermärkten gewesen, um die gängigen Konkurrenzprodukte zu besorgen. Es waren über 20! Und das nur hier in Hamburg. Wie um alles in der Welt sollte man da noch eine weitere Nusscreme unter die Verbraucher bringen? Wie sollte man gegen Nutella bestehen? Andererseits hatte Anne gerade eben wieder mit dem Kunden telefoniert, und der hatte gesagt, man sei bereit, den Etat noch weiter zu erhöhen.

Na gut, dachte Anne. Hier war keine Zeit zu verlieren. Sie öffnete die Gläser und fing schon mal mit den Tests an, aber nach vier Sorten schmeckte sie kaum noch einen Unterschied. Nein, das musste sie anders lösen. Einfach so konnte man ein derartiges Produkt nicht auf den Markt werfen, das war wie mit Klopapier. Da musste was Besonderes her.

Dann hatte sie eine Idee und setzte sich vor ihren Rechner.

Frau Schmollke kam heute erst mittags ins Büro, irgendwas war mit einem der Enkel, also konnte Anne noch etwas arbeiten.

Vivi kam zwischendurch rein und sagte: „Ich hab voll die gute Idee mit der Creme, die haben Sie wohl noch auf der Pipeline? Wie wäre es, wenn wir sie verschenken? Das hebt dann die Creme von den anderen ab!“, und Anne musste sich auf die Lippen beißen, um nicht laut loszuschreien.

Etwas später, Teeküche

„Ach, Frau Müller, mein jüngster Enkel ist krank. Grippe. Damit ist ja nicht zu spaßen. Und diese langen Wartezeiten beim Kinderarzt. Ich brauche erst mal eine gute Tasse Tee. Ach, es ist ja schon halb eins. Sind alle beim Mittagessen? Wie die Zeit herumgeht.“

„Ich musste noch lange über die Geschichte von Frau Fürst nachdenken“, sagte Anne und hoffte, traurig zu wirken. „Eigentlich ist das ja ein Drama.“

„Das ist es. Ich habe auch noch mal nachgedacht. Und danach habe ich mir die alten Unterlagen rausgesucht. Das muss natürlich unter uns bleiben! Damals verschwand ja viel, aber da haben sie nicht mit Frau Schmollke gerechnet. Manchmal hab ich nämlich Arbeit mit heimgenommen, gerade wenn ich mal früher gegangen bin, wenn ein Enkel krank war oder meine Mutter …"

„Sie haben Unterlagen mit nach Hause genommen? Was denn zum Beispiel?", fragte Anne, deren Herz nun stärker klopfte.

„Ach, dies und das. Belege für die Steuer. Schriftverkehr. Es musste alles bearbeitet werden, und ich war ja für die Geschäftsführung zuständig. Außerdem musste auch immer viel umgebucht werden. Das hab ich dann gemacht. Natürlich darf ich darüber eigentlich nicht sprechen. Aber irgendwann muss man ja auch sein Herz ausschütten, nicht wahr? Manche dieser Beträge kamen mir schon merkwürdig vor und manche Konten auch. Die waren plötzlich wieder gelöscht."

„Aber die Auszüge und so gibt es noch?"

„Ja, ja." Frau Schmollke nickte. „Die sind bei mir. Ich brauchte sie ja dann nicht mehr. Und auf manchen Rückseiten haben meine Enkel Wiesen und Käfer gemalt. Papier soll man ja nicht verschwenden."

„Frau Schmollke", sagte Anne, die plötzlich noch eine gute Idee hatte. „Kann auf den kranken Enkel vielleicht heute Abend mal seine Mutter aufpassen?"

Agathenhaus, 15 Uhr, Schlachtraum

„Hallo, Cäsar!", rief Charlotte. „Ich habe aufgeschrieben, was wir schon alles erreicht haben, und ein Dokument erstellt. Wir müssen uns wegen der nächsten Schritte mal zusammensetzen."

„Hier wird nicht geschrien!", schrie Magdalena aus ihrem Büro.

„Magdalena, wir haben keinen weißen Pfeffer mehr!", brüllte Gerti aus der Küche.

Cäsar kam näher. „Du machst einen echt irre mit deinem

Zusammensetzen. Das weiß man doch *auch so*, was noch zu tun ist."

„Es ist doch trotzdem ein Erfolgserlebnis", sagte Charlotte und deutete auf den Monitor. „Ich lese dir vor."

Cäsar setzte sich nun doch. „Wenn's sein muss."

„Also. Hör gut zu. Ich, also Charlotte: 1. Wir haben die Steuer am Wickel, weil Lumpi mit seinem ehemaligen Kollegen Bruno und diesem Richard die relevanten Akten in einem Geheimraum gefunden hat, die besagen, dass nicht nur bei mir, sondern bei vielen anderen Menschen gemauschelt wurde und Gelder in die eigenen Taschen der Steuerfahndungsmitarbeiter gewandert sind. Das alles mithilfe von Doktor Sebastian Bachmann, der leider fort ist und nicht zur Rechenschaft gezogen werden kann. 2. Wir haben im Sarg von Dieter Murmann die Dokumente gefunden, die besagen, dass Fürst Consulting von Rechts wegen immer noch mir gehört. Heirat hin, Heirat her. 3. Anne betreffend: Arno Berger ist nun ein geächteter Mann, der keinen Job mehr hat und wahrscheinlich auch nie wieder eine derartige Position bekommen wird. Verdient, wie ich finde. Er wird auch Anne in Ruhe lassen, dafür hast du gesorgt. 4. Klaus Metting, der Gerti beschissen beziehungsweise gar nicht verteidigt hat, wird ebenfalls die Klappe halten. Er hat alle Erklärungen unterschrieben, wir werden noch schauen, ob Gerti den Fall neu aufrollen will. Adalbert hat gesagt, dass ihr Vater gar nicht mehr zur Rechenschaft gezogen werden kann, das wäre also auch abgehakt. Dann 5. Gudrun Knapp, die Gefängnisaufseherin: Sie ist tot, hat sich bei Gerti per Brief entschuldigt und noch mehr. Wir müssen überlegen, was wir mit diesem Erbe machen. In jedem Fall muss Gerti gut beraten werden, was das betrifft. Bleiben noch Punkt 6 und 7, die da wären: Mein Exmann und Vivi müssen für alles bluten, was sie mir angetan haben, und Hanna Winterstein, die Psychologin von Anne, muss aufgesucht werden. Und weißt du was, das mache ich jetzt!"

„Willst du nicht mal einen Tag ausruhen?“, fragte Cäsar. „Walter und Lumpi machen auch ein Nickerchen. Alle sind müde. Wir könnten uns doch einfach mal in den Aufenthaltsraum setzen und ein Kreuzworträtsel lösen. Oder Mikado spielen.“

„Du bist wohl verrückt. Wir sind gerade so gut dabei, da mache ich doch jetzt keine Pause.“ Charlotte war schon am Googeln und suchte die Psychologin. „Und da hab ich sie auch schon. Hanna Winterstein wohnt in Eppendorf.“ Sie stand auf.

„Willst du nicht erst einen Termin ausmachen?“

„Das mit den Terminen hat ja auch damals bei Anne so hervorragend geklappt. Nein, ich gehe da direkt hin und klingle.“

„Ich fahr dich“, sagte Cäsar. „Nicht dass das so eine Irre ist, die auf dich losgeht.“

„Du kennst dich eben aus. Du hast ja BWL studiert.“

„Und Germanistik. Da ist einem nichts mehr fremd.“

Es nieselte schon wieder, als sie in Cäsars Bus stiegen. „Hast du hier drin eigentlich schon Leichen transportiert?“, fragte Charlotte unvermittelt.

„Natürlich, was denn sonst“, sagte Cäsar ruhig und setzte den Blinker. „Aber nur die Leichen von Leuten, die es verdient haben. Du musst dir also keine Sorgen machen.“

„Das ist schön“, sagte Charlotte und hatte den Eindruck, langsam irre zu werden, weil sie sich nach Cäsars Worten tatsächlich sehr sicher und wohl fühlte.

Eine Viertelstunde später hatten sie einen Parkplatz gefunden, obwohl das hier in Eppendorf, wo Anne mal gewohnt und Hanna Winterstein ihre Praxis hatte, quasi unmöglich war, und klingelten. Hoffentlich hatte Frau Winterstein gerade keinen Patienten.

Niemand öffnete, sie klingelten wieder, und nach dem dritten Klingeln wollten sie schon wieder gehen, aber da ertönte eine dünne Stimme aus einem oberen Fenster. „Wer ist denn da?“

Cäsar und Charlotte traten einen Schritt zurück und schauten nach oben. Da stand eine Frau mit ungekämmten, wirren Haaren und sah panisch aus.

„Äh, Frau Winterstein?“, fragte Charlotte. Vielleicht war es ja eine Patientin. Die Frau nickte. „Was wollen Sie?“, fragte sie, während im Erdgeschoss ein Fenster aufging und eine gepflegte Frau Mitte sechzig mit sorgfältig frisierten grauen Haaren herausschaute, die ganz offenbar lauschen wollte.

„Wir, äh …“ Charlotte wusste nicht, was sie jetzt sagen sollte. Würde sie Anne ins Spiel bringen, könnte es gut sein, dass Frau Winterstein erst recht nicht aufmachte.

„Es geht um eine Patientin“, sagte sie daher nur.

„Hab ich nicht mehr“, erklärte Frau Winterstein, und die Frau im Erdgeschoss zog die Augenbrauen hoch.

„Ein Drama“, flüsterte sie. „Wir sind froh, wenn sie morgen weg ist.“

„Ach, sie zieht aus?“, fragte Charlotte höflich.

„Sozusagen. Eine Schande für unser Haus!“, rief die Nachbarin nun nach oben.

„Sei still, du alte Krawallschachtel!“, schrie Frau Winterstein zu ihr hinunter.

„Ein impertinentes Weib, immer noch, trotz der misslichen Situation“, sagte die Eppendorferin und rümpfte die Nase, während Charlotte gar nichts mehr verstand.

„Die soll die Schnauze halten!“, schrie Frau Winterstein. „Also, Sie da unten, um was geht’s?“

Tja, es half wohl alles nichts. Charlotte beschloss, die Wahrheit zu sagen: „Es geht um Anne Holzhäuser. Sie war vor einiger Zeit mal eine Ihrer Patientinnen.“

„Ja und?“, rief Frau Winterstein.

„Himmel, sollen wir die ganze Geschichte auf der Straße rumbrüllen, jetzt machen Sie doch endlich die Tür auf!“, schrie Cäsar genervt. Das schien zu wirken, denn die Psychologin verschwand vom Fenster und betätigte den Türsummer.

Cäsar und Charlotte kletterten hoch in den zweiten Stock.

„Ja, da schauen Sie." Hanna Winterstein setzte sich auf einen Stuhl. „Morgen muss ich hier weg sein, ein richterlicher Befehl, sonst können die mich hier raustragen", sagte sie. „Und ich darf nichts von meinen Möbeln mitnehmen. Vermieterpfandrecht heißt das."

„Aber warum denn? Unten ist doch ein Messingschild, auf dem steht …", begann Charlotte, aber Frau Winterstein schüttelte den Kopf.

„Alles vorbei", sagte sie und fuhr sich durch das strähnige Haar. Sie sah entsetzlich aus. Aufgequollen, die Augen knallrot, wahrscheinlich vom vielen Heulen, die Fingernägel waren abgebissen, sie trug einen Jogginganzug, der mal grau gewesen sein musste, jetzt aber voller verschiedener Flecken und völlig ausgebeult war. Die ganze Frau war eine einzige, armselige Erscheinung.

„Was ist denn nun mit Frau Holzhäuser?", fragte Hanna Winterstein und lachte. „Will sie Geld von mir? Mich vielleicht verklagen? Bitte, nur zu."

Ja, was wollte Anne eigentlich von ihr? So genau hatten sie den Racheplan für Frau Winterstein gar nicht besprochen. Um genau zu sein, hatten sie den Plan überhaupt noch nicht besprochen. Anne hatte nur dauernd gesagt, dass sie Rache wollte, dass die Psychologin bluten sollte.

Und die saß nun vor ihnen und schien selbst eine Therapie zu brauchen.

„Sie haben Frau Holzhäuser damals quasi rausgeschmissen, die Therapie abgebrochen", erklärte Charlotte.

„Ja, ich erinnere mich. Die Kasse hat die Stunden nicht weiter übernommen, da fehlten Unterlagen, die sie nicht beibringen konnte. Was hätte ich denn tun sollen?"

„Ihr vielleicht helfen, die Unterlagen zusammenzukriegen?", schlug Charlotte vor. „Sie kannten doch die Situation von Frau Holzhäuser." Lustig, bis vor Kurzem hatte sie noch gar nicht gewusst, wie Anne mit Nachnamen hieß.

„Ich hatte damals so viele Patienten", erklärte Frau Winterstein lahm. „Ehrlich gesagt war ich froh, sie loszuwerden. Ich hatte viele Privatzahler. Da wollte ich mich nicht noch mit einer Kassenpatientin herumärgern. Ich weiß, das klingt jetzt hart und abwertend, aber es war damals so. Heute weiß ich, wie es Frau Holzhäuser ging." Sie zog die Nase hoch, wischte mit dem Handrücken darüber und schaute Cäsar und Charlotte abwechselnd an. „Ab morgen weiß ich auch nicht, wohin. Diese Angst hatte Frau Holzhäuser ja auch. Und ich habe sie auf der Straße gesehen, Monate später. Da lief sie hier durch Eppendorf, und ich bin schnell auf die andere Straßenseite gegangen. So war ich, ja. Und in ein paar Stunden geht's mir genauso."

„Du liebe Güte", sagte Charlotte.

„Tja. So ist das. Es tut mir alles sehr leid, ich kann es nicht mehr rückgängig machen. Wenn Sie sie sehen, sagen Sie ihr das bitte. Also, dass es mir leidtut. Ich würde es gern wiedergutmachen, aber ich weiß nicht, wie. Vielleicht treffe ich sie ja. Ist sie denn noch obdachlos?"

„Nein", sagte Charlotte. „Sie hat jetzt Freunde. Sie hat jetzt uns."

Und da fing Hanna Winterstein wieder an zu weinen. Sie heulte laut und stampfte mit den Füßen auf dem Boden auf. „Ich weiß nicht mehr weiter, ich weiß nicht, wohin, was soll ich machen, ich hab niemanden mehr, wo soll ich hin, was mach ich nur, was?", rief sie dauernd und schluchzte so sehr, dass Cäsar schon feuchte Augen bekam und sich vor lauter Ergriffenheit setzen musste.

„Ruhe jetzt!", rief Charlotte. „So kommt kein Mensch hier weiter. Jetzt erzählen Sie mir in klaren und nachvollziehbaren Worten, was hier los ist. Was ist passiert?"

„Es ist doch sowieso alles egal", schniefte die Psychologin. „So egal."

„Herrje, wenn alles so egal ist, muss auch nicht geflennt werden. Also los jetzt!"

„Ich hab ganz viel Geld verdient", fing Hanna an und putzte sich die Nase. „So viel. Die ganzen Privatpatienten, die haben mir richtig Geld auf den Tisch gelegt. Tja, und dann bin ich auf ein paar Leute reingefallen, die mir Wohnungen angedreht haben. Angeblich würden die in zehn Jahren das Dreifache wert sein. Ich hatte nicht gedacht, dass mir mal so was passiert. Ich habe mich informiert, die Firma schien gut zu sein, aber das war sie nicht. Nachdem ich ganz viel Bargeld dorthin getragen hatte und auch noch einen Kredit aufnehmen musste, um noch mehr Bargeld hinzutragen, gab es die Firma plötzlich nicht mehr. Das Gebäude war leer, als ich hinkam, das muss man sich mal vorstellen." Wieder Naseputzen. „Ich hatte fast nichts mehr, das ganze Geld war futsch. Ein paar Rücklagen waren noch da, aber dann musste ich den teuren Anwalt bezahlen. Ich hatte Panikattacken und Existenzängste, habe Termine einfach nicht wahrgenommen, habe zu viel getrunken. Zwischendurch hatte ich ein schlechtes Gewissen, wollte alles wiedergutmachen, auch an den Patienten, denen ich so übel mitgespielt hatte, also ich wollte auch Frau Holzhäuser suchen, aber dann hatte ich keine Kraft mehr. Es war so ein Durcheinander. Dann blieben Patienten weg, weil ich so unzuverlässig wurde. Ich machte keine Abrechnungen mehr, zahlte keine Miete mehr, trank noch mehr Alkohol, es war so ein Scheiß-Teufelskreislauf. Plötzlich war alles egal. Tja, und nun, hier und heute, sitze ich da und warte darauf, dass es vorbei ist. Wohin ich gehen kann, wenn ich diese Wohnung verlasse, weiß ich nicht. Ich weiß gar nichts mehr. Ich bin am Ende." Schniefen. „Ich war wirklich mal gut in meinem Job", sagte Hanna Winterstein. „So richtig. Ich habe Fortbildungen gemacht und alles bestanden, ich war in Fachkreisen beliebt und anerkannt. Aber …"

„… nun ist plötzlich keiner mehr da", vervollständigte Charlotte den Satz, und Hanna nickte, und schon wieder kullerten die Tränen.

„Ich bin ganz unten", flüsterte Hanna. „Ganz unten."

Charlotte stand da, beobachtete die Psychologin, und ein weiterer Baustein des Planes, den sie seit einiger Zeit verfolgte, fiel an seinen Platz. Man würde sehen.

„So, Frau Winterstein. Jetzt geben Sie mir mal die Nummer Ihres Vermieters. Dann gehen Sie duschen und ziehen sich richtig an. Auf jetzt. Sie haben genug geheult!"

KAPITEL 26

Fürst Consulting

Den Rest des Nachmittags ließ Anne die beiden Mitarbeiter die Brotaufstriche essen. Gegen 17 Uhr war beiden schlecht, und sie baten darum, nach Hause gehen zu können, was Anne sehr recht war. Sie hatte in der Zwischenzeit eifrig an ihrer, wie sie fand, blendenden Idee weitergearbeitet. Auch sie hatte einen Plan, den sie aber den anderen noch nicht mitteilen würde. Eins nach dem anderen.

Gegen sechs kam Frau Schmollke, und sie verließen zusammen das Büro, um zu Frau Schmollke nach Hause zu gehen und die Unterlagen zu holen. Anne fragte sich, wie man in diesem Haus auch nur für zwei Minuten zur Ruhe kommen konnte. Überall flog etwas rum, Kinder schrien, Eltern brüllten nach Betreuung, alle hatten Hunger, und überall hing Wäsche auf Leinen. Der so schrecklich kranke Enkel saß im Wohnzimmer, trank Cola, aß Gummibärchen und schaute irgendeine Zeichentrickserie. Er wirkte so lange gesund und aufgeräumt, bis er seinen Willen nicht bekam oder den Fernseher ausmachen sollte, dann nämlich bekam er plötzlich Fieber, und das so lange, bis ihm jemand neue Cola brachte oder ihm erlaubte, weiter auf den Bildschirm zu glotzen.

Anne betete zu Gott, dass Frau Schmollke die relevanten Schriftstücke auch finden würde. Nicht dass die Enkel Papierschiffchen daraus gebastelt und die in der Alster versenkt hatten. Aber in Frau Schmollkes kleinem Zimmer herrschte Ordnung, sie fand alles sofort und packte es in Plastiktüten. „So, fertig“, sagte sie dann. „Also ich bin wirklich gespannt, wie Sie diesen Füchsen was nachweisen wollen. Aber ich lasse mich natürlich gern überraschen.“

Es begann noch eine lautstarke Diskussion darüber, wer jetzt wem Abendessen machen würde. Die Tochter beschwerte sich, dass sie dann heute gar nicht mit dem Mike ins Kino gehen konnte, und die anderen Enkelkinder sagten: „Du bist aber eine gemeine Oma." Dann konnten sie endlich das Haus verlassen.

„Nette Familie", sagte Anne, die ja irgendwas sagen musste.

„Manchmal träume ich nachts davon, wie ich sie alle nacheinander mit einer Axt zerteile", sagte Frau Schmollke und lächelte.

Agathenhaus, etwas später

„Ich muss mich jetzt wirklich mal ausruhen", sagte Cäsar. „Nur ein halbes Stündchen. "

„Ja, dann geh doch nach oben. Die ersten beiden Zimmer sind frei", erklärte Anne, woraufhin Cäsar sofort verschwand.

Anne wartete, bis er um die Ecke gebogen war. „Charlotte", sagte sie dann. „Kommst du mal?"

„Ja." Charlotte ließ ihr Handy sinken. „Ich muss nur nachher noch mal weg, mich mit jemandem treffen."

„Mit wem?"

„Egal."

„Seit wann ist das denn egal? Wir müssen doch auch alles sagen. Das ist doch nicht fair. Außerdem ..."

„Ich muss dem Vermieter von Hanna Winterstein die rückständige Miete bezahlen", sagte Charlotte. „Bist du jetzt zufrieden?"

„WAS?", schrie Anne und fing an, wie ein Teufelchen herumzuspringen. „WAS HÖRE ICH DA? Warum das denn um alles in der Welt?"

„Das erkläre ich dir später. Vertrau mir."

„Ha!", machte Anne. „Dir vertrauen. Wie lustig. Ich tue, was ich kann, um dir zu helfen, und du zahlst einer Frau, die an der Zerstörung meines Lebens mitverantwortlich ist, die rückständige Miete. Ich glaube, es hackt!"

„Also entschuldige bitte mal, SO VIEL hast du noch nicht getan, wenn ich an Lumpi und Bruno und unsere Aktion auf dem Friedhof denke. Da warst du zwar mit, aber nur *anwesend*. Und ja, du sitzt in der Firma, das stimmt, du arbeitest da auch, und zwar in meinem Büro, aber wirklich rausbekommen hast du noch nichts. Davon mal ganz abgesehen: Warum solltest du mir nicht vertrauen? Habe ich dir, seitdem wir uns kennen, ein einziges Mal Anlass dazu gegeben, mir nicht zu vertrauen?"

„Nein", musste Anne zugeben. „Aber das mit Frau Winterstein ist doch genau dasselbe, als würde ich deinem Exmann helfen, die Akten zu schreddern." Nun wurde sie richtig giftig. „Davon mal ganz abgesehen habe ich wohl was getan!"

„Was denn?" Charlotte hatte wieder ihre arrogante Miene aufgesetzt, die Anne unter gar keinen Umständen ertragen konnte. Sie stapfte aus dem Raum und kam eine halbe Minute später mit einer Frau zurück, die drei Plastiktüten in der Hand hatte.

„Gott steh mir bei!" Die Frau ließ die Tüten fallen und rannte auf Charlotte zu. „Frau Fürst, Frau Fürst! SIE LEBEN!"

Eine halbe Stunde später

Frau Schmollke weinte immer noch. Cäsar, der bei dem ganzen Lärm unmöglich schlafen konnte, war zurückgekommen und weinte nun auch fast, weil er diese ganzen Dramen einfach nicht mehr ertrug. Dann klingelte sein Handy, und er ging raus, um zu telefonieren, und als er zurückkam, war er nicht mehr kurz vor dem Heulen, sondern sah sehr aufgeräumt aus. Anne betrachtete währenddessen die weinende Frau Schmollke und sagte, dass man aufhören solle zu weinen, sonst müsse sie anfangen zu weinen, und Gerti kam aus der Küche und fragte, ob jemand gestorben wäre, setzte sich dazu und weinte dann auch fast, weil es einfach zu rührend anzusehen war, wie Frau

Schmollke die ganze Zeit dasaß und Charlotte streichelte. Dabei wimmerte sie ununterbrochen: „Ich dachte, Sie seien tot und lägen in einem Armengrab, uh! Uh!“ Und Charlotte antwortete in regelmäßigen Abständen: „Ich lebe doch aber noch, Frau Schmollke! Ich lebe, ich lebe!“

Nachdem sich alle ein wenig beruhigt hatten, kamen sie endlich dazu, den Inhalt der Plastiktüten zu durchforsten.

„Ach je“, sagte Charlotte. „Frau Schmollke, sind Sie ordentlich. Na ja, schon immer gewesen.“

Frau Schmollke wurde rot und freute sich. „Und Sie leben!“, rief sie wieder. „Ja, ich habe alles aufbewahrt. Irgendwie hatte ich all die Jahre ein komisches Gefühl. Zu Recht, wie man sieht.“

Charlotte war fassungslos. „Alex und Vivi sind so gut wie im Gefängnis“, sagte sie dann. „Das hier beweist alles. Lückenlos.“

„Bist du sicher?“, fragte Cäsar.

Charlotte nickte. „Glaub mir, ich weiß, wovon ich spreche. Ich weiß, was man darf und was nicht. Oder zweifelst du an meiner Kenntnis?“

Cäsar hob die Hände. „Nein, natürlich nicht. Ich wollte nur gerade anbieten, jemanden anzurufen, der ein paar schicke Konten in Liechtenstein oder auf den Caymans erstellt. Das wäre gar kein Problem.“

„Ach? Das hättest du auch mal früher sagen können.“ Charlotte schlug sich mit der Hand gegen ihre Stirn. „Jetzt kommst du damit um die Ecke.“

„So ist es aber doch viel glaubwürdiger, auch weil es nicht gefälscht ist“, sagte Anne.

„Das stimmt auch wieder“, sagte Charlotte und beschloss, sich nicht mehr zu ärgern.

„Wir müssen uns unbedingt zusammensetzen, um …“

„Charlotte, wir *sitzen* gerade zusammen.“ Cäsar holte tief Luft und zählte bis zehn. „Und so viele Punkte gibt es nicht mehr zu besprechen, wir müssen jetzt auch keine *Liste* machen.“

„Aber Vivi und Alex. Wie machen wir das?", fragte Charlotte. „Und was für ein Jammer, dass Sebastian Bachmann nicht zu fassen ist. Ich hätte ihn so gern im Knast gesehen. Wimmernd."

Cäsar räusperte sich. „Bachmann ist wieder in Hamburg", sagte er dann. „Das war der Anruf eben. Und er wird von meinen Leuten beobachtet. Ganz offenbar hat er hier irgendwas zu erledigen. Er ist inkognito da. Und er hat sich mit deinem Exmann getroffen. Wir haben Fotos. Also meine Jungs haben Fotos."

„WAS? Das sagst du erst jetzt???"

„Nun schrei nicht rum. Warte einfach ab. Wir schnappen ihn, sobald es nötig ist."

„Nicht dass er dann schon wieder im Flugzeug sitzt!", rief Charlotte.

„Wird er schon nicht, wie gesagt, *meine Jungs* sind da dran." Cäsar lächelte. „Dieser Richard hat bei Lumpi angerufen, es gibt wohl doch noch ein paar Akten, in denen der Name Sebastian Bachmann auftaucht. Akten, in denen so einiges nicht stimmt. Bingo. Richard hat in den Unterlagen auch Verbindungen zu Fürst Consulting gefunden. Dann sind sie zu Adalbert gefahren, und er hat sich alles angeschaut und siehe da – damit kriegt man diesen Bachmann dran. Momentan läuft es wirklich gut. Auch dass er ausgerechnet jetzt in Hamburg ist."

„Wie herrlich! Wir kriegen sie alle!", rief Charlotte. „Oh, ihr seid die Besten. Ich liebe euch!"

„Ich auch!", rief Anne und sah Cäsar an, der wieder rot wurde.

„Anne", sagte er dann leise. „Hast du Lust, ein bisschen mit mir spazieren zu gehen? Wir könnten einfach so rumlaufen und vielleicht … vielleicht …", er kam näher.

„Was denn?", fragte Anne heiser, während Charlotte immer noch herumjubelte, und Frau Schmollke schrie, dass sie so froh sei, dass Frau Fürst lebte.

„Einen Apfel essen oder so“, sagte Cäsar.
Anne runzelte die Stirn. „Einen *Apfel essen*?“
„Na ja oder so was Ähnliches.“
„Na gut“, sagte Anne. „Vielleicht ein Fischbrötchen.“
„Das wäre wundervoll“, sagte Cäsar.
„Wir gehen ein bisschen raus“, sagte Anne, und niemand antwortete, weil alle noch rumschrien.

Dienstag, Fürst Consulting

„Frau Müller, guten Morgen.“ Alex strahlte Anne an und winkte sie zu sich. „Was macht die Nusscreme?“

„Oh, wir sind am Probieren, und gestern haben wir erste Umfragen gestartet. Die Ergebnisse sehe ich mir gleich an. Vorläufig war das nur in der Innenstadt, jetzt kommen bald die anderen Stadtteile dran. Wir müssen die unterschiedlichen Bevölkerungsschichten befragen und das dann auswerten.“

„Bestens. Informieren Sie den Kunden regelmäßig über den Stand der Dinge?“

„Natürlich. Die Unterlagen hab ich ja alle.“

„Sehr schön. Ich treffe mich heute mit den Leuten von Schlosser-Steuben.“ Er kam näher und wurde leise. „Sie wissen, was das bedeutet?“

Anne nickte. Schlosser-Steuben war der marktführende Hersteller von Reinigungsmitteln aller Art. Kloreiniger, Spülmittel, Allzweckreiniger, Seifen, Glasreiniger und so weiter. Ein Auftrag von Schlosser-Steuben war der Hammer. Auch wenn sie es nicht gerne zugab: Alex schien wirklich gut zu sein. Und getrunken hatte er offenbar auch nichts. Es schien, als hätte er die Dinge im Griff. Vielleicht trank er grundsätzlich nur bei Vorstellungsgesprächen? Die Säufernase konnte er ja auch noch von früher haben.

„Die haben diverse Projekte zu vergeben“, sagte Alex.
„Drücken Sie mir mal die Daumen nachher.“

„Klar. Immer“, sagte Anne.

„Wo ist denn meine Frau? Ah, da kommt sie ja. Gut, dass du da bist, Viv, komm doch mal mit zu mir rein. Wir müssen ein paar Unterlagen durchgehen.“

Anne sah ihnen nach. Was wollte Alex bloß mit dieser Frau?

Agathenhaus

„So.“ Charlotte zog die Vorhänge vor die Fenster. „Und jetzt schlafen Sie sich mal richtig aus. Alles wird gut. Und wenn Sie einigermaßen fit sind, möchte ich mit Ihnen über Ihre Zukunft sprechen.“

Hanna Winterstein sah sie mit großen Augen an. „Aber warum denn? Wieso tun Sie das? Wieso waren Sie bei meinem Vermieter und haben die ganze rückständige Miete bezahlt? Warum wollen Sie mir helfen?“

„Weil ich immer noch an das Gute in manchen Menschen glaube“, sagte Charlotte mit fester Stimme. „Und ich glaube Ihnen wirklich, dass Ihnen die Sache mit Frau Holzhäuser leidtut.“

Hanna schniefte. „Ja. Das stimmt.“

„Außerdem habe ich was mit Ihnen vor. In den letzten Tagen habe ich mir einen Plan ausgedacht. Und nun Gute Nacht.“

„Gute Nacht. Danke.“

„Gern. Haben Sie eigentlich noch Ihre Zulassung?“

„Ja, sicher. Aber ich denke nicht, dass noch mal jemand zu mir kommen wird. So was spricht sich sehr schnell herum.“

„Abwarten.“ Charlotte schloss die Tür und ging nach unten. Glücklicherweise war ein kleines Zimmer im Agathenhaus frei, in dem Hanna vorerst schlafen konnte. Charlotte war heute Morgen bei ihrem Vermieter gewesen, hatte alles bezahlt, die Möbel wurden abgeholt und eingelagert, und sie hatte Hanna mit hergenommen. Magdalena hatte sich angewöhnt, einfach gar nichts mehr zu sagen, weil sie an ihr Herz dachte.

Im Schlachtraum traf Charlotte auf Walter, der mit Cäsar zusammensaß. In diesem Moment kam Adalbert zur Tür herein und sagte: „Gut, meine Lieben. Lasst uns zur Tat schreiten." Mit diesen Worten wurden alle Schriftstücke, Dokumente und Akten auf dem Tisch ausgebreitet, man krempelte die Ärmel hoch und begann zu sortieren.

Und da kam Gerti in den Raum. „Ich wollte gerade Vati besuchen!", rief sie. „Er ist tooot!"

Charlotte schloss die Augen. Jetzt fing sie bestimmt wieder an zu weinen. Was natürlich verständlich war. Aber andererseits musste Vati jetzt wenigstens nicht mehr ins Gefängnis.

Und heute war schon so viel geweint worden. Charlotte hatte genug von der Heulerei.

Sie nahm Gerti in die Arme und sah zu den konzentriert arbeitenden Männern hinüber. Cäsar schaute auf. „Eine Beerdigung passt jetzt irgendwie gar nicht, können wir das später machen?"

„Aber wir müssen doch Vati unter die Erde bringen. Ich muss ins Heim und das klären", sagte Gerti.

„Wir lassen ihn kühlen", meinte Cäsar. „Ich kläre das. Ich habe überall meine Kontakte." Er telefonierte kurz, dann war das auch erledigt, und man konnte sich wieder den wichtigen Dingen widmen.

Countdown.

Fürst Consulting

Anne hatte Frau Schmollke eingeschärft, dass sie sich unter gar keinen Umständen etwas anmerken lassen durfte. Woraufhin Frau Schmollke jetzt so angespannt war, dass es wirkte, als hätte sie einen Stock im Rücken. Glücklicherweise hatte sie heute einen halben Tag Urlaub, weil irgendein Enkel wieder oder noch krank war, und verschwand gegen 14 Uhr aus der Firma.

Daniela und Leon waren in den Hamburger Außenbezirken unterwegs, und Anne arbeitete weiter an der Strategie, dachte zwischendurch über ihre Idee nach und machte sich viele Gedanken über Alexander Fürst. Was für ein gewiefter Kerl. War gar nicht blöd und hatte sich die Firma schön unter den Nagel gerissen. Sie stand auf und schaute auf die Uhr. Schon halb sieben. Es war dunkel, und sie beschloss, für heute Schluss zu machen. Sie fuhr ihren Rechner hinunter, trug ihre Kaffeetasse in die Küche, packte ihre Tasche. Als sie den Flur entlangging, bemerkte sie, dass in Alexanders Büro noch Licht brannte.

„Hallo? Herr Fürst?", fragte sie, aber niemand antwortete. Sie betrat den Raum und betrachtete die Unordnung auf dem Schreibtisch. Da lagen diverse Dokumente, die nach Anwalt aussahen. Sie sah genauer hin und las die Worte „Erklärung", „ich versichere", „alleinige Verantwortung" und so weiter. Überall war Vivians Unterschrift. Hastig schnappte sich Anne ein paar Blätter und überflog sie. Und plötzlich wurde ihr klar, warum Alexander Fürst mit Vivian verheiratet war – er brauchte jemanden, der im schlimmsten Fall für alles verantwortlich war. So einfach war das.

„Hallo, Frau Müller", ertönte da Alexanders Stimme von der Tür her, und sie ließ schnell die Papiere fallen. Alex kam näher und sah im Licht der Schreibtischlampe aus wie ein Dämon.

„Na, haben Sie geschnüffelt?"

„Das lag ja alles offen herum", sagte Anne und überlegte ihren nächsten Schritt. Dann ging sie auf ihn zu. „Sie sind klug", sagte sie. „Und ja, ich habe geschnüffelt."

Alexander lächelte sie an und glotzte auf ihren Busen. Anne war froh, dass sie heute eine Bluse trug, die sehr eng war.

„Da hat sie doch glatt geschnüffelt", sagte er und atmete schwer.

„Ich möchte Ihnen ein Angebot machen, Herr Fürst", sagte Anne, woraufhin Alex noch näher kam und sie umarmen wollte und wahrscheinlich, um dem Klischee zu entsprechen, auf dem Schreibtisch vögeln, aber es gelang ihr, ihm auszuweichen.

„Was ich da gesehen habe, ist sehr intelligent durchdacht“, sagte sie. „Und ich glaube, ich bin hier richtig. Wenn es um Geld geht natürlich. Ich bin sicher, dass es Ihnen auch um Geld geht.“

„Aber ja.“ Alex kam wieder näher.

„Die Firma ist auf einem guten Weg“, sagte Anne. „Wir sind Profis. Wir haben Ihre Frau. Entschuldigung, ich sage schon ‚wir‘, ich meinte natürlich Sie. Die hält wohl für alles her, und wenn der richtige Zeitpunkt gekommen ist, wird dasselbe Spiel noch mal gespielt wie damals mit Ihrer Ex.“

„Sie wissen davon?“

„Man bekommt vieles mit“, sagte Anne.

„Sehr schön.“ Alex lachte leise auf. „Ich wusste doch, dass Sie die richtige Frau an der richtigen Stelle sind. Zusammen kann man viel erreichen.“

„Ich will das große Geld machen, ich will nicht mehr lange arbeiten.“ Anne warf ihr blondes Haar zurück.

„So geht es mir auch.“

„Also dann – warum machen wir nicht gemeinsame Sache?“ Anne fuhr sich mit der Zunge über ihre Lippen.

„Ein guter Plan. Aber heute Abend können wir beide doch …“

„Eins nach dem anderen, Herr Fürst. Eins nach dem anderen …“

„Na gut“, sagte Alex. „Erst das Geschäftliche. Wie Sie meinen.“

Agathenhaus, abends

Anne war auf Hanna Winterstein getroffen. Und dieses Treffen war ganz anders abgelaufen als gedacht. Eigentlich hätte sie diese Frau ja hassen müssen, aber das tat sie nicht. Im Gegenteil. Sie konnte genau nachempfinden, wie es ihr ging. Hanna entschuldigte sich gefühlte fünf Millionen Mal, und irgendwann wurde es Anne auch zu bunt.

„Charlotte sagt, Sie können es wiedergutmachen“, sagte sie. „Ich weiß zwar noch nicht, wie, aber Charlotte sagt so was nicht einfach so. Also warten wir einfach mal ab, und Sie kommen hier ein bisschen zur Ruhe“, erwiderte Anne. Allerdings hatte sie keine große Lust, sich weiter mit der Frau zu unterhalten. Die Demütigung saß noch zu tief. Sie wollte, dass Hanna Winterstein noch ein bisschen büßte. Also ließ sie ab und zu eine anklagende Bemerkung fallen wie zum Beispiel: „Sie haben mich damals ins Unglück gestürzt“ und „Auch Sie haben Schuld daran, dass ich auf der Straße gelandet bin.“ Hanna Winterstein zuckte jedes Mal zusammen und sagte: „Es tut mir so leid, es tut mir so leid“, und Anne genoss das.

Nun saß man im Schlachtraum. „Bachmann trifft sich heimlich mit Alexander Fürst“, erzählte Cäsar. „Mein Informant hat sie belauscht. Bachmann sagt diesem Alex und anderen, die Geschäfte mit ihm machen, natürlich ganz genau, was sie machen sollen, damit alles wasserdicht ist. Die planen weitere Sachen. Bachmann, das mal nur am Rande, agiert natürlich nicht nur mit Fürst Consulting. Der hat in vielen großen Firmen seine Finger im Spiel. Es werden Kunden akquiriert, die eine Unternehmensberatung brauchen, die zahlen viel Geld, geben in Absprache mit Bachmann zu wenig bei der Steuer an und schwupps, kommt die Fahndung. Natürlich taucht Bachmann nicht überall persönlich auf, der hat Unterfirmen und alles. Sonst wäre das ja zu auffällig. Die Fahndung sackt viel zu hohe Beträge ein, und die Differenz wird geteilt. Siehe Unterlagen. Und die Strafzahlungen werden auch schick anders verbucht, sodass jeder ein Stückchen vom Kuchen bekommt. Und Bachmann als Mittelsmann. Er ist in der Tat ein sehr guter Steuerberater.“

Alle saßen schweigend da. Adalbert runzelte die Stirn. „Bevor noch mehr passiert, sollten wir zur Tat schreiten“, sagte er.

Zwei Wochen später

„… und ich freue mich wirklich, dass Sie alle hier sind. Gemeinsam wollen wir versuchen, Ihre Firma, Ihr Produkt zu entwickeln und nach vorn zu bringen. Der Anfang ist gemacht. Frau Müller hat eine wunderbare Marketingstrategie für unsere neue Nusscreme entwickelt." Alex lächelte den Auftraggebern zu, die zuhauf hier waren, genau wie die komplette Belegschaft von Fürst Consulting, weil dieser Etat sämtliche Mitarbeiter anging. Und man huldigte dem Grundsatz, dass sich jeder kennen sollte. Zusätzlich hatte Alex auf Anraten von Anne noch verschiedene Kollegen aus der Branche eingeladen. Denn das hier war ein guter Anlass, die neue Marketingchefin vorzustellen und mit ihrer großartigen Idee zu brillieren. Außerdem kamen mal wieder alle zusammen. Ein Catering-Unternehmen war schon da, wuselte draußen herum und würde später Champagner, Austern und Schnittchen servieren.

Anne sah aus den Augenwinkeln, dass auch Bachmann sich in der Menge herumtrieb. Der war in den letzten Wochen ständig im Büro gewesen und hatte mit Alex zusammengesessen. Wahrscheinlich um neue Pläne zu schmieden. Cäsar hatte herausgefunden, dass Bachmann nicht polizeilich gesucht wurde. Offenbar hatte der Steuerberater nichts zu befürchten. Und Cäsars Freunde hatten erzählt, er sei unglaublich gewieft. Ihm sei schwer beizukommen.

Bachmann klatschte nun mit den anderen.

„Frau Müller, bitte, Sie sind dran." Alex trat zur Seite, und Anne, die ein Stück von ihm entfernt gestanden hatte, trat nun an seine Seite. Alle klatschten wieder höflich.

„Ich übergebe das Wort an meine kompetente Mitarbeiterin, die Ihren Brotaufstrich, meine verehrten Damen und Herren, zum Marktführer machen wird!"

Anne lächelte ihn an. „Danke, Herr Fürst, vielen Dank. An dieser Stelle darf ich erwähnen, dass ich in der kurzen Zeit, in der ich hier bin, viel gelernt habe. Sehr viel. Ich habe Einblicke in die Firma bekommen, die wirklich überraschend sind. Wie gut das hier alles organisiert ist. Sie können sich glücklich schätzen, dass Sie bei Fürst Consulting gelandet sind." Die Auftraggeber lachten höflich.

„Nun", sagte Anne. „Dann wollen wir mal anfangen." Sie zog eine Leinwand herunter und startete ein Programm auf dem Laptop. Ein großes Foto von Fürst Consulting erschien, und die Anwesenden sahen sich fragend an.

„So fing alles an", sagte Anne freundlich. „Mitte der neunziger Jahre baute sich Charlotte Fürst eine Firma auf. Sie begann klein und mit nur einer Mitarbeiterin." Anne betätigte eine Fernbedienung, während sie auf und ab lief und das nächste Bild erschien. Charlotte mit Lydia Schmollke. Die beiden Frauen hatten typische 90er-Jahre-Frisuren, trugen weite Klamotten und sahen ein bisschen aus wie zwei der Spice Girls.

„Sagen Sie mal, sind Sie übergeschnappt?", schrie Alex, rannte auf sie zu und wollte ihr die Fernbedienung aus der Hand reißen, aber da tauchte Cäsar wie aus dem Nichts auf und nahm ihn in den Schwitzkasten, während die Auftraggeber sowie die ganze Belegschaft interessiert zusahen.

Anne erzählte ein bisschen was über den Werdegang der Firma, dann ging es weiter, und ein Foto von Alex erschien auf der Leinwand.

„Da ist er", sagte Anne fröhlich. „Alexander Fürst, geborener Schlappmann. Ein Künstler, wie er sagt, aber in Wirklichkeit ein ganz gewiefter, mieser Schuft, der Charlotte Fürst für seine Zwecke missbraucht hat, und das über Jahre."

Nun wurde es unruhig im großen Konferenzraum. Alle schauten sie und Alex an, der immer noch im Schwitzkasten steckte. Cäsar blieb ganz cool. Er ließ ihn nicht los.

„Tut doch was!", rief Alex, aber niemand tat etwas, das war ja viel zu aufregend hier. Anne genoss ihren Auftritt sichtlich. Schließlich war sie ja auch bestens vorbereitet.

„So." Nun nickte sie Alex zu. „Einige Zeit ging alles gut. Charlotte Fürst hat wie verrückt geschuftet und hatte auch große Erfolge, sie war Managerin des Jahres, sie bekam Preise und Auszeichnungen für innovative Ideen ..." Wieder ging die Bildershow weiter und zeigte diesmal die Cover diverser Magazine und Charlotte im Abendkleid auf einer Veranstaltung, wie sie glücklich strahlend irgendeine Skulptur hochhielt, die wohl ein Preis war.

„Ich rufe die Polizei!", schrie Alex, aber das war ja nicht möglich, weil Cäsar ein bisschen fester zudrückte und Alex nun das Gefühl hatte, sein Arm würde gleich auskugeln.

„Die beiden haben geheiratet ...", Bild vom Hochzeitstag vor der Kirche, „sie machten wundervolle Urlaube", Bilder von Charlotte und Alex an einem karibischen Strand, auf einem Berggipfel und auf dem Markusplatz in Venedig, „und die Firma wuchs und gedieh. Eine Unternehmensberatung zum Vorzeigen. Immer mehr Mitarbeiter wurden eingestellt, mehr Geschäftsfelder erschlossen. Und Charlotte Fürst fand eine Freundin hier in der Firma, Vivian." Es folgte ein Bild von Vivi, auf dem sie halbwegs akzeptabel aussah.

Alexander schaute zu seiner Frau. „Na endlich. Kannst du mal dafür sorgen, dass die aufhört, so einen Scheiß zu erzählen?"

Vivi sagte gar nichts und setzte sich hin. Sie war blass. Die Unruhe im Saal wurde immer größer. Es entstand eine fast greifbare Spannung. Und Anne machte ihre Sache ganz hervorragend, wie sie so dastand in ihrem dunkelgrünen, engen Kostüm und der von Gerti kunstvoll fabrizierten Hochsteckfrisur. „Die beiden haben sich hier kennengelernt", fuhr sie fort, „und unternahmen viel zusammen. Gemeinsam lernten sie eine weitere wichtige Person kennen. Einen Steuerberater. Und der erklärte Frau Fürst, dass es sinnvoll sei, die Firma auf ihren Ehemann zu übertragen, Herrn Alexander Schlappmann ..."

Wieder Gemurmel und Lacher, natürlich wegen des Nachnamens.

Nun erschien ein Foto von Dr. Sebastian Bachmann, der in der vorderen Reihe saß. Anne sah, dass er blass wurde, und fühlte sich wunderbar.

„Tja, dann gehörte Fürst Consulting Alexander, dem Ehemann, und der hatte zu dieser Zeit schon ein Verhältnis mit Frau Fürsts guter Freundin, Vivian Siegfart. Eine Zeit lang lief alles in gewohnten Bahnen, und Frau Fürst bekam auch nichts von dem Verhältnis mit, weil sie sowieso bis spätabends arbeitete. Aber dann, eines Abends im Jahr 2002, wurde sie in ihrem Haus verhaftet." Bild vom Haus. „Man hatte ihr alles Mögliche vorgeworfen: Steuerhinterziehung, Veruntreuung von Firmengeldern, ach, die Liste ist lang. Und die Akten sind dick." Ein Foto der gestapelten Akten wurde gezeigt.

„Dann ging es Schlag auf Schlag, meine Damen und Herren. Frau Fürst wurde verurteilt, rasend schnell. Beamte der Finanzverwaltung legten Akten vor, aus denen hervorging, dass große, sehr große, riesige Geldbeträge verschoben wurden."

Nun kamen Fotos zum Vorschein, die einige Menschen beim Feiern in einem Büro zeigte. „Das ist ein Geburtstagsfest bei der Steuerfahndung", erklärte Anne. „Lustig, nicht wahr?"

Dr. Bachmann war aufgestanden und kam auf sie zu. „Sie hören sofort auf, sonst sorge ich dafür, dass Sie verhaftet werden!", fuhr er sie an und klappte den Laptop zu. „Auf der Stelle."

„Kommen Sie nicht näher, ich warne Sie!", sagte Anne fest. Und in die große Menge fragte sie: „Soll ich aufhören?"

Die Antwort war einstimmig: „NEIN!"

„Na sehen Sie, lieber Dr. Bachmann", sagte Anne. „Da hört mal keiner auf Sie." Sie klappte den Laptop wieder auf. „So. Nun, wie ging es weiter? Frau Fürst wurde schuldig gesprochen, aus ihrem Haus gejagt, ein Existenzgründungsdarlehen wurde abgelehnt, sie hatte weder Kraft noch Mittel, um gegen ihren Exmann vorzugehen, der weiter lustig mit seiner Geliebten in ihrem Haus wohnte, ihre Autos fuhr und so weiter."

Das Foto, auf dem Charlotte mit Tüten das Haus verließ und stolperte, erschien.

„Daran erinnere ich mich noch", hörte man vereinzelte Stimmen raunen. „Wir konnten es alle nicht glauben …"

„Tja", sagte Anne. „Und dann begann der persönliche Verfall der Charlotte Fürst. Zwölf Jahre lang lebte sie auf der Straße. Zwölf lange Jahre. Sie besaß nur das, was sie am Leib trug, sie schlief im Freien oder in einer der Unterkünfte für Wohnsitzlose, sie fror im Winter, sie suchte sich verwertbare Lebensmittel aus Mülltonnen oder bekam etwas aus dem Supermarkt. Zwölf Jahre lang." Anne machte eine längere Pause. „Und dann … Aber das, meine lieben Damen und Herren, sollte sie Ihnen vielleicht am besten selbst erzählen!"

KAPITEL 27

In dem Moment, als Charlotte mit ruhigen, sicheren Schritten den langen Gang zwischen den Stuhlreihen hindurchging, stockte allen der Atem. Sie sah einfach umwerfend aus. Zu ihrem cremefarbenen Bleistiftrock trug sie eine etwas hellere Bluse und die Schuhe, die sie damals aus ihrem eigenen Haus nach der Zerstörungsaktion mitgenommen hatte. Gerti hatte sie so geschminkt, dass wie eine unnahbare Geschäftsfrau wirkte, aber doch attraktiv. Die Haare waren vorsichtshalber am Ansatz noch mal nachgefärbt und von Gerti ein wenig nach innen geföhnt worden. Charlottes Fingernägel waren korallenrot lackiert; die Farbe passte zu ihrem Lippenstift. Sie trug einen breiten, ebenfalls korallenroten Ledergürtel und eine hellbraune Aktentasche.

Vorn angekommen nickte sie Anne, die zur Seite getreten war, zu und drehte sich dann zu ihrem Publikum um.

Sie musterte ihren Exmann, danach Vivi, dann Dr. Bachmann, alle glotzten tumb zurück, und dann lächelte Charlotte und sagte: „Ich möchte meine Mitarbeiter zu mir bitten. Und Alex, falls du vorhast abzuhauen, draußen warten schon ein paar nette Männer auf dich, die sehr schnell rennen können."

Alex öffnete den Mund und klappte ihn dann schnell wieder zu, als Cäsar sich umdrehte, ihn losließ und gemeinsam mit Lumpi, Richard und Walter auf die Bühne marschierte.

„Gerti?", rief Charlotte und wartete, bis diese auftauchte, vor lauter Aufregung ganz rot im Gesicht.

„Ach, aber, ich hab doch gar nichts gemacht."

„Du gehörst genauso dazu wie Magdalena", sagte Charlotte und winkte der Nonne zu, die peinlich berührt ebenfalls herbeikam.

„So", sagte Charlotte. „Nun noch Adalbert! Ah, da ist er ja! Jetzt kommen wir zu den Details. Meine Familie ist vollzählig da. Nun kann es losgehen."

Und alle lächelten sie an.

Zwei Wochen später

„Charlotte“, sagte Anne atemlos. „Ich bin fertig mit den Nerven. Die Auftragslage wird immer schlimmer, äh, ich meine, immer besser. Dadurch, dass du überall in der Presse warst, können wir uns kaum vor Aufträgen retten.“

Charlotte stand auf. „Dann müssen wir eben neue Leute einstellen. Oder, Cäsar?“

Cäsar blickte auf. „Ja, sehe ich genauso. Ich muss mich hier noch in Ruhe einarbeiten, aber so viel kann ich schon sagen.“ Er beugte sich wieder über seine Unterlagen.

„Genau. Und später setzen wir uns zusammen, Cäsar. Vielleicht sollten wir mal eine Liste erstellen.“

„Charlotte!“, rief Cäsar, aber sie lachte nur.

„Im Ernst, Anne. Du bist der Hammer“, sagte Charlotte. „Ach, ihr beide seid der Hammer. Wie gut, dass du BWL studiert hast, Cäsar, und Germanistik. Aber Anne, deine Idee für die Nusscreme ist wirklich brillant! Der Kunde ist völlig wild vor Begeisterung.“

„Darauf muss man erst mal kommen“, nickte Cäsar. „Eine Nuss-Nougat-Creme nur für Erwachsene. *Nut under 18.* Wahnsinn. Das wird krachen.“

„Danke, danke“, sagte Anne, die voll und ganz in ihrem neuen Job aufging. „Es macht aber auch Spaß.“

„Wie gut, dass Alex so scharf auf dich war. Und wie blöd, dass er dir diese Unterlagen gezeigt hat“, sagte Charlotte, und Anne nickte und grinste.

„Wir müssen uns auch noch zusammensetzen wegen unserer Verträge und der Geschäftsführung und überhaupt wegen allem. Dass ihr beide die Leitung habt und so weiter“, erklärte Charlotte, aber da schob Cäsar sie aus dem Raum.

Gemeinsam fuhren sie zu Charlottes altem Haus. Dort waren die Handwerker gerade dabei, alles rauszuräumen. Charlotte wollte keine Erinnerung mehr an Vivi und Alex haben, sondern sich komplett neu einrichten. Mit vielen Gästezimmern für Freunde.

Sie ging raus auf die Terrasse und sah zufrieden, wie es auch hier voranging. Ein Bagger leistete ganze Arbeit.

„Na“, sagte Walter, der die Arbeiten beaufsichtigte.

„Schön, oder?“ Sie nickte ihm zu, und schweigend schauten sie auf die ruhig dahinfließende Alster. Charlotte atmete tief ein.

Nun konnte der Frühling kommen.

Gerti und Adalbert erhoben sich. Sie hatte heute eine Sitzung beim Notar gehabt, um die Sache mit der Erbschaft in die Wege zu leiten. Gudrun Knapp hatte Gerti ein dreistöckiges Mietshaus vermacht, das für gemeinnützige Zwecke zur Verfügung stehen sollte, das war die einzige Bedingung. Gerti war so fertig mit den Nerven, dass sie nicht wusste, wie sie was anstellen sollte, und hatte daher Adalbert die Vollmachten erteilt.

Der kümmerte sich nun um alles. Er beauftragte Firmen mit Umbau und Renovierung, er bestellte Möbel und Teppichböden, kurzum, er war voll und ganz in seinem Element. Gerti hatte auch lange darüber nachgedacht, ob sie ihren Fall neu aufrollen wollte, hatte sich dann aber dagegen entschieden: „Ich kann die Jahre im Gefängnis nicht auslöschen“, hatte sie gesagt. „Was war, das war. Ich glaube, in der Zukunft gibt's genug zu tun, da will ich mich nicht mit den alten Sachen beschäftigen. Auch wenn Vati nicht mehr lebt und ich vielleicht eine Entschädigung bekomme. Mir ist das zu langwierig. Ich hab Besseres zu tun.“ Vati lag übrigens zwischenzeitlich unter der Erde, alles war geregelt, die Beerdigung war still und kurz gewesen, so hätte er es gewollt. Charlotte hatte ein schönes Grab gekauft, und Gerti war glücklich.

Charlotte hatte Gerti das restliche Geld vom Chagall-Verkauf zur Verfügung gestellt, und Adalbert verwaltete alles treuhänderisch.

Alexander und Vivi Fürst befanden sich in Untersuchungshaft. Die Beweislast war erdrückend. Beide waren noch im Konferenzraum verhaftet worden, genau wie Dr. Sebastian Bachmann. Denn zusammen mit Charlotte hatten einige Polizisten die Firma betreten, während ihre Kollegen und der Staatsanwalt gleichzeitig der Steuerfahndung einen kurzen Besuch abstatteten und dort mal so richtig aufräumten. Akten wurden gesichtet, mitgenommen, kreischende Beamte verhaftet, klar Schiff gemacht!

Auch hier konnte sich das Gefängnis auf neuen Besuch freuen.

Frau Schmollke dagegen genoss ihre neue Freiheit. Sie hatte zwei ihrer Töchter rausgeschmissen, und die Eltern waren jetzt in einer noblen Pflegeeinrichtung untergebracht, die Charlotte bezahlte, damit Frau Schmollke, die sie jetzt alle Lydia nannten, mal zur Ruhe kommen konnte. Was diese allerdings gar nicht wollte. Stattdessen war sie eifrig beim Neuaufbau von Fürst Consulting mit dabei und völlig in ihrem Element.

Tatsächlich waren auch Berit und Sylvie, Annes ehemalige Kolleginnen, angekrochen gekommen und hatten gefragt, ob es bei Fürst Consulting in der Werbung vielleicht Jobs für sie gab. Denn die beiden waren von Ferdinand Mohr umgehend entlassen worden, nachdem der vom alten Röttgen gehört hatte, was sie mobbingmäßig angestellt hatten. Doch bei aller Liebe – Hanna Winterstein hatte Anne ja noch so halb verzeihen können –, das hier ging zu weit. Sie war so sehr gedemütigt worden, da war es irgendwann auch mal gut mit der Gutmütigkeit. Hier, bei diesen beiden falschen Schlangen, war sie gewiss fehl am Platz.

Und deshalb sagte Anne Nein.

Einen Moment lang fühlte sie sich schlecht. Doch als sie die hasserfüllten und neidischen Blicke der beiden bemerkte, wusste sie, dass sie richtig gehandelt hatte.

Was Anne dagegen nicht wusste, war, wo Hanna Winterstein sich aufhielt. Die Psychologin schien wie vom Erdboden verschluckt zu sein. Charlotte behauptete jedoch, sie würde bestimmt bald wiederkommen und sei derzeit verreist.

Wo Arno Berger sich rumtrieb, wusste ebenfalls keiner. Einige Bekannte erzählten, er würde in einer Gaststätte im Sauerland kellnern, andere behaupteten, er sei ein mobiler Brezelverkäufer bei der Bahn geworden. Aber letztendlich interessierte das niemanden so richtig.

Das war der Stand der Dinge Ende März 2014.

Drei Monate später. Juni 2014

Sie standen da und sagten nichts. Gingen dann gemeinsam durch alle Räume, blieben stehen, sahen sich um, gingen weiter und landeten letztendlich in der großen Küche, in der es wohnlich und behaglich war.

Einen Moment lang nahmen sie an dem großen Holztisch mit den vielen Stühlen Platz, standen dann wieder auf, berührten beim Rausgehen jeden Gegenstand, gingen wieder und wieder durch die Zimmer. Bis sie sich im großen Gemeinschaftsraum schließlich an die Tische setzten.

„Nun denn“, sagte Charlotte. „Hier sind wir nun. Wenn mir das jemand vor einem halben Jahr gesagt hätte, kein Wort hätte ich geglaubt. Aber hier und heute muss ich den Tatsachen ins Gesicht sehen. Und ich sage: Ich bin so schrecklich stolz auf uns!“ Ihr schossen die Tränen in die Augen und sie versuchte verzweifelt, sie zurückzuhalten.

„Nun denn“, sagte sie dann. „Nun denn …“ Und dann musste sie doch heulen.

„Warum gehen wir nicht einfach raus und freuen uns?“, fragte da Anne. „Es muss ja nicht immer eine Rede gehalten werden.“

„Vergiss es. Charlotte hat bestimmt eine Liste", murmelte Cäsar.

Aber dann gingen sie doch alle gemeinsam vor die Tür und standen ehrfürchtig nebeneinander. Gerade eben stieg der Handwerker von der Leiter und sagte: „Fertig."

Sie schauten auf das große Schild über der großen Eingangstür: ZORNRÖSCHEN. Anlaufstelle für wohnsitzlose Menschen.

„Das haben wir gut gemacht", sagte Gerti. „Gudrun Knapp, Gott hab sie selig, hat letztendlich doch was Gutes getan. Mir das Haus vererbt für gemeinnützige Zwecke, ja, also, ich kann gar nicht oft genug sagen, wie herrlich das ist. Sie hat übrigens die ganzen Jahrzehnte alles gespart, auch andere Frauen haben was von ihr bekommen. Und wie wir es jetzt hergerichtet haben, ist es nicht schön!"

Und das war es. Das Haus war so umgebaut worden, dass es lauter Einzelzimmer und auch Apartments hatte, in denen man länger wohnen konnte. Alles war in hellen, freundlichen Farben gehalten, und man fühlte sich einfach gleich wohl. Hier sollten ab nächstem Monat, wenn wirklich alles fertig war, Menschen unterkommen, die obdachlos geworden waren. Die Presse war schon da gewesen, Interviews waren gegeben worden, und alles lief gut an.

Lumpi würde hierbleiben und Hausmeister werden. Gerti – die beiden verstanden sich im Übrigen ausgesprochen gut – hatte die Leitung, was Küche und Haushalt insgesamt anging.

Walter würde hier genauso nach dem Rechten schauen wie bei seiner Schwester Magdalena, die natürlich ihr Agathenhaus weiterführte.

Charlottes Haus, das jetzt fertig umgebaut war und auch einen Anbau hatte – das Grundstück war ja groß genug –, fungierte ab sofort als Mehrgenerationenhaus. Walter, Cäsar, Anne, Gerti sollten hier wohnen. Lumpi wollte lieber im anderen Haus bleiben, falls nachts mal eine Glühbirne gewechselt werden musste.

Das Geld vom Chagall-Verkauf war gut angelegt, und natürlich musste noch was dazugebuttert werden, aber das tat Charlotte gern.

Immerhin gehörte ihr jetzt wieder alles, und die Firma schrieb ja schwarze Zahlen.

Ja, und Adalbert war auch da. Er war ein wenig enttäuscht gewesen, als Charlotte ihm klargemacht hatte, dass es zwischen ihnen leider nichts würde, Smaragdcollier und Parkettböden hin und her. Aber er blieb ganz Gentleman: „Ein Mann muss auch mal Niederlagen einstecken können", erklärte er. „Und ich sage es daher aus vollem Herzen, wenn ich nun sage: Wir bleiben Freunde."

„Das bleiben wir, Adalbert, mich wirst du nicht los", hatte Charlotte gerührt erwidert und auch nicht Nein gesagt, als er ihr eine Finanzspritze für das Projekt anbot.

Tja, und Anne und Cäsar, die waren inzwischen ein Paar. Und würden im Herbst heiraten. Gerti war jetzt schon außer sich wegen der Speisefolge. Feiern würde man im Agathenhaus, weil man sich dort kennengelernt hatte – und selbstverständlich würde Anne Magdalenas Brautkleid tragen, die deswegen vor Freude einen Nervenzusammenbruch bekommen hatte.

„Das ist Schicksal, das soll so sein!", rief sie tagelang, bis sich einige Obdachlose bei Gerti beschwerten, was denn da los sei.

„Eins frag ich mich", sagte Anne jetzt. „Daran haben wir gar nicht gedacht. Wenn hier so völlig fertige Menschen ankommen, die brauchen doch bestimmt auch psychologische Betreuung. Nicht dass es denen so geht wie mir mit Frau Winterstein, wo immer sie sich auch gerade aufhält."

„Hallo", sagte da jemand, alle drehten sich um, und da stand Hanna Winterstein.

„Ja", sagte Charlotte. „Hört zu. Hanna hat ihre Dinge geordnet und wird in die kleine Dachwohnung ziehen. Sie wird die Bewohner psychologisch betreuen."

„Und damit alles gutmachen, Anne, bitte sind Sie mir nicht mehr böse", flehte Hanna. Was sollte Anne da anderes tun als nicken.

„Dann wäre das auch geklärt", sagte Charlotte froh und sah einen Mann auf die Gruppe zukommen.

„Hallo, Charlotte. Hab über dein Angebot nachgedacht", sagte der alte Kurt, den sie vor einiger Zeit in der Stadt getroffen und der ihr die Augen geöffnet hatte. „Und dachte, ist vielleicht nich so schlecht, mal fest wo zu sein. Gibt ja vielleicht auch Pizza mit ohne Rand."

Charlotte musste schlucken und sagte dann: „Die gibt es hier, Kurt, ganz sicher."

„Natürlich. Ich mache den Boden selbst", verkündete Gerti. „Mir kommt kein Fertigteig ins Haus."

Inmitten der heftigen Pizza-Diskussion, die nun zwischen Kurt und Gerti entbrannte, kam Walter zu Charlotte und legte ihr die Hände auf die Schultern. „Das hast du alles großartig gemacht. Also wir alle natürlich, aber aus welchen Gründen auch immer finde ich dich am großartigsten. Danke, dass es dich gibt."

Charlotte strahlte und holte etwas aus ihrer Tasche. Walter lachte. Es war das Taschentuch, das er Charlotte damals vor dem Agathenhaus gegeben hatte, als es ihr so schlecht ging.

„Oh", sagte er. „Tatsächlich. Dass du daran noch gedacht hast."

„Du meintest doch, dass ich es dir dann zurückgeben soll, wenn ich es nicht mehr brauche", sagte sie. „Und heute ist es so weit. Ich kam nur nicht mehr dazu, es zu bügeln. Es ist noch verkrumpelt."

„Das macht nichts. Wir wissen ja, im Leben geht nicht immer alles glatt, Zornröschen", sagte Walter, nahm ihre Hand und küsste sie, während Charlottes Herz einen kleinen Sprung machte und sich mit Wärme füllte.

Juli 2015

„Was ist das?", fragte Vivian und schaute die diensthabende Aufseherin an.

„Geschenk für Sie", sagte die kurz angebunden. Vivian packte den kleinen Karton aus. Ihr ging es nicht gut. Ihr ging es gar nicht gut. Der Anwalt meinte, das würde alles sehr schlecht aussehen.

Aber wenigstens dachte offenbar jemand an sie. Doch wer? Wer denn nur?

Vivian runzelte die Stirn und zog den Gegenstand heraus.

Es war eine Tasse aus Steingut, eine Tasse, die man im Elsass kaufen konnte.

VIVI stand darauf.

Sonst befand sich nichts in dem Karton.

Und Vivian fing an zu weinen.

Zur gleichen Zeit in Pöseldorf, Charlottes Villa

„Nun schaut sie euch an", sagte Charlotte und deutete durch die Scheibe nach draußen. Walter und Anne kamen an die Tür und mussten lächeln. In dem großen Swimmingpool, der sich nun in Charlottes Garten befand, schwamm Gerti in einer Art Sitzkissen herum und streckte ihr Gesicht der Sonne entgegen. Dann planschte sie zum Beckenrand, stieg aus dem Pool, trocknete sich ab und ließ sich in einen Liegestuhl fallen. Lumpi, dem Charlotte einen schwarzen Anzug von Armani gekauft hatte, kam angelaufen und servierte ihr ein Getränk.

Es war rosa, und es steckte ein kleiner Sonnenschirm drin.

Und Gerti streichelte Lumpis Hand, dann schaute sie wieder in die Sonne.

Alles war gut.

– ENDE –

Band-Nr. 25847
9,99 € (D)
ISBN: 978-3-95649-193-1
eBook: 978-3-95649-440-6
304 Seiten

Cathrin Moeller
Wolfgang muss weg!

Da liegt er nun, ganz friedlich – in der Tiefkühltruhe zwischen Erbsen und Möhrchen: Wolfgang, Annemies Gatte. Einst erfolgreicher Polizist, bekennender Macho, einfallsloser Liebhaber. Jetzt mausetot. Dass es nur ein Unfall war, dafür hat Annemie keine Zeugen. Zum Glück weiß sie als gute Hausfrau, wie man Blutflecken entfernt. Doch als sich plötzlich die anstrengende Schwiegermutter bei ihr einquartiert und Wolfgangs bester Freund beginnt herumzuschnüffeln, begreift Annemie, dass ihr Mann seinen Frieden nicht dauerhaft in der Tiefkühltruhe finden wird. Mit ihrer Schwiegermutter und ihrer besten Freundin Dörte begibt Annemie sich auf eine irrwitzige Odyssee. Vorbei an neugierigen Zöllnern, verzweifelten Ex-Geliebten und einem viel zu attraktiven Carabinieri – immer mit der Leiche im Gepäck.

Band-Nr. 25838
9,99 € (D)
ISBN: 978-3-95649-181-8
eBook: 978-3-95649-436-9
304 Seiten

Tanja Janz
Strandperlen

Tschüss, St. Peter-Ording: Tante Lilo, nicht mehr ganz frische 70, muss aus Gesundheitsgründen in wärmere Gefilde ziehen. Aber was wird nun aus ihrer geliebten Strandperle? Entschlossen vermacht sie das Unternehmen ihren zwei Nichten Insa und Stephanie. Zwei gestandene Frauen, die sich nur vom Hörensagen kennen …

Für Insa ist der Nordseeort eine willkommene Abwechslung zum Schnellimbiss in Gelsenkirchen, für Stephanie die perfekte Fluchtmöglichkeit von ihrem betrügerischen Ehemann in Düsseldorf. Doch kaum erreichen sie ihr Erbe, knirscht der Sand im Getriebe ihrer Hoffnung! Denn statt einer schnuckligen Strandpension hat ihnen Tante Lilo einen heruntergewirtschafteten Campingplatz vermacht. Watt für ein Sommer am Meer?